KU-107-677

RAPT DE NUIT

Patricia MacDonald

RAPT DE NUIT

ROMAN

*Traduit de l'américain
par Nicole Hibert*

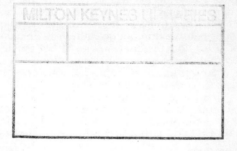
MILTON KEYNES LIBRARIES

ÉDITIONS DE NOYELLES

Une édition du Club, Paris
réalisée avec l'aimable autorisation des Éditions Albin Michel.

Éditions de Noyelles
123, boulevard de Grenelle, Paris

Le Code de la propriété intellectuelle n'autorisant, aux termes
des paragraphes 2 et 3 de l'article L. 122-5, d'une part, que les
« copies ou reproductions strictement réservées à l'usage privé
du copiste et non destinées à une utilisation collective » et,
d'autre part, sous réserve du nom de l'auteur et de la source, que
« les analyses et les courtes citations justifiées par le caractère
critique, polémique, pédagogique, scientifique ou d'information », toute représentation ou reproduction intégrale ou par-
tielle, faite sans le consentement de l'auteur ou de ses ayants
droit ou ayants cause, est illicite (article L. 122-4). Cette représentation ou reproduction, par quelque procédé que ce soit, cons-
tituerait donc une contrefaçon sanctionnée par les articles L. 335-
2 et suivants du Code de la propriété intellectuelle.

© Éditions Albin Michel, 2008
pour la traduction française

Édition originale :
STOLEN IN THE NIGHT
© Patricia Bourgeau 2007

ISBN : 978-2-286-04146-5

Aux filles Boggle :
Anne, Carmen, Craig, Harriet, Kate et Terryl –
Pour le plaisir de votre compagnie

1

Retenant sa respiration, Tess DeGraff, neuf ans, remonta vers la lumière d'un vert cha toyant, des traînées de bulles scintillantes filant dans son sillage. Elle jaillit à la surface et poussa un cri qui était à la fois un cri de douleur et de pure exultation.

— Tess, Phoebe, nagez plus près du bord ! dit Dawn DeGraff à ses filles.

Assise sur une couverture, sur le rivage herbu, Dawn berçait son benjamin, Sean, un poupon de trois mois, et bavardait avec un autre couple arrivé au lac avec leur petite fille qui commençait à trottiner. Mais son attention ne se détournait jamais longtemps de ses enfants.

Tess repéra sa sœur Phoebe, âgée de treize ans. Les cheveux blonds de Phoebe étaient collés à son crâne. Dans ses yeux se réfléchissait le bonheur de Tess. Elles échangèrent un regard complice et toutes deux se mirent à barboter de manière parfaitement inefficace en direction de la jetée.

Soudain, Tess sentit quelque chose tirer sur sa cheville, l'entraîner vers le bas. Elle hurla. On la lâcha, et son père surgit auprès d'elle avec un grand sourire.

— Papa, tu m'as fait peur ! protesta la fillette, martelant le large torse paternel de ses petits poings.

Rob DeGraff éclata de rire et prit contre lui ses deux filles glapissantes et glissantes. Un moment, tous les trois restèrent ainsi noués, en suspens dans les eaux fraîches du paisible lac. Tess regardait les bras duveteux de Phoebe qui avait la chair de poule, son nez rose annonciateur d'un bon coup de soleil. Phoebe souriait et serrait les lèvres pour dissimuler ses bagues dentaires. Mais ses yeux pétillaient et dansaient.

— Mes jolis petits poissons, dit Rob.

Phoebe, trop vieille à treize ans pour supporter longtemps l'étreinte paternelle, gigota et se libéra, puis, nageant le dos crawlé, fendit la sombre surface du lac. Ses longs cheveux blonds flottaient autour d'elle comme des tentacules dorés.

Tess resserra ses bras autour du cou de son père et contempla le miroir du lac glacé où se reflétait la forêt dentelée, vert foncé, qui tapissait le flanc de la montagne. Au-dessus d'eux, le soleil d'août brillait et l'air était aussi chaud qu'il pouvait l'être dans les White Mountains du New Hampshire. Tess laissa courir son regard sur le rivage jusqu'à un groupe d'adolescents, les filles en bikinis, les garçons en maillots de bain ou vêtus de shorts en jean. Ils semblaient tous se connaître, sauf un séduisant jeune homme musclé, Jake, le frère de Tess. Une belle blonde poussa une exclamation ravie, et un gros garçon roux lança une salve de huées, lorsque Jake se balança au-dessus du lac au bout d'une corde attachée à une branche d'arbre, la lâcha en ululant, et exécuta un saut périlleux avant de plonger dans l'eau étincelante. Près de la rive opposée, quelques pêcheurs dans des barques tanguaient doucement. À part ça, toute la splendide étendue du lac Innisquam paraissait n'appartenir qu'à Tess.

— J'aime être ici, chuchota-t-elle à l'oreille de son père.

— Moi aussi, Tess, dit Rob, content, tandis qu'ils restaient enlacés, nageant debout.

Ils avaient quitté leur appartement de Boston très tôt ce matin-là, impatients de se mettre en route. Ils formaient une famille riche d'énergie et de curiosité plus que d'argent, aussi le camping était-il leur façon de voyager et de prendre des vacances. Rob et Dawn s'étaient mariés alors qu'ils étaient tous deux étudiants à l'université de Boston. À présent, Rob était maître assistant au MIT, il enseignait la physique. La famille habitait toujours l'appartement ensoleillé, bourré de livres, plein de coins et de recoins, dans Commonwealth Avenue, que le couple avait naguère partagé avec une ribambelle de colocataires. Dawn avait sa propre affaire, elle confectionnait des produits alimentaires à base de céréales complètes pour une coopérative universitaire, et si les enfants étaient accoutumés à la vie citadine, ils étaient aussi des campeurs aguerris.

Aujourd'hui, ils étaient arrivés à leur terrain de camping de la National Forest un peu après

11

midi et avaient installé leur domaine avec une efficacité issue de l'expérience. Cette année, Dawn était accaparée par le bébé, mais les filles reprenaient le flambeau. Pendant que Tess et Phoebe gonflaient les matelas et ramassaient du bois pour le feu, Rob enrôlait son râleur de fils pour l'aider à monter les tentes. Jake, à seize ans, avait atteint l'âge rebelle. Il ne manifestait aucun intérêt pour ses études, malgré l'importance accordée aux diplômes par son père, et on avait eu beaucoup de mal à le persuader de participer à cette expédition. Il avait un job d'été dans une entreprise de bâtiment et prétendait que son patron ne pouvait pas se passer de lui. Seule l'insistance de Dawn, qui le suppliait de venir camper avec eux une dernière fois, lui avait arraché un grognement d'assentiment donné à contrecœur.

Rob et Jake plantèrent deux tentes côte à côte.

— Pourquoi je dois dormir avec les deux autres ? s'était plaint Jake.

— Pour que Sean ne vous réveille pas la nuit. Et comme ça, les filles t'auront tout près pour veiller sur elles.

Jake continua à rouspéter, mais son père s'efforça de faire la sourde oreille.

Lorsque Dawn avait décrété leur bivouac douillet et servi le déjeuner sur la table à tréteaux en cèdre rouge, tous étaient fatigués, en sueur, et pressés d'aller au lac. Ils avaient cheminé ensemble à travers bois, mais sitôt au bord de l'eau, Jake avait aperçu la bande d'adolescents et, crânement, était parti les rejoindre.

Tess regarda de nouveau son frère escalader le bloc rocheux, chiper son tour à la corde à un garçon aux cheveux noirs, à la peau blanche.

— Comment ça se fait que Jake soit là-bas avec eux ? demanda-t-elle. Il ne les connaît même pas.

— Il a juste envie d'être avec des jeunes de son âge.

— Et comment ça se fait qu'il crie comme ça ?

— Cherchez la femme, répondit Rob en souriant.

— Qu'est-ce que ça veut dire ?

— Je crois qu'il essaie d'épater les filles.

Tess considéra d'un air désapprobateur les adolescentes qui hurlaient. Elle leva les yeux vers sa mère sur le talus, ses jambes bronzées étendues devant elle, qui bavardait avec sa voisine de couverture, pendant que le mari de cette dame, à qui ses longs cheveux noirs et sa moustache donnaient l'allure d'un pirate, debout non loin d'elles, surveillait leur enfant qui jouait au bord de l'eau.

— Qui sont ces gens avec qui elle parle, maman ? demanda Tess.

— Je ne sais pas. Sans doute d'autres campeurs. Hé, si on offrait à maman la possibilité de se baigner, qu'est-ce que tu en penses ?

Tess hocha la tête, elle et son père se tournèrent vers le rivage et se mirent à nager.

Sur la couverture, à l'ombre d'un érable, Sean sommeillait, tandis que Dawn et l'autre jeune

13

femme, une blonde au teint clair, papotaient. Tess et Rob grimpèrent la pente herbue.

— Salut, vous deux ! leur lança Dawn, son grand sourire éclairant son visage. Annette, je vous présente mon mari Rob et ma fille Tess. Annette et son mari Kenneth sont propriétaires de cette auberge devant laquelle nous sommes passés, près de l'entrée qui mène au terrain de camping.

— Vraiment ? dit Rob en serrant la main d'Annette. Vous faites marcher l'établissement tous les deux ?

— Surtout moi, répondit Annette. Ken se lance dans l'écriture, alors quand mes parents nous ont laissé l'auberge, on a décidé de s'y installer. Il a plus de temps pour écrire.

— Posséder une auberge comme celle-ci, je pense que c'est le rêve de tout un chacun, rétorqua Dawn.

— C'est beaucoup de travail, soupira Annette.

L'homme aux cheveux noirs, à grandes enjambées, s'approcha du bord de l'eau, souleva dans ses bras son enfant qui protestait, et monta la pente pour rejoindre les adultes. Il posa la petite fille sur l'herbe et tendit la main à Rob.

— Kenneth Phalen.

— Et Lisa, lui rappela sa femme, désignant leur fille.

— Enchanté de vous rencontrer tous les deux. Votre femme me dit que vous êtes un auteur. Qu'est-ce que vous écrivez ?

Ken rejeta en arrière ses longs cheveux noirs.

14

— Eh bien, j'ai eu deux ou trois nouvelles publiées dans des revues. Dans l'immédiat, je travaille à un roman.

Il semblait prêt à se lancer dans une longue explication, mais Annette l'interrompit :

— Dawn m'a expliqué que vous êtes professeur au MIT ? Je suis impressionnée.

— Je ne suis que maître assistant, rectifia Rob.

— Quand même...

Tess, que leur conversation d'adultes barbait, observait Lisa, aux joues roses, qui titubait sur l'herbe, de ce pas chancelant propre aux tout-petits. Elle regrettait de ne pas avoir son appareil pour la photographier. La petite était aussi mignonne qu'une poupée avec ses boucles qui luisaient dans le chaud soleil de l'après-midi. Tess cligna les paupières; des nuages joufflus s'attroupaient dans le ciel, bientôt cette belle journée s'achèverait. Elle tourna une figure suppliante vers sa mère et accrocha son regard.

— Qu'y a-t-il, Tess ?

— Tu viens te baigner, maman ?

Dawn lui sourit, étonnée.

— L'eau est froide ?

Tess secoua la tête, les yeux écarquillés.

— Non, je t'assure.

— Vas-y, chérie, dit Rob. Je garde Sean.

Dawn n'était pas du genre à se faire prier pour s'amuser. Tandis que Rob se séchait et se laissait tomber sur la couverture auprès de son dernier fils, Dawn prit sa fille par la main.

15

— D'accord, allons-y, dit-elle avec un sourire, glissant une mèche brune derrière son oreille. Excusez-nous.

Tess la précéda, pataugea dans le lac. Phoebe, de l'eau jusqu'à la taille, se mit à les éclabousser.

— Chérie, ne m'éclabousse pas, dit Dawn. Il va me falloir un petit moment pour m'habituer.

Phoebe haussa les épaules, mais arrêta. Tess glissa de nouveau dans le lac comme un phoque, cependant sa mère fut plus précautionneuse – elle se frictionna les bras avec force « brrr », puis soudain inspira à fond et plongea pour émerger un instant après, en riant, derrière Phoebe. Elle adressa un signe de la main à Rob et à l'autre couple, sur la rive, et tous lui rendirent son salut.

Tess nagea vers sa mère qui jeta un coup d'œil vers la bande d'adolescents. Maintenant, Jake était assis parmi eux sur les rochers et participait bruyamment à la conversation. Il avait la jolie blonde à côté de lui.

— Papa dit qu'il cherche à plaire aux filles, annonça Tess à sa mère.

Dawn eut un sourire teinté de mélancolie.

— Il a grandi.

— Moi, je trouve qu'il devrait rester avec sa famille.

— Oh, bientôt, c'est toi qui seras là-bas.

— Non... Moi, je préférerai toujours être avec toi.

Dawn lui planta un baiser sur le front.

— Allez, viens. On attrape Phoebe. Pheebs, s'écria-t-elle. On va t'attraper !

Phoebe, qui flottait sur le dos, qui contemplait le ciel bleu et pommelé, se redressa. Le soleil fulgura sur la surface lisse de son médaillon « Espérance » qu'elle portait toujours au cou, pendu à une chaîne d'argent. C'était un cadeau d'anniversaire de leur marraine, et Tess avait exactement le même. Elle l'ôtait cependant pour se baigner, de crainte de le perdre.

— Quoi ? dit Phoebe.

— On va t'attraper, menaça Tess.

Les yeux rieurs de Phoebe s'arrondirent, elle hurla et s'éloigna en battant frénétiquement l'eau.

Jake rentra au campement, tout frissonnant, au coucher du soleil. Il enfila des vêtements secs, pendant que Rob allumait le feu et que Dawn cherchait pour chacun d'eux un bout de bois assez long pour rôtir des marshmallows quand leur dîner aurait fini de cuire sur le réchaud. À la lueur de la lanterne qui cuivrait leurs visages, ils mangèrent de bon appétit, décrétant que jamais à la maison la nourriture n'était aussi savoureuse, ce qu'ils répétaient chaque fois qu'ils campaient. Après le repas, ils se serrèrent autour du feu d'où s'envolaient des étincelles pareilles à une nuée d'abeilles orange. L'atmosphère crépusculaire de la montagne fraîchissait de plus en plus. Les jeunes étaient assis sur des rondins ou des souches, leurs parents sur des chaises pliantes. Tous firent rôtir leurs brochettes de marshmallows sur le feu.

17

Rob raconta des histoires de fantômes si familières que les filles criaient avant les principaux rebondissements. Ensuite, alors que les flammes mouraient, on s'embrassa et on se souhaita bonne nuit. Phoebe et Tess étaient en pantalon de survêtement, sweat-shirt à capuche molletonné et chaussettes pour se protéger du froid. Elles se courbèrent pour entrer dans leur tente, rampèrent dans leurs sacs de couchage et posèrent leur longue torche par terre, entre leurs matelas pneumatiques.

Tess fouilla dans son sac à dos et y pêcha l'appareil photo qu'elle avait quémandé, et reçu, pour son neuvième anniversaire. Elle braqua l'objectif sur Phoebe qui brossait ses cheveux blonds emmêlés.

— Pheebs...

Phoebe regarda sa sœur qui appuya sur le déclic.

— Repose ça, lui ordonna Phoebe. Je déteste qu'on me prenne en photo.

— Mais tu es super avec cette grande ombre derrière toi, dit Tess qui observait la silhouette de sa sœur, immense et noire comme un nuage d'orage dessiné sur la paroi de la tente.

— Je m'en fiche. Arrête.

Pour toute réponse, Tess la photographia encore, et Phoebe lança à sa cadette sa brosse à cheveux qui la heurta au front.

— Aïe ! glapit Tess, et elle baissa son appareil.

— Range ce truc.

Tess lui tira la langue, mais remit prudemment son appareil à sa place dans le sac à dos.

À ce moment, Jake apparut. Il avait de larges épaules, des traits réguliers, de beaux cheveux dorés qui bouclaient maintenant qu'ils étaient secs. Il s'accroupit à l'entrée de la tente. Il était en jean, bottes, et sweat-shirt du MIT.

— Dépêche-toi d'enlever tes bottes et de te coucher, dit Phoebe. Qu'on puisse éteindre la lumière.

Jake repoussa la porte de la tente et embrassa du regard le campement silencieux, les cendres du feu qui rougeoyaient encore. Il se rongea distraitement l'ongle du pouce.

— Je sors un petit moment, dit-il.

Tess le dévisagea, interloquée, mais Phoebe se rassit.

— Tu sors ? s'indigna-t-elle. Tu vas où ?

— Faire un tour en ville. À Stone Hill. Il y a un bal, ce soir.

— Tu ne peux pas partir, protesta Phoebe. Papa est au courant ?

Jake la fusilla des yeux.

— Non. Et je te conseille pas de le lui dire, sale mioche. Je serai là dans deux heures. C'est pas la mer à boire.

— Si c'est pas la mer à boire, pourquoi tu demandes pas à papa s'il est d'accord ? riposta Phoebe.

— J'ai pas à lui demander sa permission pour tout ce que je fais, s'énerva Jake.

— Il sera fou de rage s'il l'apprend, l'avertit Phoebe.

— Si vous la bouclez, toutes les deux, il l'apprendra pas, OK ?

19

Tess et Phoebe échangèrent un regard, Tess effrayée, Phoebe furieuse.

— Tu es censé rester ici avec nous, insista Phoebe.

— Ne fais pas le bébé. Vous êtes à un mètre de papa et maman. Je serai revenu avant que vous vous rendiez compte que je suis parti.

Phoebe secouait sa tête blonde.

— En plus, je vous filerai cinq dollars à chacune si vous vous taisez.

Les yeux de Tess s'éclairèrent, elle pensait à la pellicule qu'elle pourrait s'acheter. Elle n'en avait presque plus. Cela lui paraissait une très bonne affaire. Mais Phoebe considéra son frère aîné d'un air sévère.

— Si tu paies pas, je leur dirai. Et tu auras des problèmes.

— Je paierai, je paierai. Vous roupillez, maintenant, dit Jake d'un ton écœuré.

Il leur tourna le dos et quitta la tente. Tess serra contre elle le chien en peluche qu'elle avait amené et se pelotonna dans la chaleur de son sac de couchage. Elle se demandait si elle réussirait à dormir sans Jake sous la tente. Avant même qu'elle ait achevé de se poser la question, elle rêvait déjà.

Elle fut réveillée par un bruit de déchirure puis une bouffée d'air froid qui lui gifla la figure. Tess, toujours groggy, lutta pour ouvrir les yeux. La torche était encore allumée, Phoebe se redressait déjà. Soudain, ce que voyait Tess se précisa, et les battements de son cœur résonnèrent douloureusement.

Les yeux bleus de Phoebe étaient dilatés de frayeur, une main sale aux ongles rongés la bâillonnait. La lame d'un couteau entamait la peau de son cou. On avait lacéré le côté de la tente, près du sac de couchage de Phoebe, et un grand type affreux, affublé d'une veste militaire verte crasseuse, était accroupi là, il remplissait le trou et serrait Phoebe tout contre lui. Il avait des cheveux noirs ramassés en une queue-de-cheval hirsute et de grosses lunettes à monture noire.

Le cœur de Tess cognait. Elle se frotta les paupières, elle ne savait pas si elle était vraiment réveillée ou si elle faisait un cauchemar. Phoebe émit un son pitoyable et, des yeux, supplia Tess par-dessus les jointures de la main qui la muselait.

Courageusement, Tess regarda l'homme qui tenait sa sœur.

— Hé...

— La ferme, grogna-t-il. Silence.

Des frissons secouaient Tess de la tête aux pieds.

— Écoute-moi bien, petite. Si tu piaules ou si tu appelles quelqu'un, je tuerai ta frangine, là tout de suite. Tu piges ?

Tess avait l'impression qu'un oiseau pris au piège volait follement, battant des ailes dans sa cage thoracique.

— Tu piges ? répéta-t-il, pressant plus fort le couteau sur la gorge de Phoebe qui laissa échapper un gargouillis plaintif.

21

— Oui..., balbutia Tess.

— Pas un bruit. Le dis à personne. Sinon je la tuerai.

Les larmes emplirent les yeux de Tess, son menton tremblota.

— Je dirai rien.

Elle ne s'attendait pas à ce qui se passa ensuite. Phoebe fut arrachée à son sac de couchage et tirée par la déchirure de la toile de tente. Elle était là, et l'instant d'après... elle avait disparu.

La bouche de Tess s'ouvrit, béante, elle y plaqua ses deux petites mains. Elle n'apercevait par le trou aux bords tailladés que le noir, les ténèbres. Elle perçut un froissement de feuilles dehors, dans les bois. Comme si des monstres circulaient entre les arbres, capables de l'entendre si elle produisait le bruit le plus ténu. Elle n'osait ni bouger ni prononcer un mot. Elle pensait. Phoebe ! Elle revoyait la terreur dans les yeux de sa sœur, le couteau de l'homme qui luisait sur la gorge pâle.

Tess avait besoin de faire pipi, mais elle avait peur de faire un mouvement. Même si elle voulait y aller, elle ne pourrait pas se diriger dans l'obscurité pour atteindre les latrines faiblement éclairées sur le sentier du camping. D'ailleurs, elle ne savait pas aller là-bas sans Phoebe. C'était la règle. Elle et Phoebe formaient un tandem. Elles y allaient ensemble ou pas du tout. Les larmes se mirent à couler sur les joues de Tess à l'idée de sa sœur toute seule dans les bois avec l'homme au couteau. Elle pleura, elle attendit. Elle sentit

22

l'urine mouiller les jambes de son pantalon de survêtement, mais elle ne bougea pas. Elle resta longtemps ainsi, pétrifiée comme une statue.

— Bon Dieu. Qu'est-ce que... ?

Jake apparut, les yeux écarquillés, dans le trou de la tente.

— Tess, qu'est-ce qui s'est passé ?

Il jeta un regard circulaire.

— Tu vas bien ? Où est Phoebe ?

Tess le dévisagea, elle se demandait si elle devait lui dire.

— Où est Phoebe ? lui cria-t-il.

Avant que Tess se soit décidée à répondre, Jake recula.

— Papa ! hurla-t-il. Maman, papa, au secours !

En un instant, le campement fut un chaos de torches, de lanternes, de pleurs du bébé. Le père de Tess, affolé, entra à quatre pattes sous la tente, serra brièvement sa fille contre sa poitrine puis, l'agrippant par les bras, chercha son regard.

— Tess, que s'est-il passé ? Réponds. Qu'est-il arrivé à Phoebe ?

Dehors, elle entendait sa mère gémir et Jake implorer d'une petite voix :

— Je suis désolé, maman. Je suis désolé.

Tess éclata en sanglots.

— Je peux pas. Il m'a interdit. Il m'a dit de parler.

— Qui a dit ça ? demanda Rob DeGraff, blême, d'une voix hachée. Réponds, Tess. Immédiatement.

Le corps frêle de Tess tremblait. Les mots vinrent dans un murmure entrecoupé de larmes :

— L'homme qui a déchiré la tente avec son couteau. L'homme qui a emmené Phoebe.

— Quoi ? Rob, qu'est-ce qui s'est passé ? Tess va bien ? Où est Phoebe ? criait Dawn à l'extérieur de la tente.

Rob ravala une exclamation et se plia en deux, comme frappé par le couteau de l'horrible type.

— Oh, mon Dieu ! Oh, non.

Les gémissements paternels lui chavirèrent l'estomac et lui donnèrent la chair de poule partout. Jamais encore elle n'avait entendu pareille plainte émaner de son père. Il était celui qui riait toujours et affirmait que tout allait s'arranger. Mais pas cette fois. Cette fois, il était comme un animal qui gronde de douleur. Est-ce qu'il était fâché contre elle ? Elle ne le supporterait pas. Elle devait lui expliquer, pour qu'il comprenne.

— Papa, supplia-t-elle, il fallait que je fasse comme il disait. Il m'a dit de me taire quand il serait parti, sinon...

— Quoi, Tess ? Quoi ?

Elle baissa la tête.

— Sinon il la tuerait, souffla-t-elle.

2

Vingt ans après

— Erny, appela Tess, campée, les poings sur les hanches, sur le seuil de la chambre de son fils, qui semblait avoir été saccagée et pillée. Réponds-moi quand je te parle.

Erny, un garçon de dix ans mince comme un fil, aux yeux noirs pétillants, au teint mat et aux boucles noires indisciplinées, grimpa l'escalier de la maison.

— Le taxi est là, annonça-t-il.

— Qu'est-ce qui est arrivé à ta chambre ?

— J'ai fait mes bagages. Allez, maman, il faut partir.

Tess secoua la tête et referma la porte sur ce capharnaüm qu'était la tanière d'Erny.

— Quand on reviendra, tu me rangeras tout ça.

Il avait beau refréner son inépuisable énergie, Erny sautillait.

— Oui, oui. Viens, on va louper l'avion.

— On ne loupera pas l'avion, dit Tess calmement, même si elle avait l'estomac noué et se sentait au bord de la nausée. Où est ton sac ?

— En bas.

— Bon, mets ton pull et dis au chauffeur de taxi d'attendre. Je te rejoins.

Erny dévala l'escalier. Tess inspecta une dernière fois sa propre chambre. Son regard s'attarda sur la photo encadrée posée sur son bureau. Un instantané d'une fille blonde avec des bagues dentaires, des yeux bleus doux et rêveurs, qui brossait consciencieusement ses longs cheveux. Dans la lumière de la torche, son ombre se dessinait derrière elle, géante. Tess embrassa son index et, doucement, pressa son doigt sur la joue de la fille de la photo. Puis elle pivota, tira sur la poignée de sa valise qu'elle fit rouler jusqu'en haut des marches. Elle la souleva pour la descendre au rez-de-chaussée. Erny, dans l'encadrement de la porte d'entrée, suppliait le chauffeur de taxi de patienter.

Leur chat, Sosa – qui portait le nom d'un joueur de base-ball, l'idole d'Erny –, les observait, caché sous le divan du salon.

— Dis au revoir à Sosa. Il est sous le canapé.

Tandis que Tess prenait sa veste dans la penderie du vestibule, elle entendit Erny se jeter à plat ventre sur le tapis, murmurer des mots tendres à Sosa et lui promettre qu'il serait bien soigné par Jonah, le meilleur ami d'Erny. Jonah était le fils de Becca, la meilleure amie de Tess depuis l'enfance, et de Wade Maitland, son mari. Les Maitland habitaient à trois cents mètres de là, dans le même quartier de Georgetown. Wade était producteur exécutif dans l'équipe de documentaristes de Tess; c'était elle qui l'avait présenté à Rebecca. Ils étaient tombés

26

amoureux presque tout de suite, et depuis Tess avait gardé la réputation d'être une marieuse. Les deux jeunes femmes étaient heureuses que leurs fils s'entendent si bien. Cela conférait à leur vieille amitié une nouvelle dimension. C'était bon, songea Tess, d'avoir des amis sur qui s'appuyer. Surtout pour ce voyage, alors qu'elle se sentait particulièrement anxieuse et vulnérable.

— Tout ira bien, lança-t-elle à Erny.

Elle se répéta ces paroles en silence, tel un mantra. Comme si, ce faisant, elle pouvait se convaincre que c'était seulement un voyage banal, pour voir sa famille. Tout ira bien.

Tess s'examina dans le miroir du vestibule. Ses cheveux bruns, brillants, étaient partagés par une raie naturelle, légèrement sur le côté, et tombaient sur ses épaules, encadrant son visage ovale et ses yeux marron foncé. Elle avait le teint crémeux, éclatant de santé, et de profondes fossettes en forme de virgule qui se creusaient dans chaque joue au moindre soupçon de sourire. Une copine lui avait dit un jour que les hommes se ridiculisaient pour le seul plaisir de la faire rire et de voir ses fossettes. Malgré ses dénégations, Tess avait eu le sentiment que ce n'était pas faux. Aujourd'hui, comme à l'accoutumée, elle était très peu maquillée. Elle se demanda si sa chemise en soie et sa veste de tweed seraient assez chaudes pour la fin octobre en Nouvelle-Angleterre. Normalement, pour se rendre dans le New Hampshire elle aurait porté ses vêtements de travail – ample caban de toile imperméable pourvu de multiples poches, jean et grosses bottes. Sur le terrain, sa tenue devait être confortable et ne pas entraver ses mouvements.

Elle était cinéaste dans une équipe qu'elle avait rejointe lorsqu'elle était une stagiaire fraîche émoulue d'une école de cinéma, et qui tournait des documentaires pour la télévision publique et les chaînes du câble. Elle aimait toutes les facettes de son métier, y compris le fait qu'elle pouvait acheter la majeure partie de sa garde-robe professionnelle dans les magasins Eddie Bauer. Mais pour ce voyage, il lui semblait nécessaire de ressembler davantage à une femme d'affaires.

Soudain, il y eut un fracas dans le salon. Le cœur de Tess manqua un battement. Elle se précipita.

— Qu'est-ce que c'était ?

Erny, l'air très embêté, tenait deux triangles de porcelaine ébréchés qui constituaient auparavant une assiette carrée représentant une ancienne mappemonde. Tess l'exposait sur la table derrière le canapé.

Elle prit les morceaux brisés des mains d'Erny et les considéra tristement. Elle avait acheté cette assiette, qu'elle adorait, dans un marché aux puces parisien, il y avait longtemps de ça. Cependant vivre avec un enfant lui avait enseigné que de semblables mésaventures étaient fréquentes, et qu'il valait mieux ne pas trop s'attacher à des objets fragiles.

— Qu'est-ce qui s'est passé ?

28

— J'avais Sosa dans les bras, et puis il s'est enfui, et puis il a sauté sur la table. Il l'a pas fait exprès, maman.

— Je sais, soupira Tess qui posa précautionneusement les deux triangles sur le manteau de la cheminée. On pourra peut-être les recoller.

— Je vais chercher la colle ! s'écria Erny, plein d'espoir.

— Pas maintenant, il faut partir. Quand on reviendra.

— Sosa a peur de rester tout seul. Jonah, il a intérêt à s'occuper de lui, bougonna Erny, frappant sa paume de son poing.

— Il s'en occupera, sa maman y veillera. Allez, prends ton sac, dit-elle, s'efforçant d'adopter un ton enjoué pour ne pas peiner son fils. On a du pain sur la planche.

Erny, qui se laissait rarement abattre longtemps, épaula la bandoulière de son sac et tira sur la poignée de sa valise.

— Je suis prêt.

Tess lui sourit.

— *Vámanos !*

Le chauffeur les aida à ranger leurs bagages dans le coffre du taxi, après quoi ils s'installèrent sur la banquette arrière.

— À l'aéroport de Dulles, s'il vous plaît, dit Tess.

Erny colla son nez à la vitre pour contempler la rue. Tandis que la voiture démarrait, Tess tourna la tête vers leur maison de Georgetown. Une authentique maison de ville – un bâtiment à un étage, en brique, de style néocolonial, au

29

milieu d'un pâté de maisons mitoyennes et semblables, avec fenêtres à quatre vantaux agrémentées de jardinières, boiseries beurre-frais,
rampes du perron en fer forgé et marches en
marbre. Un arbre était planté devant la demeure
et l'école d'Erny se trouvait à deux cents mètres
de là. Tess était devenue propriétaire des lieux
grâce à sa part des bénéfices produits par la première vente de l'équipe à HBO. À l'époque, elle
avait vingt-trois ans et désirait simplement un
chez-soi. La maison s'était avérée à la fois un
excellent investissement et, plus tard, un indis-
pensable atout quand Erny était entré dans sa
vie.

Elle avait rencontré Erny alors que l'équipe
tournait un documentaire sur les grands-parents
obligés de servir de parents à leurs petits-
enfants. La grand-mère d'Erny, Inez, avait
perdu sa fille unique qui se droguait et vivait
dans la rue. Le garçonnet était né de père
inconnu. Dès le premier jour de tournage, Erny,
âgé de cinq ans, avait manifesté un intarissable
intérêt pour les moindres faits et gestes des
membres de l'équipe. Il s'était attaché à Tess, lui
posait mille questions sur la caméra. La grand-
mère d'Erny, pauvre et infirme, adorait son
petit-fils qu'elle protégeait farouchement, et les
séquences qui les concernaient figuraient parmi
les plus émouvantes.

Plusieurs mois après, le film était monté et
prêt à être diffusé. Tess avait téléphoné à Inez
pour les inviter, elle et Erny, à une projection.
Elle avait appris que, la vieille dame étant décé-

dée subitement, on avait confié Erny à une famille d'accueil. Immédiatement, Tess s'était débrouillée pour rendre visite à Erny dans la maison délabrée, en pagaille, de ces gens. Elle pensait que voir le film si tôt après la mort d'Inez risquait de traumatiser le petit garçon, mais Erny avait insisté pour assister à la projection. Les parents, qui s'occupaient de six gamins, semblaient indifférents. Pour finir, bourrelée de doutes, Tess avait accepté d'emmener Erny.

Il était fin prêt quand elle passa le chercher, bien peigné, vêtu de ses plus beaux habits. Il resta assis sans bouger, sa main dans celle de Tess, et suivit le film avec une extrême attention. Lorsqu'elle le reconduisit chez sa famille d'accueil, il se cramponna à elle en silence, refusant de la lâcher. Tess promit de revenir le voir, et il la regarda partir avec du désespoir plein les yeux. Tess rentra dans sa ravissante et paisible résidence.

Durant quelques jours, elle se répéta que la situation d'Erny était navrante, mais qu'on n'y pouvait rien. Elle se dit que ce n'était pas son problème, qu'elle n'avait pas de solution. Elle était jeune, célibataire, pas question d'assumer la charge d'un enfant, sinon elle n'aurait plus jamais de petit ami, de vie sociale. La nuit, elle se tournait et se retournait dans son lit; elle comprit enfin qu'elle n'évacuerait pas ses sentiments par le raisonnement. Six mois plus tard, l'adoption était officialisée et, depuis, Tess avait le statut de mère célibataire. Effectivement, sa vie sociale en avait pâti. Elle restait beaucoup à la maison et, quand elle sortait avec un homme, elle avait tendance à le juger en fonction de son attitude envers Erny. La plupart des hommes n'avaient aucune envie d'organiser leur existence par rapport aux besoins d'un enfant. Ceux-là déclaraient forfait et Tess découvrait, avec étonnement, que cela lui était égal. Quand ses amis la mettaient en garde, le sourcil froncé – tu finiras vieille fille –, elle prétendait s'en moquer. Mais, au fond de son cœur, elle partageait leur appréhension. L'adoption n'avait pas été un chemin facile, ni pour elle ni pour Erny. Pourtant, pas un instant elle n'avait regretté sa décision.

— Tu crois que, ce coup-ci, Dawn me donnera la permission de me servir du vélo de Sean ? demanda Erny.

Il ne se résolvait pas à appeler la mère de Tess « grand-mère ». Tess comprenait. Elle savait aussi qu'il aimait leurs visites à sa famille. Cependant, cette fois, ce serait différent. Pour tous les deux.

— Oui, j'en suis à peu près sûre.

— Et peut-être que, ce coup-ci, j'irai faire une balade en montagne.

— On verra.

À l'aéroport, après avoir fait enregistrer leurs bagages et s'être soumis aux contrôles de sécurité, Tess et Erny se dirigèrent vers la salle d'embarquement. Tess acheta un journal et un album de grilles de sudoku pour se distraire dans l'avion. Erny étant plus doué qu'elle pour ce jeu de chiffres, il ne se lassait pas de sa mine déconfite quand il trouvait la solution avant elle. Ensuite ils gagnèrent la salle bondée où ils dénichèrent deux sièges. Tess alla au comptoir demander à l'hôtesse au sol si elle savait à quelle porte ils devraient embarquer, à Boston, pour prendre leur correspondance.

La femme pianota sur le clavier de son ordinateur.

— Vous arriverez à Boston porte A 7, et vous partirez de la porte C 3 pour Unionville, New Hampshire.

— Il y a beaucoup de chemin à faire ?

Son interlocutrice secoua la tête et consulta les horaires des vols.

— Vous atterrissez à Boston à midi et vous décollez pour Unionville à treize heures. Vous aurez largement le temps.

Tess la remercia et rejoignit Erny qui se trémoussait sur son siège.

— Je peux regarder les avions s'envoler ? dit-il, montrant les baies vitrées, du sol au plafond, derrière le comptoir.

— Bien sûr. Mets-toi à un endroit où je peux te voir.

Erny bondit sur ses pieds et alla se plaquer contre les vitres pour contempler les avions sur le tarmac. Tess déplia le journal. L'article qu'elle cherchait était en quatrième page du *Washington Post* – daté de Stone Hill, New Hampshire.

Le bureau du gouverneur du New Hampshire, John Putnam, a confirmé aujourd'hui que seraient annoncés dès demain les résultats de l'analyse ADN dans le cadre de l'affaire Lazarus Abbott, exécuté voici dix ans dans cet État pour le viol et le meurtre de Phoebe DeGraff, âgée de treize ans. Il y a vingt ans, la jeune fille était kidnappée sur les lieux où sa famille campait dans le parc national des White Mountains. Son corps devait être découvert deux jours après dans un fossé au bord d'une route. S'appuyant sur la description du seul témoin oculaire, la jeune sœur de la victime, le commissaire Aldous Fuller arrêtait Abbott, vingt-trois ans, un délinquant sexuel récidiviste qui vivait toujours avec sa mère et son beau-père. Du sperme prélevé sur les sous-vêtements de la victime correspondait au groupe sanguin d'Abbott. Le procès ne dura que trois jours, et il ne fallut qu'une heure de délibérations aux jurés pour rendre leur verdict et condamner l'accusé à la peine de mort.

Malgré des preuves tangibles plutôt maigres, la déposition du témoin oculaire fut accablante. La sœur de la victime, Tess DeGraff, âgée de neuf ans – présente au moment de l'enlèvement – identifia catégoriquement Abbott comme l'individu qui avait déchiré le côté de leur tente et lui avait ordonné de ne pas crier, faute de quoi il tuerait Phoebe avec le couteau qu'il tenait dans la main. Le visage livide et grave de la fillette ainsi que son inébranlable certitude scellèrent le destin d'Abbott, lequel, après avoir épuisé toutes les voies de recours, fut exécuté il y a dix ans.

Abbott clama son innocence jusqu'à son dernier souffle. Sa mère, Edith Abbott, réussit finalement à persuader Ben Ramsey, un avocat local, de défendre sa cause et d'obtenir que les indices réunis au moment du crime fassent l'objet d'une analyse d'ADN. Ce type d'analyse n'était pas largement répandu à l'époque, et les tribunaux ne virent pas la nécessité de l'exiger durant les années qui précédèrent et suivirent l'exécution d'Abbott. Mais le gouverneur Putnam, récemment élu et qui se déclare hostile à la peine de mort, a accepté la requête de Me Ramsey et ordonné cette analyse.

La police de Stone Hill était encore en possession des fameux indices, i.e. le sperme prélevé sur les vêtements de Phoebe DeGraff, et les fragments de peau sous ses ongles. Les tests ont été pratiqués au centre médico-légal de Toronto. Edith Abbott a toujours affirmé que les résultats laveraient le nom de son fils. Ils seront annoncés demain par le gouverneur, dans les bureaux du Stone Hill Record, un journal local qui s'est joint à Ramsey pour demander instamment l'analyse ADN, bien que le quotidien ne soit pas le champion de Lazarus Abbott. « Les habitants de cette ville ont depuis

35

longtemps le sentiment que, dans cette affaire, la justice a été rendue», a dit Channing Morris, rédacteur en chef et propriétaire du Stone Hill Record, *se faisant ainsi l'écho de l'opinion générale dans la région où on considérait Abbott coupable. «Je trouve cette histoire navrante, a ajouté le rédacteur en chef. Mais nous n'avons rien à craindre de la vérité. Qu'elle éclate au grand jour et que l'on puisse tourner la page une bonne fois pour toutes.»*

— Votre attention, s'il vous plaît ! claironna dans les haut-parleurs la voix de l'hôtesse au sol. Nous allons commencer l'embarquement du vol 2-80-6 pour Montréal, avec escale à Boston.

Erny se précipita vers Tess.

— Maman, c'est nous. Vite, pose ton journal.

Tess sursauta, brusquement ramenée au présent. Crispée, elle sortit leurs cartes d'embarquement et referma son sac. Elle se força à sourire à son fils.

— Tu es pressé de partir ?

Erny hocha la tête.

— Tu crois qu'oncle Jake m'emmènera dans sa camionnette ?

— Oh, certainement.

— Allez, debout.

— Doucement. On n'embarque pas avec ce groupe. Assieds-toi une minute.

Erny se laissa tomber sur un siège, balançant sa jambe. Tess se replongea dans son journal et lut le dernier paragraphe de l'article :

Edith Abbott attend avec impatience les nou-
velles de demain – les résultats qui devraient
prouver que son fils a été exécuté pour un
crime qu'il n'a pas commis. « Je ne suis pas
inquiète », nous a-t-elle dit aujourd'hui, alors
qu'elle était au côté de Ben Ramsey, l'avocat
qui a diligemment travaillé pour elle. « Cette
fois, le monde saura dès demain que mon fils
était un homme innocent. »

— Tu parles, marmonna Tess en repliant le
quotidien.
— Quoi ? fit Erny.
— Rien. Allons-y.
Elle ajusta la bandoulière de son sac sur son
épaule, et tous deux se mêlèrent à la file de pas-
sagers prêts à monter à bord de l'avion. En passant devant une corbeille à papier, Tess y jeta le
journal.

3

Tess et Erny firent rouler leur valise dans la passerelle télescopique et franchirent la porte de débarquement à l'aéroport d'Unionville. Tess chercha des yeux sa belle-sœur, Julie, qui devait venir les chercher. Elle ne l'aperçut nulle part. En revanche, des journalistes munis de micros et des cameramen s'attroupaient dans le hall. Tess eut le pressentiment qu'ils étaient là à cause de la conférence de presse du lendemain. Elle savait que l'affaire faisait grand bruit sur Internet, ainsi qu'aux actualités télévisées. Elle baissa la tête, espérant qu'ils n'avaient pas eu vent de son arrivée et n'étaient pas là pour elle.

Elle fit signe à Erny de la suivre, tira ses bagages jusqu'à une rangée de sièges, dans une zone déserte, prit son téléphone portable et appela celui de Julie. Sa belle-sœur répondit après plusieurs sonneries. La réception était mauvaise, et Julie semblait exaspérée.

— Je suis bloquée dehors, j'essaie de me garer, rouspéta-t-elle. Il y a des centaines de vans de télé qui nous empoisonnent parce que le gouverneur débarque. Tu sais... pour demain. Ne bouge pas. Je serai là dès que j'aurai trouvé une place.

— On peut sortir et venir à ta rencontre, suggéra Tess – trop tard, Julie avait déjà raccroché.

Tess rangea son mobile. Bon, pensa-t-elle. Les journalistes attendaient le gouverneur. La nervosité lui avait fait craindre qu'ils ne la guettent. Mais de toute manière, comment l'auraient-ils reconnue ? Vingt ans après, elle ne ressemblait plus du tout à la fillette qui avait témoigné contre Lazarus Abbott.

— OK, Erny, dit-elle. Tante Julie ne tardera pas. Je vais aux toilettes. Toi aussi ?

Il secoua la tête.

— Alors, je te confie mon sac. Tu m'attends ici, d'accord ?

— Je peux m'acheter quelque chose à boire ?

Tess pêcha un billet dans sa sacoche et le tendit à son fils.

— Tiens. Il y a un kiosque à journaux par là, sur la droite. Achète-toi ce que tu veux, mais garde un œil sur les bagages. Je reviens.

Tess le regarda foncer vers le kiosque, et entra dans les toilettes. Ensuite elle vérifia son maquillage dans le miroir. Sous les néons peu flatteurs, elle paraissait fatiguée, vannée. Elle se passa un peu de rouge à lèvres et s'apprêtait à sortir, lorsqu'elle entendit un faible cri provenant de la cabine du fond. Elle hésita. Le cri retentit de nouveau.

— Tout va bien ? demanda Tess, embarrassée.

— J'ai besoin d'aide.

Tess se dirigea vers les W.-C. réservés aux handicapés et poussa la porte qui n'était pas fermée à clé. Le battant pivota. Elle découvrit

39

une femme chétive, à l'ossature délicate et dont la coiffure lui donnait l'air d'une gamine, effondrée sur le sol de la vaste cabine.

— Oh, mon Dieu... Ça va ?

Tess s'accroupit et saisit la malheureuse par les aisselles. La femme portait une tunique en cachemire, douce au toucher. Tess eut l'impression que ses bras menus étaient en caoutchouc.

— Si vous pouviez juste m'aider à me relever.

— Bien sûr, répondit Tess. Bien sûr, répéta-t-elle, et elle remit la femme debout.

Celle-ci semblait plus déprimée que gênée.

— Je suis navrée de vous déranger. J'ai un... problème. Quelquefois je... je perds l'équilibre. Pourriez-vous juste m'aider à sortir d'ici ? Ces sols sont glissants. Mon mari est dehors. Il m'attend.

— Je vous amène jusqu'à lui.

Tess enlaça la taille frêle de la malheureuse et, cahin-caha, toutes deux se mirent en marche. Les manches de la tunique remontèrent sur les minces avant-bras de la femme – constellés de bleus, remarqua Tess.

— Vous êtes certaine que ça va ?

— Très bien, répondit la femme d'un ton sec. Il y a du chambardement aujourd'hui, n'est-ce pas ? ajouta-t-elle, manifestement désireuse de changer de sujet.

— Vous l'avez dit.

— C'est à cause de l'arrivée du gouverneur. Mon mari et moi sommes là pour l'accueillir. Il loge chez nous, précisa-t-elle avec fierté.

— Vraiment ?

— Mon mari et lui ont fait leurs études universitaires ensemble. Mon mari publie un journal.

Elles avaient émergé des toilettes. Un homme étonnamment séduisant, aux cheveux noirs et soyeux qui lui balayaient le front, accourut.

— Sally, s'exclama-t-il. Que s'est-il passé ?

Vêtu sans soin, il avait de grands yeux gris, perçants, aux iris ourlés de noir.

— Je vais bien. J'ai eu une petite crise, mais cette dame m'a aidée, répondit Sally.

— Oh, merci infiniment, dit-il, soutenant son épouse et libérant ainsi Tess. Je vous suis très reconnaissant.

— Il n'y a pas de quoi.

— Maman ! claironna Erny qui traversait le hall au galop, muni d'une bouteille de soda et d'un album illustré.

Tess sentait que son interlocuteur allait se présenter, présenter sa femme, s'intéresser à Erny et à elle-même. Or elle ne voulait surtout pas décliner son identité. Un journaliste qui s'apprêtait à accueillir le gouverneur reconnaîtrait fatalement le patronyme de Tess et aurait aussitôt mille questions à la bouche. C'était précisément ce qu'elle souhaitait éviter.

— Viens, dit-elle à Erny. Il faut nous dépêcher.

Elle adressa au couple un sourire amical et, d'un coup de coude, intima à Ernie de prendre son bagage.

Soudain, elle entendit quelqu'un crier son nom. Levant les yeux, elle avisa sa belle-sœur

41

Julie, une femme à lunettes lourdement charpentée, ses cheveux blonds coupés de façon sévère. Par-dessus sa tenue d'infirmière, Julie portait un gros chandail bigarré qu'elle avait vraisemblablement tricoté elle-même. Le tricot et l'église étaient les principaux centres d'intérêt de Julie, maintenant que sa fille était adulte et avait quitté le nid. Un doux sourire illuminant sa figure ronde, Julie agita la main avec enthousiasme.

Tess lui rendit son salut. Quoique frisant à peine la quarantaine, sa belle-sœur paraissait beaucoup plus âgée. Elle était adolescente quand Jake l'avait connue, lors des fatidiques vacances de la famille à Stone Hill. À l'époque, Julie était une beauté juvénile à la longue chevelure ondulée et à la silhouette harmonieuse. Jake et elle étaient tombés amoureux avec la fougue de la jeunesse, vite et éperdument. Durant les journées qui avaient suivi la disparition de Phoebe, puis ensuite, pendant le procès, Julie était restée collée à Jake. Tess se revoyait encore épiant les jeunes amants assis quasiment l'un sur l'autre dans un coin du salon, à l'auberge de Stone Hill dont les propriétaires avaient mis des chambres à la disposition des DeGraff – moyennant un prix dérisoire – pour toute la durée de cette ordalie. Un an plus tard, son bac en poche, Jake s'était installé à Stone Hill pour être avec Julie, et ils s'étaient mariés bientôt après. Leur unique enfant, Kelli, était à présent dans l'armée. Jake, lui, avait une entreprise de peinture en bâtiment.

Julie ouvrit les bras, étreignit Tess puis Erny.

— Oh ! là là ! s'exclama-t-elle, couvant le garçon d'un regard admiratif. Ce que tu es grand.

Erny haussa les épaules, mais sourit. Sa tante était toujours gentille envers lui.

— Vous avez d'autres bagages ? demanda Julie.

— Non, nous sommes parés.

— Alors, en route. Je suis garée par là.

Soudain, elle remarqua le journaliste qui incitait son épouse à s'asseoir et se reposer.

— Chan ! s'exclama-t-elle.

L'homme parut désorienté. Il fronça les sourcils, glissa les doigts dans ses cheveux indisciplinés pour dégager son front. Puis, brusquement, une lueur s'alluma dans ses yeux gris, clairs.

— Julie... Bonjour. Je ne t'ai pas vue depuis...

— Longtemps, acheva Julie qui considéra d'un air interrogateur la femme si menue pendue au bras du dénommé Chan.

— Oh... voici mon épouse Sally.

— Comment allez-vous ? dit Julie d'un ton chaleureux, souriant à la fragile créature. J'ai entendu parler de vous. Je suis enchantée de vous rencontrer enfin. C'est mon mari qui a peint votre maison, cet été.

Le sourire de la femme métamorphosa son visage à l'expression douloureuse.

— Oh, oui. Bien sûr. Comment va Jake ?

— Bien. Nous allons tous les deux très bien, répondit Julie avec entrain. Alors, qu'est-ce que vous faites ici ?

43

— Nous venons chercher le gouverneur, expliqua Chan. Il arrive tout droit d'un meeting du parti à St Louis. On était copains, à la fac, et je l'ai invité à dormir chez nous ce soir.

— Ah... Chan, Sally, permettez-moi de vous présenter ma belle-sœur, Tess DeGraff. Elle aussi, elle est venue avec son fils pour le communiqué de demain. Tess, voici Channing Morris, le propriétaire du *Stone Hill Record* où aura lieu la conférence de presse. Et voici sa femme.

Tess se recroquevilla intérieurement, mais s'arracha un sourire.

— Nous avons déjà fait connaissance.

— Pas officiellement, dit Chan. Je n'avais pas réalisé que vous étiez... impliquée dans cette affaire. Ce doit être une terrible épreuve pour votre famille. Si cela peut vous consoler, la plupart d'entre nous pensent qu'Edith Abbott est un peu timbrée. Que ceci reste entre nous, plaisanta-t-il.

— Merci, répliqua Tess. Franchement, je respirerai quand ce sera terminé.

— Je m'en doute. Si vous êtes dans les parages un moment, s'empressa-t-il d'ajouter, j'aimerais beaucoup m'entretenir de tout ça avec vous, pour le journal.

Elle s'obligea à garder une expression polie. Malgré son sourire désarmant, Chan Morris était un journaliste qui avait un quotidien à vendre, or l'histoire de Tess était des plus juteuses. Même Wade Maitland, son très cher ami et producteur exécutif de l'équipe, s'était évertué à la convaincre qu'ils devraient

44

l'accompagner dans le New Hampshire et filmer en prévision d'un éventuel documentaire sur l'épineuse question de la peine de mort. Tess avait catégoriquement refusé. Pour elle, il ne s'agissait pas d'une quelconque histoire, mais de l'interminable cauchemar de sa famille.

— Eh bien... peut-être, quand ce sera fini, dit-elle. Aujourd'hui, nous sommes tous un peu nerveux.

— Naturellement, rétorqua Chan qui consulta sa montre. L'avion du gouverneur va atterrir d'une minute à l'autre. Mon épouse est tellement tendue à cause de cette visite, ajouta-t-il, décochant un regard indulgent à la jolie femme accrochée à son bras. Depuis des jours, elle se tracasse pour la maison et le repas.

Sally s'empourpra.

— C'est un invité important.

— Je suis sûre que tout sera superbe. Vous avez une si belle demeure, dit Julie.

— Êtes-vous venue chez nous ? demanda Sally, déroutée.

— Non, non. Pas depuis des années. Mais tout le monde connaît le domaine Whitman...

— À ce propos, Julie, dit Chan, son ton amical se faisant nettement plus cassant. Tu peux demander à Jake quand il compte terminer de peindre les fenêtres du second ? La maison a l'air... inachevée. Franchement, avec le gouverneur qui vient chez nous, c'est un peu gênant. J'ai laissé à Jake une dizaine de messages, mais...

— Il n'a toujours pas fini les boiseries ? coupa Julie, les joues roses. Je suis désolée, Chan. Je ne sais pas à quoi il pense.

— Je l'ai payé et il a disparu.

— Je lui en parlerai. Je suis vraiment confuse.

— Tu n'y es pour rien. Bon, il vaudrait mieux nous approcher de la porte de débarquement. Ravi de vous avoir rencontrée, Tess. Je suis certain que demain, les choses se passeront... comme nous l'espérons.

— Merci. Je suis moi aussi enchantée de vous avoir rencontrés, dit Tess tandis que le couple, sur un dernier sourire, s'éloignait.

Julie branlait la tête.

— Qu'est-ce que je vais faire de lui ?

— De qui ? interrogea Tess.

— Ton frère. Il ne termine jamais ce qu'on lui commande. Il a peint leur maison cet été. On est fin octobre, et les boiseries ne sont pas encore finies. Je ne sais plus quoi faire. Si je lui dis quelque chose, il pique une crise et me répond de m'occuper de mes oignons.

— Ah, Jake...

— Je te le dis, Tess, il a une réputation déplorable dans cette ville.

Julie avait probablement raison, Tess en était consciente mais ne voulait pas se laisser entraîner dans une discussion sur les défauts de son frère et sa vie conjugale.

— Ils sont gentils, apparemment, déclara-t-elle pour changer de sujet, désignant le directeur du journal et son épouse qui marchaient à pas lents dans le hall.

46

— Chan ? Oh, oui. Seigneur, je connais Chan depuis qu'il s'est installé ici, à l'époque du collège.

Julie prit cette expression grave qu'elle arborait quand elle s'apprêtait à relater quelque histoire dramatique.

— Il a perdu ses deux parents en une année, et il a dû venir vivre chez sa grand-mère.

Tess jeta un coup d'œil à Erny, espérant qu'il n'écoutait pas, que l'évocation de la triste enfance du journaliste ne lui rappellerait pas son propre sort. Mais Erny, comme la plupart des gamins, ne se passionnait pas pour les conversations des adultes.

— On ne parlait que de lui en ville, quand il est arrivé, poursuivit Julie. Il faisait tourner les têtes, je te le garantis. Toutes les filles, au collège, avaient le béguin. Je suis même sortie avec lui un certain temps, précisa-t-elle, non sans fierté.

— Vraiment ?

Tess comprenait aisément que le visage séduisant de Chan Morris et ses yeux gris aient fait battre le cœur des jeunes filles.

Julie opina.

— Mon père nourrissait de grandes espérances. Il m'imaginait dans le rôle de Mme Channing Morris, menant la belle vie dans l'immense maison du domaine Whitman. Je n'ai pas eu cette veine, soupira-t-elle.

Tess fut contrariée d'entendre Julie regretter ouvertement d'avoir, au lieu de Chan, épousé Jake. Son frère avait des défauts, mais pour ce

47

qu'elle en savait, il avait travaillé dur et adorait sa fille Kelli. Et dans la mesure où Channing Morris n'avait même pas reconnu Julie, au début, il était clair que le journaliste ne partageait pas sa nostalgie.

— Sa femme est charmante, dit Tess.

— Oui, elle a l'air douce. Mais c'est bien triste. Elle a une maladie musculaire. Tu as vu comme elle s'appuie sur Chan ? Quand elle est seule, elle doit se servir d'une canne ou se déplacer en fauteuil roulant. Tout le monde la connaît, à l'hôpital. Apparemment, on ne peut pas grand-chose pour elle.

— C'est triste, en effet.

— Une tragédie, pour tous les deux. Pourtant, quand on les voit, on croirait que le monde leur appartient.

— C'est vrai, murmura Tess. Comme quoi, les apparences sont trompeuses.

Elle passa un bras autour des frêles épaules d'Erny et, ensemble, ils suivirent Julie qui extirpait ses clés de voiture de son sac tout en parlant du directeur de journal et de son épouse. Tess songea de nouveau au chagrin de sa famille et à la sinistre mission qui motivait sa venue ici. Sans se rendre compte qu'elle avait perdu son public, Julie discourait toujours, tout en les guidant vers les portes automatiques et le parking de l'aéroport.

L'Auberge de Stone Hill était une maison aux volets vert foncé et aux façades revêtues de bardeaux blancs, dans le style traditionnel de la Nouvelle-Angleterre. L'entrée était flanquée de deux bancs en vis-à-vis, pareils à des bancs d'église et du même vert que les volets. Ces bancs s'appuyaient à des treillages blancs qui, l'été, disparaissaient sous des roses saumon dont il ne restait à présent que les tiges brunâtres accrochées aux entrecroisements de bois. L'auberge se dressait au bout d'une route tranquille, entourée de champs roussis délimités par des murets de pierre grise. Des arbres, que les derniers feux de l'automne embrasaient encore, les bordaient.

Dawn ouvrit la porte alors qu'ils montaient l'allée et se précipita pour les accueillir, frissonnant dans son léger cardigan. Leo, son labrador sable, l'escortait.

— Bonjour, maman, dit Tess en l'embrassant. C'est bon de te voir.

— Tu es magnifique, dit Dawn qui s'écarta de Tess pour mieux la contempler. Et toi..., ajouta-t-elle, se tournant vers Erny.

À genoux, les bras noués autour du cou du chien qui lui léchait copieusement la figure, il grimaçait d'extase.

— Hé, à mon tour ! dit Dawn.

Erny se redressa et se jeta contre Dawn qui l'étreignit longuement et tendrement. Dawn avait quitté Boston pour Stone Hill après le décès de Rob DeGraff, mort d'une crise cardiaque à quarante-sept ans. Tess avait toujours pensé que le stress et le choc dus au meurtre de Phoebe avaient miné la santé de son père. Alors

49

qu'elle était en congé et rendait visite à Jake et Julie, Dawn était tombée sur une petite annonce : on cherchait un gérant pour l'Auberge de Stone Hill. Lorsqu'elle avait questionné Jake sur les Phalen, il lui avait expliqué que leur fille, Lisa, s'était suicidée à l'âge de quatorze ans. Ensuite, Annette s'était mise à boire ; son mari, Kenneth, et elle s'étaient séparés. Ils avaient vendu l'auberge, déménagé. Le nouveau propriétaire ne considérait le petit hôtel que comme un investissement.

Dawn s'était surprise à poser sa candidature. On lui avait confié la gérance de l'établissement. Elle s'était installée à l'auberge avec Sean, qui avait passé son bac à Stone Hill puis était aussitôt parti pour l'Australie avec deux de ses copains. Quand elle parlait du départ précipité de son benjamin pour l'Australie, Dawn disait qu'il faisait « sa marche dans le désert[1] ».

Tess avait toujours admiré l'incroyable force de sa mère. Dawn les avait tous portés à bout de bras après le meurtre de Phoebe et n'avait pas flanché, même après avoir perdu Rob. Mais la solidité, ce n'était ni le bonheur ni la sérénité. Il y avait du vide dans les yeux de Dawn. Elle évoluait dans la vie avec son efficacité et sa détermination coutumières, cependant son visage était émacié et son optimisme semblait s'être enfui pour ne jamais revenir, le jour où l'on avait découvert le corps inerte de Phoebe.

---

1. Allusion aux Aborigènes. (*Toutes les notes sont de la traductrice.*)

Maintenant les cheveux de Dawn grisonnaient et ses traits paraissaient plus tirés qu'à l'ordinaire.

— Entrez. Julie, tu restes pour le thé ? J'ai fait les biscuits que tu aimes, des mini-barquettes.

Julie secoua la tête avec un regret non dissimulé.

— Oh oui, je les aime. Seulement, il vaudrait mieux que je prenne la direction de l'hôpital. Je remplace une copine, et je commence mon service dans une demi-heure. Dites à mon mari, quand il reviendra du travail...

Elle hésita, se ravisa.

— Rien. Je lui parlerai moi-même.

— Merci d'être allée chercher Tess et Erny. J'ai horreur de faire le trajet jusqu'à l'aéroport.

La plupart des gens prononçaient « Eur-ny » comme le nom de la marionnette de Sesame Street, mais Tess nota que sa mère, avec la sensibilité qui la caractérisait, disait « Air-ny », comme Tess, et s'efforçait même de rouler le *r*. Tess lui avait naguère expliqué qu'elle voulait prononcer le nom de son fils ainsi que le faisait la grand-mère de l'enfant, Inez, et Dawn avait aussitôt compris.

— Heureusement que vous n'y êtes pas allée. C'était un véritable asile de fous, entre les journalistes et l'arrivée du gouverneur...

— Tu assisteras à la conférence de presse, demain ? demanda Tess.

— Je serai de nouveau de service. Désolée. Mais je vous retrouverai après.

— Tu sais si Jake viendra ?

— Oh, il ne manquerait ça pour rien au monde, je te prie de le croire, répondit Julie, levant les yeux au ciel. Bon, je me dépêche. On se reparle plus tard.

— Entrez, tous les deux, dit Dawn, qui les poussa à franchir, derrière un Leo bondissant, le seuil de l'auberge.

Un large vestibule débouchait sur le couloir principal, lequel desservait, à droite, une bibliothèque lambrissée dont la porte demeurait généralement ouverte et qui comportait deux fauteuils à oreilles et un canapé en cuir. À gauche se trouvait une vaste salle de séjour avec une cheminée. L'intérieur du petit hôtel était peint dans des tons sourds mais ravissants de bleu ardoise et vert tilleul, qui s'harmonisaient à merveille avec les tapis de laine au point noué, le mobilier de style colonial, confortablement rembourré et recouvert de tissu imprimé à fleurs, ainsi que les nombreuses tables en bois ciré et luisant.

— J'ai dû vous installer dans la même chambre, s'excusa Dawn qui pêcha une grosse clé dans la poche de sa jupe. Avec tous les journalistes qui sont en ville pour la déclaration du gouverneur, on est complet.

— Oh non, maman, gémit Tess. Ne me dis pas que des reporters logent ici. On n'aura pas une minute de tranquillité.

— Non, non. Je crois avoir réussi à éliminer tous les gens qui auraient un rapport avec les médias. Mais il y a quand même beaucoup de curieux, et toutes les chambres sont occupées.

— Ce n'est pas grave, maman. Ça ne nous dérange pas de dormir ensemble.

Dawn agita la clé.

— C'est au bout du couloir. Erny, tu veux bien aller ranger vos bagages ? Et tu ouvres la porte de la cuisine pour Leo, d'accord ?

— D'accord, dit Erny qui saisit promptement la clé et s'éloigna, le labrador sur les talons.

— Viens te réchauffer au salon, proposa Dawn.

Un feu brûlait déjà dans la large cheminée noircie par les ans.

— Assieds-toi donc.

Tess se laissa tomber sur le canapé et observa sa mère qui ajoutait une bûche sur les chenets et la mettait en place à l'aide du tisonnier.

— Tu vas bien, maman ?

— Mais oui, chérie, répondit distraitement Dawn.

— Tu dois appréhender cette conférence de presse de demain.

Dawn contemplait les flammes.

— En fait, je ne... je n'irai pas. Je n'affronterai pas tout ça de nouveau, non... J'attendrai ici, je pense. Oui, je resterai ici avec Erny.

Tess en fut stupéfaite. Elle avait supposé que sa mère serait présente.

— Tu es sûre ?

Dawn dévisagea sa fille.

— Je ne pourrai pas.

Tess se leva et étreignit sa mère qui se tenait toute raide, les yeux vides. Dawn semblait engourdie, comme enfermée dans une bulle d'où elle regardait le monde avec détachement. Tess la tenait dans ses bras, pourtant elle pleurait sa fougueuse et exubérante mère, une femme qui n'était plus qu'un souvenir.

— Ça n'a pas d'importance, ne t'inquiète pas. Jake et moi, nous irons. Laisse-nous faire. On représentera la famille. Bizarrement, ajouta-t-elle d'un ton sinistre, j'ai hâte d'y être.

Comme la porte d'entrée s'ouvrait, Dawn se dégagea de l'étreinte de sa fille.

— Quand on parle du loup...

Tess pivota. Son frère pénétrait dans la pièce, affublé d'une veste de chantier usée, sa tignasse blonde constellée de peinture séchée. Il avait la peau tannée, ses cheveux commençaient à se clairsemer, des rides se dessinaient autour de ses yeux et de sa bouche, cependant il n'avait pas perdu sa rude beauté.

— Tu as manqué ta femme de peu, dit Dawn.

— J'ai pas eu cette chance, bougonna Jake. Je l'ai croisée sur la route. Elle s'est arrêtée le temps de me dire quel crétin je suis. Salut, Tess.

Le frère et la sœur s'embrassèrent brièvement, puis Jake s'assit près de la cheminée, dans un fauteuil Windsor d'aspect fragile.

— Vous avez fait un bon voyage ?

— Pas mal. Erny range nos bagages dans la chambre. Il est ravi d'être ici. Il ne comprend pas vraiment ce qui se passe.

— Ça vaut mieux pour lui.

— Apparemment, demain ce sera un sacré spectacle.

— L'imbécile, marmonna Jake.

Jake était en colère. Rien d'inhabituel, pensa Tess. Il était en colère depuis des années. Il avait toujours eu une explication à donner sur ce qui le mettait en fureur, cependant Tess soupçonnait que tout cela remontait à cette nuit d'autrefois, quand sa décision d'aller en ville et de laisser ses sœurs seules avait abouti à la catastrophe.

— Qui est un imbécile ? interrogea-t-elle.

— Le gouverneur Putnam. Parce que tout ça, c'est de la politique. Un coup pour sa carrière. Il croit que Lazarus Abbott sera disculpé et que lui, Putnam, va être sur la scène nationale le grand héros de la lutte contre la peine de mort. J'ai hâte que ça lui pète à la gueule. Et cet avocat qu'Edith Abbott a engagé. Ramsey.

Jake secoua la tête.

— J'ai lu dans le journal qu'il était de la région, dit Tess.

— De la région, certes, mais depuis peu, rectifia Dawn. Il n'habite dans le coin que depuis un ou deux ans. N'est-ce pas, Jake ?

— Ouais. C'était un gros bonnet du barreau de Philadelphie, ici il n'avait qu'une maison de vacances. Ensuite sa femme est décédée et il s'est installé chez nous à plein temps. Il a préféré quitter la jungle pour vivre au milieu des « petites gens ».

— Jake, tu n'en sais rien, dit Dawn.

— Bref, sitôt débarqué, il s'est chargé de ce boulot à la noix. Edith Abbott. Il s'imagine sans doute qu'on est tellement ploucs qu'on a condamné un innocent. Pourquoi les types comme lui se mêlent pas de leurs putains d'affaires ?

— Jake, gronda Dawn. Erny...

Tous tournèrent les yeux vers la porte du salon et virent Erny se faufiler dans la pièce. La figure de Jake s'éclaira.

— Salut. Comment il va, mon gars ? Viens par ici.

Enchanté, Erny s'approcha de son oncle, lui tapa dans la main et pouffa de rire lorsque Jake le serra dans ses bras puissants.

— Toi et moi, on va bien s'amuser pendant ton séjour. On ira au boxon, on se fera tatouer. Qu'est-ce que t'en dis ?

Erny, les yeux ronds, se tourna vers sa mère.

— Je peux ?

— Non, répondit Tess, médusée.

— Je vais à la cuisine. J'ai préparé ces biscuits..., dit Dawn. Erny, tu veux bien m'aider ?

— OK.

Il avait de l'énergie à dépenser et ne rechignait jamais à la besogne. C'était l'une des nombreuses raisons qui rendaient Tess fière de son fils.

À cet instant, la porte d'entrée se rouvrit.

— J'y vais ! lança Erny qui courut dans le vestibule avant qu'on ait pu l'en empêcher.

Tess entendit des murmures, et Dawn alla voir s'il s'agissait d'un client potentiel. Une minute après, elle revint dans le salon.

— Nous avons de la compagnie, déclara-t-elle, écarquillant les yeux en guise d'avertissement.

— Qui est-ce ? demanda Tess.

— Nelson Abbott. Entrez donc, Nelson.

Tess regarda Jake.

— Abbott ? chuchota-t-elle.

— Le beau-père de Lazarus, expliqua-t-il à voix basse.

Tess observa avec circonspection l'individu qui suivait sa mère. Il retira sa casquette John Deere et la froissa dans sa grande main sale. Ce sexagénaire à la figure anguleuse évoquait un porc-épic, avec une petite bouche, des yeux noirs emplis de colère, des cheveux gris à la coupe militaire. Il portait des bottes de chantier crottées de boue et une veste molletonnée.

— Salut, Nelson, dit Jake.

— Voici ma fille Tess, dit Dawn. Et vous avez fait la connaissance de son fils Erny. Asseyez-vous, Nelson. Nous nous apprêtions à goûter quelques biscuits maison.

Nelson considéra tour à tour Tess et Erny, sourcilla d'un air désapprobateur quand il parut remarquer qu'ils n'appartenaient pas au même groupe ethnique. Puis il s'éclaircit la gorge.

— Je ne reste pas, déclara-t-il avec raideur. Je suis seulement passé vous dire à tous que je refuse de participer au cirque de demain. Je ne serai pas là. Lorsqu'il s'agit de son fils, il n'y a pas moyen de raisonner ma femme. Je n'y peux rien. N'empêche que, mentalement, Lazarus ne tournait pas rond. Personne ne l'ignore. J'ai fait de mon mieux avec lui.

Nelson soupira. Jake hocha la tête.

— Merci, Nelson. C'est gentil à vous d'être venu nous dire ça.

— Je n'ai jamais voulu être mêlé à cette... croisade qu'elle mène.

— Je sais, dit Jake.

— Pourquoi ne pas vous asseoir une minute ? répéta Dawn. Buvez au moins quelque chose.

— Non, il faut que je retourne au travail. L'hiver arrive, vous comprenez. J'ai des rosiers à envelopper et les feuilles mortes ne se ramassent pas toutes seules. Je tenais simplement à vous exprimer le fond de ma pensée.

— Merci, dit Tess. Nous vous en sommes reconnaissants.

— Vous ne restez pas, c'est sûr ? insista Dawn.

— Non. J'ai dit ce que j'avais à dire.

— Alors, je vous raccompagne.

Nelson opina et se détourna. Tess entendit leurs voix dans le couloir, puis le bruit de la porte qui se refermait. Elle regarda son frère, les sourcils en accent circonflexe.

— C'était bizarre.

— J'ai trouvé ça correct de sa part.

— Sans doute. C'est juste que... ce n'est pas un personnage très agréable.

Jake haussa les épaules.

— Sa cinglée de bonne femme lui a tapé sur le système, à force. Je te jure, à sa place, je l'aurais étranglée.

— S'il te plaît, Jake.

— Arrête, Tess, ce n'est qu'une façon de parler. Mais, entre nous, c'est vrai. Edith Abbott a claqué une fortune en avocats pour tenter de blanchir son cher Lazarus, or ils n'ont pas le

58

sou. Nelson sait pertinemment que c'était de l'argent jeté par les fenêtres.

Tess frissonna, malgré la chaleur du feu.

— Seigneur, je serai contente quand tout ça sera fini, demain.

Jake acquiesça d'un air lugubre.

— Moi aussi. Une bonne fois pour toutes.

4

Glacée, Tess chercha à tâtons la couverture en patchwork qui avait glissé du lit pendant sa nuit agitée. Elle ouvrit les yeux et fut aussitôt, dans un sursaut, tout à fait réveillée à la perspective de ce qui l'attendait aujourd'hui. Elle ne se faisait pas de souci à propos des résultats de l'analyse ADN – loin de là. Elle avait vu Lazarus Abbott emmener sa sœur. Sur ce point, elle n'avait jamais eu le moindre doute. Simplement, elle craignait de perdre contenance face aux questions de tous ces gens des médias sur le meurtre de Phoebe. Maintenant que vingt années s'étaient écoulées, Tess pouvait se remémorer Phoebe avec un calme relatif, cependant il y avait de fortes chances que sa voix se brise et que ses yeux se mouillent de larmes si on l'interrogeait sur la mort de sa sœur.

Tess promena son regard sur le papier peint de la chambre, d'un gris-bleu apaisant, imprimé de fleurs et de lambrusques, puis la fenêtre où s'encadraient les arbres aux branches dénudées. Au-delà, bordés par les murets de pierre et recouverts de la dentelle blanche d'une gelée précoce, s'étendaient les champs brunis et piquetés d'une végétation persistante, jusqu'à l'horizon et aux sommets granitiques du parc national des White Mountains. Le ciel était bleu, les nuages joufflus, c'était une belle journée – comme la dernière de la vie de Phoebe. Une apparence trompeuse, songea Tess, et – une fraction de seconde – elle revit le gracieux visage de Phoebe qui, dans sa mémoire, aurait à jamais treize ans.

Soupirant, Tess se retourna dans le lit étroit pour jeter un coup d'œil à l'autre bout de la pièce. Le deuxième lit était un fouillis de draps et de couvertures déjà déserté par Erny. Il aidait probablement Dawn à préparer le petit déjeuner. Tess esquissa un sourire. Quand sa grand-mère était décédée, le laissant seul au monde, il avait eu désespérément besoin de Tess; mais elle aussi avait eu besoin de lui. Pendant des années, tenir le doute et la dépression à distance n'avait pas été facile. L'assassinat de Phoebe avait coupé son enfance en deux. Avant, elle n'avait que des souvenirs de bonheur. Après, une ombre de mélancolie pesait même sur les moments les plus joyeux. Parfois il lui semblait que le destin les avait réunis, Erny et elle, pour qu'ils se sauvent mutuellement de la tristesse.

Elle regarda la pendule. Il fallait se lever. Elle resta pourtant couchée encore une minute, retardant l'inévitable. Elle tourna de nouveau les yeux vers la fenêtre et tressaillit à la vue d'un type maigre en parka grise, immobile sur le sentier voisin qui s'enfonçait dans les hautes herbes roussies du champ. Il l'observait. Leurs regards se rencontrèrent, et il soutint celui de Tess jusqu'à ce qu'elle détourne la tête.

Elle demeura un moment sous les couvertures, le cœur battant, déconcertée par le sans-gêne de l'inconnu. Puis une bouillante colère s'empara d'elle. Bondissant hors du lit, elle baissa le store d'un geste brusque.

Probablement un de ces maudits journalistes. Ils ne pourraient pas avoir au moins la décence de rester devant l'auberge ? Elle fit son lit, sa toilette, enfila un pantalon, un pull à col roulé en cachemire et sa veste. Lorsqu'elle vérifia, l'inconnu avait disparu.

Elle s'approcha de la commode surmontée d'un miroir encadré et agrémentée de pensées d'hiver dans une coupe. Elle y avait disposé son peigne, sa brosse, ses bijoux et ses produits de maquillage. Elle brossa en arrière ses épais cheveux bruns, faillit les coiffer en queue-de-cheval, se ravisa. Elle mit des anneaux d'argent à ses oreilles, du blush et du rouge à lèvres. Enfin, elle saisit sur le napperon une chaîne en argent qui s'ornait d'un pendentif rectangulaire sur lequel était gravé « Espérance » – le jumeau de celui que Phoebe ne quittait jamais. L'avoir sur soi réconfortait Tess. C'était comme un serment – garder éternellement vivant le souvenir de Phoebe. Elle attacha le fermoir et glissa la chaîne sous son pull, comme à l'accoutumée. Elle aimait la porter sous ses vêtements, tout près de son cœur.

La porte de la chambre s'ouvrit à la volée sur un Erny au sourire malicieux.

— Ah, tu es debout, tant mieux. Dawn dit qu'il faut que tu viennes. Oncle Jake est déjà là. On est tous en train de manger des crêpes.

— Tu as aidé à les confectionner ?

— Vouais, celles aux myrtilles.

— Super, dit Tess, malgré son peu d'appétit. Celles-là, j'aimerais bien les goûter.

— Alors, dépêche.

— Une minute. Et ce lit, mon p'tit vieux ?

— Dawn a dit que j'étais pas obligé de le faire, assura-t-il.

— Et moi, j'ai toujours affirmé le contraire.

— Oh, m'man, gémit-il.

— Tout de suite. Et qu'ça saute !

Erny secoua ses draps pour y mettre un semblant d'ordre. Puis il remonta la courtepointe, la lissa et jeta l'oreiller dessus, tandis que Tess prenait sa sacoche et en inspectait le contenu.

— Pourquoi le store est baissé ? demanda-t-il.

Elle repensa au malotru, dans le champ.

— Je n'avais pas envie que le monde entier me regarde m'habiller.

— Mais je vois personne.

— Si, il y a beaucoup de journalistes dans les parages. Ils sont là pour la conférence de presse.

— Je peux venir avec toi à cette conférence de presse ?

— Je ne crois pas, mon poussin. C'est... une affaire de grandes personnes.

— Pourquoi ils sont là, tous ces journalistes ?

Tess s'assit sur le bord de son lit, ne sachant trop comment lui expliquer. Elle s'était promis, s'il l'interrogeait, de ne rien lui cacher. Mais jusqu'à cet instant, il ne s'était guère intéressé aux raisons de leur voyage.

— Eh bien, tu sais que ma sœur a été tuée il y a longtemps.

Il l'avait parfois accompagnée quand elle se rendait sur la tombe, et elle avait toujours répondu à ses questions – en omettant les détails sordides – sur la mort de Phoebe.

— Je sais. Phoebe.

— Exactement. Eh bien, un homme qui s'appelait Lazarus Abbott a été arrêté et condamné. Mais certaines personnes pensent encore qu'on s'est trompé de coupable. Alors ces gens ont décidé d'analyser une nouvelle fois les prélèvements qui avaient été effectués au moment de l'enquête. Et nous, on est venus ici pour connaître les résultats.

Erny avait vu à la télé des épisodes de séries policières comme *Les Experts*. Il avait une vague idée de ce qu'elle racontait.

— Donc si ça ne correspond pas à ce bonhomme, on le relâchera, dit-il avec entrain.

Tess se sentit pâlir.

— Non... Lazarus Abbott a été exécuté pour avoir tué ma sœur.

— Il est mort ?

— Oui.

— Mais alors, pourquoi ils font tout ça maintenant ?

Tess secoua la tête.

— Sa mère a engagé un avocat. Elle refuse d'accepter que son fils ait commis cet horrible crime. Les mères peuvent être... incroyablement têtues.

— Mais il a tué, hein ?

— Oui, répondit fermement Tess. Il a tué. Bon, allons manger ces crêpes.

— Après le petit déjeuner, je sors avec le vélo de Sean, annonça Erny.

Il adorait séjourner à Stone Hill, car, outre la compagnie constante du chien Leo, il était libre d'aller et venir à sa guise. En ville, il était évidemment plus confiné.

— Dawn a dit que je pouvais, ajouta-t-il.

Tess pinça les lèvres.

— Tu me rendrais un grand service si tu restais avec Dawn jusqu'à ce que je revienne. Je crois qu'elle aussi, tu l'aiderais énormément.

— Pourquoi ?

Tess songea à sa mère, contrainte de revivre la tragédie familiale.

— Elle... pense beaucoup à ma sœur aujourd'hui. Elle est triste. Tu pourrais la distraire.

Erny haussa les épaules.

— D'accord.

Tess s'approcha et lui planta un baiser sur le sommet du crâne.

— Merci. C'est seulement jusqu'à mon retour.

Lorsque Tess entra dans la salle à manger, Jake – attablé dans un coin avec Dawn – engloutissait le reste de ses crêpes. Il était en tenue de travail, chemise à gros carreaux sur un polo chamois et un jean, mais au moins ses vêtements n'étaient pas maculés de peinture.

Tess s'assit avec eux, et Dawn demanda à Erny d'aller à la cuisine chercher une assiette pour sa mère.

— Tu as dormi ? interrogea Dawn.

— Pas trop mal, compte tenu de la situation.

Dawn, en revanche, avait les yeux terriblement cernés – inutile de lui poser la même question.

Jake s'essuya la bouche avec sa serviette et vida sa tasse de café.

— Moi, j'ai pioncé comme un bébé, déclara-t-il.

— Quand je me suis réveillée ce matin, dit Tess, la première chose que j'ai vue, c'était un type dans le champ. Ça m'a fichu un coup.

— Peut-être un chasseur, rétorqua Dawn. Ou simplement un client qui se promenait.

Tess secoua la tête.

— Non, il avait l'air bizarre. À mon avis, c'était un journaliste.

— Cette bande d'enfoirés, grommela Jake.

— Les terrains derrière l'auberge ne sont pas une propriété privée, soupira Dawn.

— Je sais, dit Tess qui pensa : Cet endroit me fera toujours peur.

Jake s'éclaircit la gorge.

— J'ai amené la voiture de Kelli. Je me suis dit qu'elle te serait utile pendant ton séjour ici. Julie passera me prendre en sortant de l'hôpital.

— Oh, Jake, c'est vraiment gentil. Merci.

— De rien. Kelli n'en a pas besoin, là où elle est.

— Tu as eu de ses nouvelles récemment ?

— Elle téléphone à sa mère tous les dimanches.

Réglée comme une horloge. Elle est toujours à Fort Meade. Pour l'instant, elle n'a pas reçu sa feuille de route.

— Personnellement, je préférerais que ma nièce reste où elle est.

— Il fallait qu'elle s'engage dans l'armée. Il n'y avait pas d'autre solution. Quand elle aura la quille, d'après ce qu'elle nous a expliqué, elle pourra entrer à la fac gratis.

— Elle a raison. Kelli est très sérieuse.

— C'est une gentille môme. Enfin bref, tu n'auras qu'à conduire sa voiture pendant quelques jours. Ça fera du bien au moteur. Le père de Julie l'a contrôlée, à son garage. Il a changé l'huile, et tout. La bagnole est bonne pour le service.

Erny les rejoignit et, fièrement, posa devant Tess une assiette garnie d'un monceau de crêpes. Dawn était assise face à sa fille; l'appréhension se lisait sur son visage, dans son regard triste et anxieux.

— Tu veux que je t'appelle de là-bas quand ce sera fini ? proposa Tess à sa mère.

— Ce n'est pas nécessaire. Nous connaissons tous d'avance les résultats. Simplement, reviens dès que possible.

— D'accord, promit Tess.

— Maman, goûte, dit Erny.

— Elles ont l'air délicieuses...

Malgré son estomac noué et son manque d'appétit, Tess prit sa fourchette, son couteau, et entreprit de découper les crêpes.

Tess et Jake ne parlèrent guère durant le trajet de l'auberge aux locaux du *Stone Hill Record*. Elle contemplait par la vitre le paysage urbain suranné mais sévère, typique du New Hampshire, avec ses demeures de style colonial bien entretenues, ses frondaisons éclatantes dont le flamboiement commençait à se ternir. Ils passèrent devant les magasins de Main Street. Le centre de Stone Hill n'avait guère changé. Le bazar, où l'on trouvait de tout – des lanternes en papier et des verres en plastique jusqu'aux tenailles et aux clous –, y occupait toujours une place de choix. Cependant quelques nouvelles boutiques à la mode avaient des vitrines dans les vieux et austères bâtiments. Un traiteur, un vidéoclub et un salon de massage shiatsu, le Stressless. Tess haussa les sourcils.

— Massage shiatsu ? ironisa-t-elle. C'est New Age en diable.

Jake eut un petit rire perfide.

— Ouais, un salon de massage. Et devine qui en est la patronne ? Charmaine Bosworth. La femme du commissaire. Ou plutôt, l'ex-femme. Je suppose que son flic de mari n'était pas assez viril pour elle.

Tess allait rétorquer que le shiatsu était thérapeutique et n'avait rien d'érotique, quand elle fut frappée par les paroles de son frère.

— Bosworth ? Et Aldous Fuller ?

— Il n'est plus commissaire, Tess.

— Ah bon ?

— Il a eu des problèmes de santé. Il a dû prendre sa retraite.

— Oh non... j'espérais qu'il serait là. Il était si... si gentil pour nous.

— Il y a longtemps de ça.

Tess opina et s'abîma dans le silence, tandis qu'ils continuaient à rouler. Les bureaux du journal se trouvaient dans un immeuble relativement récent à quelque distance après Main Street. Il avait son propre parking, pour l'heure encombré de vans de la télévision et fourmillant de gens chargés de leur équipement audio et vidéo; sur le sol serpentaient des câbles. Des badauds s'étaient attroupés devant la façade en verre et métal du *Record*.

— Ne parle à personne, dit Jake en se garant sur un emplacement libre à la lisière du parking. Baisse la tête et accroche-toi à moi.

Ensemble, ils s'avancèrent dans la foule jusqu'aux portes du bâtiment. On leur lança des questions, mais Jake serrait les mâchoires.

— Excusez-nous, répétait-il, taillant son chemin à coups d'épaule.

Tess marchait tête basse, comme il le lui avait conseillé. Elle se demandait si on allait les reléguer au fond ou même à l'extérieur du local où aurait lieu la conférence de presse, mais lorsque Jake réussit à atteindre cette salle, un murmure courut dans l'assistance et Tess entendit une voix déclarer :

— Laissez-les entrer. Écartez-vous, laissez-les passer.

Tess ne releva pas les yeux et agrippa la chemise à gros carreaux de Jake, tandis que quelqu'un, qu'elle ne pouvait voir, les escortait jusqu'à deux chaises, à l'autre extrémité de l'espace. À mesure qu'ils dépassaient les rangées de sièges bondées de spectateurs, elle apercevait la table vers laquelle étaient braqués micros et projecteurs. Y était installé le gouverneur Putnam qui, avec son costume gris et sa cravate rouge, avait bien l'allure d'une importante personnalité. Il bavardait avec l'homme que Tess avait rencontré à l'aéroport, Channing Morris, le propriétaire du journal. En chemise blanche et cravate, Chan s'appuyait contre la table, les bras croisés sur sa poitrine.

À la droite du gouverneur, Edith Abbott s'entretenait avec un individu dont Tess présuma qu'il était son avocat. Edith était une femme grande, tout en nerfs, aux cheveux bruns frisottés. Elle portait des lunettes, et son corps osseux nageait dans un tailleur en polyester violet. Une fleur blanche d'une grosseur invraisemblable était épinglée au revers de sa veste, comme si on célébrait Pâques ou la fête des Mères. Elle semblait être l'unique supportrice de Lazarus Abbott. Le beau-père, Nelson, était absent, ainsi qu'il l'avait promis.

L'avocat d'Edith, en costume à fines rayures, avait une silhouette athlétique, la mâchoire carrée, un visage séduisant et sans rides, néanmoins ses cheveux coiffés avec soin avaient prématurément grisonné – ils étaient argentés. Il écoutait attentivement Edith qui lui parlait à l'oreille, sans reprendre son souffle. Soudain, ses yeux impassibles, bleu faïence, croisèrent ceux, froids, de Tess. Leurs regards s'accrochèrent l'un à l'autre un instant, et la jeune femme sentit une secousse d'électricité sexuelle passer entre eux. Troublée par sa réaction, elle rougit. Elle eut l'impression d'avoir, à cette seconde, pactisé avec l'ennemi, et se hâta de détourner la tête.

Elle observa, de l'autre côté de l'allée, un homme à la figure rubiconde, aux cheveux roux en brosse – une coupe démodée – et à la moustache cuivrée en broussaille. Il arborait l'uniforme bleu marine de la police ainsi qu'une cravate trop étroite pour son cou charnu. Assis très raide, il tambourinait impatiemment sur le rebord de son chapeau qu'il tenait d'une main.

— Le nouveau commissaire, dit Jake, indiquant le policier. Rusty Bosworth.

— Il a l'air du genre... nerveux.

— C'est une brute. J'ai jamais pu le blairer. C'est le cousin de Lazarus Abbott, imagine-toi.

— Sans blague, rétorqua Tess, considérant le commissaire avec un regain d'intérêt.

— Bienvenue en province. Sa mère était la sœur de Nelson Abbott.

— Ah... Est-ce qu'il partage l'opinion de son oncle ? Il pense que Lazarus était coupable ?

— Tout le monde par ici est de cet avis.

Comme s'il avait pu entendre leur conversation, Rusty Bosworth tourna vers eux sa tête pareille à un ballon de basket et les dévisagea. Tess se déroba et, par inadvertance, croisa le regard de Chan Morris. Aussitôt celui-ci s'excusa auprès du gouverneur et s'approcha à petites foulées.

71

— Souhaiteriez-vous être assis à la table avec les autres ? Il me semble que ce serait légitime, pour vous autant que pour eux.

— Non, vraiment, coupa Tess avant que Jake ne réponde de façon agressive. Merci quand même. Nous resterons là.

— D'accord, dit Chan. J'ai préféré vous poser la question.

Enjambant les fils électriques et les câbles, il rejoignit la table.

— C'était aimable de sa part, dit Tess à Jake.

— Ouais, il est super, ce mec, grogna-t-il d'un ton dégoûté.

— Moi, j'ai trouvé que c'était gentil.

— Il veut juste placarder notre photo à la une pour vendre son canard, railla Jake.

— Est-ce que les gens ont obligatoirement des arrière-pensées ?

Jake s'enfonça dans son fauteuil, les bras croisés sur sa poitrine, les jambes étendues et croisées elles aussi à hauteur des chevilles.

— Eh ouais...

À cet instant, le gouverneur pivota vers la salle, se redressa et tapota sur le micro, qu'il décrocha de son support. Le chahut dans la salle cessa immédiatement, et le gouverneur Putnam invita les journalistes à s'avancer.

— Tout le monde m'entend ?

Un murmure d'acquiescement circula dans l'assistance.

— Bien... Nous savons tous pourquoi nous sommes là aujourd'hui. Voici près de vingt ans, dans cette ville, une jeune fille... – il s'interrompit

72

et précisa – : une innocente jeune fille, Phoebe DeGraff, qui était en vacances avec sa famille, fut violée et assassinée. Lazarus Abbott fut accusé de ce meurtre et condamné à la peine de mort. Sa mère, Edith...

Il se pencha pour désigner la femme en tailleur violet.

— ... longtemps après l'exécution de son fils, s'obstinait toujours à vouloir le disculper. Son avocat, Me Ramsey, connaissait mon sentiment quant à la peine de mort. Il a insisté pour que nous nous rencontrions et discutions de l'affaire. Lors de cet entretien, il me fit remarquer de façon très pertinente que Lazarus Abbott avait été condamné essentiellement sur la foi d'un témoin, en l'occurrence une enfant. Or nul n'ignore à présent que les témoins oculaires sont souvent peu fiables.

Tess devint cramoisie. Il lui semblait sentir les yeux de Ben Ramsey sur elle, cependant elle s'obligea à ne pas le regarder. Elle fixa un point au-dessus de la tête du gouverneur.

— Me Ramsey m'a persuadé d'ordonner une nouvelle analyse du prélèvement effectué sur la victime. Par chance, il avait été conservé par la police de Stone Hill...

— Par chance ? marmonna Tess avec un léger frisson d'angoisse, tandis que Putnam continuait à relater l'enchaînement des événements.

— Ne t'inquiète pas pour ça, chuchota Jake. C'est un politicien qui adore les projecteurs. Il va presser le citron jusqu'à la dernière goutte.

— ... et malgré son évidente réticence à rouvrir ce dossier, la police s'est laissé convaincre de fournir ces éléments afin qu'ils soient analysés.

Tess jeta un coup d'œil au commissaire Bosworth qui, les paupières plissées, scrutait les personnes assises derrière les micros. Sa figure était rouge de colère, il paraissait sur le point d'exploser.

Tess reporta son attention sur le gouverneur, qui prit une profonde inspiration.

— Bien... Comme vous le savez, beaucoup de condamnés sont sortis libres du couloir de la mort. Toutefois, aux États-Unis, on n'a jamais exécuté d'être humain reconnu par la suite innocent de son crime grâce à la preuve irréfutable que constitue l'ADN. Ceux d'entre nous qui sont partisans de l'abolition de la peine capitale ont toujours redouté qu'un jour pareil n'advienne. Nous sommes ici pour savoir si c'est aujourd'hui que se produira cette tragédie. Les résultats de ces analyses, qui m'ont été remis hier dans la plus stricte confidentialité par le laboratoire de Toronto qui les a réalisées, vont maintenant vous être révélés. Voici le rapport qui m'a été envoyé.

Il brandit quelques feuillets agrafés dans le coin supérieur droit.

— Je vous en donne lecture.

Il toussota et commença à lire.

— « Les prélèvements présentés par l'accusation dans l'affaire DeGraff, à savoir la semence et les traces de sang sur les sous-vêtements de

74

Phoebe DeGraff, ainsi que les fragments de peau sous ses ongles, ont été partiellement détériorés en raison des conditions de stockage... »

Grognement de frustration dans la salle.

— Toutes ces conneries pour rien, dit Jake, écœuré, à Tess.

Le gouverneur leva une main pour réclamer le silence et, quand le calme revint, reprit :

— « Cette détérioration fait qu'il serait difficile, sinon impossible, de décréter catégoriquement que cet échantillon correspond exactement à l'ADN d'un suspect. Néanmoins, les échantillons d'ADN issus des prélèvements effectués sur la victime sont plus que suffisants pour éliminer un suspect en particulier. Nous avons déterminé avec certitude que tous ces échantillons appartenaient à la même personne. Un individu de sexe masculin, non identifié. »

Le gouverneur posa le rapport, s'éclaircit la gorge et promena lentement son regard sur le public. Son expression était grave. Puis il reprit les feuillets et conclut :

— « L'ADN n'était pas celui de l'homme condamné et exécuté pour ce crime – Lazarus Abbott. »

5

Edith Abbott poussa un cri plaintif, se leva de son siège. Avec un faible gémissement, elle s'effondra, évanouie. Plusieurs personnes se pressèrent autour d'elle pour tenter de la ranimer.

— NON, souffla Tess.

Le tohu-bohu régnait dans la salle, les journalistes braillaient et se bousculaient. Tandis que déferlait cette marée humaine, Tess demeurait pétrifiée, en état de choc, se remémorant le faciès de l'homme qui avait lacéré la tente autrefois. Qui avait déchiqueté leurs vies. Son cœur cognait follement.

Edith reprit vite ses esprits, même si son visage était toujours livide. Cramponnée au bras de son avocat, elle se rassit à la table. Le commissaire Rusty Bosworth, debout, réclamait la parole. Le gouverneur lui adressa un petit signe.

D'un pas pesant, le policier s'avança et saisit le micro. Il considéra l'assistance d'un œil furibond.

— OK. Beaucoup d'entre vous sont déjà au courant, Lazarus Abbott était mon cousin. Mais, dans cette affaire, je n'ai jamais remis le verdict en question. Comme tout le monde dans cette ville. Parce que tout le monde le croyait coupable.

Un murmure de désapprobation circula dans la salle.

— Maintenant, si ces résultats sont exacts, il semblerait que, peut-être, Lazarus ait été expédié en prison à cause d'un faux témoignage. Je ne présente pas d'excuses pour la police, vu que je n'étais pas commissaire à l'époque. Je n'étais même pas policier quand ce crime a été perpétré. Mais je garantis personnellement à chaque personne ici présente que ce dossier sera rouvert et que mes services n'auront pas de repos tant que nous n'aurons pas le fin mot de l'histoire.

— Merci, commissaire Bosworth, dit le gouverneur, alors que le policier reprenait sa respiration et paraissait prêt à expliciter sa promesse. Voilà qui est extrêmement rassurant.

Le commissaire à la trogne rubiconde rendit à contrecœur le micro au gouverneur et alla se rasseoir.

Tess regardait droit devant elle. Elle avait les mains moites et l'impression que sa figure était rigide, comme si elle était artificielle, comme si on avait plaqué un masque de plâtre sur son visage humain. Son cerveau enregistrait vaguement le brouhaha ambiant. Elle avait le tournis, la nausée.

— Le commissaire a raison, déclara le gouverneur, de nous rappeler, à nous ainsi qu'aux officiers de la police de Stone Hill, que désormais cette affaire est de nouveau déclarée

77

officiellement non élucidée. Et ceci grâce à la femme qui a œuvré si vaillamment pour que ce jour advienne. Je fais allusion, bien sûr, à la mère de Lazarus Abbott, Mme Edith Abbott.

— Du baratin, grommela Jake. Des conneries.

Le gouverneur essaya de tendre le micro à Edith, mais elle pressait un grand mouchoir blanc sur sa figure et secouait la tête. Le gouverneur s'adressa à l'avocat en costume bleu marine à fines rayures.

— Maître Ramsey ?

L'avocat aux cheveux gris argenté se leva et prit le micro.

— Merci, monsieur le gouverneur, dit-il d'une voix grave et harmonieuse. Je veux avant tout vous remercier d'avoir eu le courage d'autoriser ces analyses qui ont permis d'aller de l'avant, afin que la vérité – aussi terrible soit-elle – triomphe enfin. Nos pires craintes se sont hélas concrétisées. On a exécuté un innocent, et il n'y a aucun moyen de le ramener parmi nous. Avec tout le respect dû à la police, à sa bonne volonté, cette faute ne pourra jamais être réparée. Il n'y aura pas de justice pour Lazarus Abbott.

— Pas de justice, mon cul, pesta Jake.

— Je crois que je vais être malade, murmura Tess.

— Ah bon ? T'as envie de vomir ?

Tess acquiesça.

— C'est vrai que t'as pas bonne mine. Tiens bon, je te sors d'ici.

Jake aida sa sœur à se mettre debout. Tess suffoquait, il lui semblait que la salle tournoyait autour d'elle. Plusieurs reporters braquèrent caméras et micros dans leur direction.

— Reculez, aboya Jake. Dégagez. Laissez ma sœur respirer.

Un mur de journalistes leur barrait le chemin. Chan Morris les vit s'apprêter à partir et chuchota quelques mots à l'oreille du gouverneur Putnam. Celui-ci se redressa de nouveau et indiqua à Ben Ramsey qu'il avait besoin du micro.

— Excusez-moi, maître Ramsey, juste un instant. Mes amis, avant que vous nous quittiez... Je tiens à dire à la famille de Phoebe DeGraff que nous n'avons pas oublié leur sœur, sa mort tragique...

Jake, qui s'évertuait à guider Tess vers la porte, écartant les journalistes à coups de coude, s'arrêta et pivota. Il fusilla des yeux le gouverneur et les gens groupés près de la table.

— Espèces de sales politicards ! Gardez votre fausse compassion et allez au diable...

— Jake, non, chuchota Tess, s'accrochant à son bras. On s'en va.

Les reporters leur fourraient leurs micros sous le nez, mais Jake les repoussait comme autant de mouches vertes.

— Foutez-moi le camp, grondait-il, sinon je vous jure que...

Il glissa le bras de sa sœur sous le sien et haussa une épaule, résolu, si nécessaire, à démolir les obstacles qui s'opposaient à leur progression.

— Cessez d'importuner ces personnes, tonna le gouverneur dans le micro. Laissez-les passer.

À contrecœur, les journalistes libérèrent un étroit espace qui leur permit de quitter les lieux. Lorsque Jake ouvrit la porte de l'immeuble, Tess dégagea son bras et se rua dehors pour respirer une goulée d'air frais.

— Là, dit Jake. Tu vas te sentir mieux.

Mais Tess secoua désespérément la tête. Serrant les pans de sa veste, elle courut vers la voiture. Quand elle l'atteignit, elle haletait. Elle se retint d'une main au capot, et banda sa volonté pour apaiser les spasmes qui lui tordaient l'estomac. Peine perdue. Avec un affreux cri étouffé, elle se plia en deux et vomit son petit déjeuner dans l'herbe roussie qui bordait le parking.

Dawn les guettait, à la fenêtre de la bibliothèque de l'auberge, quand Jake se gara et qu'une Tess blafarde descendit de la voiture sur des jambes flageolantes. Dawn se précipita et ouvrit ses bras. Tess s'y réfugia comme une petite fille.

— Entre, viens à l'intérieur, dit Dawn.

Tess se raidit.

— Non, pas ici. C'est trop... public.

— Je sais. Nous irons dans mon appartement. Erny nous y attend.

Tous trois traversèrent en hâte les spacieuses pièces communes pour franchir la porte-fenêtre, masquée par des rideaux, menant à la coquette suite de l'aubergiste. Erny, à plat ventre sur un tapis natté, regardait la télé. Dawn en baissa le son.

— Hé ! protesta-t-il.

Se rasseyant, il découvrit Tess.

— Maman, on te cherchait sur les images, mais on t'a pas vue.

Jake s'effondra sur un coin du canapé, se frotta la figure de sa grande main tannée.

— Va dehors, Erny, marmonna-t-il.

Le garçonnet observait sa mère.

— Qu'est-ce qu'il y a ?

Tess s'assit à l'autre bout du divan, secoua la tête.

— Rien. Tout va bien.

— À la télé, ils ont expliqué que ce type, il avait rien fait. Moi, je croyais que tu avais dit que c'était lui qui...

— Pas maintenant, chéri, coupa Dawn. Ta maman n'est pas très en forme.

— On en discutera plus tard, tu veux ? balbutia Tess, décomposée.

Erny hésita, son visage reflétant la détresse de sa mère.

— Tout va bien, Erny. Sincèrement. J'ai juste besoin de... euh... me reposer un peu.

Il accueillit cette déclaration rassurante avec sccpticisme. Puis, soudain, il eut une idée.

— Je peux prendre le vélo de Sean ?

— Ouais, va te balader, bougonna Jake.

— Aussi loin que je veux ?

— Pas vers la montagne, répondit Tess. Ne... ne parle pas à quelqu'un que tu ne connais pas. Tu m'entends ? Si quelqu'un t'adresse la parole...

— Je pédalerai à toute vitesse, promit Erny.

— Mets ta veste, dit Dawn.

81

Le garçon saisit son gros sweat-shirt à capuche et disparut. Dawn approcha un fauteuil à bascule en cerisier de l'extrémité du canapé où sa fille était assise et prit dans la sienne la main de Tess, inerte sur l'accoudoir. Elle la massa avec sollicitude.

— C'est tout bonnement incroyable, dit-elle. Je ne comprends pas. Comment est-ce possible ?

— Lazarus Abbott était un salopard de dingue, un obsédé sexuel qui avait déjà été inculpé, et son propre beau-père le croyait coupable, dit Jake. C'était lui l'assassin.

Tess fixait aveuglément le vide.

— C'était lui. Je l'ai vu.

Dawn pressa contre sa joue la main de sa fille.

— Oh, Tess, murmura-t-elle. Tu étais petite. Complètement traumatisée. Si... si c'est vrai...

Tess regarda sa mère, les yeux écarquillés.

— Maman, je sais que c'était lui. Je l'ai reconnu immédiatement cette nuit-là, quand ils l'ont amené au commissariat. Je l'ai vu au tribunal. J'ai vu sa photo des millions de fois. Je sais que Lazarus Abbott était bien celui qui est entré dans la tente cette nuit-là.

— Chérie, dit tendrement Dawn, je crains que nous devions envisager la possibilité que tu... qu'il y ait eu une erreur. Tu as toi-même affirmé que la science réglerait cette affaire, permettrait de tourner la page. Il s'avère que ça ne l'a pas réglée comme nous l'attendions...

— Tu m'as toujours crue. Maintenant tu penses que je mentais ?

Furieuse, Tess se dégagea. Dawn leva les mains dans un geste d'apaisement.

— Tu ne mentais pas. Bien sûr que non. Mais tu étais si jeune... et vulnérable. Et la police avait la certitude que c'était lui. Tous ces adultes autour de toi qui désignaient du doigt Lazarus Abbott. Ils t'ont peut-être influencée. Tu n'étais qu'une enfant. Tu avais subi la pire des expériences...

Tess dévisagea sa mère.

— Non. Je n'ai pas pu me tromper. Cela signifierait... J'ai accusé un homme innocent. J'ai provoqué sa mort.

Dawn soupira.

— Ton père avait raison. Il n'a jamais approuvé que Lazarus Abbott soit exécuté. C'est le problème avec la peine capitale...

— Oh, maman, pour l'amour du ciel, rouspéta Jake. Tu ne vas quand même pas pleurer pour Lazarus Abbott ? C'était un psychopathe, personnellement ça ne m'empêchera pas de dormir. Tu ne devrais pas non plus en perdre le sommeil, Tess. Et ne te sens pas obligée de douter de toi. Si tu continues à penser que c'est lui qui a enlevé Phoebe, moi je te crois toujours.

— Jake, le réprimanda Dawn. Tu ne nous rends pas service. Même si on le voulait, on ne peut pas faire comme si ces analyses n'avaient pas existé.

— Je dis pas qu'elles ont pas existé ! aboya Jake.

— Jake, ne crie pas, se rebiffa sa mère.

— Je dis, maman, rétorqua Jake, baissant la voix, que Tess savait ce qu'elle racontait. C'était une môme intelligente. On la manipulait pas comme ça.

Dawn leva les yeux au ciel.

— Nous sommes tous chamboulés, Jake, mais ton attitude ne nous aide vraiment pas. Comment Tess pourrait-elle avoir raison quand on a la preuve que Lazarus Abbott n'a pas tué Phoebe ?

— Les résultats des analyses..., railla Jake. Tout le monde se comporte comme si Dieu Lui-même avait effectué ces tests. Laissez-moi vous raconter un truc. J'ai un gars dans mon équipe, Sal Fuscaldo – tu connais Sal, maman...

Dawn acquiesça avec lassitude.

— Il était patraque, alors le toubib l'a expédié au labo de l'hôpital pour des analyses de sang. Résultats positifs : il avait une espèce de leucémie aiguë. Sal a demandé au docteur ce que ça impliquait, au pire, et l'autre lui a répondu qu'il lui restait peut-être un ou deux mois à vivre. Vous imaginez ? Sal a rédigé son testament, acheté une concession au cimetière. Sa femme, Bea, était au bord de la dépression nerveuse. Mais le toubib trouvait que, pour un mourant, Sal avait pas l'air suffisamment malade. Il lui a donc fait faire une ponction lombaire, pour en avoir le cœur net. Et devinez quoi ? Pas de cancer. Le laboratoire s'était planté. Ils avaient envoyé les résultats de Sal à quelqu'un d'autre. Un pauvre bougre qui s'était cru tiré d'affaire et qui a déchanté.

— Dans notre cas, c'était important, objecta Tess. Je suis sûre qu'ils ont vérifié ces résultats plusieurs fois.

— Ah, parce que tu trouves que c'était pas important que Sal risque de crever ?

— Tu comprends ce que je veux dire.

— C'est une histoire vraie, Tess. Celle de Sal. Attends un peu... Ils s'apercevront que le labo s'est gouré.

— J'aimerais bien...

— Je suis presque contente que votre père n'ait pas vécu pour voir ce jour, dit Dawn. Lazarus Abbott reconnu innocent. Après tout ce que nous avons traversé...

Tous trois se turent un moment, engourdis, perdus dans leurs pensées.

Soudain, la sonnerie du téléphone retentit.

— Ne décroche pas, dit Jake.

Dawn contemplait l'appareil.

— C'est peut-être une réservation.

— Mais non, la chasse est ouverte. C'est les journalistes. Je t'en fiche mon billet.

Dawn hésita puis suivit le conseil de son fils et laissa sonner. Le répondeur se déclencha. Un reporter de CNN voulait enregistrer une interview de la famille et indiquait ses coordonnées.

— Qu'est-ce qu'on va leur dire ? demanda Dawn.

— On est pas forcés de raconter quoi que ce soit, rétorqua Jake. C'est pas notre problème. Lazarus Abbott a été jugé, emprisonné pour le meurtre de Phoebe. Il a fait appel des centaines de fois, et chaque fois il a perdu. Il a été exécuté. Point final.

Un coup frappé à la porte-fenêtre les fit tous sursauter. Soupirant, Dawn se leva.

— Qu'est-ce que c'est, encore ?

Elle écarta le rideau, jeta un regard dans le couloir et poussa un soupir de soulagement. C'était Julie, qui entra dans la pièce, vêtue d'une volumineuse veste mauve ouatinée, par-dessus sa tenue d'infirmière.

— Je suis venue aussitôt que j'ai pu me libérer, déclara-t-elle à la cantonade.

Elle remonta ses lunettes sur son nez et considéra Tess avec compassion.

— L'hôpital était en ébullition. On ne parle que de ça.

— Ce n'est pas ce que ma sœur a besoin d'entendre pour l'instant, dit Jake à sa femme.

— Bon, je m'excuse. Je vous tiens juste au courant de ce qui se passe.

— Ce n'est pas grave, intervint Tess.

Elle les observa, toujours ensemble mais plus au diapason. Autrefois, il y avait longtemps de ça, ils étaient les deux moitiés d'une même orange – Jake et Julie, la jeunesse et la beauté. À présent, Julie marchait en canard, portait des lunettes et coiffait sans chichi ses cheveux d'un blond terne. Jake, négligé mais encore séduisant, semblait la regarder avec un certain dégoût. Un instant, Tess blâma la superficialité de son frère. Julie n'était peut-être plus l'adorable tanagra qu'il avait épousé, cependant elle conservait la gentillesse et la loyauté qu'elle avait manifestées envers la famille de son mari durant les heures les plus sombres de leur existence. Elle avait toujours été une fille concrète, solide.

— Y a-t-il quelque chose que je puisse faire pour toi ? demanda-t-elle à Tess.

— Explique-lui que pour les analyses, les labos se trompent souvent, rétorqua Jake. Tu m'en as raconté, des histoires de ce style. Tu te rappelles quand ils ont refilé à Sal des résultats qui ne le concernaient pas ? Et cette bonne femme dont tu m'as parlé... elle avait une tumeur et on lui a annoncé qu'elle était enceinte...

Julie, en train de retirer sa veste, hésita une seconde avant de hocher la tête.

— Oh oui, acquiesça-t-elle avec un regard encourageant à Tess, ça arrive. Ils essaient d'être précis, mais quelquefois il y a des erreurs.

— Merci, dit Tess – ils essayaient de la réconforter, elle n'était pas dupe.

Julie accrocha sa veste à une patère près de la porte et s'approcha du canapé.

— Pousse-toi, dit-elle à son mari, se casant entre Tess et lui.

Tess se sentit brusquement oppressée. Ce n'était pas tant la proximité physique des trois autres dans le petit salon de Dawn. Non, c'était surtout leurs yeux emplis de sollicitude, leurs propos pétris de bonnes intentions qui, soudain, l'empêchaient de respirer. Cette histoire les affectait tous, cependant seule Tess était véritablement... responsable. Elle était la seule à avoir désigné Lazarus Abbott dans la salle d'audience, à avoir affirmé qu'il était coupable.

Elle se redressa d'un bond.

— Je vais prendre l'air.

— Tu vois ? Tu l'étouffes, reprocha Jake à sa femme.

— Personne ne m'étouffe, dit sèchement Tess. J'ai besoin de mettre de l'ordre dans mes idées.

— Tu es sûre, chérie ? rétorqua Dawn. Ces reporters t'apercevront, ils sont partout.

— Je passerai par la cuisine.

Tess entendit la note de panique dans sa voix. Avant qu'on ne lui oppose d'autres motifs de ne pas sortir, elle se sauva, loin de sa famille.

6

Tess traversa la cuisine de l'auberge et poussa le battant du cellier d'où l'on accédait à l'escalier de derrière. Là, elle saisit une casquette en tricot pendue à un crochet, s'en coiffa et fourra ses cheveux sous ce couvre-chef. Malgré sa veste en lainage qu'elle n'avait pas retirée, elle était secouée de frissons, et enfila une parka par-dessus. Puis elle ouvrit la porte et resta là un moment, sur la marche, à respirer l'odeur de l'automne et du feu de bois, à scruter dans le lointain l'orée du parc national.

Sous le ciel gris, les champs brunis derrière l'auberge étaient frangés d'arbres à feuillage persistant et d'autres, séculaires, encore parés de quelques feuilles obstinées, pareilles à des bijoux d'or et de rubis, au pied de la montagne. L'œil de Tess, si habitué à l'objectif de la caméra, cadra automatiquement la scène splendide qui s'offrait à elle, même si son cœur saignait, tant ce spectacle lui évoquait de douloureux souvenirs. Elle avait mal à la tête, mais l'air humide était aussi apaisant qu'une main fraîche sur son front.

Elle promena un regard circonspect le long de la piste cavalière déserte qui menait à la

montagne et au terrain de camping. Objective-
ment, elle savait qu'aucun danger ne l'y guettait, pourtant jamais elle ne s'aventurait dans
cette direction lorsqu'elle se promenait. Mais
aujourd'hui, il lui semblait que quelque chose
l'y attirait, exigeait qu'elle affronte le passé.

Un instant, elle se sentit piégée, à la fois
contrainte d'y aller et effrayée. Puis elle eut une
inspiration. Elle retourna dans le cellier, prit la
laisse de Leo, siffla. Le labrador sable, qui ronflait sur son tapis près du fourneau de la cuisine, leva la tête, la langue pendante.

— Viens, Leo. Tu veux faire une balade ?

Haletant de contentement, le chien la rejoignit en quatrième vitesse.

— Brave toutou, murmura-t-elle en lui met-
tant sa laisse et en refermant la porte derrière
eux.

Elle laissa Leo la guider pour traverser la ter-
rasse et atteindre la piste cavalière où Dawn
l'emmenait souvent.

Ensemble ils longèrent le sentier, leurs pas
crissant dans les ornières creusées par les sabots
des chevaux et tapissées de givre, sur les herbes
roussies et brisées. Leo conduisait Tess, s'arrêtait pour renifler le moindre buisson et tronc
d'arbre. Normalement, les explorations et
l'allure irrégulière de Leo l'auraient énervée.
Mais aujourd'hui, ces haltes étaient salutaires
car elles l'empêchaient de pousser trop loin une
quelconque réflexion.

Tandis que Leo stoppait pour marquer de son
odeur un autre arbuste, Tess retira sa casquette

qu'elle mit dans la poche de sa veste, et secoua ses cheveux. Inutile de se déguiser sur ce sentier désert. Tenant à peine la laisse, elle contempla l'horizon dentelé, couleur de granit. L'entrée du terrain de camping boisé était proche, et Tess fut prise d'angoisse, les battements de son cœur s'accélérèrent. Parfois elle se demandait comment Dawn supportait d'habiter si près de l'endroit où leurs vies avaient à jamais basculé.

Juste avant de pénétrer sur le terrain, Tess se retourna vers l'auberge. La demeure de bardeaux, bien entretenue, paraissait charmante et paisible avec sa cheminée qui soufflait des volutes de fumée. Oui, songea Tess, sa mère s'était accommodée de vivre ici, dans le théâtre de leur tragédie. Être près du lieu où elle avait perdu Phoebe lui procurait une sorte de réconfort, comme on peut s'installer là où un enfant adoré a disparu, pour être sur place au cas où cet enfant reviendrait. Mais Phoebe n'avait pas disparu et elle ne reviendrait jamais.

Prenant une grande inspiration, Tess suivit le chien dans les bois. À sa grande surprise, rien ne semblait avoir changé en vingt ans. Elle passa près des latrines, et suivit les sentiers sinueux grimpant vers le campement où ils avaient planté leurs deux tentes en ce lointain jour d'été. Elle avait pensé que, peut-être, elle ne reconnaîtrait pas l'emplacement exact, mais en réalité, elle le reconnut immédiatement. Il était étonnamment identique.

Elle revoyait leur Volvo garée là, les portières et le coffre ouverts, leur matériel éparpillé par terre. Elle entendait presque leurs voix qui s'interpellaient. Plaisantaient. Ses jambes flageolèrent, elle s'assit à la table de pique-nique vermoulue, la laisse de Leo dans la main. Le chien flairait avidement les odeurs inconnues du campement, inspectant un large périmètre. Tess regarda, derrière elle, la colline qui descendait en pente douce jusqu'au lac scintillant entre les branches nues des arbres. Elle observa le carré de terre et son anneau de pierres, disposées là pour circonscrire un feu de camp. Au centre, les cendres étaient froides. Des chansons lui revenaient à l'esprit, des histoires de fantômes. Son cœur cognait à se rompre, les images défilaient. Phoebe à la lueur de la torche électrique, un bruit de déchirure qui la réveillait, et la figure de l'homme...

L'aboiement sec de Leo la fit sursauter. Le chien tirait sur sa laisse. Tess tourna les yeux vers le sentier et vit un homme qui venait dans leur direction. Il portait un sweat-shirt bleu marine, un pantalon de survêtement et un bonnet de marin bleu foncé. Tess se redressa, chancelante, le cœur battant. Elle songea au type qui l'épiait dans le champ, le matin même, eut envie de crier, mais la peur lui nouait la gorge.

Leo jappa de nouveau. L'homme ralentit en approchant.

— Du calme, mon grand, lança-t-il d'une voix amicale.

Tess n'essaya même pas d'empêcher le labrador d'aboyer. Elle foudroya du regard l'importun qui leva les mains en signe de reddition.

— Désolé. Je joggais sur la piste cavalière. J'ai rarement rencontré quelqu'un depuis qu'il a commencé à faire froid.

— Leo, assis, ordonna Tess.

Le chien obéit et se tut. Tess jeta un coup d'œil circonspect à l'homme qui s'était arrêté.

— Vous nous avez surpris, accusa-t-elle.

— Je m'en rends compte. Ce n'était pas mon intention.

Se penchant, il approcha ses doigts de la truffe de Leo. Le labrador s'avança autant que le lui permettait sa laisse et flaira avec méfiance cette main offerte.

— Tu es un bon garçon, dit l'intrus d'une voix douce qui vibra au tréfonds de Tess – ce qui la déconcerta. Il vous protège, ajouta-t-il en lui souriant.

— Oui, en effet, rétorqua-t-elle d'un ton qui était un avertissement.

Soudain, elle se rendit compte avec embarras qu'elle le connaissait. Maintenant qu'elle était près de lui, la présence physique de l'homme la troublait, et ses yeux semblaient percer ses secrets, comme s'il avait la faculté de percevoir la pulsation du sang sous sa peau.

Il se releva, fronça les sourcils.

— Vous êtes Mlle DeGraff, n'est-ce pas ?

Tess sentit son cœur se décrocher dans sa poitrine. Inutile de nier, même si elle ne souhaitait pas lui parler, ni soutenir son regard. Elle eut la subite tentation, à laquelle elle résista, de lâcher la laisse et de lancer Leo à ses trousses. Le joggeur ôta son bonnet, découvrant une chevelure argentée.

Le regard bleu faïence de l'avocat d'Edith Abbott était grave.

— Je pensais bien que c'était vous. Nous nous sommes aperçus ce matin. Je suis...

— Je sais qui vous êtes, l'interrompit-elle abruptement.

— Je n'aurais pas cru que vous seriez ici. Trop de souvenirs.

Elle ne répondit pas.

— Je me doute que ces résultats, aujourd'hui, ont été un choc pour vous.

Tess pointa le menton.

— Et moi, je m'étonne de vous trouver en train de faire du jogging. Je vous aurais plutôt imaginé occupé à donner des interviews.

— Il fallait que je m'éloigne de ce cirque. J'avais besoin d'air.

— Pas de fête pour célébrer la victoire ?

— C'est ma manière de la célébrer, dit-il avec une ombre de sourire. Je cours.

— Personnellement, je préfère le champagne.

— Il n'y a pas de quoi sabler le champagne. Un innocent a été exécuté.

— Et vous considérez que c'est ma faute.

— Votre faute ?

— C'est ce que vous pensez.

— Non. Bien sûr que non. Vous n'étiez qu'une enfant.

— Au procès, j'ai dit exactement ce que j'avais vu.

— Ce que vous croyiez avoir vu, rectifia-t-il.

Il croisa les bras, se campa confortablement sur ses jambes.

— Au début, quand Edith Abbott m'a contacté, je n'ai pas voulu m'en mêler. J'avais mes propres problèmes et je savais que cette affaire serait exténuante. Pourtant, lorsque j'ai lu le dossier du procès et constaté que la condamnation reposait largement sur les déclarations d'une fillette de neuf ans... Vous figurez-vous à quel point les témoins oculaires peuvent être sujets à caution ? Même quand il s'agit d'adultes ? Les psychologues ont effectué des tests qui prouvent que cinquante pour cent des témoignages de ce genre sont inexacts. Des statistiques effarantes. Surtout quand on se fonde là-dessus pour demander la peine de mort.

Tess le dévisagea sans répondre. On aurait dit qu'il discutait avec un confrère, et non avec le témoin auquel il faisait allusion. De nouveau, des frissons la secouèrent.

Interprétant, à tort, son silence comme de l'intérêt, il poursuivit :

— Laissez-moi vous exposer un autre fait qui donne à réfléchir. Depuis 1989, cent soixante-quinze détenus qui attendaient dans le couloir de la mort ont été disculpés grâce à l'ADN. Or, dans soixante-dix pour cent des cas, ils avaient été initialement condamnés sur la foi de témoins oculaires. Soixante-dix pour cent. Cela dépasse l'entendement.

Tess le scrutait, les paupières plissées, se demandant comment elle avait pu le juger séduisant. À l'évidence, ce n'était qu'un imbécile dénué de sensibilité.

— Pourquoi diable me racontez-vous ça ? Dans cette affaire, j'étais justement le témoin oculaire.

Son indignation ne l'émut pas.

— Il me semblait simplement que vous souhaiteriez savoir que ce genre d'identification erronée n'est pas chose rare. Au contraire, c'est très banal. Ajoutez à ça que vous étiez une petite fille soumise à une terrible pression...

— Personne ne faisait pression sur moi. J'ai dit la vérité.

Ben Ramsey fixa sur elle des yeux emplis de sollicitude.

— Vous en êtes convaincue, je n'en doute pas. Et après toutes ces années... plus nous répétons une histoire ou relatons un souvenir d'une certaine manière, plus nous nous persuadons que notre souvenir est véridique. Et pas seulement dans un prétoire, mais aussi dans notre vie.

— Vous vous trompez, monsieur Ramsey, répondit-elle froidement. J'ai vu Lazarus Abbott emmener ma sœur.

Le regard de Ben ne perdit rien de sa gentillesse.

— Vous savez, le déni finira par vous donner un ulcère.

— Je ne me suis pas trompée. Et, de toute façon, je me moque de votre opinion.

Percevant la colère de Tess, Leo aboya de nouveau. À cet instant, elle entendit une voix appeler : « Maman ! » Elle pivota. Erny, sur son vélo, déboulait dans le terrain de camping, tressautant sur les pierres et dans les ornières.

— Erny ! cria-t-elle.

Celui-ci s'arrêta à côté d'elle et posa les deux pieds par terre pour ne pas tomber.

— Salut, Leo, dit-il, comme le chien se pressait ardemment contre sa jambe et accueillait avec bonheur une flopée de caresses.

Puis Erny dévisagca carrément Ben Ramsey.

— Bonjour.

— Bonjour, répondit l'avocat d'un ton amical.

Tess, qui n'avait aucune intention de faire les présentations, tourna le dos à Ben Ramsey. Erny, habitué à ce qu'elle se montre polie, considéra tour à tour, d'un air interrogateur, sa mère et l'inconnu en sweat-shirt. Tess feignit de ne rien remarquer.

— Pourquoi es-tu monté jusqu'ici tout seul ? interrogea-t-elle.

Erny écarquilla les yeux.

— Je te cherchais.

— Je t'avais recommandé de ne pas venir ici.

— Mais je me demandais où tu étais.

Tess eut une moue sceptique.

— C'est chouette ici, commenta Erny.

— On redescend, dit Tess. Dawn va s'inquiéter.

Erny haussa les épaules et fit faire demi-tour à son vélo sur le sentier.

— Au revoir, lança-t-il à Ramsey, tandis que Leo tirait sur sa laisse pour rester à sa hauteur.

— Au revoir, dit l'avocat qui agita la main.

97

Tess jeta un coup d'œil à Ramsey qui l'observait avec un intérêt sans fard, comme s'il avait des centaines de questions à lui poser. Le regard amer qu'elle lui décocha le fit grimacer. Sans un mot, elle le salua d'un petit hochement de tête et suivit son fils et le chien hors du terrain de camping, sur le chemin qui conduisait à l'auberge.

Dawn faisait chauffer de l'eau pour le thé, quand tous les trois surgirent du cellier.

— Vous vous êtes retrouvés, s'exclama-t-elle.

Tess opina. Leo mit aussitôt le cap sur son tapis, Erny rafla une poignée de mini-barquettes sur le comptoir.

— Je peux regarder la télé ? demanda-t-il.

— Bien sûr, répondit Dawn.

— Allez, Leo, viens avec moi.

Le chien ne se le fit pas dire deux fois. Il se releva et suivit Erny qui sortit de la cuisine.

Dawn étudia Tess avec soulagement.

— C'est mieux. Cette promenade t'a redonné des couleurs. Tu étais si pâle... Tout à l'heure, j'ai cru que tu allais t'évanouir.

Tess ne précisa pas que c'était la colère provoquée par sa perturbante rencontre sur le terrain de camping qui lui avait rosi les joues.

— Jake et Julie sont partis ?

— Il t'a laissé la voiture de Kelli, pour que tu puisses t'en servir pendant ton séjour.

— Oui, il m'en avait parlé.

Dawn lui remplit un mug de thé. Tess le prit et s'assit sur le banc, dans le coin réservé au

98

petit déjeuner. Les yeux rivés sur le champ plutôt lugubre, elle songea à l'avocat d'Edith Abbott. Inutile de le nier, il était séduisant, attirant. Manifestement, il ne l'ignorait pas. C'était sans doute une arme dont il se servait abondamment pour conquérir les jurés de sexe féminin. Mais avec son analyse de la situation... il était tellement suffisant. Ben Ramsey lui avait parlé comme si elle devait – ça ne souffrait pas de discussion – se ranger à son avis. Exaspérant. Cependant, impossible de prétendre que ses paroles ne l'avaient pas mise mal à l'aise. Car elles lui avaient remémoré un souvenir désagréable, sans rapport avec la mort de sa sœur.

Un jour, à l'université, pendant une pénible brouille avec un petit ami, elle l'avait vu, en rentrant d'un cours, qui sortait du bâtiment où elle logeait. Croyant qu'il voulait se rabibocher, elle avait couru pour le rattraper, crié son nom, mais il n'avait pas répondu à ses appels. Plus tard, alors qu'ils s'étaient réconciliés pour une brève période, il lui avait affirmé qu'il ne se trouvait pas sur le campus au moment où elle pensait l'avoir aperçu. Il n'était même pas sur le territoire de l'État. Elle avait eu beau argumenter tant et plus, il maintenait qu'il était chez ses parents. Il n'avait aucune raison de mentir, disait-il, et c'était vrai, elle le savait. Ce n'était pas lui qu'elle avait vu. Elle l'avait confondu avec quelqu'un d'autre. Pourtant, sur le moment, elle avait été si sûre d'elle. Absolument sûre. Elle en aurait mis sa tête à couper.

Dawn apporta son mug dans le coin où Tess s'était installée et s'assit face à sa fille.

— Je me rends bien compte que tu es désespérée par les résultats de ces analyses. Écoute, Tess, quoi qu'il ait pu se passer, ce n'était pas ta faute.

— Personne ne me croit. C'était Lazarus. Tu étais là. Tu ne te rappelles pas ?

Dawn soupira et, à travers la vapeur qu'exhalait son thé, contempla le passé.

— Ton père et toi, vous avez parlé au commissaire Fuller de l'homme que tu avais vu. Moi, cette nuit-là, je me souciais uniquement de chercher Phoebe. C'était tout ce qui m'importait. Pour être sincère, je ne me rappelle rien d'autre.

Tess baissa la tête. Elle était mère à présent, elle ne comprenait que trop.

— Maintenant, ces jours-là ne sont plus qu'une sorte de brouillard, murmura Dawn.

— Je me demande si le commissaire Fuller s'en souvient, lui, dit Tess.

Elle se représenta Aldous Fuller tel qu'il était la première fois qu'elle l'avait rencontré. Un homme robuste aux cheveux châtains, qui avait des lunettes et de la mélancolie au fond des yeux. Il avait traité Tess, toute sa famille, avec respect et gentillesse au moment du kidnapping de Phoebe. Même lorsque le père de Tess, Rob, gueulait, le harcelait pour avoir des réponses, exigeait des résultats, le commissaire Fuller avait conservé son calme imperturbable, son amabilité.

— Je l'ignore, dit Dawn. Il paraît qu'il a été très malade.

— Tu crois qu'il accepterait de me parler ?

— Il est retraité, à présent...

— Je pourrais le contacter chez lui.

Dawn ne semblait plus aussi attentive.

— Tu pourrais, je suppose.

— Tu as l'air de t'en moquer, dit tristement Tess.

Sa mère écarta les mains dans un geste d'impuissance.

— Ce n'est pas ça. Seulement... ça ne changera rien.

Tess ravala ses larmes, regarda au-dehors le crépuscule brumeux.

— Peut-être. Mais il faut que je sache.

7

Le lendemain matin, Tess se faufila par la porte latérale de l'auberge, évitant la meute des reporters, et prit la voiture pour se rendre à l'adresse indiquée par la femme qu'elle avait eue au téléphone chez les Fuller. Quand elle se gara devant une pimpante maison rouge foncé de style Cape Cod, un homme très mince, avec des lunettes et une frange de cheveux blancs, balayait le perron pourtant impeccable.

Tess vérifia le chiffre qu'elle avait inscrit sur un bout de papier; avait-elle mal lu ? L'homme s'immobilisa et s'appuya sur son balai quand elle sortit de la voiture. Hésitante, elle se dirigea vers lui.

— Je cherche la maison d'Aldous Fuller...

Il la scruta un instant.

— Tess ?

Elle eut un coup au cœur – l'ancien commissaire avait terriblement changé.

— Je ne... il y a si longtemps, bafouilla-t-elle, serrant la main glacée qu'il lui tendait.

— J'ai une mine affreuse, je le sais. Le cancer, expliqua-t-il en se tapotant la poitrine. Le traitement est pire que la maladie.

Elle esquissa une grimace navrée. Il haussa les épaules.

— Bah, on n'y peut rien.

— Merci de me recevoir.

— Ne me remerciez pas. Vous voir fait du bien à mon vieux cœur. Vous êtes devenue ravissante, dites-moi. Allez, venez. Entrons.

Tess le suivit dans la maison. Ils traversèrent un salon conventionnel débouchant sur une cuisine très gaie, tout en rouge et blanc, sur l'arrière de la demeure. Aldous désigna les chaises autour de la table.

— Asseyez-vous, Tess.

Elle obéit, étudiant la pièce méticuleusement ordonnée.

— Quelle jolie maison vous avez.

Aldous, qui remplissait une bouilloire, ferma le robinet de l'évier et jeta un regard circulaire.

— Ma belle-fille et mes petits-enfants vivent ici avec moi, maintenant. C'est elle qui vous a parlé au téléphone. Mary Ann. Elle est très gentille. Ma femme est morte voici dix ans, et ensuite... il y a deux ans, j'ai perdu mon fils...

Aldous tourna les yeux vers la fenêtre.

— Je suis vraiment désolée.

Elle avait eu suffisamment de deuils dans sa vie pour savoir qu'il valait mieux être direct.

— Que lui est-il arrivé ?

— Il jouait au touch football[1] avec des vieux copains de lycée, soupira Aldous. Une bande de

---

1. *Touch football* : football américain édulcoré où les placages sont interdits et remplacés par une tape au porteur du ballon. Se joue généralement sur un terrain improvisé.

gars qui s'amusaient. Ils pique-niquaient en famille. Une belle journée d'automne...

Tess se représentait la scène, sentait le fumet des hot-dogs, imaginait le ciel bleu. Et redoutait le drame qui couvait.

Aldous prit une grande respiration.

— Son cœur s'est arrêté de battre, tout simplement. Fibrillation, quelque chose comme ça. Il avait vingt-sept ans.

— Oh, commissaire... c'est épouvantable. Je suis vraiment désolée.

Aldous Fuller secoua la tête.

— On ne peut jamais être sûr de rien, Tess. Jamais.

Elle acquiesça.

— Mais pourquoi est-ce que je vous raconte ça à vous ? ajouta-t-il, penaud. Enfin bref, c'était dur pour Mary Ann de joindre les deux bouts.

Il ne mentionna pas sa maladie, qui, supposa Tess, avait pourtant dû peser dans leur décision de cohabiter. Aldous souleva la bouilloire.

— J'allais me faire un café. Ça vous tente ?

— Oh, non merci. Une tasse par jour, c'est ma limite.

— D'après mon docteur, je devrais vous imiter, soupira-t-il. J'ai réduit tout le reste, mais... apparemment, impossible de renoncer à ma drogue.

Il prit un mug dans le placard.

— Je pensais vous voir, hier, à la conférence de presse, dit-elle.

— Je voulais y assister. Mais hier, je n'étais pas très en forme...

Il se servit son café et chercha du lait dans le réfrigérateur. Puis il s'assit à l'autre bout de la table et posa son mug sur une serviette en papier. Tess l'observait et ne pouvait s'empêcher de songer à ce qu'il était vingt ans plus tôt. Un homme solide qui s'exprimait d'une voix douce, mais dont la stature la rassurait. Elle était navrée pour lui et, inexplicablement, pour elle même.

— Alors, il paraît que vous avez un fils, dit Aldous en remuant son café.

Tess acquiesça en souriant. Elle prit son portefeuille dans son sac, l'ouvrit et sortit une photo.

— Il s'appelle Erny. Je l'ai adopté. Il a dix ans, à présent.

— Oh, quel beau garçon, commenta Aldous en examinant le cliché.

Tess hocha la tête avec un sourire radieux, les yeux rivés sur la photo de classe.

— Oui, c'est la meilleure chose qui me soit arrivée.

— J'en suis bien content, Tess. Vous ne devez pas avoir peur de vivre votre vie.

Tess referma le portefeuille qu'elle rangea dans son sac. Puis elle posa les mains à plat sur le bois éraflé de la table.

— Je n'ai pas eu peur, je ne crois pas. Du moins, pas jusqu'ici.

— Bon, assez de conseils paternels. Vous vouliez me voir. Que puis-je faire pour vous ?

— Je présume que vous avez appris la nouvelle, hier. Les résultats de l'analyse ADN.

105

Derrière ses lunettes, le regard d'Aldous Fuller était las.

— Je me doute que c'est dur pour vous, Tess. Bon Dieu, c'est dur pour moi. Ces journalistes qui téléphonent. Ça tape sur le système.

— Cette nuit, je n'ai pas fermé l'œil. Pendant toutes ces années, j'ai été tellement certaine... et puis quelqu'un m'a dit une chose qui m'a ébranlée. Je suis forcée de l'admettre. D'après cette... personne, des expériences ont prouvé que les témoins oculaires se trompent environ une fois sur deux. Vous saviez ça ?

— Oui, j'ai entendu beaucoup de théories de ce genre.

— Je ne cesse de m'interroger... et si ça s'était passé comme ça pour moi aussi ? Si je m'étais trompée ?

— Vous voulez que je vous dise ce que je me rappelle ?

— Oui, s'il vous plaît.

Fuller inspira profondément.

— À notre arrivée au campement cette nuit-là, je vous ai demandé de me décrire l'homme qui avait emmené votre sœur. Vous vous souvenez ?

— Pour être franche, pas vraiment. Tout est embrouillé.

— Eh bien, moi je me souviens. Vous n'avez pas eu une seule hésitation. Vous m'avez fourni une description du ravisseur extraordinairement précise. Dans les moindres détails. Tenez... Au moment de mon départ à la retraite, j'ai embarqué mes dossiers personnels. Quand Mary Ann m'a annoncé que vous veniez ce matin, je les ai ressortis pour vous les montrer. Voilà les notes que j'ai prises d'après vos déclarations. Regardez...

Tess saisit le carnet, sur la table, et lut : « Tessa DeGraff, sœur de la victime, 9 ans : homme blanc, très sale. Des bosses et des cicatrices sur la peau. Lunettes. Monture noire. Cheveux noirs, gras, queue-de-cheval. Une incisive du haut cassée. » En dessous, le commissaire Fuller avait écrit : « LAZARUS ABBOTT !!! »

Elle leva les yeux.

— Je ne connaissais pas son nom, à l'époque.

— C'est moi qui ai écrit son nom. Pendant que vous me décriviez le kidnappeur, j'ai immédiatement pensé à Lazarus. C'était comme si je vous avais demandé de me dessiner son portrait. De plus, c'était un pervers notoire – un voyeur et un exhibitionniste. Sa mère le protégeait. Elle payait toujours la caution pour le faire libérer. C'est uniquement pour cette raison qu'il n'était pas en taule cette nuit-là.

— Donc vous aussi, tout de suite, vous avez eu une certitude, dit-elle d'un ton plein d'espoir.

— Et comment !

Mais, soudain, Tess fut frappée par une idée réfrigérante.

— Alors vous n'avez jamais sérieusement... envisagé qu'il puisse y avoir un autre suspect.

— Si je l'ai envisagé ? Non. Pas vraiment. On est allés chercher Lazarus Abbott et on l'a ramené au poste. Vous vous rappelez ? Quand vous l'avez aperçu, vous vous êtes mise à hurler.

Tess hocha lentement la tête.

— Oui. Ça, je m'en souviens.

À présent, elle s'en souvenait même clairement – sa terreur à l'entrée de cet homme, celui
qu'elle avait vu sous la tente.

Le commissaire haussa les épaules.

— Il n'avait qu'un alibi, sa mère, en qui je
n'avais aucune confiance. Son beau-père n'a pas
confirmé les dires de sa femme. Lazarus avait un
casier judiciaire. Un passé d'outrages publics à la
pudeur. En ce temps-là, on ne disposait pas des
analyses ADN. On avait recours au dosage d'anti-
gènes. Lorsqu'on a retrouvé le corps de Phoebe et
effectué les prélèvements, les groupes sanguins
correspondaient. Le violeur était un sécréteur du
groupe A, comme Lazarus. Emballez, c'est pesé !
Et vous n'étiez peut-être qu'une gamine de neuf
ans, mais aucun procureur n'avait jamais eu de
meilleur témoin que vous. Le jury a considéré les
choses du même œil que nous tous. Il n'y avait
pas d'autre coupable possible.

Tess poussa un lourd soupir.

— Pourtant, d'après l'ADN, j'avais obligatoirement tort. Mon frère prétend qu'au laboratoire,
ils pourraient avoir commis une erreur en effec-
tuant ces tests.

— Hmm... Ils ont procédé avec beaucoup de
minutie et de méthode. Rusty Bosworth m'a
dit qu'il lui avait fallu signer une centaine de
documents quand ils sont venus récupérer les
anciens prélèvements. Ils ont vérifié et revérifié,
pour éliminer tout risque d'erreur, justement.

— Alors, on en est où ?

— Je ne sais pas. Par contre, je sais une chose : ils vous pousseront à vous rétracter, Tess. Rusty Bosworth et sa clique ont besoin d'un responsable. Ils aimeraient vous entendre dire qu'on – moi ou quelqu'un d'autre – vous a fourré dans le crâne cette idée de Lazarus Abbott. Que vous n'étiez qu'une gosse crédule et que je voulais coller ce crime sur le dos d'un innocent, simplement pour avoir un suspect à inculper.

Il agita un doigt osseux.

— Mais vous et moi, nous n'ignorons pas que ça ne s'est pas déroulé de cette manière.

Tess comprit soudain qu'il s'inquiétait pour sa propre réputation. Les souvenirs d'Aldous Fuller l'avaient réconfortée, mais tout à coup elle frissonna, sur la défensive.

— Je n'irais jamais raconter une chose pareille, rétorqua-t-elle d'un ton froid. Parce que ce n'est pas vrai.

— Effectivement, ce n'est pas vrai, acquiesça-t-il, soulagé.

Un silence gêné s'instaura entre eux. Elle ne pouvait s'empêcher de penser que le vieil homme désirait prendre ses distances avec cette épouvantable erreur et faire en sorte que la faute retombe sur les épaules de Tess.

Elle se leva.

— Bon, très bien... Il vaut mieux que je vous laisse.

Aldous Fuller lui prit la main. Ses paumes et ses doigts étaient glacés; malgré elle, Tess frémit.

— Écoutez, Tess. Apparemment, on s'est trompés. Peut-être que l'assassin était quelqu'un qui ressemblait beaucoup à Lazarus Abbott.

— Qui lui ressemblait ? répéta-t-elle.

— Mais aucun de nous n'a de quoi avoir honte. Moi, j'ai fait du mieux possible à partir de vos déclarations. Et vous, vous avez dit la vérité, de votre mieux.

— J'ai dit la vérité, rectifia-t-elle.

Le commissaire Fuller lui lâcha la main.

— En tout cas, ces pervers se contentent rarement d'une victime. J'ai parlé à Rusty ce matin. Les résultats de l'analyse ont déjà été envoyés au CODIS[1] du FBI.

— De quoi s'agit-il ?

— C'est une banque d'ADN des individus arrêtés ou condamnés pour crime sexuel ou autre crime de sang. On découvrira peut-être que le meurtrier de Phoebe est en train de croupir dans une prison quelconque.

— Et si on le trouve, j'aurai éternellement la mort de Lazarus Abbott sur la conscience.

Elle s'attendait à ce qu'il comprenne, à ce qu'il réponde que lui aussi en aurait des remords. Au lieu de quoi, il hocha la tête.

— Ce serait dur pour vous, Tess.

1. Combined DNA Index System : équivalent de notre fichier national des empreintes génétiques.

8

Reporters et cameramen criaient son nom, lorsque Tess, tête basse, se glissa précipitamment dans l'auberge et claqua la porte. Elle s'y appuya, les yeux clos, contraignant son cœur qui battait follement à recouvrer un rythme normal. Sa visite au commissaire Fuller ne lui avait fait aucun bien. Au contraire, elle se sentait encore plus mal.

— Maman, tu es rentrée !

Tess rouvrit les yeux et contempla son fils qui souriait de toutes ses larges dents si blanches dans son mince visage brun. Heureux, éclatant de santé. Sauvé d'une existence misérable dans le système des familles d'accueil. Tu n'es pas une pourriture intégrale, ne l'oublie pas, se dit-elle. Quoi qu'en pensent les gens.

— Oui, je suis rentrée.

— Tu m'emmènes au vidéoclub ?

Tess eut l'impression que son cerveau se ratatinait à la perspective de ressortir, d'être la cible de tous les regards.

— Tu ne peux pas y aller en vélo ?

Les sourcils en accordéon, Erny jeta un coup d'œil aux journalistes braillards qui faisaient le pied de grue autour de l'auberge.

— Ben, je...

Tess devina son appréhension. Si cette meute les cernait, si on les assaillait dès qu'ils mettaient le nez dehors, c'était sa faute.

— D'accord, je t'emmène. Laisse-moi juste une minute.

Le téléphone du vestibule sonnait.

— Va chercher ta veste et la carte du club que t'ont donnée tante Julie et oncle Jake.

— Oui, oui ! répondit-il, ravi, en courant prendre son sweat-shirt.

Tess décrocha le combiné.

— Auberge de Stone Hill. Que puis-je pour vous ?

— Menteuse, murmura une insinuante voix masculine. Tueuse.

Tess ravala un cri et, brutalement, reposa le combiné sur son support. Elle regarda le téléphone comme s'il s'était métamorphosé en serpent. Qui ferait une chose pareille ? Salaud. Ce n'est pas moi la coupable. Elle pressa les mains sur sa poitrine pour comprimer les battements de son cœur.

Non. Pas question. Elle ne se laisserait pas malmener. Et il n'était pas trop tard pour réagir. Elle décrocha le téléphone, enfonça la touche *69. Une voix électronique débita le numéro du dernier correspondant qui avait contacté l'auberge. C'était un numéro de portable, que Tess composa immédiatement. Elle tomba sur une boîte vocale.

— Écoutez, espèce de lâche, articula-t-elle. Fichez-nous la paix, à moi et ma famille. Sinon, la prochaine fois, j'avertis la police.

Elle raccrocha et pivota.

Erny était là, vêtu de son sweat-shirt, l'air inquiet.

— Qui c'était ? Pourquoi la police ?

— Ce n'est rien, mon poussin, répondit Tess en s'efforçant de paraître calme. Tu es prêt ?

Il opina.

— Très bien.

Elle posa la main sur la poignée de la porte, hésita.

— Quoi que ces gens, dehors, te disent, ne les écoute pas et reste près de moi. D'accord ?

Le vidéoclub se trouvait dans Main Street, juste à côté du bazar. Tess se gara dans la rue, en épi.

— Tu sais de quoi tu as envie ?

— Bof... un jeu. Madden[1], sans doute.

Tess sourit. Dawn avait acheté une Play-Station, uniquement en l'honneur des visites d'Erny, cependant elle ne savait même pas s'en servir et n'avait pas de jeux vidéo. Mais Erny était content d'en profiter. Quant à Tess, elle se réjouissait que son fils préfère les jeux de sport à d'autres plus violents et plus macabres.

— D'accord. Eh bien, tu entres et tu le prends.

— Tu viens pas avec moi ? s'étonna-t-il.

Elle ne tenait pas à rencontrer des gens qui lui poseraient des questions. Qui, peut-être, auraient vu son visage aux actualités télévisées.

_____
1. Jeu vidéo de football.

— Non, je t'attends là.

Erny haussa les épaules.

— Bon...

Il sortit et claqua la portière. Tess observa la rue. Elle envisagea d'aller chez le traiteur acheter de quoi déjeuner, mais son angoisse la claquemura dans la voiture. Scrutant la vitrine du vidéoclub, entre les affiches de films, elle aperçut un vendeur en chemise rouge, bouche bée devant un téléviseur placé en hauteur. Elle savait qu'il faudrait un moment à Erny pour explorer le rayon des jeux. Elle se représentait son fils campé sur une jambe, tel un jeune héron, le front plissé par la concentration, déchiffrant ce qui était inscrit sur les boîtes. Penser à lui la fit soupirer de plaisir. Tout le monde lui disait que parvenu à l'adolescence, Erny l'ignorerait ou ne lui parlerait que par grognements. Elle redoutait ce moment. Le sourire de son garçon, quelles que soient les circonstances, lui remontait toujours le moral.

Un mouvement devant le bazar attira soudain son attention. À quelques mètres de la voiture de Kelli, Edith Abbott sortait du magasin. La femme, grande et maigre, portait des mocassins blancs, un pantalon écossais fané, et un corsage sous un trois-quarts informe en denim bleu. La grosse fleur blanche de la veille, dont les pétales se flétrissaient, était épinglée au revers du trois-quarts. Edith cherchait quelque chose dans son sac.

Tess se figea. Elle aurait donné n'importe quoi pour devenir invisible. Aux yeux d'un quelconque quidam, Edith Abbott devait sembler inoffensive, mais pour Tess, elle aurait aussi bien pu être un dragon capable de cracher des flammes sur le pare-brise.

Elle se tassa sur son siège, espérant ne pas être remarquée.

Cette nuit, alors que le sommeil la fuyait, elle avait beaucoup pensé à Edith Abbott. On avait reproché à cette femme son entêtement et sa stupidité, car elle avait sans relâche plaidé la cause de son fils, même après sa mort. Mais, hier, sa détermination avait été récompensée. Au cours de ses heures solitaires d'insomnie, Tess s'était imaginée à la place d'Edith. Et si un jour on accusait Erny d'un crime odieux, si on le condamnait à mort ? Ne serait-elle pas la dernière personne au monde à l'abandonner ? Et si, après son exécution, il apparaissait qu'on s'était fourvoyé ?

Tess s'était débattue dans ses couvertures, s'efforçant de concevoir une chose pareille, mais c'était trop abominable. À un moment de cette épouvantable nuit, elle s'était vue allant chez Edith Abbott, lui parlant comme une mère s'adresse à une autre mère. Implorant son pardon. Elle avait essayé de réfléchir à ce qu'elle dirait. Impossible. Les mots justes ne venaient pas. « Je regrette que Lazarus ait été exécuté, puisque, apparemment, il n'a pas tué ma sœur, même si je crois toujours qu'il était celui que... »

115

Horrible. Il n'y avait pas de manière convenable d'exprimer ça. Elle ne voulait tout simplement pas affronter Edith Abbott. Pas maintenant. Pas dans Main Street, devant des curieux, et alors qu'elle avait l'esprit vide.

Toutes ces pensées fusèrent dans le cerveau de Tess en quelques secondes, laps de temps durant lequel Edith Abbott repéra dans son sac ce qu'elle y cherchait – une petite boîte ronde où elle prit, du bout des doigts, une sorte de cachet qu'elle porta à sa bouche.

Une pastille de menthe. Ou un vasodilatateur pour son cœur.

— Maman, dit Erny en secouant la poignée de la portière. Ouvre-moi.

Edith Abbott leva la tête, considéra le petit garçon près de la voiture. Puis son regard effleura le pare-brise et se posa sur Tess qui se mit à trembler comme une feuille, craignant un éclat. Edith cilla derrière ses lunettes, pas la moindre étincelle ne s'alluma dans ses yeux. Puis elle suspendit son sac à son avant-bras et, patiemment, observa le bazar; elle semblait attendre que quelqu'un en émerge.

Elle ne me connaît pas, songea Tess, stupéfaite et soulagée. Elle ne me reconnaît pas du tout. Comment est-ce possible ? Alors même qu'elle se posait la question, elle réalisa que, pour la mère de Lazarus, elle était figée dans le temps. Éternellement une fillette de neuf ans qui désignait son fils dans un prétoire et le traitait d'assassin. Et, dans le charivari de la conférence de presse du gouverneur, la veille, Tess

116

n'avait dû être pour Edith qu'un visage de plus dans la foule. Quoi qu'elle puisse éprouver envers l'enfant qui avait accusé son fils, Edith Abbott ne l'associait pas à la femme adulte sur laquelle elle venait de poser les yeux.

Cette constatation fut pour Tess un soulagement. Avec l'impression d'avoir évité une balle de revolver, elle inspira à fond et déverrouilla la portière côté passager. Erny l'ouvrit. Tess mit le contact.

— Hé ! lança soudain une voix masculine. Vous, là-bas !

Erny, qui avait un pied dans la voiture, sursauta.

Nelson Abbott avait surgi du bazar, un rouleau de toile d'emballage sous le bras, et se dirigeait vers son épouse.

— Tess DeGraff !

En entendant ce nom familier, Edith Abbott, désorientée, tourna la tête en tous sens. Nelson lui désigna la voiture, et Edith fixa Tess; cette fois, une lueur vacilla dans son regard.

— Qui est-ce ? demanda-t-elle.

— C'est elle. Celle qui a témoigné contre Lazarus, répondit Nelson.

Les yeux de la vieille femme s'arrondirent, elle agrippa le bras de son mari.

— Qu'est-ce qu'ils veulent ? chuchota Erny.

— Monte dans la voiture, dit Tess qui ouvrit sa portière et sortit.

— Non, maman, s'affola Erny. Rentre.

— Il faut que je parle à cette dame et ce monsieur.

117

— Mais pourquoi ? gémit-il.

— Je t'expliquerai plus tard.

— Il faudra lui raconter ce que vous avez fait, persifla Nelson.

Tess se tut. Elle comprit aussitôt qu'elle était désormais la cible de l'amertume de Nelson Abbott. Il n'y avait plus en lui une once de cette sympathie qu'il leur avait manifestée la veille de la conférence de presse, quand il était passé à l'auberge exprimer son soutien à la famille DeGraff.

— Écoutez, rétorqua-t-elle calmement, je ne crois pas que ce soit nécessairement le bon moment ni le bon endroit, mais j'aimerais beaucoup discuter avec vous deux...

— Discuter de quoi ? ricana-t-il, dardant sur elle son regard glacé, d'un noir d'encre. De vos regrets ? Mon beau-fils a été exécuté à cause de vous.

— Je n'ai fait que..., protesta-t-elle. J'ai seulement tenté de dire la vérité.

— Vous avez entendu les résultats, hier ? Lazarus n'était pas coupable. Vous ne voulez vraiment pas avouer vos torts ?

— Excusez-moi, répliqua Tess, tremblante, mais ne nous avez-vous pas affirmé que vous aussi, vous pensiez...

Les yeux de Nelson étincelèrent, l'avertissant de ne pas poursuivre.

— Les résultats ont tout changé, coupa-t-il.

Edith, toujours cramponnée au bras de Nelson, inclina la tête et considéra tristement Tess.

118

— Pourquoi avez-vous dit ces choses sur mon fils ? interrogea-t-elle d'une voix chevrotante. Vous n'aviez pas à faire ça. Je sais bien qu'on avait enlevé votre sœur, mais pourquoi a-t-il fallu que vous accusiez mon Lazarus ?

Tess se tourna vers Edith. Elle ne savait que répondre à cette mère en deuil. Mais comment se dérober à ses questions ?

— Madame Abbott, je voulais vous parler de tout cela. Je comprends que vous me reprochiez ce qui est arrivé à votre fils...

Edith opina.

— Vous n'étiez qu'une petite fille à l'époque. Mais ce n'est pas une excuse. Vous avez menti.

Tess avait les joues brûlantes.

— Écoutez, à ce moment-là j'ai dit la vérité à la police, ce que j'avais vu. C'était tout ce que je pouvais faire...

Les piétons sur le trottoir ralentissaient le pas, dans l'espoir de saisir le fin mot de la querelle. Tess s'efforçait de ne pas remarquer leurs visages empreints de curiosité.

Edith se mit à renifler, farfouilla dans son sac.

Nelson extirpa de sa poche de pantalon un mouchoir qu'il tendit à son épouse.

— Elle ne l'admettra jamais, Edith. Sous prétexte qu'elle était gamine, elle croit que personne ne la tiendra pour responsable. Mais on va s'en occuper.

— Qu'est-ce que ça signifie ? bredouilla Tess. C'est une menace ?

— Il vous faudra attendre pour le savoir, railla Nelson.

Elle se remémora le coup de téléphone anonyme, son mystérieux correspondant chuchotant « menteuse » à son oreille, et se demanda un instant si ce ne serait pas Nelson Abbott qui avait tenté de l'intimider.

— Je dois vous laisser et ramener mon fils à la maison, déclara-t-elle, redressant les épaules.

— Mon fils à moi ne reviendra plus jamais à la maison, s'insurgea Edith.

Tess se rassit au volant de sa voiture et claqua la portière. Elle démarra sans jeter un regard aux époux Abbott.

— C'est quoi, le problème avec ce bonhomme ? dit Erny, faussement désinvolte.

Tess secoua la tête sans répondre, craignant que sa voix ne se brise. Les mains crispées sur le volant, elle se concentra sur la conduite. Mais ses bras tremblaient, elle avait des crampes à l'estomac. Erny se taisait, l'observant avec circonspection du coin de l'œil.

Lorsqu'ils atteignirent l'auberge, Tess s'arrêta devant le perron.

— Entre, ordonna-t-elle.

— Et toi ?

Les reporters qui traînaillaient s'agitèrent soudain, conscients que les nouveaux venus étaient des proies pour eux.

— Ne t'inquiète pas. Je me gare et je te rejoins.

Erny descendit promptement et courut vers la porte de l'auberge qu'il entrebâilla. Tess se força à garder une expression impassible et à ne croiser le regard d'aucun des journalistes qui

encerclaient le véhicule. Tout à coup, elle entra-
perçut quelque chose qui fendait l'air, heurtait
bruyamment la porte et tombait sur le paillas-
son, aux pieds d'Erny.

Celui-ci se retourna, surpris, puis se pencha
pour ramasser le projectile.

Tess sortit de la voiture.

— Erny, qu'est-ce que c'est ? Tu n'as rien ?

Écartant ceux qui lui barraient le passage, elle
se précipita vers son fils qui tenait dans sa main
un morceau de granit.

— C'est une pierre, murmura-t-il, ahuri.

Lentement, Tess scruta le groupe de reporters.
Certains visages reflétaient de la consternation,
d'autres affichaient une expression parfaitement
neutre. Elle prit la pierre, la brandit.

— Qui a lancé ça ? Vous êtes fous ? Vous
auriez pu tuer un enfant !

Les journalistes étaient silencieux. Crânement, Tess plongea son regard dans les leurs, en
cherchant un qui se dérobe, quelqu'un qui ait
l'air coupable dans cette mer de masques inso-
lents ou indifférents.

Caché parmi ces gens, dans le fond, un
homme en parka grise, à la figure émaciée,
s'empressa de baisser la tête. Tess, qui balayait
la foule de ses yeux étincelants, ne le remarqua
pas.

Un moment, nul ne répondit, puis une voix
nonchalante s'éleva :

— Hé, Tess, quelle vue on a de cette maison
de verre où vous habitez ?

— Qu'est-ce que ça veut dire ? demanda Erny.

Tess rougit.

— Rien. C'est un imbécile. Ne fais pas attention à eux. Rentrons.

9

— Tess, chérie, sois attentive, dit Dawn. Nous y sommes

Tess sursauta et vira brutalement à droite dans la longue allée menant au domicile de Jake et Julie. À dix-huit heures, le crépuscule était déjà tombé sur Stone Hill et ses faubourgs. Julie avait téléphoné pour les inviter à dîner, ce que Tess avait accepté avec gratitude. Elle désirait s'éloigner de l'auberge et des reporters qui rôdaient toujours alentour.

Jamais elle n'aurait imaginé rencontrer une telle hostilité après les résultats des analyses ADN. Durant des années, tout le monde à Stone Hill avait tacitement considéré que justice était faite. Maintenant les souffrances des DeGraff paraissaient oubliées, les gens s'empressaient de se dissocier de l'injustice dont avait été victime Lazarus Abbott. La ville entière, semblait-il, reprochait à Tess cette flétrissure à sa réputation.

Dans un crissement de gravier, Tess longea lentement l'allée sinueuse flanquée d'arbres qui isolaient la maison. Celle-ci se dressait sur une butte en pente douce, tapissée d'un gazon à présent roussi par les premières gelées. De taille modeste, elle était recouverte de bardeaux jaunes, avec des volets vert foncé et une cheminée métallique pour le foyer à gaz. La camionnette blanche de Jake, équipée d'une galerie sur laquelle étaient arrimées des échelles, était garée près de la petite voiture immaculée de Julie. Sur la pelouse, la statue en ciment d'une nymphe des bois tenant une lanterne éclairait le chemin jusqu'au perron.

Tess, Dawn et Erny sortirent de la voiture. Erny courut vers la porte qu'il ouvrit sans frapper et se rua à l'intérieur. Tess et Dawn suivirent d'un pas plus tranquille. À leur entrée, elles furent accueillies par de riches fumets en provenance de la cuisine, que contrariait le parfum douceâtre, écœurant, d'un pot-pourri. Erny s'affala sur le canapé rembourré et fleuri, au dossier protégé par un châle tricoté en laine rose. L'un des quatre chats de Julie lui sauta illico sur les genoux. Les murs beiges du salon étaient couverts de prières encadrées, entourées de dessins d'enfants au pastel, ainsi que de croix brodées, enjolivées de fleurs et de feuilles. Sur le téléviseur étaient exposées de nombreuses photos dans des cadres, notamment une photo de mariage de Julie et Jake – Julie en poupée blonde dans sa robe à ceinture-corset. Il y en avait plusieurs de Kelli à divers moments marquants de sa vie, en toge et toque, en robe de bal, et dans son uniforme militaire. Erny souriait d'une oreille à l'autre sur fond bleu roi, encadré de métal argenté. Sur le manteau de la façade de cheminée qui agrémentait le foyer à gaz, trônait la reproduction d'un tableau de

Thomas Kincade représentant un cottage en pierre des Cotswolds sous une tonnelle de roses.

Julie sortit de la cuisine en s'essuyant les mains sur un torchon.

— Oh, j'entends d'ici Sassy ronronner. Ce chat t'aime bien, Erny.

— Je sais, répondit-il, ravi.

Comment va ton chat à toi ?

— Bien. Mon copain John s'occupe de lui.

— Je suis sûre que tu lui manques, dit Julie en souriant.

— Bof... Je peux regarder la télé ?

— Si tu veux.

Erny, sans lâcher le chat qui n'émit pas une plainte et paraissait ne plus avoir un os dans le corps, se pencha vivement pour prendre la télé-commande sur la table basse et allumer le poste. Tess faillit protester, se ravisa. Chez eux, elle limitait les séances de télé, mais ici dans le New Hampshire, il n'y avait pas d'enfants de l'âge d'Erny dans les environs, et il passait plus de temps qu'à l'accoutumée devant le petit écran. Bah, il n'y avait pas de mal à ça, se dit-elle ; il faisait aussi beaucoup plus de vélo et de marche qu'à la maison.

— Vous venez, toutes les deux, qu'on papote pendant que je prépare le dîner ? suggéra Julie. Jake se douche.

Tess suivit sa mère dans la petite salle à manger qui ouvrait sur la cuisine où régnait une agréable chaleur.

— Ce que ça sent bon ! s'exclama-t-elle.

125

— Tourte au poulet, dit Julie.

— Tu es la reine de la tourte au poulet, commenta Dawn.

Julie regarda Tess, écarquillant des yeux incrédules.

— Tu connais une belle-mère qui apprécie la cuisine de sa bru ?

Tess sourit.

— Alors, il paraît que tu as eu une rude journée, enchaîna Julie en tirant la tourte du four pour en vérifier le degré de cuisson – et en la remettant aussitôt au chaud.

— J'ai eu l'impression d'être l'ennemi public numéro un, soupira Tess. Nous avons reçu des menaces anonymes par téléphone et on nous a lancé une pierre quand nous sommes revenus à l'auberge cet après-midi. Erny a failli se la prendre en pleine tête.

Julie se redressa, les mains sur ses larges hanches.

— Tu plaisantes. Comment a-t-on pu faire une chose pareille ?

— Oh, ce n'était pas une plaisanterie, je t'assure.

— Tout le monde en ville s'offusque des résultats de ces analyses. Les gens n'ont plus l'air de se rappeler que Lazarus était un type dégueulasse.

— Parce qu'il l'était, hein ? bredouilla Tess, quêtant un peu de soutien.

— Ah ça, oui. Les garçons l'asticotaient sans arrêt, ils le provoquaient, mais nous les filles, on l'évitait. Je crois qu'il n'a jamais eu qu'un seul job : travailler pour Nelson. Tu sais, son beau-père. Personne d'autre ne voulait de lui. Nelson était régisseur au domaine Whitman, et Lazarus lui donnait un coup de main. Et encore il n'était pas très doué, à mon avis, parce que Nelson était toujours furieux contre lui.

Julie plissa le front, se remémorant des événements lointains.

— Nelson avait une vieille camionnette cabossée dont il se servait dans son travail. Quand il fallait faire le plein ou des réparations, Lazarus venait au garage de mon père. Je m'en souviens, de cette camionnette, parce que Lazarus la prenait pour aller à Lookout Ridge où nous, les jeunes, on se retrouvait. Il arrivait là-bas, tout seul, les phares éteints, il nous épiait et il se... enfin, il faisait... des trucs.

Julie frémit, refusant de dire qu'il se masturbait.

— Il n'avait pas un ami au monde, ajouta-t-elle.

— Eh bien, maintenant, il semble en avoir plusieurs, objecta Tess.

Julie eut un reniflement de mépris.

— Seulement parce que le nouveau commissaire est son cousin...

— Oui, c'est ce que Jake m'a dit.

— Mais ne sois pas dupe. Rusty avait honte de lui être apparenté, même à l'époque. Lui aussi travaillait pour Nelson, de temps en temps. Et quand il s'agissait de se moquer de Lazarus, il était le premier.

127

— Hé, regardez qui j'ai trouvé ! s'exclama Jake qui entra dans la cuisine, changé, les cheveux humides, portant Erny sous le bras.

Il déposa l'enfant, ouvrit la porte du réfrigérateur, prit une bière et jeta un coup d'œil à Erny.

— Tu en veux une ?

— Jake, s'il te plaît, protesta Julie.

— Je ne bois pas, déclara gravement Erny.

— Heureusement pour toi, approuva Julie.

— Ne l'écoute pas, dit Jake. Alors, qu'est-ce que tu as fait de beau ?

Erny haussa les épaules.

— Pas grand-chose. Dis, oncle Jake, tu m'emmèneras dans ta camionnette ?

— Chéri, n'embête pas oncle Jake, gronda Tess.

— Non, ça ne m'embête pas. J'ai hâte de me balader dans les montagnes avec mon pote. Demain ? Je viendrai te chercher chez ta grand-mère. Ça te va ?

Les yeux d'Erny s'illuminèrent. Il regarda Tess.

— C'est d'accord ?

— Mmmm, répondit distraitement Tess.

— D'accord. Génial, dit Erny.

— OK, ça marche.

— Leo peut venir ?

— Bien sûr. Pourquoi pas ?

— Merci, oncle Jake.

— OK. Et maintenant, va regarder la télé jusqu'au dîner. Il faut que je parle à ta mère.

Jake ouvrit sa bouteille de bière et lança la capsule dans la poubelle.

— Qu'est-ce qu'il y a, Tess ? Tu m'as l'air perturbée.

— Je le suis.

— Comment ça se fait ?

— On les harcèle, répondit Julie.

— Qui ça ?

— Des mécontents, dit Dawn. Voilà tout. Des gens qui n'ont rien de mieux à faire.

Tess poussa un nouveau soupir.

— Je ne sais pas. Il y a beaucoup de colère dans cette ville. Aujourd'hui, jc suis tombée sur Nelson et Edith Abbott. J'ai eu peur qu'elle m'arrache les yeux, mais en réalité il a été bien plus désagréable qu'elle. L'incarnation de l'indignation et du bon droit.

— Nelson ? s'étonna Jake. Bon Dieu, il déconne à pleins tubes. Le moindre centime que sa femme dépensait pour défendre Lazarus, Nelson l'avait en travers du gosier. Il racontait partout que son beau-fils ne valait rien. Enfin quoi, vous l'avez entendu quand il est venu à l'auberge l'autre jour.

— Il a changé de refrain, rétorqua Dawn. Je suppose qu'il y a été forcé, sinon Edith l'aurait mis à la porte.

— Je n'aime pas cet homme, dit Tess. Il me donne... la chair de poule.

Jake vida sa bouteille de bière, rouvrit le réfrigérateur et en prit une deuxième.

— Nelson est un de ces types qui ont le sentiment d'avoir tiré le mauvais numéro. Il pense que le monde ne l'a jamais apprécié à sa juste valeur. Mais ne t'inquiète pas. Il est inoffensif.

— Sans doute.

— Ce n'est pas l'opinion que mon père avait de Nelson Abbott, objecta Julie. D'après lui, c'était un vrai salaud. Il battait Lazarus, à le laisser quasiment raide mort. Il y a eu un témoignage là-dessus au procès. Certaines personnes estimaient que Lazarus n'aurait pas dû être condamné à la peine capitale parce que Nelson le maltraitait...

— Pauvre petit Lazarus, psalmodia Jake. Fouetté par son méchant vieux beau-père. Si vous voulez mon avis, Nelson ne l'a pas suffisamment tabassé.

Soudain, un grand bruit retentit dans la pièce voisine.

— Tante Julie ! cria Erny. Il y a quelqu'un à la porte !

— Qui c'est ? demanda Julie à son mari, les sourcils froncés. Tu attends quelqu'un ?

— Non, je vais m'en débarrasser, grommela-t-il, et il disparut dans le salon.

— Des journalistes, peut-être ? murmura Tess avec lassitude. Je suis navrée.

— Ne t'excuse pas, lui dit Julie. Tu n'as aucune raison de t'excuser.

— C'est aussi ce que m'a dit le commissaire Fuller. Juste avant de sous-entendre que tout ça, c'était ma faute.

Jake réapparut sur le seuil de la cuisine.

— Tess... Désolé, il vaudrait mieux que tu viennes. Les flics sont là.

— Les flics ? Qu'est-ce qu'il y a encore ?

Tess, désemparée, regarda Dawn et Julie. Puis elle suivit Jake au salon. Erny était pelotonné dans un coin du canapé, les yeux rivés sur les deux robustes policiers qui semblaient occuper la majeure partie de la petite pièce. Leurs cheveux tondus, leur arme glissée dans son holster, leur uniforme sombre étaient totalement déplacés dans le décor fleuri, pastel de Julie.

— Tess DeGraff ? interrogea le plus jeune.

Elle hocha la tête.

— Le commissaire Bosworth nous envoie. Il souhaite s'entretenir avec vous au poste de police.

— Maintenant ? intervint Julie. Nous allions passer à table.

— Je regrette, madame, répondit le plus âgé, le plus grand des deux. Il veut voir Mlle DeGraff immédiatement.

— Pour quel motif ? demanda Jake.

— À propos de l'affaire Lazarus Abbott.

— Une minute, une minute, rétorqua Jake. Je sais que c'est un scoop sensationnel, mais si je ne me trompe pas... ça s'est passé il y a une bonne vingtaine d'années. En quoi c'est urgent ? Elle ne peut pas venir demain ?

— Le commissaire veut la voir ce soir, insista le plus jeune.

— Tasker, dit amicalement Jake au policier le plus âgé. Vous me connaissez. On se connaît depuis longtemps. En tout cas, on se salue. Ma sœur en a bavé. Qu'est-ce qui presse tant ? Vous la traitez comme une criminelle.

131

Le plus jeune se hérissa, mais l'autre lui posa une main sur le bras et, dévisageant tour à tour Jake et Tess :

— Le public nous met la pression, expliqua-t-il sur le ton de la confidence, et le commissaire est à court de réponses. Il espérait qu'on découvrirait le véritable assassin en faisant des recoupements entre les résultats de l'analyse ADN et le CODIS. Malheureusement, on n'a rien trouvé.

— C'est quoi, ce CODIS ? questionna Jake.

— Un fichier du FBI, les empreintes génétiques de tous les délinquants sexuels qui ont été arrêtés à un moment ou un autre. Malheureusement, ils n'ont pas trace de notre meurtrier. Du coup, le commissaire accélère un peu la cadence. Mademoiselle DeGraff, ça ne vous ennuierait pas... ?

Si, ça l'ennuyait. Énormément, même. Cependant elle ne tenait pas à avoir une scène avec un policier devant Erny.

— Puis-je au moins prendre ma voiture ?

— Nous préférerions que vous veniez avec nous. On vous ramènera chez vous après.

— Bon, rétorqua-t-elle d'un ton aigre. Je mets ma veste.

Tasker tira discrètement sur la manche de son coéquipier.

— On vous attend dehors.

— Nous t'accompagnons, Tess, dit Dawn dès que les policiers eurent franchi la porte qu'ils refermèrent derrière eux.

Tess saisit sa veste et l'enfila.

— Non, restez ici et dînez tranquillement. Ça ira.

— Maman, pourquoi tu pars avec les flics ? s'écria Erny. Est-ce que tu vas en prison ?

— Non, bien sûr que non, le rassura Julie.

— Ce Bosworth est un salopard, maugréa Jake. J'ai jamais pu le piffer. Même quand il était jeune, il était mauvais comme la gale. Tu te souviens, Julie.

Erny fixait un regard anxieux sur sa mère.

— Pourquoi il faut que tu y ailles, maman ?

Dawn lui tapota machinalement la main.

— Ce n'est rien, mon chéri. Tout va bien.

Erny dégagea rageusement sa main.

— Non, ça va pas bien ! hurla-t-il.

Le chat, affolé, quitta les genoux du petit garçon.

— C'est des flics. Ils obligent ma mère à aller avec eux. C'est grave. Arrêtez de dire que ça va !

Le ton âpre d'Erny fut, pour Tess, comme une gifle, un cinglant appel : « Réveille-toi ! » Elle regarda son fils qui les foudroyait tous des yeux.

— Erny...

Elle essaya de toucher l'épaule de l'enfant, mais il s'écarta.

— Si tu vas en prison, qu'est-ce qui m'arrivera, à moi ? Qui est-ce qui s'occupera de moi ?

Tess demeura un instant muette, ébranlée par cet accès de fureur.

— Erny, je n'irai pas en prison. Enlève-toi cette idée de la tête.

Il la scruta d'un air de défi.

133

— Pourquoi tu n'irais pas ? Ma vraie maman y est bien allée, elle.

Il mentionnait rarement sa mère biologique ou le chaos de sa vie avec elle. Il prétendait souvent ne pas se souvenir d'elle, cependant il ne connaissait que trop bien l'histoire de sa mort. Ses paroles blessèrent Tess qui s'efforça de le dissimuler.

— Cela ne se produira pas, parce que je n'ai rien fait de mal.

Erny s'enfonça dans le canapé, les bras croisés. Il marmonna entre ses dents.

— Parle clairement, le réprimanda-t-elle. Je ne t'ai pas entendu...

Erny, le menton tremblant, darda sur elle un regard provocant.

— Si, tu as fait quelque chose de mal. Tu as dit à la police que Lazarus était coupable. Et tu as menti. Non ?

10

Rusty Bosworth, bien qu'il l'ait convoquée, fit poireauter Tess une vingtaine de minutes. Assise sur une chaise en bois, à l'extérieur du bureau fermé par une cloison en verre granité, elle rongea son frein. Elle entendait le murmure d'une voix, qui enflait et refluait derrière la paroi vitrée. Sans doute Bosworth parlait-il au téléphone, car il y avait de longs silences, mais elle ne parvenait pas à comprendre le sens de la conversation.

Elle attendit, agitant nerveusement le pied et observant le vieux poste de police. Il ressemblait beaucoup à ce qu'il était vingt ans plus tôt, lorsqu'on l'avait amenée ici, enveloppée dans une couverture et installée, tremblante, dans un fauteuil de cuir vert face à la table de travail du commissaire. Elle revoyait encore le regard inquiet d'Aldous Fuller qui l'interrogeait gentiment et sentait la chaleur de la main de son père, serrant la sienne, pendant qu'elle expliquait ce qui s'était passé, décrivait l'homme qui avait volé Phoebe en pleine nuit.

Seigneur, j'espère qu'il n'a plus ce fauteuil en cuir vert. Elle craignait de s'évanouir ou d'éclater en sanglots si elle devait s'y asseoir de

135

nouveau. Le simple fait d'y penser rameutait tous ses horribles souvenirs.

Elle en était à se rassurer – elle était capable d'affronter ça, elle était coriace – quand la porte du bureau s'ouvrit. Rusty Bosworth apparut, sa main charnue crispée sur une liasse de papiers. Tess se leva, croyant qu'il allait la prier d'entrer.

La moustache de Bosworth tressaillit. Il jaugea Tess d'un regard froid.

— Là-bas, au fond du couloir, dit-il.

Sans attendre de réponse, il s'éloigna d'un pas lourd. Tess saisit son sac et le suivit. Sa corpulente silhouette occupait presque toute la largeur du couloir et sa grosse tête semblait frôler les plafonniers. Quand il atteignit une porte sur laquelle était inscrit « Salle d'interrogatoire », il la poussa et fit signe à Tess d'entrer.

— Salle d'interrogatoire ? s'étonna-t-elle.

Les petits yeux de Bosworth restèrent indéchiffrables.

— Un endroit où on pose des questions.

Tess inspira à fond.

— Sans blague, marmonna-t-elle, et elle franchit le seuil.

— Asseyez-vous, ordonna-t-il, désignant une chaise en bois avec un dossier à barreaux, au bout d'une table en chêne délabrée.

Tess s'assit. La petite pièce était nue. Une carafe en plastique blanc et une pile de gobelets en carton sur la table. Concession à la modernité, une caméra vidéo était installée dans un coin. Comme Tess la regardait, un voyant rouge s'alluma, indiquant que l'appareil fonctionnait.

— Vous avez soif ?

Tess fit non de la tête.

Le commissaire toussota. Son teint rougeaud, ses cheveux et sa moustache roux paraissaient en flammes dans le décor grisâtre.

— Bon... Mademoiselle DeGraff, laissez-moi vous expliquer la situation.

Je crois la comprendre, la situation, voulut rétorquer Tess, mais elle se tut.

— Vous vous demandez probablement pourquoi vous êtes là. Lorsque ces résultats d'analyse ADN nous sont parvenus hier, il est devenu évident qu'il y avait eu une erreur quelque part. Maintenant, personnellement, il me semble qu'il y a deux possibilités. Et vous êtes la seule à pouvoir nous dire laquelle est valable. Soit vous vous êtes trompée en identifiant Lazarus Abbott...

— Je ne me suis pas trompée.

Bosworth poursuivit comme s'il n'avait pas entendu.

— Soit vous avez délibérément menti.

— Délibérément ? s'insurgea-t-elle. J'avais neuf ans. Pourquoi j'aurais menti sur une chose aussi grave ?

Rusty ne broncha pas, impassible.

— Je l'ignore. Je vous pose la question.

— Menti ? C'est ridicule.

Le commissaire la fixait de son regard inflexible.

— C'est votre théorie ? s'énerva Tess. Je mentais ? Absurde.

Il baissa les yeux sur la liasse de notes qu'il avait posée devant lui.

— Laissez-moi juste formuler une hypothèse. Et si, mettons, quelqu'un que vous connaissiez était entré dans la tente cette nuit-là ?

— Quelqu'un que je connaissais ! s'exclama-t-elle. Le côté de la tente a été lacéré avec un couteau par un intrus.

— Si quelqu'un avait voulu, mettons, qu'on croie qu'il s'agissait d'un intrus...

Tess le dévisagea, secoua la tête.

— Pardon ?

— Vous n'étiez qu'une enfant à cette époque. Si quelqu'un que vous aimiez... quelqu'un à qui vous aviez l'habitude d'obéir, vous avait dit de déclarer que la tente avait été déchirée par un intrus...

— Mais qu'est-ce que vous racontez ?

Le commissaire Bosworth s'éclaircit la gorge.

— Je m'efforce d'envisager toutes les possibilités.

— Je ne vous suis plus...

— Il nous faut élucider cette affaire, mademoiselle DeGraff, dit-il d'une voix plus forte, plus dure. Et si vous avez... protégé quelqu'un pendant toutes ces années, il est temps de l'admettre.

— Je ne saisis pas de quoi vous parlez.

— La vérité ne peut plus lui nuire, mademoiselle DeGraff. Il est au-delà de tout ça, à présent.

— Nuire à qui ?

De nouveau, Rusty Bosworth toussota.

— Vous pensez peut-être que nous ne sommes que des policiers de province. Mais je vous le garantis, j'ai vu plus que ma part de choses répugnantes. Carrément abjectes... Je sais que parfois des parents... des pères, en particulier, ont des appétits contre nature...

Tess écarquilla les yeux, se recula contre le dossier de sa chaise comme si ces paroles l'avaient frappée au visage.

— Mon père ? Vous accusez mon père ?

— Je n'accuse personne. Je vous demande de dire la vérité.

— Non. Je n'ai pas à entendre ça. C'est la plus ignoble...

Rusty Bosworth se pencha vers elle.

— Plus ignoble que de mener un innocent à la mort ?

— Épargnez-moi vos accusations écœurantes !

Il se leva et abattit ses paumes sur la table.

— Écoutez, mademoiselle DeGraff, ce département de police est attaqué. C'est à nous qu'on reproche votre erreur, et j'en ai soupé. Maintenant, j'ai l'intention d'explorer toutes les pistes. Y compris la possibilité que vous ayez menti pour couvrir le crime de votre père.

Un instant, Tess fut trop révoltée pour pouvoir prononcer fût-ce un seul mot. Puis elle respira profondément et articula :

— Mon père était un homme merveilleux dont la vie a été détruite par votre cousin, Lazarus Abbott...

Les yeux de Rusty s'étrécirent.

— Inutile de me rappeler ma relation avec la victime.

— La victime ? s'écria-t-elle.

— Comme vous l'avez fait remarquer, la victime de cette erreur judiciaire était mon cousin. Mais je crois pouvoir, malgré tout, être objectif. Vous, en revanche, lorsque cette histoire est arrivée, vous étiez une enfant impressionnable. Soyons clairs. Vous étiez une petite fille. Une petite fille sage. Si quelqu'un vous avait ordonné de dire... quelqu'un à qui vous teniez... comme votre père...

Tess leva les mains.

— Stop. Ça suffit. Vous pouvez le répéter jusqu'à en être violet. Ça ne sera pas vrai pour autant. Ce n'était pas mon père.

— Votre frère Jake, peut-être ?

— Mon frère Jake était au bal en ville ce soir-là, rétorqua-t-elle sèchement. Vous le savez. Tous les jeunes de Stone Hill y étaient.

— Je n'ignore pas l'alibi de votre frère.

— Son alibi !

— Mais votre père, lui, n'avait pas un pareil alibi. Il était peut-être tout à fait réveillé pendant que sa femme, exténuée, dormait. Il se demandait s'il ne pourrait pas soumettre une de ses filles à sa volonté. Et réduire l'autre au silence.

Indignée, Tess darda sur lui des yeux furibonds.

— Jamais, au grand jamais. La seule personne qui m'ait réduite au silence, c'était Lazarus Abbott.

140

— Impossible, mademoiselle DeGraff, riposta froidement Rusty Bosworth. Désormais, tout le monde le sait. Vous devez arrêter de seriner ça.

Tess sentit sa révolte faiblir, céder la place à la confusion.

— Vous avez confondu Lazarus avec quelqu'un d'autre ou vous avez menti. Alors ?

— Je n'ai pas menti, affirma-t-elle, soutenant son regard. Mais je... je ne sais pas... je ne peux pas expliquer ce qui s'est passé.

— Vous ne pouvez pas ou vous ne voulez pas ?

Elle ne répondit pas.

— Si vous avez menti, mademoiselle DeGraff, vous êtes coupable de parjure. Il s'agit d'un délit et vous n'êtes pas à l'abri d'une inculpation.

Tess le dévisagea, éberluée.

— Il est temps de dire la vérité, mademoiselle DeGraff.

— J'ai dit la vérité.

— Je vous le rappelle une fois de plus, martela-t-il d'un ton menaçant, ce n'est pas possible. Admettons que je vous accorde le bénéfice du doute. Vous avez peut-être commis une erreur de bonne foi. Vous avez, à l'époque, déclaré avoir vu quelqu'un qui avait telle et telle allure... et les adultes autour de vous se sont empressés d'en tirer une conclusion erronée.

Tess se remémora aussitôt son entretien avec Aldous Fuller. L'ancien commissaire redoutait qu'on ne jette le blâme sur lui, or c'était précisément ce qu'insinuait Rusty Bosworth. Non, c'était bien Lazarus ! eut-elle envie de crier.

141

Lazarus. Mais les mots restèrent prisonniers dans sa gorge. De toute manière, le commissaire refuserait de les entendre. Tant qu'elle n'admettrait pas qu'elle s'était peut-être fourvoyée, il ne l'écouterait pas.

Elle repensa à son petit ami de la fac. Celui qu'elle avait cru voir sortir du bâtiment où elle logeait, alors qu'il se trouvait en réalité dans un autre État. À quoi bon se cramponner à l'impossible ? Elle songea à Erny, et la honte la submergea au souvenir de ses paroles : « Tu as dit à la police que Lazarus était coupable, et tu as menti. »

Non, ce n'était pas un mensonge, plaida-t-elle en silence.

— Mademoiselle DeGraff...

— Je ne sais pas avec certitude ce qui s'est passé.

Rusty tressauta sur son siège, les yeux étincelants.

— Vous vous êtes trompée. Vous le reconnaissez.

Tess pointa le menton.

— Je reconnais seulement que cela n'a pas de sens.

— Ce n'est pas suffisant.

— Je ne peux vous en dire davantage, répondit-elle, rassemblant tout son courage. Je n'en sais pas plus. Et je n'ajouterai pas un mot sans un avocat à mes côtés. À présent, je souhaite m'en aller. Je ne suis pas en état d'arrestation, par conséquent je suppose que je peux partir.

Rusty ricana quand elle mentionna l'avocat et agita une main, comme pour la retenir, puis parut se raviser.

— Bien sûr, vous pouvez partir. Pour l'instant. Mais je vous préviens, mademoiselle DeGraff. Si je découvre que vous avez fait un faux témoignage, vous serez mise en examen. Suivez mon conseil. Si mon intuition est bonne, vous vous serez sacrifiée pour un homme qui ne mérite pas votre loyauté. Pas s'il a tué votre sœur.

Tess se redressa, malgré ses jambes flageolantes.

— Mon père serait mort pour protéger ma sœur, dit-elle d'une voix éraillée. Pour protéger chacun de nous.

Rusty Bosworth la dévisagea.

— Ce qui n'a pourtant pas été le cas, n'est-ce pas ?

Tess voulut lui gueuler dessus, le gifler. Elle voulut hurler que nul n'avait souffert plus que Rob DeGraff de ce qui était arrivé à Phoebe. Mais elle garda le silence. Bosworth était un ennemi qui s'était forgé son opinion.

Erny était déjà couché lorsque Tess regagna l'auberge. Julie lui avait réservé une part de tourte au poulet que Dawn fit réchauffer. Tess n'avait guère d'appétit et n'en avala que quelques bouchées.

— Que te voulait-il, ma chérie ? demanda Dawn.

Tess évitait le regard de sa mère. Pas question de répéter à Dawn que Rusty Bosworth soupçonnait son mari du meurtre de leur fille. Tess ne s'imaginait pas prononcer de tels mots, encore moins forcer sa mère à les écouter.

— Il m'a interrogée sur cette nuit-là. Mes souvenirs, dit-elle avec une légère ironie. Dans l'espoir que je serais en mesure de fournir de nouvelles informations.

Dawn hocha la tête. Tess se leva de table sans avoir fini son assiette.

— Je suis vannée. Je vais me mettre au lit.

— Essaie de dormir, lui dit Dawn qui, à en juger par ses yeux cernés, avait du mal à mettre son conseil en pratique.

— J'essaierai. Bonne nuit, maman.

Dawn l'étreignit longuement, et Tess sentit les tremblements qui secouaient le corps de sa mère.

— Ça va, maman ?

— Oh, oui. Seulement... ça n'en finira jamais, n'est-ce pas ?

Tess la laissa dans la cuisine et longea le couloir jusqu'à sa chambre. Hormis un rayon de lune qui se coulait par la fenêtre, la pièce était plongée dans l'obscurité. Tess se changea dans la salle de bains et se glissa sous ses couvertures. Elle entendait, dans l'autre lit, la respiration régulière d'Erny. Étendue sur le dos, elle contempla le plafond. Elle avait l'impression d'être clouée au matelas par un poids mort. Durant les dernières quarante-huit heures, elle n'avait rien fait, lui semblait-il, sinon réagir au désarroi provoqué par le déroulement des événements. Les résultats inattendus des analyses ADN avaient détruit l'unique certitude concernant la mort de sa sœur à laquelle elle s'était cramponnée. L'identité du tueur. Elle ne savait pas pourquoi il avait fait ça, ni où, ni pour quelle raison il les avait choisis, eux, parmi tous les êtres humains du monde. Mais au moins elle avait toujours su qui était le coupable. Lazarus Abbott. L'homme qu'elle avait décrit à la police. L'assassin.

À présent, elle n'avait même plus ça.

Qui a tort et qui dit vrai ? Qui est véritablement responsable ? Le silence régnait dans la chambre, et Tess avait envie de dormir, malheureusement son cerveau tournait à plein régime. Elle ne pouvait s'empêcher de réfléchir à ce qu'elle savait et ignorait. L'analyse ADN était une réalité. Elle disculpait Lazarus Abbott. Il n'avait pas violé Phoebe, c'était impossible.

Inutile de mentionner l'absurde théorie du commissaire Bosworth sur le père de Tess, celle-ci savait sans l'ombre d'un doute que ce n'était pas lui. Quant à avoir confondu Lazarus avec un autre, elle se rappelait parfaitement la physionomie de Lazarus Abbott. Et même si, au fil du temps, elle pensait avoir peut-être modifié le visage vu cette nuit-là pour qu'il corresponde à celui de l'homme qu'on avait arrêté, ce que lui avait dit Aldous Fuller ce matin lui revenait en mémoire. Lorsqu'elle avait, autrefois, décrit l'homme au couteau, le commissaire l'avait immédiatement reconnu. Et quand on avait

145

amené Lazarus Abbott au poste de police, elle avait hurlé en l'apercevant.

Cette réaction n'était pas fortuite. Alors, que fallait-il en déduire ? Et si son identification était exacte et que les résultats de l'analyse ADN l'étaient également ? Comment concilier deux faits qui paraissaient incompatibles ? C'était Lazarus Abbott qui avait enlevé Phoebe. Ce n'était pas Lazarus Abbott qui l'avait tuée.

— Maman ?

Tess sursauta, laissa échapper un petit cri.

— Ce n'est que moi, dit Erny, ravi de sa frayeur.

— Tu m'as fait peur. Je croyais que tu dormais.

— Nan... J'attendais que tu reviennes.

— Eh bien, je suis rentrée, dit-elle d'un ton ferme. Tu peux dormir, maintenant. Tu t'es bien amusé chez ton oncle et ta tante ?

— Pas mal, oui. Maman, je regrette de t'avoir parlé comme ça. J'aurais pas dû te dire que tu mentais. Je le pensais pas.

— Je sais, mon poussin. Ne te tracasse pas pour ça. Nous sommes tous sur les nerfs.

— Qu'est-ce qu'il t'a raconté, le commissaire ?

Tess n'avait évidemment aucune intention de répéter l'accusation portée contre Rob DeGraff, le grand-père qu'Erny n'avait pas connu.

— Toujours la même histoire. Il considère que je dois m'être trompée.

— Et c'est vrai ? Tu t'es trompée ?

— Je ne crois pas, soupira Tess. J'ai vu l'homme qui a kidnappé ma sœur. Mais c'est un

146

problème, parce que les résultats de l'analyse prouvent que quelqu'un d'autre a commis le... le crime.

Erny resta un instant silencieux.

— Peut-être que c'était son copain. Peut-être que son copain lui a dit comme ça, t'es pas cap de la kidnapper.

— Son copain ? marmonna Tess que la logique de son fils déroutait. Lequel ?

— Je sais pas. N'importe lequel. Les copains, quelquefois, ça vous attire des ennuis, déclarat-il d'un ton docte.

Tess se tourna et se redressa sur un coude. Dans le rayon de lune, elle distinguait le lit d'Erny, le fatras de ses couvertures, et sa tignasse brune sur l'oreiller.

— Qu'est-ce que tu veux dire ?

— Oh, tu sais bien, maman. Quelquefois, ils disent comme ça, « chiche qu'on fait un truc gonflé », et toi, t'en as même pas envie. N'empêche que tu le fais quand même.

Le cœur de Tess manqua un battement. Elle devinait qu'il parlait d'expérience. En d'autres circonstances, elle l'aurait poussé à s'expliquer, mais ce soir elle ne pouvait se concentrer que sur le lièvre qu'il venait de soulever.

— C'est vrai, articula-t-elle.

Julie prétendait que Lazarus n'avait jamais eu d'amis, mais ce n'était pas forcément exact. Peut-être que si elle en savait davantage sur sa vie... Erny bâilla, tandis que Tess triturait cette idée.

— Mais non, attends... Ce n'est pas possible.

— Quoi ? murmura Erny qui commençait à s'abandonner au sommeil.

— Si quelqu'un d'autre a commis le... crime, dit-elle, réfléchissant à voix haute, Lazarus l'aurait révélé à la police. Pourquoi se serait-il laissé accuser ?

— Il voulait pas cafter, répondit Erny, comme si c'était l'explication la plus sensée du monde.

Oui, bien sûr. Tess garda le silence. Un complice. Cette hypothèse ouvrait un éventail de possibilités malfaisantes, telle la belladone fleurissant dans les ténèbres. Cela expliquerait comment elle avait pu voir Lazarus, alors que le viol, et éventuellement le meurtre, avait été commis par un autre. Quelqu'un qui, peut-être, avait tout organisé. Qui avait poussé Lazarus à participer. Celui-ci n'était pas le cerveau de l'affaire, ça ne tenait pas debout. Il avait fallu quelqu'un de plus âgé ou de plus intelligent. Quelqu'un que Lazarus avait eu peur de trahir.

Tess regarda son fils dans l'obscurité, médusée par sa suggestion toute simple.

— Tu sais, mon poussin, tu pourrais bien avoir raison.

Mais Erny ne l'entendit pas. Il était retombé sur le flanc, de ses lèvres s'échappait un murmure, un soupir. Il murmurait comme le vent. Il rêvait.

11

La matinée du lendemain était chaude et ensoleillée – une belle journée d'été indien s'annonçait. Dawn avait entrebâillé les fenêtres du salon pour aérer l'auberge. Tess tira le rideau et huma la brise légère, fraîche, tout en observant l'allée.

La horde des journalistes s'était quelque peu clairsemée, constata-t-elle. L'appétit du public pour le sensationnel était insatiable, mais sa capacité d'attention ne cessait de diminuer. Dieu merci, songea Tess. Moins il y aurait de rebondissements à commenter, plus vite les reporters déguerpiraient. Ceux qui restaient encore là, dehors, n'étaient plus en ordre de bataille.

Toujours à la fenêtre, Tess vit la camionnette blanche de Jake stopper devant le perron, chargée des deux côtés et en travers du toit d'échelles coulissantes.

— Erny ! appela-t-elle. Ton oncle est là.

La porte de l'auberge s'ouvrit, et Jake pénétra dans le vestibule.

— Salut, Tess. Le gosse est prêt ?

— Il prend ses affaires.

— Qu'est-ce qui s'est passé avec Bosworth ?

Elle repensa au commissaire insinuant que leur père était peut-être l'agresseur de Phoebe. Elle en était malade et préférait ne pas imaginer la réaction de Jake s'il avait vent de cette théorie.

— Rien. Une perte de temps totale. Alors, où est-ce que vous comptez aller, mon fils et toi, aujourd'hui ?

— Au domaine Whitman. L'endroit idéal pour un môme. Il aura toute la place qu'il faut pour courir pendant que je termine les boiseries du deuxième étage.

Erny apparut dans le couloir. Il avait enfilé son sweat-shirt et tenait Leo en laisse, ce qui fit sourciller Jake.

— Tu as dit que je pouvais l'emmener, lui rappela Erny.

— Ah bon ? Je devais avoir picolé. D'accord, les gars, en route. À plus, Tess.

— Amuse-toi bien, dit-elle à Erny.

Dès qu'ils se furent éloignés, elle saisit son sac et sa veste accrochée à la patère dans l'entrée, respira profondément pour tenter de calmer ses crampes d'estomac. Je vais ignorer ces journalistes, comme s'ils étaient invisibles, se dit-elle. Ce matin, elle ne se terrerait pas dans l'auberge. La suggestion ensommeillée d'Erny à propos d'un « copain » lui avait donné une idée qu'elle avait la ferme intention de creuser.

Quand elle sortit et que les reporters, galvanisés, se mirent à brailler son nom, elle regarda droit devant elle et accéléra le pas.

Ironie du sort, contrairement à l'Auberge de Stone Hill, les bureaux du *Stone Hill Record* étaient paisibles. Une réceptionniste accueillit Tess – lorsque celle-ci demanda à rencontrer Channing Morris – avec une aimable nonchalance.

— Qui dois-je annoncer ? questionna-t-elle poliment.

Quand Tess se fut présentée, toutefois, les yeux de la jeune fille s'arrondirent. Elle se hâta de contacter le directeur et lui parla d'une voix basse, insistante.

Puis elle raccrocha le combiné et dévisagea Tess.

— Il sera là dans un instant. Vous pouvez vous asseoir, ajouta-t-elle, montrant la salle d'attente.

Tess la remercia et se dirigea vers un canapé en cuir quelque peu avachi, appuyé contre un mur couvert de photographies encadrées qui racontaient en images l'histoire du journal. Sur la plupart des clichés, on voyait des hommes en costumes dignes de banquiers qui échangeaient des poignées de main avec des sourires bien-veillants. Seule exception : une femme sévère, à la mâchoire carrée, au regard noir et dur, se tenait au centre de nombreuses photos. Tess étudiait cette galerie de portraits, quand Chan Morris, séduisant et décontracté avec son col de chemise déboutonné et son pantalon kaki fati-gué, la rejoignit.

— Mademoiselle DeGraff... Vous passez en revue mes ancêtres journalistes ?

Elle acquiesça.

— Le *Stone Hill Record* a eu une directrice, à ce que je vois.

— Ma grand-mère.

— Diantre, plaisanta Tess. Une sorte de pionnière féministe, apparemment.

— Ça oui ! Les travaux d'aiguille, la pâtisserie, ce n'était pas son truc. Ma grand-mère était une dure à cuire. Mais elle m'a appris mon métier de patron de presse.

— Je suppose que vous n'avez guère eu le choix, rétorqua Tess en souriant.

Il haussa les épaules.

— Par chance, j'aimais ça. Eh bien, qu'est-ce qui vous amène par ici ? Je croyais que vous évitiez les médias.

— Je les évite. Ou je les évitais, concéda-t-elle. Mais j'ai besoin d'un service.

— Venez donc, et dites-moi ce que je peux faire pour vous.

Elle le suivit dans le dédale des bureaux.

— Je voudrais parcourir tous les articles de votre journal concernant l'enlèvement de ma sœur. J'aimerais avoir le point de vue local. J'ai cherché sur Internet, mais vous n'êtes référencés que pour les cinq dernières années.

— Je sais, dit Chan, embarrassé. Ç'a été un cauchemar, avec tous les organismes de presse qui couvrent cette affaire.

— Est-ce que les publications de l'époque sont disponibles ?

— Elles sont en bas, répondit-il, montrant un escalier qui menait au sous-sol. Nous les

152

conservons dans les archives. Fouiller là-dedans n'est pas une partie de plaisir, mais oui, nous les avons.

Chan passa les doigts dans ses cheveux noirs et soyeux.

— Il est peut-être possible de nous aider mutuellement. Si vous m'expliquiez, en quelques mots, votre réaction par rapport à tout ça ?

— Je préférerais ne pas trop en parler.

Indifférent à ses réticences, Chan extirpa de sa poche de chemise un carnet à spirale et un stylo.

— Dites-moi simplement ce que vous avez ressenti lors du communiqué du gouverneur ?

Un silence.

— J'ai été choquée, répondit sincèrement Tess.

Chan griffonna sur son carnet.

— Vous n'aviez eu aucun doute, pendant toutes ces années.

— Je croyais, dit-elle avec prudence, que les tribunaux et la police avaient accompli leur travail. Que l'affaire était réglée.

— Et maintenant ?

— Maintenant... il semblerait qu'il faille la reconsidérer.

Chan nota sa réponse, et fixa sur elle un regard intrigué.

— Vous paraissez très détachée. Presque comme si cela ne vous concernait pas.

— Oh, ça me concerne énormément. Avez-vous terminé ?

153

— Encore une question. Si vous me permettez de vous le demander, que cherchez-vous dans les archives ?

Tess n'avait pas l'intention d'évoquer sa théorie du « complice ». Elle ne tenait pas à ce qu'on sache que cette idée lui avait été soufflée par son fils de dix ans. Aussi improvisa-t-elle un vague prétexte.

— Eh bien, naturellement, je m'interroge et j'aimerais avoir des réponses. Je ne pense bien sûr pas faire mieux que la police, mais je dois au moins voir si je ne trouve pas de quoi me rafraîchir la mémoire. Ne serait-ce que pour être en paix.

— Vous rafraîchir la mémoire concernant cette nuit-là ?

— Exactement. Je peux jeter un œil, maintenant ?

— Oui, oui.

Il parut accepter sa motivation, remit son carnet dans sa poche et la guida vers le sous-sol. Tout en le suivant, Tess se fit la réflexion qu'il n'était pas un journaliste très pugnace.

Ils débouchèrent dans une salle semblable à une bibliothèque au plafond bas, aux murs couverts de rayonnages sur lesquels s'entassaient des journaux. Tess fronça le nez, contemplant ces tours de papier branlantes. Elle avait espéré des microfilms, au minimum.

Son dépit n'échappa guère à Chan.

— Désolé... Je n'ai pas assez de main-d'œuvre pour cataloguer tous ces anciens numéros.

— Comment vous débrouillez-vous pour trouver quoi que ce soit là-dedans ?

— Ça prend du temps, soupira-t-il. Euh... les années qui vous intéressent devraient être là-bas, dans ce coin.

Tess éternua.

— La poussière... désolé.

— Ce n'est pas grave.

Il y a une photocopieuse, si vous en avez besoin.

— Merci, ça ira.

Elle suivit les dates inscrites sur les étagères, dénicha la section susceptible d'abriter les numéros qu'elle souhaitait parcourir, et emporta la première pile jusqu'à une petite table.

— Ça vous ennuie si on prend une photo de vous en train d'explorer nos archives ? demanda Chan.

Tess frémit, mais acquiesça poliment. C'était le prix à payer.

— Non, je vous en prie.

— Je vais voir si nous avons un photographe dans nos murs, dit-il, et il remonta quatre à quatre l'escalier, comme s'il craignait qu'elle ne déguerpisse.

Tess se mit à feuilleter les journaux. Une tâche pénible, de quoi se déchirer le cœur et s'user les yeux. Elle lut attentivement les récits de la vie de Lazarus, à l'affût de la moindre mention d'un ami ou d'une relation. Ce faisant, elle tomba sur d'innombrables clichés des membres de sa propre famille, hébétés, accablés de chagrin, dans des vêtements qu'elle ne se rappelait plus.

Elle fut contrainte de s'arrêter un moment pour regarder gravement l'objectif du photographe que Chan avait réquisitionné. Puis elle se replongea dans sa lecture. Elle trouva quelques entrefilets assez intéressants. Notamment une interview d'un des anciens professeurs de Lazarus qui parlait de son parcours d'élève médiocre et peu apprécié. Pas d'amis, de camarades. Au contraire, l'enseignant s'empressait de l'étiqueter – ainsi qu'on le faisait pour beaucoup de meurtriers quand on évoquait leur jeunesse – comme un solitaire.

On avait aussi interrogé sa tante, la mère de Rusty Bosworth, laquelle déclarait qu'ils formaient une famille américaine tout ce qu'il y a de plus banal et qu'il devait y avoir une erreur. Un autre journaliste relatait comment il avait tenté d'interviewer Nelson Abbott qui, grincheux et méprisant, l'avait envoyé sur les roses.

Pour Tess, c'était à la fois fascinant et rebutant. Elle photocopia quelques articles qu'elle pourrait vouloir relire, mais dans l'ensemble elle était déçue. Dans la biographie de Lazarus, elle n'avait pas repéré de noms méritant de s'y attarder. Elle allait abandonner, lorsqu'elle lut un entretien avec les Phalen, ex-propriétaires de l'Auberge de Stone Hill, qui y avaient si gentiment accueilli les DeGraff. À l'évidence, le pigiste se torturait les méninges pour offrir aux lecteurs un point de vue original, humain, sur une affaire qui monopolisait la presse locale depuis des semaines.

L'article était sans surprise. Ken et Annette Phalen exprimaient leur compassion envers les DeGraff et se disaient révoltés par le crime. Mais ce fut la photo accompagnant le texte qui retint l'attention de Tess. Elle photocopia le tout, et reprit sa place à la table afin d'étudier le cliché. Ken était debout, l'air emprunté, sur le perron de l'auberge; Annette et leur petite Lisa occupaient l'un des bancs qui flanquaient la porte d'entrée. Lisa gigotait pour se libérer des bras de sa mère. Ken ne souriait pas. Le dos voûté, il avait les mains dans les poches, ses cheveux noirs tirés en une queue-de-cheval ébouriffée.

Durant quelques minutes, Tess ne sut préciser ce qui, dans cette photo, la fascinait. Puis, soudain, ses yeux s'écarquillèrent. Elle saisit son feutre noir. Sur le visage de Ken Phalen, elle dessina de grosses lunettes à monture noire et, le cœur battant à se rompre, contempla le résultat.

Jake jeta un coup d'œil à son neveu installé à côté de lui, le front appuyé contre la vitre. Leo était assis derrière les humains, très droit, la tête entre eux, la langue pendante.

— Hé, Erny, dis à ton copain d'arrêter de me baver dessus.

Jake fut récompensé par un sourire. Erny se mit aussitôt à caresser le cou soyeux de Leo.

— Bon chien, le félicita-t-il avec malice.

Ils approchaient d'un point de repère hélas trop familier – une modeste ferme grise plantée sur un demi-hectare de terrain méticuleusement entretenu. Jake se demanda un instant si, connaissant à présent les résultats de l'analyse ADN, il éprouverait aujourd'hui, à la vue de cette maison, des sentiments différents.

Il aurait pu sans difficulté changer d'itinéraire pour éviter le domicile des Abbott et, du coup, ne pas penser à Lazarus, à ce qu'avait subi Phoebe. Ne pas se remémorer qu'il était fautif, si sa sœur n'avait eu personne pour la protéger lorsque Lazarus Abbott avait lacéré la tente et kidnappé la jeune fille. Mais à quoi bon ? C'était le destin, et se lamenter ne servait à rien.

Un pick-up noir arrivait en sens inverse. Quand le conducteur mit son clignotant pour tourner dans l'allée des Abbott, Jake reconnut Nelson Abbott au volant; il portait sa casquette John Deere et arborait son sempiternel rictus.

Jake aurait voulu désigner le véhicule à Erny et dire : Ta tante Phoebe a été assassinée par le fils de ce type. Il lui semblait que son neveu avait le droit de connaître cette partie de l'histoire familiale. Il imaginait le gosse, muet, les yeux ronds. Mais il n'ouvrit pas la bouche et, il en prit conscience avec un brin d'angoisse, l'analyse ADN n'était pas étrangère à sa décision de garder le silence.

Il continua donc à suivre les méandres de la petite route jusqu'à l'entrée du domaine Whitman.

— Et voilà, nous y sommes !

Erny regarda autour de lui, tandis qu'ils s'engageaient dans l'allée, tracée à travers des hectares de forêt. Ils franchirent plusieurs collines, traversèrent des bois et des prairies, longèrent des jardins de rocaille, des pommiers, et des rosiers que l'on enveloppait pour l'hiver.

— Bienvenue dans l'univers de l'autre moitié de l'humanité, mon vieux. Un sacré endroit, hein ?

— Ouais. Qui c'est qui habite ici ?

— Un certain Chan Morris. Il y habitait avec sa grand-mère.

— Il est jeune ?

— Non, plus tant que ça. Il était gamin quand il s'est installé ici. Quand ses parents sont décédés. Mais c'était il y a longtemps.

— Ils sont morts à cause de la drogue ? demanda Erny, songeur.

Jake plissa le front.

— La drogue ? Non... Je sais pas de quoi ils sont morts. Je ne me souviens pas vraiment.

Erny se tut et, de nouveau, appuya son front contre la vitre.

Jake comprit brusquement que son neveu s'identifiait à Chan, orphelin comme lui à l'âge tendre. Voilà pourquoi il parlait de drogue – parce que sa mère biologique en consommait. Jake grimaça, se remémorant le malaise de la veille, quand Erny avait évoqué les séjours en prison de celle qui l'avait mis au monde. Il chercha fébrilement comment changer de sujet. Jetant un coup d'œil vers la gauche, il avisa le grand étang couvert d'algues, que la

159

brise ridait et sur lequel des arbres penchaient leurs branches.

— Flûte ! claironna-t-il. J'ai oublié d'apporter les cannes à pêche, c'est bête. On aurait pu essayer d'attraper du poisson dans cet étang.

— Tant pis, répondit Erny d'un ton où vibrait une note de dépit.

— Non, tu sais quoi ? Je connais un meilleur endroit. Tu te rappelles le lac près de la montagne, où on a pêché la dernière fois ? Eh ben, peut-être que demain, je t'y emmènerai et qu'on trempera un peu nos lignes dans l'eau.

— Vrai ?

— Vrai.

Erny lui sourit.

— D'accord.

Parvenus en haut du dernier coteau, ils aperçurent la demeure des Morris nichée dans un vallon naturel – une immense maison de style colonial entourée d'arbres et de jardins.

— Wouah..., fit Erny.

— J'ai repeint toute la baraque, se vanta Jake.

— Super, murmura Erny avec respect.

Jake stoppa la camionnette dans l'allée près de la demeure. Il descendit et ouvrit la portière latérale pour libérer Leo. Erny avait dégringolé de son siège et contourné le véhicule.

— Bon... Écoutez-moi, tous les deux. Vous pouvez galoper dans les parages. Il y a des prés et tout ça. Profitez-en. Mais interdiction d'approcher de l'étang. Il est drôlement profond, à ce qu'il paraît. Amusez-vous bien. Il me faudra une bonne heure pour finir ce boulot.

Jake sortit une radio CD de la camionnette.

— On peut aller n'importe où ? demanda Erny.

— Pas trop loin, que vous m'entendiez quand je vous appelle. Et quand je vous crie de venir, vous rappliquez illico. Pigé ? Allez, ouste !

Erny s'éloigna à toute vitesse, Leo le pourchassant avec force jappements.

Le sourire aux lèvres, Jake les regarda disparaître derrière une butte, après quoi il posa sa radio sur le sol et la régla sur sa station préférée qui diffusait des vieux tubes. Il prit dans la camionnette sa brosse et le pot de peinture satinée blanche. Puis il décrocha l'échelle dont il aurait besoin. Effectuer un travail de ce genre sans personne pour le seconder était dangereux, il ne l'ignorait pas, mais tous ses gars étaient sur un nouveau chantier. Or il devait terminer celui-ci. Pour peindre en extérieur, on arrivait au bout de la saison – c'était vraisemblablement la dernière semaine de beau temps. D'ailleurs, Jake n'avait pas le vertige.

Il trimballa l'échelle jusqu'à la façade latérale de la maison où les boiseries du deuxième étaient inachevées, et renversa la tête en arrière. D'en bas, on avait du mal à déterminer si la fenêtre avait ou non été décapée. Il mit donc un grattoir à peinture, un bloc à poncer, ainsi que son pinceau dans sa ceinture à outils. Parfait, se dit-il, c'est parti.

Fredonnant distraitement des chansons des années 80, Jake décapa et peignit sans relâche, sinon pour, de temps à autre, descendre de son échelle afin de la déplacer. Lorsque, au bout d'une heure, il eut fignolé le dernier rebord de fenêtre et rebouché le pot de peinture satinée, il fut soulagé. Pendant qu'il travaillait, la douceur de cette journée s'était évanouie. Le ciel s'assombrissait et le vent s'était levé.

Cette fois, Jake redescendit avec précaution de l'échelle, tenant fermement les montants pour que les rafales ne lui fassent pas perdre l'équilibre. Arrivé tant bien que mal à hauteur des fenêtres du rez-de-chaussée, il jeta un coup d'œil à l'intérieur. Se figea, regarda de nouveau.

Une frêle femme blonde qu'il reconnut – l'épouse de Chan, Sally – était par terre dans le salon, appuyée contre le canapé comme une poupée de chiffon, les bras mous, les jambes écartées. Elle avait les yeux vitreux, douloureux.

Jake hésita. Il ne voulait pas passer pour un voyeur, mais elle était hébétée et paraissait avoir besoin d'aide. Il frappa au carreau. Le regard vide de Sally Morris erra dans la pièce pour venir se poser sur Jake.

— Madame Morris ! cria-t-il afin de couvrir le bruit de la radio. Ça ne va pas ? Vous voulez de l'aide ?

Elle le considéra d'un air lugubre et, un instant, il regretta de s'être mêlé de ce qui ne le concernait pas. Puis, avec difficulté, elle hocha la tête.

— D'accord, je fais le tour.

Réalisant qu'elle ne l'entendait sans doute pas, il opina et montra le devant de la maison, pour lui signifier ses intentions.

Il sauta à bas de l'échelle, contourna la demeure et grimpa les marches du perron. Il ouvrait la porte, lorsqu'il entendit un aboiement. Pivotant, il vit le labrador qui venait vers lui, seul, au grand galop.

12

Tess remercia Chan pour son aide et le quitta avant qu'il ne lui propose une autre interview plus étoffée. Serrant contre sa poitrine les articles qu'elle avait photocopiés, les yeux baissés, elle se hâta vers la sortie du *Record* et faillit heurter un homme qui atteignait la porte au même instant.

— Excusez-moi, marmonna-t-elle sans lever le nez.

— Il faut cesser de nous rencontrer de cette façon.

Tess regarda l'homme aux cheveux argentés et piqua un fard.

Ben Ramsey écarta les mains en signe de paix.

— Je ne vous file pas, je le jure.

— Je n'imaginais pas une chose pareille, rétorqua-t-elle, se contraignant à la froideur.

Elle franchit le seuil de l'immeuble. Ramsey, après lui avoir tenu la porte, lui emboîta le pas. Comme si l'avocat était transparent, Tess se dirigea vers le parking.

Pas démonté le moins du monde, il marcha à son côté.

— En réalité, j'avais rendez-vous avec un journaliste pour une interview sur l'affaire.

164

— Ah, les médias, dit-elle, sinistre. C'est excellent pour le business.

— Je pensais que vous éviteriez la presse, rétorqua-t-il, sourd à la critique implicite.

— Je faisais des recherches aux archives.

— Et que cherchiez-vous ?

Elle soupira. Pourquoi la ténacité de cet homme la surprenait-elle ? Il était avocat, n'est-ce pas ? Chez ces gens, l'opiniâtreté est une déformation professionnelle.

— Cela ne vous intéresserait pas, répondit-elle.

— S'il s'agit de cette affaire et de Lazarus Abbott, cela m'intéresserait énormément, objecta-t-il avec gravité. J'ai beaucoup réfléchi à ce que vous avez dit sur le terrain de camping, l'autre jour. Vous persistez à affirmer ne pas vous être trompée quand vous avez identifié Lazarus Abbott, autrefois. Vous me semblez être une femme très intelligente, observatrice. Ce n'est peut-être pas aussi simple qu'un cas de confusion de personnes.

Tess refusait de lui avouer combien elle-même avait réfléchi à ce que lui aussi avait dit, lors de cette conversation. Elle songea au document qu'elle avait dans sa poche, la photo de Ken Phalen, métamorphosé par une paire de lunettes dessinées au feutre.

— À moins que ce soit aussi simple que ça, murmura-t-elle.

Ben Ramsey la dévisagea.

— À quoi pensez-vous au juste ?

Immobile sur le trottoir, Tess sentait la douceur de cette journée, qu'on aurait crue printanière, l'imprégner. L'expression préoccupée de Ramsey, son torse et ses épaules larges étaient littéralement magnétiques. Elle eut la tentation de s'appuyer contre lui.

— Écoutez, je ne peux pas vous en parler. Vous êtes l'avocat des Abbott. Vous venez de remporter pour eux la victoire d'une vie entière.

— Pour Mme Abbott, rectifia-t-il. Uniquement pour elle. M. Abbott, lui, me trouvait beaucoup moins sympathique. Un jour que je ne suis pas près d'oublier, il m'a déclaré que mes honoraires, je n'avais qu'à me les fourrer là où le soleil ne brille pas.

Tess ne put s'empêcher de sourire.

— Eh bien, apparemment, M. Abbott est maintenant l'un des plus grands supporters de Lazarus. Et parmi les derniers à se rallier à sa cause figure son neveu, le commissaire, lequel estime que j'ai menti pour protéger mon père qui était un pervers, ajouta Tess, écœurée.

— Mais c'est insultant...

Elle lui fut reconnaissante de cette réaction.

— En effet.

— Alors, expliquez-moi : qu'est-ce qui vous a amenée ici aujourd'hui ?

— Je ne devrais pas vous répondre. Nous sommes adversaires.

— Non, pas du tout. Vous et moi, nous voulons connaître la vérité.

Elle le dévisagea et songea que, s'il lui mentait, il était incontestablement le meilleur menteur qu'elle ait jamais rencontré. Elle eut la sensation que le regard de cet homme

166

l'étreignait, lui parlait en silence dans ce langage secret que les yeux sont seuls à maîtriser.

— Je ne sais pas, bredouilla-t-elle.

— Moi, je sais combien c'est drôle de fureter dans ces piles de vieux journaux, rétorqua-t-il avec humour. J'y ai personnellement consacré du temps, à essayer de comprendre cette histoire. J'en ai eu une crise d'éternuements. Plusieurs, en fait. Et vous ? Avez-vous trouvé quelque chose ?

Elle hésita.

— Pour l'instant, je patauge. Ce matin, en arrivant, j'avais une théorie. Une idée soufflée par mon fils.

Ramsey n'esquissa même pas un sourire.

— Ah oui ? Quelle idée ?

Son regard franc, attentif, donnait à Tess l'impression d'être en sécurité, comme si l'avocat était un allié. Elle éprouvait le besoin de se confier à lui, cependant elle se refréna. Il était temps de mettre un terme à cette discussion. Ne construis pas un roman autour de cet homme, s'admonesta-t-elle. Attention, danger. Il n'est pas ton ami.

— Oh, rien d'important, dit-elle pour couper court.

Ce revirement, bien sûr, n'échappa pas à Ben.

— Vous savez, je comprends que vous n'ayez pas confiance en moi. Mais, à l'heure qu'il est, je connais cette affaire sans doute mieux que quiconque dans cette ville. Et je vous certifie que pour moi, c'est devenu bien plus qu'un simple dossier à traiter. J'ai épluché le compte rendu de ce procès un millier de fois, à la recherche de cette information manquante qui expliquerait ce qui s'est réellement produit. J'aimerais beaucoup que vous m'exposiez votre théorie.

Tess, qui s'apprêtait à refuser et à s'éloigner, songea soudain qu'elle tenait peut-être là une opportunité. Et si Ramsey était, finalement, le bon interlocuteur ? Elle le dévisagea.

— Vous avez encore une copie du procès de Lazarus Abbott ?

— Absolument.

— Pourrais-je la consulter ?

— Bien sûr.

— Parfait. Me serait-il possible de la consulter tout de suite ?

— Si cela ne vous ennuie pas de m'accompagner.

— À votre bureau ?

Ramsey esquissa une grimace embarrassée.

— Tess... Vous me permettez de vous appeler Tess ?

Elle acquiesça.

— Et vous, appelez-moi Ben. Écoutez, ce n'est pas très professionnel, j'en ai conscience, mais... je dois être honnête avec vous. Je... euh... j'ai un bébé chien, et je suis obligé de passer chez moi pour m'en occuper.

— Un bébé chien ? s'étonna-t-elle.

— Il n'a que dix semaines, un âge qui réclame beaucoup... d'entretien. Mais je ne vous apprends rien. Vous aussi, vous avez un chien.

D'abord perplexe, Tess comprit qu'il faisait allusion à Leo.

— Il n'est pas à moi.

— Oh... je croyais que...

— Leo appartient à ma mère.

— Quoi qu'il en soit, je suis forcé de retourner dare-dare à la maison. Ce n'est qu'à dix minutes d'ici. Et je reviens tout de suite après que...

— Je ne peux pas attendre, coupa-t-elle sèchement. Il faut que je rentre.

— Non, vous ne comprenez pas. Le document est chez moi. Voulez-vous m'accompagner là-bas ?

— Chez vous ?

Ben arqua ses sourcils noirs.

— Je suis désolé, je dois y aller. Ça ne sera pas long.

Elle hésita – elle avait très envie d'accepter.

— Venez...

La route qui menait chez Ben Ramsey sinuait à travers bois et contournait le lac Innisquam. Tess apercevait, par intermittence, le reflet du soleil sur l'eau.

Dans la voiture, ils échangèrent à peine quelques mots, avant d'atteindre un cottage de pêcheur, de belle taille, avec vue sur le lac.

— C'est là, dit-il.

Il sortit de la voiture et monta les marches conduisant à une véranda qui ceignait toute la maison, ouvrit la porte.

— Entrez donc, lança-t-il à Tess.

Elle s'immobilisa pour admirer le panorama. La douce et claire lumière du jour, le lac sombre, sa surface que le soleil laquait d'argent... elle aurait volontiers ôté ses bottes et barboté dans l'eau. Au lieu de quoi, elle suivit Ben qu'elle entendit murmurer des mots tendres à un chiot qui couinait de bonheur.

Le cottage avait quatre longues fenêtres et une porte donnant sur la véranda. Tess vit Ben au salon, vautré sur un tapis de laine, dans son élégant costume, en train de se faire débarbouiller par un toutou qui lui sautait allègrement dessus, ravi que son maître l'ait libéré de sa corbeille. Tess entra dans la pièce.

— Oui, oui, susurrait Ben. Moi aussi, je suis content de te retrouver. Et nous avons une invitée. Scout, je te présente Mlle Tess DeGraff.

Tess se pencha pour caresser la fourrure soyeuse du petit chien.

— Bonjour, Scout. Appelle-moi Tess, je t'en prie.

— Bon, allons-y pour la promenade hygiénique, dit Ben en se redressant.

Il prit une laisse pendue à un crochet près de la cheminée, l'attacha au collier de Scout, puis la tendit à Tess.

— Tenez-moi ça une minute.

Elle s'exécuta, tandis qu'il furetait dans des paperasses qui encombraient un bureau, dans un coin.

— Voilà !

Il apporta à la jeune femme un épais document à la couverture en plastique.

— On échange, dit-il, montrant la laisse que Tess lui remit. Asseyez-vous pour le feuilleter. Nous n'en avons pas pour longtemps.

— Je ne peux pas le prendre chez moi ?

— Si. Mais j'ai pensé que vous seriez impatiente d'y jeter un œil.

— Je le suis, c'est vrai.

Elle s'installa sur le canapé et ouvrit le document. Y repérerait-elle des indices que les meilleurs juristes auraient loupés ? Dehors, Scout jappait gaiement et chahutait dans les feuilles, tandis que Tess lisait certaines parties de l'ultime phase du procès.

Au bout de quelques minutes, elle releva le nez et, pensive, observa la confortable salle de séjour. La maison, très bien entretenue, avait un caractère rustique – en tout cas, le rustique tel que le concevait un citadin. Elle était décorée avec goût – une harmonie de vert sapin et de bordeaux, des tissus écossais et des imprimés discrets parfaitement assortis. Tess reconnut les meubles, coussins, lampes et même le tapis des catalogues qu'elle recevait chez elle, à Washington. À croire que tout, ici, avait été livré à grands frais par UPS.

Elle se remémora ce que Jake avait dit – Ben était veuf, et cette maison était celle où le couple passait naguère ses vacances. À présent, plusieurs détails indiquaient qu'un homme y vivait seul. Par exemple, une épouse aurait probablement installé la corbeille du chiot ailleurs que sur le tapis du salon. Sur la table en chêne, placée devant les longues fenêtres, traînaient un mug vide, taché de café, une assiette constellée de miettes, des piles de courrier et un amas de journaux, avec le *Stone Hill Record* sur le dessus.

171

Une veste en toile gisait sur le dossier d'une chaise. Le foyer débordait de cendres, nul n'avait songé à les balayer. Sur le manteau de la cheminée, à côté d'une carte géographique encadrée du New Hampshire, était disposée une petite huile représentant une femme qui dissimulait à demi son visage à l'artiste. Tess l'examina avec curiosité.

— Brrr... le temps est en train de changer, annonça Ben qui revenait avec le chiot. Vous avez trouvé ce que vous cherchiez ?

Tess avait le document ouvert sur les genoux, cependant il n'accaparait plus son attention.

— Je regardais ce tableau, dit-elle honnêtement. Il est très beau.

Il semblait avoir été peint dans une forêt, on devinait une pointe de vert dans les ombres grises sur le visage détourné du modèle.

— Oh, merci. J'en suis l'auteur.

À quoi bon feindre d'ignorer qu'il était veuf ?

— C'est un portrait de votre épouse ?

Le regard de Ben, fixé sur le tableau, se déroba.

— Oui, répondit-il d'un ton brusque.

— Excusez-moi, bredouilla Tess en rougissant. Je ne voulais pas être indiscrète...

— Ce n'est rien. Mais, quelquefois, j'oublie qu'il est là.

— Je comprends. Ça m'est souvent arrivé ces temps-ci.

Il se tourna vers elle :

— Quoi donc ?

172

— Eh bien, on pense avoir fait son deuil, et puis, tout à coup, quelque chose vous rappelle l'être disparu. Et ça vous saisit à la gorge quand on s'y attend le moins.

Les yeux de Ben se posèrent de nouveau sur le tableau. Il secoua la tête.

— J'ai dépassé tout ça.

Menteur, songea-t-elle.

— C'est un beau portrait. Vous avez du talent.

Il haussa les épaules.

— Pas suffisamment pour payer le loyer.

Il donna une friandise au chien, puis approcha une chaise pour s'asseoir face à Tess.

— Eh bien, allez-vous me dire ce que vous cherchez là-dedans ? questionna-t-il, montrant le document.

Elle hésita. Il lui avait prêté le compte rendu du procès sans rien exiger en échange. Elle souhaitait savoir ce qu'il pensait de sa théorie. Il était manifestement intelligent, son opinion ne manquerait pas d'intérêt. Elle décida de se confier à lui, en espérant ne pas s'en mordre les doigts.

— Je me demande si Lazarus n'aurait pas eu un complice.

Il fronça les sourcils.

— Lazarus Abbott... un complice ?

Un instant, elle se remémora la photo de Ken Phalen, hésita de nouveau. Non... Elle devait arrêter de douter ainsi d'elle-même.

— C'est Lazarus que j'ai vu cette nuit-là, quoi que vous – ou quiconque – puissiez croire.

173

— Il n'est pas impossible que vous ayez raison.

Il contemplait le lac. Des nuages noirs s'amoncelaient dans le ciel, la température chutait. Une brusque rafale de vent brassa des feuilles mortes, les rabattit contre la véranda.

— Oui ? fit Tess, comme Ben ne bougeait pas, muet.

— Rien. Votre hypothèse mérite d'être étudiée. Elle est plausible. Et, si vous avez raison, il y a peut-être dans ce compte rendu un indice sur l'identité du complice.

— Ce n'est pas ce que vous souhaitez entendre, je suppose, après la grande révélation de l'ADN. Penser qu'après tout, Lazarus pourrait bien avoir été impliqué dans cette affaire ne vous enchante pas.

Ben Ramsey soupira et se pencha pour, machinalement, flatter la tête du chiot blotti à ses pieds. Tess se surprit à jalouser le petit animal, à se demander ce que serait sur sa peau la caresse paresseuse de ces doigts. Gênée, elle s'obligea à détourner les yeux, à se concentrer sur ce que disait Ben.

— Non, vous avez tort. Je n'ai rien investi sur l'innocence de Lazarus Abbott. Il semble avoir été un individu à l'existence perturbée, doté de très rares qualités pour racheter ses défauts. Il a très bien pu agir avec un comparse. Mais...

Ben hésita, manifestement désireux de choisir les mots justes.

— Il est possible que vous ayez haï Lazarus Abbott pendant si longtemps que cette hypothèse soit pour vous un moyen de le garder, d'une certaine manière... lié au crime ?

Tess se figea, le dévisagea sans répondre.

— Écoutez, ne le prenez pas mal, Tess. Qu'il ait eu ou non un complice, cela n'empêche pas que la condamnation à mort de Lazarus Abbott fut une erreur que rien ne réparera jamais. Il a été exécuté pour un crime qu'il n'a pas commis, déclara posément Ben. Même s'il avait eu une dizaine de complices, cela ne justifierait toujours pas son exécution.

Tess luttait pour juguler sa colère. Elle n'aurait pas dû lui faire de confidences.

— Je comprends, rétorqua-t-elle d'une voix hachée. Croyez-le ou non, je comprends ça.

— J'en suis certain.

— La peine capitale. Voilà tout ce qui vous importe. Votre combat contre la peine capitale.

Ben la considéra d'un air sévère.

— Oui, c'est à l'évidence un sujet très important pour moi. Je ne reproche pas aux victimes d'un crime de vouloir se venger. Mais conférer à l'État le pouvoir d'exercer cette vengeance est totalement déraisonnable. D'autant que le châtiment est infligé de façon arbitraire. Si vous êtes riche, vous y échappez. Si vous êtes pauvre, vous n'avez aucune chance.

— De plus, il n'est pas prouvé que la peine de mort soit dissuasive, enchaîna froidement Tess. N'oubliez pas cet argument.

Ben prit un air penaud.

— Vous avez déjà entendu ce speech, j'imagine.

— Vous n'imaginez pas. Personne n'imagine.

175

— Je suis navré. Je sais que tout cela vous concerne profondément, d'une manière que je ne pourrai jamais comprendre.

— Je ne vous le fais pas dire.

Il ne broncha pas, malgré la fureur qui flambait dans les yeux de Tess.

— Mon point de vue est, par la force des choses, très... différent de celui des victimes.

— Figurez-vous que mes parents ont toujours été hostiles à la peine de mort. Mon père était un homme brillant – professeur au MIT. Il considérait les exécutions capitales comme de la barbarie. Jusqu'à ce que sa fille soit violée et tuée. Ensuite, pour lui, ça n'a plus été une question philosophique.

— Il a changé d'avis ?

— Non, répondit-elle après réflexion. Ce n'était pas aussi simple. Il était écartelé. Il n'avait plus l'esprit en paix. Je me rappelle que mon frère et lui avaient de terribles disputes à ce sujet. Jake l'accusait de trahir la mémoire de Phoebe.

— Mais c'est un argument puéril. On croit à un principe ou on n'y croit pas. S'il s'applique au meurtrier de sa propre fille, pourquoi pas aux assassins des filles des autres ? Un homme intelligent verrait la contradiction, obligatoirement.

Tess se leva brusquement, tremblante, fourra sous son bras le compte rendu du procès.

— Vous savez, vous avez de la chance. La cohérence, il n'y a rien de tel. C'est tellement... rassurant. Et facile. Vous n'avez jamais eu à

176

écouter votre père pleurer, enfermé dans son bureau. Bon, maintenant, il faut que j'y aille.

Ben la dévisagea avec tristesse.

— Je suis navré, Tess. J'ai eu tant de débats sur cette question durant ces dernières années. J'oublie parfois que nous parlons de la vraie vie des gens. Je ne voulais pas vous blesser. Sincèrement.

Tess fixa sur lui un regard froid.

— Mais je ne suis pas blessée, mentit-elle.

13

Au pied des marches, Leo aboyait frénétiquement. – Du calme, mon vieux, dit Jake. Du
calme. Attends-moi là. Je reviens.

Bon Dieu... Qu'était-il arrivé ? Le beau temps
s'était envolé. Le ciel avait viré au noir, le vent
soufflait.

Jake se rua dans la maison et se précipita vers
Sally, toujours par terre dans le salon, adossée
au canapé.

— À qui est ce chien qui aboie ? interrogea-
t-elle.

— À ma mère. Il était dehors, à galoper avec
mon neveu. J'espère que le gosse va bien. Le
chien est revenu tout seul.

Jake prit Sally par les aisselles et la souleva. Elle
était plus légère qu'une plume, cependant elle
poussa un cri de douleur quand il la remit debout.

— Où voulez-vous que je vous installe ?
demanda-t-il – pourvu qu'elle ne réponde pas : à
l'étage, ou un truc dans ce genre. Il entendait les
aboiements de Leo et s'angoissait de plus en
plus pour Erny.

— Là-bas, décida Sally, désignant une causeuse placée sous un tableau représentant une
belle jeune fille blonde en robe de débutante.

Une canne était appuyée contre le petit divan. Jake guida Sally jusqu'à la causeuse, la portant à demi pour accélérer le processus.

— Et voilà, dit-il en l'asseyant.

Lentement, elle déplia son bras noué autour des épaules de Jake.

— Merci, murmura-t-elle. J'ai de la chance que vous m'ayez aperçue.

Vous devriez avoir une téléalarme. Comme ça, vous pourriez appeler les secours au moindre pépin.

— Je devrais, sans doute, acquiesça-t-elle, lugubre.

— Vous vous sentez mieux, maintenant ? Il faut que je vous laisse.

— Allez-y. Dépêchez-vous. J'espère qu'il n'y a rien de grave.

Et moi donc ! songea Jake. Erny, qu'est-ce que tu as fabriqué ? Il attisait sa colère, se montait la tête tout seul, s'interdisant de penser que le gamin avait peut-être un problème. Il ne s'imaginait pas annonçant une chose pareille à Tess. Impossible. Pas après... tout ce qui s'était passé.

Attachant une laisse au collier de Leo, il s'attaqua au pas de gymnastique à l'allée escarpée, entraîné par le chien. Quand il l'avait descendue au volant de sa camionnette, il avait à peine remarqué combien elle était longue et pentue. La monter en courant était une autre paire de manches. Il parvint au sommet, puis dévala l'autre côté, s'arrêtant pour vociférer :

— Erny ! Réponds-moi. C'est l'heure de partir !

Sa voix sembla s'évanouir dans le vent qui forcissait. Où est ce fichu môme ? Je lui avais pourtant recommandé de ne pas trop s'éloigner.

Leo gémissait, tirait sur sa laisse.

— Où il est, Leo ?

Jake hésita un instant. Devait-il détacher le labrador et essayer de le suivre ? Le chien était beaucoup plus rapide que lui, mais il le mènerait dans la bonne direction. Finalement, Jake lui enleva la laisse.

— Va chercher Erny, ordonna-t-il.

Leo bondit, disparut bientôt dans le verger. Une tache sable, floue et mouvante. Jake s'élança, s'efforçant de suivre les traces de l'animal. Il entendait ses aboiements, au loin.

— Erny, bordel ! Où es-tu ? hurla-t-il.

Il ne savait pas si Erny était le genre d'enfant qui perdait la notion du temps ou qui avait l'habitude de désobéir. Tess n'avait jamais émis un commentaire négatif à son sujet, en tout cas il ne s'en souvenait pas, mais il n'était pas toujours très attentif quand on parlait des gosses.

— Erny !

Jake émergea du verger, dépassa la cabane du jardinier et se dirigea vers l'étang. Il évita les rangées de légumes tirées au cordeau, escalada une rocaille. L'anxiété et la fatigue accéléraient les battements de son cœur.

Les aboiements de Leo paraissaient plus proches, lorsque Jake pénétra dans un autre bouquet d'arbres dont les branches dénudées se reflétaient dans l'eau. Jake scruta l'obscur petit vallon. Tout à coup, sur la rive de l'autre côté de l'étang, il aperçut le labrador qui s'époumonait. Jake regarda de plus près. Il distingua, près des pattes de Leo, la silhouette d'un enfant brun, face contre terre, vêtu d'un sweatshirt et chaussé de sneakers hip-hop noirs Nike.

Jake eut l'impression de recevoir un coup à l'estomac.

— Erny, souffla-t-il.

Il contourna l'étang à toute allure pour rejoindre son neveu.

— Merde. Erny ! cria-t-il.

Pas de réponse.

Affolé, Jake s'approcha en trébuchant de l'endroit où gisait Erny. Celui-ci était allongé sur le ventre, inerte, sur la berge tapissée de mousse. Près de lui, une canne à pêche que le gamin avait fabriquée avec un tuteur pour les plants de tomates et de la ficelle, au bout de laquelle il avait attaché un morceau de métal en guise de leurre.

— Bordel de merde, pesta Jake. Tu pouvais pas attendre ! Oh, mon Dieu. Mais qu'est-ce qui s'est passé ? Erny, réveille-toi.

ME HALL : Docteur Belknap, vous avez exa-miné Lazarus Abbott. Nous avons écouté les témoignages de ses professeurs et des amis de la famille, concernant les mauvais traitements qu'il a subis de la part de son beau-père. Pourriez-vous nous expliquer les éventuelles répercussions de ces mauvais traitements sur son développement psychologique ?

181

Dr Belknap : De toute évidence, ils ont eu sur lui un effet délétère. Lazarus avait très peur de son beau-père. Celui-ci, en réalité, le terrifiait. Lazarus avait le sentiment d'être dans l'incapacité d'échapper à la colère de Nelson Abbott, quoi qu'il fasse – une colère qui éclatait sans avertissement. En conséquence, Lazarus vivait une existence secrète, sachant d'instinct qu'il devait dissimuler toutes les pulsions normales inhérentes à la croissance d'un adolescent, afin d'éviter les punitions. Dans son esprit, les pensées et les sensations d'ordre sexuel ont peu à peu été associées à la notion de châtiment violent. En ce sens, sa pathologie lui a été en quelque sorte inculquée.

D'une main tremblante, Tess saisit le mug de thé sur la table de chevet. À son retour de chez Ben Ramsey, elle avait vainement cherché sa mère. Elle s'était alors préparé une tasse de thé qu'elle avait emportée, avec le compte rendu du procès, dans sa chambre. Et elle s'était pelotonnée sous la courtepointe de son lit, comme une enfant malade que l'on a dispensée d'école et renvoyée à la maison.

Le vent, qui s'était levé tandis qu'elle revenait du cottage de Ramsey, se déchaînait à présent. Le ciel était noir. Tess regardait alternativement la lueur sinistre qui s'encadrait dans la fenêtre et le lit d'Erny fait à la va-vite, soucieuse à l'idée que son fils soit surpris par la pluie. Jake penserait-il à le garder au sec ? Elle ne voulait pas qu'Erny tombe malade.

S'efforçant de ne pas trop se tracasser, Tess reprit sa lecture. D'emblée, elle avait ouvert le compte rendu à la page de son propre témoignage, comme s'il s'agissait d'un code qui, une fois décrypté, débloquerait le chemin vers l'enfant qu'elle avait été. Elle se rappelait s'être assise dans le box des temoins, mais ses déclarations ne lui évoquaient rien. Elle n'avait aucun souvenir des questions qu'on lui avait posées ni de ce qu'elle avait répondu. Pourtant, en lisant après tant d'années sa déposition, elle avait eu de la peine pour la petite Tess qui s'exprimait clairement, avec courage, et racontait sans une hésitation l'enlèvement de sa sœur.

Ensuite, elle s'était de nouveau concentrée sur la dernière phase du procès. À ce stade, plusieurs personnes avaient attesté que, chez lui, Lazarus Abbott était brutalisé et, à l'extérieur, rudoyé par les enfants de son âge. Les déclarations d'un de ses maîtres de l'école primaire, du pasteur de l'église fréquentée par la famille et d'une amie d'Edith, une dénommée Josephine Kiley, concordaient. Le psychologue avait tenté de mettre tous ces témoignages en perspective pour les jurés. Tess, bien sûr, connaissait la fin de l'histoire. Les membres du jury étaient demeurés inébranlables. La condamnation à mort avait été prononcée à l'unanimité.

Tess sirotait son thé. Pour la première fois de son existence, elle éprouvait de la pitié pour Lazarus Abbott. À la lecture des diverses dépositions, il était clair pour elle que, si Lazarus avait sans doute été un jeune homme pervers, ce n'était pas entièrement de son fait. À l'école, il servait de tête de Turc à ses camarades. Et, à la maison, Nelson Abbott avait par sa cruauté modelé son tempérament.

Elle soupira, reposa son mug et continua à feuilleter le document.

Soudain, la porte de la chambre s'ouvrit. Dawn s'immobilisa sur le seuil de la pièce, le regard anxieux, les lèvres pincées.

— Maman, tu es rentrée. Où étais-tu ?

Avant que Dawn ne puisse prononcer un mot, Tess scruta son visage.

— Il y a un problème ?

— Chérie, Jake a téléphoné.

— Qu'est-ce qu'il y a ? Qu'est-ce qui se passe ?

— Il est aux urgences...

Tess s'extirpa vivement du lit, l'épais dossier tomba par terre.

— Erny ?

Dawn n'eut pas besoin de répondre.

— Oh, mon Dieu, gémit Tess.

— Viens. Je t'emmène.

Lorsqu'elles arrivèrent aux urgences, Jake arpentait la salle d'attente, son portable vissé sur l'oreille. Il referma le clapet de son mobile, et se précipita vers elles.

— Où est-il ? demanda Tess.

— Je vais te montrer. Viens.

Tess suivit son frère au pas de course dans le couloir de l'hôpital. Ils franchirent une porte à deux battants, avisèrent un médecin qui sortait d'un box entouré de rideaux.

— Il est là, dit Jake. C'est son docteur.

— Je suis la mère d'Erny.

Le médecin, chauve comme une bille, sourit et tapota la main de Tess pour la rassurer.

— Ne vous affolez pas. Il s'en remettra. Sa chute lui a fait perdre connaissance. À présent il est conscient, mais il aura une légère migraine. Il est contusionné, à part ça il va bien. Nous attendons encore quelques radios.

— Oh, quel soulagement. Il est réveillé ? Je peux le voir ?

— Bien sûr, entrez.

Tess écarta le rideau et pénétra dans le box. Erny était couché dans le lit, sous un drap blanc. Son teint, en principe d'un brun chaud de caramel, était d'une pâleur anormale.

Elle se pencha et, avec précaution, le prit dans ses bras.

— Chéri, qu'est-ce qui s'est passé ? Comment tu te sens ?

— Aïe, maman..., gémit-il.

Tess le relâcha doucement.

— Excuse-moi. Tu as très mal ?

— Non, pas trop.

— Le docteur a dit que tu étais contusionné, mais que tu vas guérir. Comment c'est arrivé, Erny ?

— Ben, je voulais pêcher. Alors j'ai trouvé ce long bâton et puis de la ficelle, et j'ai fabriqué

185

une canne à pêche. J'ai même trouvé un leurre. Après, j'ai grimpé sur l'arbre et puis sur la branche. Tu comprends, il m'a semblé que ce serait un bon endroit pour attraper du poisson.

Erny haussa les épaules, comme si la suite allait de soi.

— Elle a cassé ? La branche ?

Erny secoua la tête.

— Le vent s'est mis à souffler tout d'un coup, et la branche craquait et... je sais pas. J'ai essayé de redescendre et je suis tombé.

— Tu as dû avoir affreusement peur.

— Non, j'ai pas eu peur.

— Eh bien, moi si. Quand j'ai appris que tu étais K.-O., j'ai failli mourir de peur.

Erny la regarda avec de grands yeux.

— Je me suis pas fait tellement mal.

Tess repoussa une boucle jais du front écorché de son petit garçon.

— Dieu merci.

— Tu sais si oncle Jake a récupéré ma canne à pêche ?

— Je crois qu'il était un peu trop occupé à t'amener ici, aux urgences.

— Peut-être qu'il l'a prise quand même ?

— Possible.

— Je peux rentrer à la maison, maintenant ?

— Bientôt. Ils veulent te faire encore quelques radios, ensuite retour au bercail. Pour l'instant, tu te reposes. Tu n'as envie de rien ?

— Un Sprite ?

Tess lui sourit, absurdement soulagée par cette demande si banale.

— Je vais voir ce que je peux faire. Je reviens.

— Merci, maman.

— Dodo, mon poussin.

Elle sortit du box à reculons, puis longea le couloir, franchit la porte à double battant et regagna la salle d'attente.

Jake, qui était assis près de sa mère, leva les yeux quand elle apparut. Dawn et lui bondirent de leurs sièges.

Comment va-t-il ? demanda Dawn.

— Ce ne sera rien.

— Merci, Seigneur, soupira Dawn.

— Il réclame un Sprite. Et sa canne à pêche.

— J'ai vu un distributeur de sodas dans le hall, dit Dawn. Je vais lui en acheter un.

— Ça ne te dérange pas, maman ? Merci...

— J'y vais.

Dawn s'en fut d'un pas pressé.

— Il pouvait pas patienter, gloussa Jake. Il fallait qu'il pêche. Qu'il se fabrique une canne. C'est ce que j'aurais fait à son âge.

Tess se tourna vers son frère.

— Où étais-tu quand ça s'est passé ?

Jake écarta les bras d'un air désemparé.

— Je terminais mon boulot. Le gosse jouait avec le chien. Je lui avais recommandé de pas trop s'éloigner. Le clébard est revenu tout seul, figure-toi. Alors je suis parti chercher Erny.

Tess darda sur lui un regard mauvais. Jake se gratta le crâne.

— Ce sont des choses qui arrivent, Tess. Le gamin a voulu faire une expérience...

187

— Il risquait d'être sévèrement blessé, rétorqua-t-elle d'une voix plus forte. Ou même de se tuer.

— D'accord, mais ça n'a pas été le cas.

— Pas de quoi en faire un plat. N'est-ce pas ?

— Écoute, il va bien et je suis désolé, OK ? N'empêche que c'était pas ma faute. Je me doutais pas qu'il allait inventer un truc aussi dingue. Pêcher sur une branche, dit Jake, dodelinant de la tête avec un petit sourire en coin. J'ai intérêt à retourner là-bas récupérer cette canne à pêche, sinon je vais perdre mon statut d'oncle préféré.

Mais Tess n'était pas d'humeur à se laisser distraire par des plaisanteries.

— Donc, si Erny est tombé, il est fautif, insista-t-elle d'un ton sarcastique.

— Baah... les garçons sont comme ça. C'est... ils sont comme ça. Ils font des bêtises.

— Oui, mais toi, tu es adulte. Tu étais censé le surveiller !

— Quoi ? Il ne s'est jamais cassé la figure ? Il faut que tu le laisses prendre des gadins, comme tout le monde. Sinon, il deviendra une vraie chochotte. Il va bien, c'est l'essentiel.

— Quoi qu'il advienne, tu te dédouanes, dit Tess, écœurée.

— Je ne me dédouane pas. C'était un accident, Tess. Le petit survivra.

— Je n'aurais pas dû te faire confiance, marmonna-t-elle, furieuse.

Jake plissa les paupières, la dévisagea.

— Oh... Alors maintenant, je ne suis pas digne de confiance ?

— Est-ce que tu l'as jamais été ? riposta-t-elle.

Une lueur venimeuse flamba dans les yeux de Jake.

— Qu'est-ce que tu veux dire par là ?

Tess montra la salle d'attente de l'hôpital.

— Regarde où on est ! s'écria-t-elle.

Son cœur cognait dans sa poitrine. Elle regretterait de rouvrir ainsi de vieilles blessures, elle le savait, mais c'était plus fort qu'elle.

— Pourquoi suis-je la seule à me sentir coupable, Jake ? Toi, ce n'est jamais ta faute. Comment tu te débrouilles pour te défiler, sans une once de culpabilité ? Ce doit être drôlement confortable.

Jake lui opposait, à présent, un masque glacé, indéchiffrable.

— Si cela peut te réconforter, Tess, j'étais mort de peur.

— J'espère bien !

— Dis à Erny que je le verrai plus tard.

Il pivota et, à grandes enjambées, quitta la salle d'attente, poussant brutalement les battants de la porte qui ouvrait sur le parking. Tess le suivit des yeux. C'était la première fois de sa vie qu'elle se fâchait contre son frère. Cependant il lui semblait que cette colère couvait en elle depuis longtemps – depuis la nuit où il les avait abandonnées, Phoebe et elle, ce qui s'était soldé par un désastre. Ses parents lui avaient toujours dit qu'elle ne devait pas en vouloir à Jake, ni à elle-même, qu'il ne fallait pas. Mais pourquoi ?

Elle s'était toujours culpabilisée. Or, Jake n'était-il pas encore plus coupable qu'elle ?

Dawn revint, une canette de Sprite à la main.

— Où est ton frère ? demanda-t-elle d'une voix sourde.

— Parti, répondit Tess. Où pourrait-il être ? Il est parti, évidemment.

14

Trois heures plus tard, Tess ramenait Erny à l'auberge et le bordait dans son lit. Ensuite elle alla lui réchauffer du potage. Quand elle retourna dans leur chambre, couché sur le ventre, il dormait comme un bienheureux. Tess referma la porte sans bruit, laissant son fils à ses rêves, et rapporta le bol de soupe à la cuisine.

Dawn s'y affairait à préparer le thé et les biscuits qu'elle mettrait à la disposition des clients au salon. Le ciel était plombé, à présent, et une pluie froide ruisselait sur les carreaux de la fenêtre.

— Comment va notre garçon ?

— Il s'est assoupi.

— Il a eu une sacrée journée. Ton frère était dans tous ses états. Ce sont des choses qui arrivent, avec les enfants.

Tess éluda le sujet « Jake ».

— On se fait tellement de souci pour eux, je ne m'y habituerai jamais. Comment tu t'es débrouillée avec nous quatre ?

— Oh mais si, on s'habitue, murmura Dawn d'un air lointain. Ton père et moi, nous voulions une grande famille, c'est tout.

Elle soupira.

Tess détourna les yeux du visage douloureux de sa mère. Le souhait de ses parents était pourtant si simple, songea-t-elle. Rien d'extraordinaire. Aimer et être aimés. Et ils avaient réalisé leur désir. Jusqu'à ce qu'un maniaque détruise leur paisible existence.

Dawn disposa les derniers biscuits sur une assiette, plaça sur le plateau une théière fumante en porcelaine à motif de fleurs, un sucrier et un pot de lait assortis. Tess était toujours sidérée par sa mère, qui ne négligeait jamais ses devoirs envers sa famille, son travail à l'auberge, même quand le poids du monde l'accablait.

Qui aurait pu se douter, lors de cet après-midi ensoleillé de vacances, quand ils avaient fait la connaissance des Phalen, les propriétaires de l'Auberge de Stone Hill, que ce lieu les prendrait tous dans ses filets ?

— Maman... j'ai une question à te poser.

— Hmmm... ?

— Tu te souviens des anciens propriétaires ? Les Phalen ?

— Oui, évidemment. Pourquoi ?

— Tu les connaissais bien ?

— Non... pas réellement. Ils étaient... ils avaient l'air de braves gens. Ils ont été très gentils pour nous.

— Est-ce que leur fille ne s'est pas suicidée ?

— Si, répondit Dawn avec circonspection. Pourquoi ?

— Pour rien. Mais... se suicider à quatorze ans. On peut s'interroger...

— C'est-à-dire ?

— Ce n'est pas... fréquent.

— Tu te demandes si ses parents étaient responsables ?

— Je considère tout et... tout le monde sous un nouvel éclairage maintenant que nous avons les résultats de l'analyse ADN

Dawn fronça les sourcils.

— Je ne te suis pas.

— Nous ne connaissions pas vraiment Kenneth Phalen. Il habitait juste à côté du terrain de camping. Et sa fille s'est tuée à l'âge de quatorze ans. Elle avait un an de plus que Phoebe au moment de sa mort. Il avait peut-être... une facette que nous n'avons pas vue.

— Tess, pour l'amour du ciel... Comment oses-tu calomnier des gens innocents avec de pareilles conjectures ?

— Je ne calomnie personne. Les Phalen ne vivent même plus dans la région. Simplement je... je réfléchissais à voix haute.

— Eh bien, abstiens-toi. Arrête.

La colère de sa mère fit tressaillir Tess. Elle pensa à la photo de Ken Phalen bricolée au feutre noir. Malgré les lunettes qu'elle lui avait dessinées, il n'était franchement pas le sosie de Lazarus. En outre, il ne s'agissait que d'une photo. Dans la réalité, Tess doutait qu'il y eût la moindre ressemblance entre les deux hommes.

— Excuse-moi, maman. Je cherche la petite bête.

Mais Dawn fulminait encore.

— Pourquoi accuse-t-on toujours les parents ? Ceux qui ont le plus souffert ?

Tess songea à Rusty Bosworth insinuant que Rob DeGraff avait peut-être tué Phoebe.

— Je ne sais pas... Mais tu as raison, maman. C'est cruel.

Dawn souleva le lourd plateau.

— Il faut que j'emporte ça au salon.

— Laisse, je vais le faire...

Les épaules de Dawn se voûtèrent.

— Merci. Je suis fatiguée, je crois que je vais m'asseoir.

— Mais oui, repose-toi.

Tournant le dos à sa fille, Dawn prit place dans le coin réservé au petit déjeuner. Le plateau dans les mains, Tess traversa avec précaution la salle à manger et pénétra dans le confortable salon où l'on servait toujours le thé de l'après-midi. Un couple était installé devant la cheminée.

— Ah ! s'exclama la femme qui abandonna son magazine et se leva. Un petit remontant sera le bienvenu.

Son mari, en pantalon de velours côtelé passablement usé et luxueux sweater de golf, lança à Tess :

— Vous la corsez, cette tisane ?

Tess posa le plateau et se força à sourire.

— Nous ne le faisons pas, mais rien ne vous en empêche, monsieur.

— Tu entends ça ? Je te disais bien que j'aurais dû prendre ma flasque, reprocha-t-il à son épouse.

Amusée, celle-ci haussa les épaules. Tess s'excusa et quitta la pièce. Elle se dirigeait vers la cuisine, lorsque la porte d'entrée s'ouvrit. Un inconnu vêtu d'un imperméable beige et coiffé d'un bob en tweed irlandais pénétra dans le vestibule.

— Quel mauvais temps, n'est-ce pas ? lui dit Tess.

— Ça oui, répondit-il aimablement. Je ne voudrais surtout pas abîmer votre tapis.

— Ne vous inquiétez pas, ces tapis sont solides. Puis-je vous aider ?

L'homme déboutonna son vêtement, prit un mouchoir. Il ôta ses lunettes, les essuya rapidement et les chaussa de nouveau. Puis il fouilla la poche intérieure de son imperméable.

— Je cherche Tessa DeGraff.

— C'est moi.

Dans la main de l'inconnu apparut une enveloppe en papier kraft qu'il tendit à Tess.

— Notification faite, décréta-t-il.

Avant que Tess ait pu réagir, il tourna les talons, rouvrit la porte.

— Bonne fin de journée !

Et il s'en fut.

— Mais qu'est-ce que... ?

Tess déchira l'enveloppe et en extirpa les papiers qu'elle renfermait. Elle parcourut les premiers feuillets. Il ne lui fallut pas longtemps pour comprendre ce que signifiaient ces documents. On l'informait qu'elle était poursuivie par Nelson et Edith Abbott devant une juridiction civile et risquait de devoir verser des dommages et intérêts pour la condamnation à mort de leur fils Lazarus prononcée à l'issue d'un procès inéquitable.

Condamnation à mort, procès inéquitable... Ce fut comme un direct au foie. Elle se remémora sa rencontre dans la rue avec Nelson qui divaguait, parlait de rendre justice à Lazarus. Lui rendre justice, mon œil. En réalité, il flairait le pactole. La vague antipathie que, depuis le début, lui inspirait Nelson Abbott se muait à présent dans l'esprit de Tess en profonde aversion.

Elle froissa les feuillets dans son poing serré.

— Salaud, marmonna-t-elle.

L'insulte ne s'adressait pas à Nelson Abbott. Tess pensait à Ben Ramsey. Inutile de se cacher qu'elle le trouvait attirant. Et malgré leur accrochage à propos de l'exécution de Lazarus Abbott, elle avait éprouvé un certain respect pour ses principes. Mais ça... c'était une autre affaire. Comment avait-il pu lui manifester tant de gentillesse tout en mijotant de lui intenter ce procès ? Dire qu'elle avait failli lui accorder sa confiance, à ce type qui s'apprêtait à la trahir...

Elle en avait physiquement mal.

Elle consulta sa montre, fourra les papiers agrafés dans son sac, prit un tom-pouce dans le porte-parapluies du vestibule et vérifia qu'elle avait bien ses clés de voiture. Puis elle retourna dans la cuisine. Dawn était toujours à la même place, dans la pénombre.

— Maman, je sors. Tu t'occuperas d'Erny pour moi ?

Dawn jeta un regard circulaire.

— Où vas-tu ? murmura-t-elle.

Tess aurait voulu lui montrer le document, mais elle lisait dans les yeux de sa mère tant de lassitude et de tristesse. Ce serait pour Dawn un autre tourment, un autre fardeau, qu'elle ne méritait pas.

— J'ai juste un petit problème à régler, dit Tess.

15

Même sous la pluie battante, trouver le cabinet Cottrell & Wayne fut facile. Ben le lui avait indiqué quelques heures plus tôt, quand il l'avait reconduite en ville, expliquant qu'il n'était pas encore associé à part entière car il n'y travaillait que depuis un an. Cependant il avait quasiment les bureaux pour lui tout seul, dans la mesure où Cottrell était à présent retraité et où Wayne partageait son temps entre le New Hampshire et sa résidence secondaire en Floride.

Situé non loin de la place centrale, le cabinet occupait ce qui avait dû être autrefois un hôtel particulier. Tess pénétra dans le bâtiment fort bien entretenu, traversa le hall et la salle d'attente moquettés pour s'approcher de la table où une réceptionniste entre deux âges trônait derrière une rangée de photos de famille et une coupe poussiéreuse de fleurs artificielles. Elle grignotait un cake tout en buvant un mug de café.

— Je veux voir M. Ramsey, déclara Tess.

— Vous avez rendez-vous ? s'enquit la réceptionniste d'un ton amène.

— Non, mais dites-lui que Mlle DeGraff demande à le voir immédiatement.

La femme hésita, comme décontenancée par cette démarche indue, puis, peut-être désireuse de finir son goûter en paix, elle avertit Ben Ramsey et donna le feu vert à Tess.

— Par là, troisième porte à gauche.

D'un pas de grenadier, Tess longea le couloir et fit irruption dans une pièce au décor dépouillé, hormis les livres qui tapissaient les murs. Ben avait ôté sa veste, retroussé ses manches de chemise mais gardé sa cravate. Il était assis à son bureau. Quand Tess entra, un sourire éclaira son regard – pour s'effacer aussitôt.

— Vous savez, attaqua-t-elle sans autre préambule, vous ne manquez pas de culot de me faire ça. Je suppose que, pour vous, il n'y a que l'argent qui compte.

— Quoi ? s'exclama-t-il. Vous faire quoi ?

— Ne jouez pas les imbéciles. Dire que ce matin, vous prêchiez la morale !

Ben se leva de son fauteuil.

— Une minute... De quoi diable parlez-vous ?

Sa réaction la surprit. Elle dut admettre qu'il paraissait complètement désorienté.

— Les poursuites judiciaires, répondit-elle.

Il secoua la tête – je ne comprends toujours pas, semblait-il dire.

— Les poursuites que vous avez engagées contre moi pour le compte des Abbott. Je viens de recevoir les papiers.

Ben saisit un stylo, tapota sur le bureau.

— Je n'ai intenté aucune action contre vous.

— Ah non ? rétorqua-t-elle, sceptique.

— Non. Avez-vous vérifié l'en-tête du document ? Parce que ce n'est certainement pas le mien.

Elle n'avait même pas regardé l'en-tête. Elle avait simplement présumé que les Abbott confiaient toutes leurs affaires juridiques à Ben.

Tess sentit son indignation vaciller.

— Non, avoua-t-elle. Je... un instant...

Elle prit dans son sac les feuillets dont elle déchiffra l'en-tête. Le rouge lui monta aux joues.

— Je peux voir ? demanda-t-il.

Muette, Tess lui tendit le document. Ben jeta un coup d'œil à l'inscription en haut de la première page, puis parcourut le texte. Elle s'attendait à ce qu'il lui reproche de l'avoir accusé trop vite. Au lieu de quoi, il secoua la tête.

— « Exécution résultant d'un procès inéquitable » ? C'est pousser loin le bouchon.

— C'est-à-dire ?

— D'une part, sur ce point, le délai de prescription pour faire appel est écoulé. Ils argueront sans doute qu'il faut le reconsidérer à cause des résultats de l'analyse ADN. C'est... bien pensé. Mettons ça à leur actif.

— Comment se fait-il que les Abbott ne se soient pas adressés à vous ?

— Je soupçonne ce confrère de les avoir démarchés. C'est un cabinet de North Conway. Ils sont spécialisés dans les procès au civil. Ils ont probablement suivi l'affaire à la télévision et contacté les Abbott pour leur conseiller de passer à l'offensive. Ces avocats civilistes... ils ne sont jamais à court... d'imagination quand il s'agit d'attaquer les gens.

— Je suis navrée, murmura-t-elle, mortifiée.

Ben, sans sourire, lui rendit les papiers.

— Une erreur compréhensible, je présume.

— Est-ce qu'ils risquent de gagner ?

— Contre vous ? Je ne suis pas un expert dans ce domaine, mais aucun jury ne vous considérera comme responsable.

— J'espère que vous avez raison.

— Évidemment, un avocat habile peut faire traîner ce genre de procès pendant des années. Et Nelson Abbott est l'archétype du client qu'ils adorent. Teigneux et sûr de son bon droit.

Tess opina, confuse. Elle voulait filer le plus vite possible, à défaut de pouvoir s'éclipser élégamment.

— Je suis vraiment désolée... Ben. Je sais que vous êtes très occupé. Je vous prie de m'excuser de... de vous avoir importuné.

Ben se rassit.

— Vous ne m'importunez pas. Je suis content que vous soyez venue. D'autant plus que ça n'a rien à voir avec moi, ajouta-t-il, pointant son stylo vers le sac de Tess.

Celle-ci hocha la tête.

— Néanmoins, vous aurez besoin d'un défenseur.

— Ça vous tente ?

— Ce n'est pas ma spécialité. Et il pourrait y avoir conflit d'intérêts. En revanche, je vous recommande mon confrère, Me Wayne...

— J'ai un avocat, celui qui s'est chargé des formalités quand j'ai adopté Erny. Je l'appellerai et je lui enverrai le document.

— Vous devriez peut-être avoir quelqu'un ici, en ville.

— Je me débrouillerai, rétorqua-t-elle avec raideur. Je ne veux pas vous accaparer davantage.

Elle resserra la ceinture de sa veste, pivota.

— Merci...

— Attendez. Ne partez pas.

— Pourquoi ?

Elle eut l'impression qu'il rougissait imperceptiblement.

— Eh bien, je souhaitais vous parler. J'ai réfléchi à ce que vous avez dit ce matin.

— Ce que j'ai dit ?

— Oui. Vous avez un petit moment ?

Elle acquiesça.

— Asseyez-vous, suggéra-t-il, désignant le fauteuil réservé aux visiteurs.

Elle y prit place, non sans hésitation.

— Quand je suis revenu ici, donc, j'ai repensé à votre hypothèse : Lazarus aurait eu un complice.

— Ce matin, vous me reprochiez de me cramponner à cette idée pour pouvoir continuer à incriminer Lazarus.

— Je vous ai suggéré de vous interroger à ce sujet. Ça ne signifiait pas que votre idée était nulle.

— Une minute, marmonna-t-elle, les mains sur ses tempes. Être mon défenseur entraînerait pour vous un conflit d'intérêts, mais vous souhaitez que nous discutions d'un hypothétique complice de Lazarus ?

— Lazarus n'était pas mon client.

— Là, vous coupez les cheveux en quatre.

— Je ne suis pas de cet avis. Nous sommes simplement des... amis qui ont une conversation.

Elle le dévisagea. Il avait buté sur le mot « amis », cela n'avait naturellement pas échappé à Tess. Pas question cependant d'y faire allusion.

— Alors, selon vous, ma théorie mérite d'être examinée ?

— Eh bien, si on admet que vous ne vous êtes pas trompée en identifiant Lazarus...

— Vous admettez que j'avais raison ? s'exclama-t-elle.

— Partons de ce postulat...

— Soit, dit-elle posément, pourtant elle se sentait presque étourdie de stupéfaction et de... gratitude.

— Cela expliquerait que l'ADN ne cadre pas. J'ai fait quelques recherches cet après-midi. Les experts s'accordent à dire que, dans un tandem de tueurs, il y a généralement un dominant et un dominé. Ce dernier est une sorte d'esclave du premier. Le dominant peut être cruel et manipulateur. La relation existant entre les deux est souvent fondée sur la peur. Par conséquent, si dans notre cas nous avions affaire à un tandem de ce genre, il est peu probable que Lazarus ait été le dominant. Il aurait été le passif, le suiveur. Celui qui exécutait les ordres.

À ces mots, un schéma se dessina dans l'esprit de Tess, qui pâlit.

203

— Qu'y a-t-il ? demanda Ben.

— Je réfléchissais. D'après le compte rendu du procès, et ce que j'ai entendu ici ou là, Lazarus était un solitaire, un type qui n'avait pas d'amis. Il ne fréquentait personne en dehors de sa famille.

— Ça ne veut pas dire qu'il n'avait pas de...

— Attendez, écoutez-moi...

Ben inclina la tête.

— Apparemment, il n'avait qu'une seule occupation : travailler pour son beau-père. Nelson Abbott. Or Nelson Abbott était toujours furieux contre lui. Il l'a maltraité durant des années.

— Effectivement. On n'a jamais prétendu que Lazarus... hé, une petite minute.

Ben s'interrompit, scruta Tess.

— Vous suggérez... ?

Elle soutint son regard.

— Non, pas Nelson, railla Ben.

— Pourquoi pas ?

— Eh bien, primo, Nelson n'a pas un passé de prédateur sexuel.

— Certes, mais il en a un de tyran domestique particulièrement brutal.

— Non... je ne suis pas convaincu.

Tess se pencha en avant.

— Ben, on sait que le corps de Phoebe a été transporté jusqu'au fossé, où on l'a découvert, dans le pick-up de Lazarus. Un témoin a reconnu le véhicule qui quittait les lieux. On n'avait pas eu le temps de nettoyer la camionnette. Il y avait sur le plateau arrière le sang de Phoebe et des fibres de ses vêtements. Mais le pick-up appartenait en réalité à Nelson qui autorisait Lazarus à le conduire.

— Après la découverte du corps, la police a fouillé la maison des Abbott, ainsi que le garage et le sous-sol. Ils n'ont relevé aucun indice prouvant qu'il y avait enfermé votre sœur.

— Ce n'est pourtant pas impossible. Il avait pu effacer ses traces.

— Il est exact que si on avait maîtrisé, à l'époque, les techniques dont dispose aujourd'hui la police scientifique, on aurait peut-être trouvé des preuves. Malheureusement, à présent, il est trop tard.

— Si Lazarus, rétorqua Tess, choisissant ses mots avec soin, la séquestrait dans cette maison ou dans l'enceinte de la propriété, qui d'autre aurait eu... accès à Phoebe ?

Ben se renversa dans son fauteuil, les mains serrées sur les accoudoirs. Puis il secoua la tête.

— Non... Si votre supposition est juste, pourquoi Lazarus n'aurait-il pas impliqué son beau-père ? Sa vie était en jeu.

— Bonne question. Il n'a impliqué personne. Il s'est borné à répéter qu'il était innocent. Il avait peur de son beau-père. Il était terrifié.

— Il risquait la peine capitale..., protesta Ben.

— En effet. Un être normal aurait cité son complice. Mais un être normal n'aurait pas commis ce crime. On a du mal à imaginer ce qui se passait dans la fosse aux serpents qu'était l'esprit de Lazarus Abbott – je me borne à des conjectures – mais je sais que les victimes de maltraitances accusent rarement leurs bourreaux.

— Je vous l'accorde. Voilà pourquoi il est si difficile de traduire en justice les auteurs de ce genre de crimes.

— En fait, à aucun moment du procès Lazarus n'a même admis que son beau-père le battait et l'humiliait. Ce ne sont que des personnes extérieures à la famille qui l'ont signalé.

Ben fronça les sourcils.

— Or qui s'en souciait vraiment ? poursuivit Tess. Nelson était un bon citoyen. Son beau-fils était un pervers, il avait un casier judiciaire.

Ils restèrent un instant silencieux.

— Je n'accuse personne, reprit Tess. Je me demande simplement s'il serait envisageable d'effectuer une discrète comparaison entre l'ADN de Nelson et les résultats que nous avons déjà.

— Jamais Nelson ne donnerait volontairement un échantillon de son ADN.

— La police pourrait... le demander ? Légalement ?

Ben se mit à tapoter machinalement son stylo sur le bureau.

— Ce serait possible. Mais Rusty Bosworth est le neveu de Nelson, à mon avis il n'y a donc aucune chance pour que ça se produise. Et on ne peut pas contraindre Nelson à fournir un échantillon de son ADN. Ce serait une violation des droits que lui garantit le 4e amendement...

Tess se pencha de nouveau, posa tout doucement une main sur la sienne pour stopper le stylo. Elle sentit la chaleur de Ben irradier en elle, à travers ses doigts. Elle se recula.

— Il est impossible d'obtenir l'ADN d'une personne à son insu ? interrogea-t-elle. Les gens laissent pourtant leur empreinte génétique sur un gobelet dans lequel ils ont bu, ou sur un vêtement ou une brosse à cheveux, n'est-ce pas ?

— Bien sûr. Mais la police n'essaiera pas de se procurer cette empreinte génétique, encore moins de manière illégale.

Ben contempla le profil méditatif de la jeune femme avec une sorte d'admiration possessive. Ses yeux bleu faïence reflétaient à la fois le trouble et le reproche. Tess appuyait ses doigts joints contre ses lèvres.

— Et personne d'autre ne devrait le faire. Tess... ?

Elle leva vers lui un regard indéchiffrable.

— Non, dit-elle distraitement. Non, bien sûr que non.

16

Une femme – rousse et à la peau semée de taches de son – affublée d'une chemise en oxford avachie ouvrit la porte de la pimpante maison rouge foncé.

— Je sais qui vous êtes, dit-elle d'un ton brusque, comme Tess tentait de se présenter.

— Pourrais-je voir le commissaire un petit moment ?

— Il est dans un sale état. Ce serait trop fatigant pour lui.

— Mary Anne, appela une voix sourde, à l'intérieur. Qui c'est ?

En tout cas, il entend très bien, pensa Tess.

— Tess DeGraff, répondit Mary Anne.

— Je vous promets de ne pas rester longtemps, dit Tess.

— Fais-la entrer, ordonna la voix.

Mary Anne hésita puis s'écarta, avec une expression de martyre. Elle inclina la tête vers la pièce derrière elle.

— Il est dans la salle de séjour. Vous n'avez qu'à passer par ici.

— Merci...

Tess traversa le salon immaculé qui ne servait jamais, franchit la porte cintrée ouvrant sur la salle de séjour. Lambrissée, la pièce avait de toute évidence été ajoutée à la maison. Un canapé couvert de chenille beige était placé vis-à-vis d'un foyer à gaz, agrémenté d'une imposante façade de cheminée, et d'un énorme téléviseur. À côté du canapé, se trouvait un fauteuil relax en tissu écossais gris, noir et beige, dont le repose-pied était tiré. Aldous Fuller y était couché en chien de fusil sous une couverture.

— Commissaire...

Il se tourna pour la regarder. Les profonds cernes bistre qui creusaient ses yeux donnaient à son crâne chauve l'apparence d'une tête de mort. Il avait le teint cireux. Il s'arracha un sourire.

— Tess ?

Elle s'approcha et lui étreignit la main, posée mollement sur l'accoudoir du fauteuil. Ses doigts osseux étaient glacés.

— Je suis désolée de vous ennuyer. Mais j'ai besoin de votre aide.

— Asseyez-vous. Non, pas là. Mettez-vous à un endroit où je puisse vous voir.

Tess, qui s'apprêtait à se poser au bord du divan, prit une chaise en bois et la plaça face au fauteuil.

— C'est mieux ?

Le commissaire Fuller, dont la respiration était laborieuse, acquiesça.

— J'ai besoin d'un service.

— Je ne suis plus bon à grand-chose. Mais je vous aiderai si je peux.

— Je n'en demande pas davantage.

Et Tess expliqua ce qui l'amenait.

À cause de la pluie, Tess passa plusieurs fois devant chez les Abbott avant de repérer enfin leur allée. Elle s'y engagea et, au ralenti, roula jusqu'à la maison. Elle coupa le moteur et resta dans sa voiture pour étudier, le cœur battant, la demeure où Lazarus Abbott avait vécu son enfance.

En réponse à ses questions, le commissaire Fuller lui avait expliqué ce qu'il savait sur les sources d'ADN. On pouvait, lui avait-il dit, trouver de la salive sur un gobelet en carton usagé, sur une bouteille ou un chewing-gum, ou bien de la sueur sur un T-shirt, ou encore des cheveux collés à l'intérieur d'un chapeau ou accrochés entre les dents d'un peigne. Et oui, une fois le support récupéré et glissé dans un sachet en plastique, le commissaire Fuller avait des contacts au labo de criminalistique d'État capables d'établir une comparaison avec l'ADN du meurtrier de Phoebe. Cependant Aldous Fuller n'avait pas mâché ses mots : se mêler de ça était dangereux pour Tess.

Elle avait feint de prendre son avertissement au sérieux. Mais déjà elle mettait son plan à exécution. Elle sortit par la cuisine où Mary Anne mitonnait un ragoût. Tess la remercia de lui avoir permis de voir le commissaire, puis lui signala que le vieil homme avait soif. Avec un soupir, Mary Anne remplit un verre d'eau et se dirigea vers la salle de séjour.

Seule dans la cuisine, très vite, Tess ouvrit sans bruit trois tiroirs avant de trouver ce qu'elle cherchait – des sacs d'emballage Ziploc. Que serait une cuisine sans eux ?

Elle en avait fourré une poignée dans la poche de sa veste, puis s'était faufilée par la porte de derrière. Ensuite elle était partie directement chez les Abbott.

Elle avait espéré que le pick-up noir de Nelson serait dans l'allée. Les gens buvaient souvent dans leur voiture du café acheté au fast-food, se disait-elle. Elle pensait pouvoir entrebâiller la portière de la cabine, rafler l'éventuel gobelet en carton, le ranger dans un sachet en plastique, et filer avant que Nelson s'avise de venir voir pourquoi on s'était arrêté dans son allée.

Manque de chance, le pick-up de Nelson n'était pas là. Et aucune lampe n'était allumée dans la maison. Il n'y avait apparemment personne. Tess sortit de la voiture, ouvrit son parapluie. Elle marcha jusqu'au perron et observa la propriété méticuleusement entretenue, tandis que la pluie gargouillait sans discontinuer dans les chéneaux de la bâtisse grise et maussade.

Tess monta les marches et tenta de tourner la poignée de la porte, mais celle-ci était fermée à clé. Elle en fut déçue et soulagée à la fois. Elle ne savait pas trop si elle aurait eu le courage de pousser le battant et d'entrer. Au moins, elle n'avait pas à prendre la décision. La main en visière sur son front, elle regarda à travers les vitres anciennes – dont le verre semblait onduler – la pièce en façade. Terne, tapissée d'un papier peint fané, chichement meublée de quelques fauteuils qui paraissaient inconfortables et d'un canapé recouvert d'un tissu brun qui tirait sur le gris. Le tapis qui occupait le centre de l'espace était fleuri et beaucoup trop petit. Une horloge murale, près de la porte, égrenait les minutes. Tess essaya de se représenter la famille Abbott vivant dans cette maison : Lazarus assis dans un de ces fauteuils à dossier droit, Nelson qui lui flanquait des taloches et l'enguirlandait.

Maintenant qu'elle était là, à scruter le salon des Abbott, elle en oubliait son objectif, submergée par le souvenir de sa sœur. Phoebe... T'a-t-il amenée ici, quand il t'a arrachée à nous ? En avait-il assez d'être le seul à souffrir, entre ces quatre murs ? Ou t'a-t-il conduite dans ce lieu pour assouvir les appétits pervers d'un autre personnage qui le dominait ?

Tess frémit à cette idée.

Se redressant, elle s'avança vers le bord du porche. Le garage n'était pas attenant à la demeure, on l'avait construit au bout de l'allée – un petit parallélépipède gris pourvu des mêmes fenêtres à plusieurs vantaux que la maison. Les portes en étaient closes. Les fenêtres étaient masquées par ce qui paraissait être des stores intérieurs en papier jauni. Impossible de distinguer quoi que ce soit. Tess était contrariée, comme si les yeux aveugles du garage soutenaient son regard. Elle voulait voir ce qu'il y avait là-dedans. Elle s'estimait... en droit de regarder. De voir. Essayer, peut-être, de sentir la présence de sa sœur. Elle était certaine que, d'une manière ou d'une autre, elle réussirait là où la police avait échoué – déterminer si c'était ici ou non qu'on avait séquestré et assassiné Phoebe.

Elle descendit les marches du perron et s'approcha du garage sous la pluie battante, tenant fermement son parapluie que la bourrasque malmenait. Arrivée devant la porte du garage, elle agrippa une poignée en fer forgée, la secoua. En vain. Elle s'attaqua à l'autre poignée, la secoua pareillement. Peine perdue.

— Merde...

Elle pivota et regagna la maison. N'oublie pas pourquoi tu es là – l'ADN. L'ADN. Au boulot. Ils risquaient de rentrer d'un instant à l'autre. En traversant le jardin de derrière, où pas un brin d'herbe ne dépassait, elle avisa une antique corde à linge sur laquelle claquait de la lessive trempée. Tess s'immobilisa, envisagea une seconde d'emporter un des T-shirts d'homme, mais ce serait totalement inutile. Il y avait fort à parier, à en juger par la propreté de la maison et du jardin, qu'Edith était tout aussi minutieuse pour son linge. Les dernières cellules porteuses d'ADN seraient probablement détruites par la poudre à laver et autres produits de blanchissage.

Sous une fenêtre de la cuisine, une porte en bois aux battants de guingois menait manifestement au sous-sol. Est-ce ici qu'il t'a cachée, Phoebe ? Lorsqu'on avait retrouvé son cadavre, Phoebe était ligotée, bâillonnée et toute meurtrie. Après tant d'années, le visage de sa sœur, dans l'esprit de Tess, n'était quasiment plus qu'un espace vide. Elle se rappelait les photos de Phoebe plutôt que Phoebe elle-même.

En regardant cette porte de cave, elle eut l'impression de la revoir soudain, dans son T-shirt et son pantalon de survêtement, ses longs cheveux blonds se balançant comme des brins de soie autour de ce visage que Tess ne parvenait plus à visualiser, tandis que Lazarus débloquait ces battants de bois qui craquaient, et hissait Phoebe sur son épaule pour la porter en bas de ces marches, comme un tapis roulé.

Tess se détourna, l'estomac noué. Tu n'as pas le temps de remâcher le passé, se tança-t-elle. Tu dois te procurer cet échantillon d'ADN tout de suite, pendant que tu en as l'opportunité. Elle jeta un coup d'œil aux poubelles en plastique. Il y avait sûrement là-dedans des éléments sur lesquels on pourrait prélever la salive de Nelson, mais ils seraient inutilisables, selon le commissaire Fuller, s'ils avaient voisiné avec le reste des ordures. Elle souleva un couvercle, dans l'espoir qu'une poubelle était réservée au recyclage des déchets, et qu'elle y dénicherait une bouteille de bière. Mais les deux récipients contenaient des détritus bien enfermés dans des sacs-poubelle. Tout était propre, en ordre. Pas la moindre canette égarée.

Tess s'assura qu'il n'y avait personne en vue, puis souleva un battant de la porte en bois. Elle découvrit en bas d'un escalier une seconde porte, destinée à protéger le sous-sol contre le froid. Y avait-il quoi que ce soit d'intéressant en bas, même si, coup de veine, cette porte intérieure n'était pas verrouillée ? Tess doutait que, chez ces gens, on puisse trouver une bricole quelconque qui ne soit pas à sa place. Elle hésita, malade à la perspective de pénétrer dans la cave où Phoebe avait peut-être rendu son dernier soupir dans les ténèbres. Et sachant que les Abbott risquaient de revenir à tout instant.

Fais le, se dit elle. Pour Phoebe. Après avoir jeté de nouveau un regard circulaire, agrippant toujours son parapluie, elle dévala les marches en ciment. Elle secoua énergiquement la poignée de la porte – sans résultat. L'air empestait le moisi. Tess colla son œil à l'imposte. La lumière qui se faufilait dans l'escalier était trop avare, on ne distinguait qu'une toute petite partie du sous-sol. Juste devant elle, Tess vit un établi, chaque outil parfaitement rangé, pendu à son crochet, tous les clous et les vis dans des pots, répartis par tailles. Apparemment, il n'y avait même pas un chiffon sale qui traînait.

Si seulement je réussissais à entrer dans cette cave, songea-t-elle, je n'aurais plus qu'à monter dans la maison, dans la salle de bains, où il y a tout ce qu'il me faut. Une brosse à dents, un peigne, des rognures d'ongles.

Un instant, elle caressa l'idée de pénétrer dans la demeure par effraction, y renonça aussitôt. Et si Nelson Abbott surgissait et la surprenait chez lui ? S'il avait une arme, il n'hésiterait peut-être pas à s'en servir et on risquait de lui donner raison. Même s'il n'était pas armé, il pouvait appeler la police – il était en droit de faire arrêter Tess. Elle soupira, se collant de nouveau au carreau, s'efforçant de scruter l'intérieur du sous-sol.

Mais soudain, elle se figea. Malgré le sifflement du vent, elle avait entendu claquer une portière.

Oh, mon Dieu, ils sont de retour, se dit-elle. Ils ont vu ma voiture. Je dois décamper. Elle pivota et, à toute vitesse, monta les marches en ciment, ne vit personne. Elle se retourna pour tirer la porte en bois aussi doucement et silencieusement que possible.

Puis, serrant son sac et son parapluie fermé, elle se redressa et courut vers l'allée. Elle était à l'angle de la maison quand elle se retrouva nez à nez avec Nelson Abbott qui la dévisagea par-dessous la visière de sa casquette John Deere.

Tess laissa échapper un petit cri.

— Qu'est-ce que... ? Mais qu'est-ce que vous fabriquez ici ? demanda-t-il.

Il marchait droit sur elle. Tess recula d'un pas chancelant. Elle avait l'impression effroyable qu'il savait ce qu'elle faisait. Qu'il avait la faculté de lire ses intentions dans son regard.

— Je... je suis venue vous voir, bredouilla-t-elle, repoussant ses cheveux que le vent rabattait sur ses joues.

— Me voir ? Dans le jardin derrière ma maison ? À quoi vous jouez ?

— À rien. Je... j'ai simplement pensé que vous étiez peut-être...

— Que j'étais peut-être quoi ? Hein ? Parlez. Pourquoi êtes-vous entrée dans ma propriété sans que je vous y autorise ?

Le cœur de Tess cognait dans sa poitrine. Ils étaient seuls. Aucune trace d'Edith Abbott nulle part. Et Tess était à court de mots pour expliquer sa présence. Il lui semblait que les lettres « ADN » flamboyaient sur son front.

J'ai bien envie d'appeler mon neveu, le commissaire. Figurez-vous qu'il ne vous aime pas beaucoup, déclara Nelson d'un ton âpre, l'index pointé vers elle. Vos mensonges lui ont donné plus de migraines qu'il ne l'aurait voulu. Eh bien, vous avez menti une fois de trop, ma petite demoiselle. Vous avez menti à propos de Lazarus et vous le paierez cher. En fait, vous vous apercevrez bientôt qu'une action judiciaire est engagée contre vous...

Le document, pensa Tess avec soulagement. Les poursuites judiciaires. Elle faillit tomber dans les bras de cet homme, son ennemi, tant elle lui fut reconnaissante. Mais oui, sa raison d'être là était évidente. Il l'avait lui-même évoquée. À présent, s'exhorta-t-elle, manœuvre avec précaution. Dissimule ton indignation. Sois... conciliante.

— Oui, dit-elle d'une voix délibérément neutre. En effet. J'ai reçu le courrier de votre avocat. Voilà pourquoi je suis chez vous. Nous pourrions peut-être en parler.

Nelson la considéra d'un air suspicieux.

— De quoi on se parlerait ? On dira tout ce qu'on a besoin de se dire au tribunal.

Elle en avait la chair de poule – essayer de l'amadouer, lui, l'individu qu'elle soupçonnait d'avoir tué Phoebe. Seule la perspective de le piéger grâce à son ADN l'aidait à surmonter sa répulsion.

— J'espérais seulement que vous, votre femme et moi, nous pourrions... discuter de toute cette affaire. Je ne devrais sans doute pas l'admettre devant vous, mais je me sens... vraiment responsable de ce qui est arrivé à Lazarus.

— Ma femme n'est pas là, rétorqua-t-il sèchement. Elle est à l'église.

Tess leva les mains dans un geste suppliant.

— Vous et moi, alors. Prenons un moment pour parler de ça... ?

À l'idée de se retrouver dans cette maison, Tess tremblait de peur, mais elle n'abandonnerait pas. Une fois à l'intérieur, elle se débrouillerait pour s'introduire dans la salle de bains et chiper ce qu'il lui fallait.

— On ne pourrait pas entrer et bavarder... ?

— Je ne vois pas de quoi vous voulez bavarder, grommela-t-il, méfiant.

— J'aimerais juste... euh... éclaircir les choses.

Il l'étudia longuement, parut réfléchir, calculer.

— Éclaircir les choses comment ?

— Je ne crois pas... que nous ayons obligatoirement besoin d'un intermédiaire. C'est-à-dire... les avocats sont parfois des gêneurs. Et ils coûtent cher. Ça vous ennuie si j'entre ? Il pleut des cordes.

Nelson lui tourna le dos et monta les marches du perron, fouillant dans sa poche. Il inséra une clé dans la serrure, ouvrit la porte.

— Monsieur Abbott, dit poliment Tess.

Il braqua son regard sur elle, toujours immobile au bas du perron, et une lueur rusée, fugace mais glaçante, brilla dans ses yeux.

— Eh bien, entrez puisque vous êtes là, dit-il abruptement.

Tess triomphait mais elle fut aussitôt sur ses gardes. D'où tirait-il cette brusque et sournoise satisfaction ? À son tour, elle monta les marches et le suivit dans le salon qu'elle avait entrevu par la fenêtre. Nelson Abbott ôta son chapeau et sa veste qu'il accrocha à un portemanteau perroquet près de la porte. Tess s'apprêtait à enlever son ciré trempé pour le suspendre, ainsi que son parapluie replié, mais Abbott l'arrêta d'un geste :

— Je ne vous ai pas invitée à vous mettre à l'aise.

— C'est que... je dégouline.

Il grimaça et puis soupira, acquiesçant de mauvaise grâce. Tess suspendit le parapluie et le ciré. Nelson désigna un des fauteuils en bois, elle s'assit au milieu de la pièce humide et froide. Lui resta debout, les bras croisés.

Tess comprit immédiatement qu'ils ne trinqueraient pas. Si elle avait espéré lui barboter son verre, cet espoir s'envolait. Nelson l'observait, frappant impatiemment son bras gauche de sa paume droite.

— Dites ce que vous êtes venue dire ! aboya-t-il.

Pas de faux pas. Prends-le dans le sens du poil.

— Eh bien, je sais que vous et Mme Abbott estimez que votre fils était la victime dans cette... histoire. Bien sûr, il l'était, ajouta-t-elle – des mots qui manquèrent l'étouffer. Mais ma sœur était également une victime. Aussi il m'a semblé que, au lieu de nous accabler mutuellement de reproches, nous devrions dénoncer les véritables responsables... l'État et la... peine de mort.

Nelson la dévisagea, incrédule.

— C'est ce que vous aviez à dire ? C'est ça ?

— Je... oui..., bafouilla-t-elle, désarçonnée.

Nelson roula des yeux dégoûtés.

— Je... je pensais que nous pouvions discuter.

— Et moi qui me figurais, ricana-t-il, que vous vouliez régler cette affaire. Que vous veniez nous faire une offre.

— Une offre ?

— Une offre financière. Pour éviter le tribunal. J'aurais dû m'en douter. De la parlotte. Si vous n'êtes bonne qu'à ça, fichez le camp.

Tess réalisa, hélas trop tard, qu'elle avait loupé sa chance. Nelson aurait été ravi de s'asseoir pour marchander. Il serait peut-être même allé jusqu'à leur préparer un café. Plus moyen, à présent, de faire machine arrière. Si elle prétendait être là pour négocier, il n'y croirait pas. En réalité, il paraissait prêt à l'extirper de son fauteuil pour la jeter dehors. Elle se leva, ne songeant plus qu'à son ultime espoir d'obtenir le fameux échantillon d'ADN. La question qu'elle était sur le point de formuler paraîtrait incongrue, certes, mais elle n'avait pas le choix.

— Excusez-moi... pourriez-vous m'indiquer la salle de bains ?

Il darda sur elle un regard éberlué.

— La salle de bains ?

Vous en avez sûrement une, non ? se dit Tess qui ne pipa mot.

— Oui...

— Pas la peine. Vous partez.

— Vous ne me permettez pas d'utiliser la salle de bains ? s'exclama-t-elle, interloquée.

— Non, répondit-il sans la moindre gêne. Vous m'avez fait perdre assez de temps. Sortez de chez moi.

Tess se hérissa.

— Parfait. Aucune importance.

Elle observa une dernière fois la pièce si bien rangée, priant qu'un détail, par miracle, lui saute aux yeux. Une source quelconque d'ADN.

— Laissez-moi vous dire une chose, déclara Nelson. Vous devriez penser à proposer un arrangement. Parce que sinon, un jury vous obligera à débourser jusqu'à votre dernier sou. Vous allez y laisser des plumes. Vous m'entendez ? Ça vous coûtera une fortune.

Elle se dirigea vers le portemanteau. Nelson se planta derrière elle pour l'empêcher de retourner au salon. Il ouvrit la porte. Tess saisit son ciré, toujours luisant et mouillé, et tout à coup elle s'aperçut qu'au bout du compte la

221

situation n'était peut-être pas complètement désespérée.

— Il pleut encore ? demanda-t-elle.

Il jeta un coup d'œil au-dehors.

— Oui, ça tombe toujours.

Elle hocha la tête, tout en enfilant son ciré, serra son parapluie et son sac contre sa poitrine.

— Eh bien... je regrette de vous avoir déçu. Finalement, il faudra nous en remettre aux avocats.

— Ne revenez pas.

Il attendit à peine qu'elle ait franchi le seuil pour claquer la porte derrière elle et la fermer à clé. Tess releva sa capuche, puis descendit les marches et courut jusqu'à sa voiture.

Une fois à l'abri, elle alluma le chauffage, mit les essuie-glaces et verrouilla les portières. Après quoi, elle prit dans son sac l'un des sachets en plastique chipés chez le commissaire Fuller. Elle s'en enveloppa les doigts et, de sa main ainsi gantée, fouilla dans la manche de son ciré. Elle en tira une casquette usée, tachée, ornée du logo « John Deere » au-dessus de la visière. Elle était accrochée au portemanteau, à côté du ciré et du parapluie de Tess. Quand Nelson Abbott avait regardé s'il pleuvait, la jeune femme en avait profité pour fourrer le couvre-chef dans la manche de son imper.

Elle le déplia, à l'aide de son « gant » en plastique, le glissa dans le sachet qu'elle referma soigneusement et rangea le tout dans la poche intérieure de son ciré.

Il lui sembla que la casquette, sous son enveloppe protectrice, réchauffait son cœur qui battait à se rompre. Des cheveux, de la sueur... un véritable trésor, un gisement d'ADN de Nelson Abbott. Plus tard, lorsqu'il voudrait s'en coiffer, Nelson se creuserait les méninges, tenterait de se rappeler s'il la portait en sortant de sa camionnette. Peut-être conclurait-il qu'il l'avait oubliée quelque part, dans l'un des endroits où il travaillait. Il fouillerait sans doute son pick-up, s'assurerait qu'elle n'était pas restée sur le siège.

Tess sourit, fit marche arrière dans l'allée. D'ici que Nelson comprenne qu'elle lui avait volé sa casquette, on aurait les résultats de l'analyse.

17

Le commissaire Fuller réprimanda vertement Tess, quand elle repassa chez lui avec son trésor, cependant il appela un vieil ami, un technicien du labo de la police de North Conway qui dispatchait les travaux urgents, et lui demanda comme un service de venir chercher la casquette. Aldous Fuller promit à Tess de l'avertir dès qu'il recevrait les résultats.

Lorsque Tess fut de retour à l'auberge, il faisait nuit. Elle s'attendait à trouver sa mère confortablement installée pour la soirée, mais dès que sa fille fut là, Dawn prit son manteau dans la penderie.

— Je dois sortir, dit-elle.

— Où vas-tu ?

Dawn pinça les lèvres.

— À une réunion des CF.

Tess savait à quoi elle faisait allusion. Les Compassionate Friends[1] étaient une association composée de parents qui avaient perdu un enfant. Ses membres partageaient leur douleur et tentaient de s'aider mutuellement à surmon-

---

1. Compassionate Friends : littéralement, « Les Amis Compatissants ».

ter leur terrible deuil. Dawn avait commencé à fréquenter l'association de Boston après la mort de Phoebe, puis, après son emménagement dans le New Hampshire, elle avait de temps à autre participé à des réunions de l'association locale.

— J'ignorais que tu assistais toujours à ces réunions, dit Tess.

Dawn soupira.

— Cette semaine a tout fait remonter. Je me sens comme... J'ai besoin de... d'y aller ce soir.

— Bien sûr... Merci d'avoir veillé sur Erny, et excuse-moi d'avoir été si longue. J'espère ne pas t'avoir trop retardée.

— Où étais-tu pendant tout ce temps ? demanda Dawn.

Tess aurait aimé expliquer à sa mère ses soupçons, la manière dont elle s'était procuré l'ADN de Nelson Abbott, l'analyse dont elle attendait maintenant les résultats. Mais le regard de Dawn était distrait, absent. Il fallait la laisser partir. Au fil des ans, se confier à ces gens qui comprenaient intimement sa souffrance lui avait permis de survivre.

— Je te raconterai. Dépêche-toi, ne te mets pas en retard.

— Erny regarde la télé. Il y a de la sauce spaghettis pour vous deux. Tu n'as plus qu'à faire cuire les pâtes.

— D'accord, merci.

Tess embrassa sa mère sur la joue, l'accompagna jusqu'à la porte, puis rejoignit son fils dans le salon douillet. Erny était sur le canapé, pelotonné sous une couverture. Tess s'assit près de lui, et il se lova confortablement contre elle qui, par réflexe, caressa ses boucles brunes.

— Comment te sens-tu, à présent ? lui demanda-t-elle.

— Pas mal, répondit-il en bâillant.

— Et si je nous mitonnais un petit dîner, tout à l'heure ?

Erny écarquilla des yeux gourmands.

— Ouais... J'ai faim.

— Tant mieux.

L'émission terminée, il la suivit en traînant des pieds dans la cuisine où elle prépara des spaghettis qu'elle accommoda avec la sauce de Dawn et qu'ils dégustèrent à la table, sous le lustre en verre et résille de plomb.

Erny mangeait avec un appétit d'ogre.

— Ma mère fait la meilleure sauce spaghettis du monde, dit Tess en lui tendant le fromage râpé pour la troisième fois.

— La tienne est meilleure, répondit-il tout en finissant sa deuxième assiettée. Mais celle-là est presque aussi bonne.

Tess le contemplait en souriant.

— Toi, tu as l'étoffe d'un diplomate.

Il leva le nez.

— Quoi ?

— Rien, je suis si contente que tu ailles bien.

Erny bâilla.

— Je peux avoir de la glace ?

Tess lui donna un peu de crème glacée, puis débarrassa la table. Quand ce fut fait, Erny avait la tête sur ses bras repliés.

— Toi, tu m'as l'air prêt à te recoucher.

Nouveau bâillement.

— Je suis fatigué, avoua-t-il.

— C'est que tu as eu une rude journée.

— Tu me liras *Les Désastreuses Aventures des orphelins Baudelaire* ?

— D'accord.

Son fils, comme tant de gamins, adorait les histoires morbides à souhait d'orphelins sur la tête desquels s'abattaient toutes les catastrophes imaginables. Elle se demandait parfois si Erny ne s'identifiait pas à ces orphelins différemment des autres enfants.

Elle accrocha le torchon à vaisselle, puis Erny et elle regagnèrent leur chambre. Il se glissa dans les draps et tendit à Tess le livre posé sur la table de chevet. Elle se blottit près de lui, sur les couvertures, et ouvrit le volume à l'endroit marqué par un signet. Elle n'avait pas lu plus de trois pages du nouveau chapitre, quand elle s'aperçut qu'Erny s'était endormi.

Elle remit le livre à sa place, se releva avec précaution et embrassa son fils sur le front. Laissant la veilleuse allumée, elle referma la porte et se dirigea vers la bibliothèque, en quête de lecture.

Elle avait besoin d'un dérivatif pour ne plus penser aux résultats de l'analyse ADN qu'elle attendait avec tant d'impatience. L'un des clients avait installé son ordinateur portable sur la table près des fenêtres en façade. Il salua poliment Tess quand elle entra et se focalisa de nouveau sur son écran. Tandis que la jeune femme furetait dans les rayonnages, prenant un bouquin puis un autre, elle avisa – dans un cadre glissé entre les livres – une médaille décernée aux Phalen des années auparavant par la Chambre de commerce pour les embellissements apportés à leur établissement.

Lorsque Tess s'en saisit pour l'examiner, un article de journal, plié derrière le cadre, voleta et tomba par terre. Elle se pencha pour le ramasser. On y voyait la photo d'une belle jeune fille aux longs cheveux raides et aux yeux tristes, soulignés par du khôl, surmontée d'un gros titre « Lisa Phalen, une collégienne de 14 ans, morte d'une overdose ». Tess contempla le cliché. Difficile de croire que c'était bien cette enfant-là qui, autrefois, trottinait dans cette auberge. Elle était devenue une adolescente aux traits ravissants mais à l'expression dure. Dans l'article, on évoquait plusieurs cures de désintoxication.

Qu'est-ce qui te perturbait ? se demanda-t-elle, fascinée par la photo. Une fois de plus, malgré sa conviction qu'elle ne se trompait pas en soupçonnant Nelson Abbott, elle ne put s'empêcher de s'interroger : y avait-il un rapport entre la mort de Lisa et celle de Phoebe ?

À ce moment, le souvenir de la réflexion peinée de sa mère lui fit honte. Pourquoi accuse-t-on toujours les parents, les êtres qui ont le plus souffert ?

Elle remit la médaille et la coupure de presse à leur place, puis dénicha un vieux Ruth Rendell dont le titre ne lui rappelait rien. Elle l'emporta dans le salon. Il n'y avait pas de clients dans la pièce confortable. Tess s'approcha de la cheminée, craqua une allumette et la jeta sur les bûchettes que Dawn avait disposées sur les chenets. Elle s'affala sur le canapé et essaya de lire. Mais, ce soir, même son auteur préféré ne réussissait pas à capter son attention. Elle observa les fenêtres constellées de gouttes de pluie, regarda le téléphone sur un guéridon près de la porte... Quand le commissaire Fuller aurait il les résultats ? « Travail urgent », ça ne signifiait pas que le labo s'y consacrerait vingt quatre heures sur vingt-quatre. Demain, peut-être. Néanmoins, son regard ne cessait de vagabonder du côté du téléphone. Elle se leva et s'approcha du plateau, sur la table derrière le canapé, où sa mère laissait toujours, le soir, du sherry et des petits verres. Plusieurs d'entre eux avaient été utilisés par les clients. Tess en prit un propre, le remplit et but une gorgée.

La sonnerie du téléphone la fit sursauter si violemment qu'elle faillit renverser son verre. Elle le reposa, décrocha le combiné.

— Allô ? articula-t-elle, circonspecte.

— Tess ? C'est Becca.

En entendant la voix de son amie, Tess fut ravie et pourtant un peu dépitée.

— Salut...

— Toi, tu es déçue. Qui espérais-tu avoir au bout du fil ?

Cette question permit à Tess de se rendre compte qu'elle n'attendait pas seulement l'appel du commissaire Fuller. Elle n'avait même pas pensé à Ben Ramsey depuis qu'elle avait quitté son bureau, et pourtant, maintenant qu'elle rongeait son frein en louchant sur le téléphone, l'image de son visage lui avait traversé l'esprit à maintes reprises.

— Oh, c'est une longue histoire...

— Nous avons suivi les nouvelles. J'ai un mal fou à empêcher Wade de sauter dans le prochain avion. Il nous serine qu'on rate un truc du tonnerre.

— NON... Je lui ai formellement interdit d'essayer de faire un film à partir de cette histoire, j'espère que tu le lui rappelles bien. Ce n'est pas un jeu.

— Je sais. Je ne lui lâche pas la bride. Tu tiens le coup ? Comment va Erny ?

Tess soupira.

— Tu veux connaître la dernière ? Aujourd'hui, Erny est tombé d'un arbre.

— Sans blague... Il s'est blessé ?

— Il a vu trente-six chandelles. Il s'en est sorti avec une légère commotion cérébrale. Mon frère était chargé de le surveiller, alors naturellement... il y a eu un accident. Mais ce n'est pas grave. Ça ira. Il voulait pêcher, à cheval sur une branche.

— Au moins, il s'amusait. Dans la presse, cette affaire paraît tellement sinistre. Vous avez réussi à vous occuper, tous les deux, pour échapper à tout ça ?

— Non... pas vraiment, répondit Tess, plissant le front. Quelques grilles de sudoku. Et, tout à l'heure, je lui ai lu quelques pages. Mais je n'ai pas beaucoup de temps.

— Des grilles de sudoku ? Ça, vous pouvez aussi le faire ici. Vous devriez plutôt aller pique-niquer, quelque chose dans ce genre. Vous évader de cette folie.

— Oui, on devrait...

— Ou mieux encore, vous devriez rentrer, insista Becca. Qu'est-ce qui te retient là-bas ? Pourquoi rester plus longtemps ?

— Ce n'est pas terminé. Après tout, je suis responsable de la mort de Lazarus Abbott.

— J'étais certaine que tu dirais ça... Tess, ce n'est pas vrai, pas du tout. Il faut que tu arrêtes de raisonner de cette façon.

— Merci, Becca. Tu es sincère, je le sais.

— Personne ne te reproche quoi que ce soit. Tous tes amis sont d'accord sur ce point.

— Eh bien, j'aimerais partager cette opinion, mais je dois tenter de... d'obtenir quelques réponses tant que je suis ici.

— Au diable les réponses. C'est le boulot des flics. Et dépêche-toi de revenir. Nous avons besoin de toi. Dis à Erny que Sosa est en pleine forme et que Jonah le bichonne.

— Je le lui dirai.

Tess et son amie se souhaitèrent une bonne nuit et raccrochèrent. Elle but une autre gorgée de sherry, pour se réchauffer, mais ce n'était plus tellement nécessaire : elle était réconfortée par ce coup de fil – il lui rappelait à point nommé qu'elle avait vraiment construit une vie agréable pour son fils et pour elle.

Presque aussitôt, la sonnerie du téléphone retentit de nouveau. Le sourire aux lèvres, Tess saisit le combiné.

— Qu'est-ce que tu as oublié ? plaisanta-t-elle.

231

La voix qui résonna à son oreille la fit frissonner. Un instant, Tess fut trop stupéfaite pour prononcer un mot.

— Ben... ?

— Je pensais à vous.

Elle en fut heureuse et déconcertée à la fois, car elle ignorait s'il songeait à elle pour des motifs personnels ou professionnels.

— Je suis contente que vous m'appeliez.

— J'ai croisé une de mes amies qui travaille à l'hôpital. Elle m'a raconté qu'aujourd'hui, votre fils avait été admis aux urgences.

Quelle petite ville..., songea Tess. Les rumeurs vont bon train.

— En effet.

— Que lui est-il arrivé ? Vous ne m'en avez pas parlé quand vous êtes passée au bureau. Il va bien ?

— Il s'en remettra. Merci de prendre de ses nouvelles.

— Comment s'est-il blessé ?

— Mon frère était censé garder un œil sur lui, soupira Tess, mais il travaillait. Erny a décidé de grimper sur une branche d'arbre pour pêcher, le vent s'est levé et il a dégringolé de son perchoir. Il a été un peu secoué, mais il va bien.

— Les gamins, dit-il. Ils peuvent être terribles.

Ce commentaire la surprit. Comme s'il ouvrait pour elle une petite brèche dans son jardin privé.

— Vous semblez savoir de quoi vous parlez, répliqua-t-elle prudemment.

— Pas par expérience, pourtant. Je... je me souviens simplement que, dans mon jeune temps, j'étais un casse-cou.

Tess n'avait guère envie de poursuivre cette conversation sur les enfants, qui rappellerait à Ben son mariage et sa femme décédée – un sujet qui, il le lui avait clairement fait comprendre aujourd'hui même, était tabou. Elle cherchait un thème moins personnel à aborder, lorsqu'il ajouta :

— Mais j'en ai toujours voulu. Des enfants.

Elle se sentit rougir, bien que cette déclaration ne la concerne nullement.

— Vraiment...

— Ma femme et moi, nous en discutions, mais nous n'avons jamais trouvé le temps de concrétiser.

D'accord, pensa Tess. C'est toi qui as mis ça sur le tapis.

— Vous le regrettez ?

— Non, répondit-il avec brusquerie. Non..., répéta-t-il d'un ton plus doux. Je ne crois pas que j'aurais pu me débrouiller tout seul. Je vous admire de vous en sortir par vos propres moyens, mais... pour moi, c'est sans doute mieux comme ça.

— De toute façon, vous pouvez encore avoir des enfants. Vous êtes jeune.

— Ah, vous ne vous êtes pas laissé piéger par ma tête de renard argenté ?

Tess sourit.

— Ce pelage argenté est manifestement... prématuré.

Elle perçut une hésitation à l'autre bout du fil.

— Eh bien, je fais partie de ces gens qui blanchissent... quasiment du jour au lendemain, vous avez entendu parler de ce phénomène.

— Il paraît que ça peut être provoqué par un choc.

— Dans mon cas, c'est exact.

— Le décès de votre femme ? hasarda-t-elle.

— En effet.

Dans sa voix vibrait une note sèche qui dissuadait de pousser plus loin l'indiscrétion. Tess resta donc avec ses questions sur le mariage de Ben. Elle se sentit soudain absurdement jalouse d'une épouse dont la mort était si traumatisante qu'elle avait fait grisonner les cheveux d'un jeune homme. C'était de toute évidence un souvenir qu'il ne supportait pas d'évoquer. Un chapitre qui était définitivement clos.

— Alors, reprit-il, avez-vous... hmm... repensé à ce dont nous avons discuté cet après-midi ? Nelson Abbott ?

Ce nom rappela à Tess l'appel qu'elle attendait. Ses soupçons seraient-ils étayés par une preuve tangible ? Pourquoi ne pas se confier à Ben ? Non... Même s'il semblait bien disposé à son égard, elle préférait taire l'initiative qu'elle avait prise. Il n'approuverait pas, il ne le lui avait pas caché.

— J'y ai repensé, oui.

— Et... ?

— Et... je suis... sur une piste. On verra où elle mène.

234

— Vous avez le temps de... suivre une piste ?
Et votre métier ?

Cette fois, le sourire de Tess fut un brin
lugubre.

— J'essaie d'empêcher mon métier de me
rejoindre.

— Ce qui signifie ?

— Je travaille pour une société de production
de documentaires, à Washington. Mes parte-
naires considèrent que cette... situation ferait un
film épatant.

— N'est-ce pas un peu tard ? L'événement
majeur s'est déjà produit avec l'annonce des
résultats de l'analyse ADN.

— Oh, ce n'est pas la question. « L'événement » a été filmé sous toutes les coutures. Ce
qu'ils veulent, c'est un point de vue personnel
sur toute cette affaire. Des interviews des personnes impliquées, des images du passé et du
présent.

— Vous ne me semblez pas enthousiaste.

— Il m'est impossible d'être neutre dans cette
histoire. Et puis... une attention excessive ris-
querait de pousser des témoins réticents à
s'enfouir encore plus profondément dans leur
trou. De toute façon, quand je travaille sur un
film, j'ai besoin de mon objectivité. Être pas-
sionné par son sujet, c'est parfait, mais là ça me
touche de trop près. Pour moi, il ne s'agit pas de
tourner un documentaire. Il s'agit de découvrir
la vérité.

— Apparemment, vous avez défini vos priorités.

— Je l'espère.

Ils restèrent un instant silencieux.

— Bon, il vaudrait mieux que je vous laisse, murmura-t-il. Essayez de dormir un peu.

— D'accord. Merci d'avoir pris des nouvelles d'Erny.

— Je me réjouis qu'il aille bien. Bonne nuit.

— Bonne nuit...

Tess reposa le combiné sur son support avec précaution, mais son cœur, lui, était bien au-delà de la prudence. Il y avait belle lurette qu'un homme n'avait suscité chez elle pareille excitation. Elle contempla le feu. Elle voyait le visage de Ben danser avec les flammes. Elle s'interrogeait.

Soudain, la porte de l'auberge s'ouvrit. Dawn lança :

— C'est moi !

Tess se détourna de la cheminée quand sa mère apparut sur le seuil.

— Coucou, maman. Viens donc t'asseoir.

— Chérie, je suis vannée. On peut parler demain ?

— Bien sûr. Comment était la réunion ?

— Exténuante. Comme toujours. Mais bizarrement, après on se sent mieux. Épuisé, mais mieux. Et notre garçon, comment va-t-il ?

— Il dort.

— Parfait. Je m'en vais l'imiter de ce pas. À demain matin.

Tess regarda le téléphone. Les résultats n'arriveraient pas ce soir.

— Moi aussi, je vais me mettre au lit, décida-t-elle.

Elle abandonna le livre, qu'elle n'avait pas lu, sur la table, saisit son verre de sherry et le posa sur le plateau.

— Ça se range dans...

— ... la cuisine, acheva Tess en plantant un baiser sur la joue de sa mère. File te coucher. Je bouclerai tout.

Elle porta le plateau dans la cuisine et rinça les verres. Puis elle éteignit les lumières, hormis la veilleuse au-dessus de l'évier. Ensuite elle alla vérifier qu'il n'y avait plus personne dans la bibliothèque. La pièce était vide. Là aussi, Tess laissa une lampe allumée. Dans le salon, elle s'assura que le feu ne risquait pas de se ranimer, puis se dirigea vers le vestibule pour éteindre les lanternes extérieures et les lampadaires à gaz qui éclairaient le parking.

En jetant un coup d'œil au-dehors, elle entendit un moteur qui tournait au ralenti et aperçut un panache de fumée qui s'étirait dans l'air. Craché par le pot d'échappement d'une voiture, sans doute, pensa-t-elle.

Elle regarda de nouveau. La fumée s'échappait de la vitre à demi baissée d'une automobile fauve, arrêtée face à l'auberge. Soudain, Tess comprit que le conducteur fumait une cigarette. Elle ne distinguait pas son visage, seulement son crâne qui, dans l'obscurité, ressemblait à une tête de mort aux orbites vides. D'une chiquenaude, il jeta sa cigarette sur le gravillon de l'allée. Tess vit alors son bras, sa manche. Il portait une parka grise.

Elle recula dans le vestibule, ferma brutalement la porte et actionna l'interrupteur. Toutes les lumières du parking s'éteignirent en même temps. À présent, dans le clair de lune, la voiture n'avait plus de couleur – elle resta là encore un moment, avant de faire demi-tour et de s'éloigner.

Ce n'est rien, se dit Tess, le cœur battant. Une parka grise. Des milliers de gens ont une parka grise. Ça n'a aucune signification particulière. Une auberge est un lieu public.

Puis elle se souvint qu'elle n'avait pas verrouillé la porte. Elle tourna la clé dans la serrure dont le pêne claqua dans la gâche. Encore une fois, elle regarda au-dehors. La voiture avait disparu.

18

Le lendemain, pendant que Dawn épousse-
tait les meubles du salon, Tess balaya les
cendres de la cheminée, simplement pour
s'occuper et ne pas rester plantée à attendre
les analyses de l'ADN de Nelson Abbott. Sur le
coup de midi, la mère et la fille pivotèrent
d'un même mouvement vers la porte que fran-
chissait, dans un couinement de semelles de
crêpe, Julie en tenue d'infirmière sous son
manteau. Elle avait dans les mains une figurine – encore sous blister – d'un super-héros
des X-men.

— Salut, dit Tess.

— C'est ma pause-déjeuner. J'ai eu envie de
venir voir comment va mon neveu. Jake m'a
parlé de sa chute.

— Il va bien. Je l'ai autorisé à sortir Leo.

Julie tendit la figurine à Tess.

— Tiens, c'est moi qui l'ai choisie. Tu la lui
donneras.

Tess sourit en examinant le cadeau, puis
embrassa sa belle-sœur.

— Merci. Tu es gentille.

— Je ne pouvais pas faire moins, rétorqua
Julie. Peut-être que si mon mari l'avait surveillé

comme il était censé le faire... il m'a dit que tu étais furax contre lui.

Tess haussa les épaules, évitant le regard de sa belle-sœur.

— Je suis sûre qu'il t'a également dit que j'étais une pimbêche, un paquet de nerfs, un fléau.

— Il n'a pas employé exactement ces termes-là.

À cet instant, le téléphone sur le guéridon sonna. Tess sursauta.

— Excuse-moi, il faut que je réponde.

— Je t'en prie.

Tess se précipita et saisit le combiné d'une main tremblante.

— Allô ?

— Tess ?

En reconnaissant la voix ténue d'Aldous Fuller, elle eut un étourdissement. Du calme, se dit-elle. Il t'appelle sans doute seulement pour te prévenir qu'il ne saura rien avant demain.

— Commissaire Fuller...

— J'ai les résultats.

Tess eut la sensation qu'on la prenait à la gorge, qu'on l'étouffait.

— Et... ? croassa-t-elle.

— Apparemment, ça correspondrait.

Les genoux de la jeune femme se dérobèrent; elle vit des mouches danser devant ses yeux.

— Ça correspondrait ?

— Ce n'est pas parfait, Tess. L'échantillon prélevé sur le corps de votre sœur est trop détérioré. Mais ces analyses sont effectuées à partir de certains paramètres. Et apparemment...

Tess l'entendait, mais ne l'écoutait pas vraiment détailler les résultats. Elle se représentait les petits yeux cruels de Nelson Abbott, lorsqu'il l'avait affrontée, chez lui. Exigeant de savoir ce qu'elle fabriquait dans sa propriété. La menaçant. Se vantant avec jubilation du procès au civil qu'il lui intentait et clamant hypocritement son désir de rendre justice à Lazarus.

Tout cela... alors qu'il était l'assassin de Phoebe. Celui qui l'avait souillée. Tess en eut un violent haut-le-cœur.

— Donc... vous avez eu une bonne intuition, dit le commissaire.

— Et maintenant, qu'est-ce qui se passe ? rétorqua Tess, s'efforçant de parler calmement.

— J'ai contacté Rusty et je lui ai exposé les résultats. Il s'est énervé. Il m'a répondu que ça ne serait pas recevable devant un tribunal, mais je lui ai promis de communiquer le tuyau à Chan Morris et aux autres vautours des médias s'il ne se remuait pas. Du coup, il s'est incliné. Deux de ses gars vont amener Nelson au poste où il sera interrogé.

— Mais pourquoi faut-il l'interroger ? Ces résultats ne constituent pas une preuve suffisante ?

— Eh bien, indubitablement, ça l'implique dans l'affaire.

— Qu'est-ce qu'il leur faut de plus ?

— Tout dépend, répondit vaguement Aldous Fuller.

— Bon... Merci, commissaire. Merci infiniment.

— Vous ne bougez pas, Tess. S'il y a du nouveau, vous en serez informée.

Tess raccrocha.

Julie, qui papotait avec Dawn, observa sa belle-sœur d'un air inquiet.

— Qu'est-ce qu'il y a ? Tu es rouge comme une betterave.

— C'était le commissaire Fuller.

— Qu'est-ce qu'il te voulait ? demanda Julie.

— Ils connaissent le coupable.

— Le coupable de quoi ? rétorqua Julie.

Dawn dévisagea sa fille.

— De quoi parles-tu, ma chérie ?

— La police. Ils savent qui a tué Phoebe. C'était Nelson Abbott.

Julie poussa un cri.

— Quoi ? Non... Mais pourquoi ils penseraient une chose pareille ?

Tess hocha la tête.

— C'est bien lui. Son ADN correspond à celui prélevé à l'époque du crime.

— Oh, mon Dieu ! s'exclama Julie. Tess... Oh, mon Dieu. Quand Jake saura ça. Nelson Abbott. Ce sale hypocrite, ce menteur. Je ne... je n'arrive pas à y croire. Oh, mon Dieu. Il faut que je voie Jake au moment du déjeuner, je veux être la première à le lui annoncer. Je n'ai pas envie qu'il l'apprenne par la télé ou par quelqu'un d'autre. Quand il entendra ça, il va péter les plombs. J'ai intérêt à me dépêcher. À plus tard.

Et Julie s'en fut à toute allure.

Tess décrocha de nouveau le téléphone.

— Je dois prévenir Ben.

Tandis que la sonnerie retentissait à son oreille, Tess regarda sa mère. Dawn était livide,

242

si l'on exceptait les cernes bleuâtres sous ses yeux. Même ses lèvres étaient exsangues.

— Maman, ça va ?

Dawn secoua la tête et entra dans le salon.

— Cottrell et Wayne, déclara la réceptionniste.

— Je souhaiterais parler à Me Ramsey. C'est très important.

— Il n'est pas disponible, répondit une voix catégorique. Puis-je prendre un message ?

— Dites-lui, s'il vous plaît, de rappeler Tess DeGraff. Dès qu'il sera libre. Merci.

Elle raccrocha et, inquiète, rejoignit sa mère. Dawn était sur le canapé, toute tremblante. Elle clignait les paupières, comme si on l'avait frappée et qu'elle était encore groggy. Tess s'assit près d'elle et lui entoura les épaules d'un bras protecteur.

Dawn plongea dans les yeux de sa fille un regard hébété.

— Je n'y comprends rien, Tess. Nelson Abbott ? Comment ce serait possible ? Et toi, tu ne sembles pas... surprise.

— J'ai été... la première à le suspecter. Je me suis procuré un échantillon de son ADN, que le commissaire a envoyé au labo.

— Toi, tu te l'es procuré ? Mais comment ? Et pourquoi Nelson ?

Tandis qu'elle expliquait le raisonnement qui l'avait conduite à démasquer Nelson Abbott, Tess lisait la souffrance sur le visage de sa mère, sa difficulté à se concentrer. Dawn ne pouvait penser qu'à sa petite Phoebe, agressée

243

par deux hommes dépravés, le père et le fils. Tess s'interrompit.

— Il a toujours paru... normal, murmura Dawn, fixant le vide. Un homme ordinaire. Pas un monstre. J'aurais dû me douter. Je me rappelle ce qu'on racontait pendant le procès sur la manière dont il traitait son beau-fils. Je croyais que les gens exagéraient, pour sauver Lazarus. Mais je n'ai jamais imaginé... Dire que Nelson était ici, dans cette pièce, il y a quelques jours, qu'il nous affirmait que Lazarus était coupable...

— Je sais... Maman, je veux être présente quand on l'arrêtera. Il faut que j'aille au commissariat. Si je te laisse seule ici, ça ira ?

— Je vais bien, Tess, répondit Dawn d'un air vague.

— Si M. Ramsey téléphone, dis-lui... dis-lui que je suis au poste de police. Donne-lui mon numéro de portable.

— D'accord. Ne te retarde pas. Ma courageuse petite fille.

Tess embrassa la joue sèche de sa mère et fila prendre sa veste.

Déjà, la rumeur courait dans les rues. La troupe de journalistes avait déserté le parking de l'auberge pour se réunir aux alentours du commissariat. Des policiers entraient et sortaient, refusaient de faire les commentaires réclamés par les reporters qui poireautaient dans le froid, soufflant des panaches de buée qui se découpaient sur le ciel bleu.

Tess vit une jolie jeune femme qui parlait à l'objectif d'une caméra vidéo, avec le bâtiment en arrière-plan. Elle se tenait non loin d'un van portant le logo d'une chaîne de télé locale. Tess tendit l'oreille, mais ne put entendre ce que disait la journaliste. Le dos voûté, elle fourra les mains dans ses poches et espéra qu'on ne la reconnaîtrait pas. Elle n'était pas prête à commenter l'arrestation de Nelson Curtes, c'était elle qui avait soupçonné sa culpabilité, volé la casquette John Deere, et provoqué ce remue-ménage, cependant elle se sentait encore trop ébranlée pour exprimer publiquement son opinion.

Tess sursauta quand, par-derrière, on lui tapa sur l'épaule. Elle pivota. C'était Channing Morris.

— Je ne m'attendais pas à vous rencontrer ici, dit-il.

Son regard luisant de curiosité donna à Tess une envie folle de rentrer dans un trou de souris.

— Il paraît qu'on a arrêté quelqu'un pour le meurtre de votre sœur, enchaîna-t-il, rejetant machinalement en arrière ses cheveux d'un noir luisant.

Elle hésita.

— Arrêté ?

— Enfin... ils sont en train d'interroger un suspect.

Chan secoua la tête, et ses boucles de jais lui retombèrent sur le front.

— On a du mal à admettre qu'après toutes ces années, tout ce qui s'est passé, ils aient pu trouver si vite le véritable assassin.

— C'est stupéfiant, acquiesça Tess qui s'évertuait à ne pas le regarder dans les yeux.

— On risque d'attendre un moment. Je vous offre un café, pour patienter ?

— Eh bien... oui.

Chan désigna le Dunkin' Donuts de l'autre côté de la rue, dont le chiffre d'affaires grimpait en flèche grâce aux médias. Les clients sortaient en file indienne du magasin, avec des plateaux en carton chargés de gobelets de café fumant, de beignets et de sandwichs.

— Allons-y, dit Chan. Au moins, on sera assis.

— D'accord.

Il avait dû être un enfant magnifique, songeat-elle, observant sa mâchoire carrée et ses longs cils noirs. Considération qui, par ricochet, lui fit penser à Erny.

— Je crois qu'hier mon fils a mis de l'animation, chez vous.

— Je vous demande pardon ? fit-il, perplexe.

— Oh... je croyais que vous étiez au courant.

— Au courant de quoi ?

— Mon fils, Erny... il s'amusait, et il est tombé d'un arbre, dans l'enceinte de votre propriété. Jake a dû le conduire aux urgences.

— Vraiment ?

— Heureusement, il ne s'est pas sérieusement blessé. Il a juste eu peur et récolté quelques bleus, ajouta Tess, bien que Chan ne lui ait pas demandé de détails.

— Tant mieux. J'ignorais cet incident.

Il ouvrit la porte et s'effaça pour laisser Tess entrer dans la boutique couleur de chewing-gum rose et blanc. La plupart des gens de télé prenaient leur commande et s'en allaient, de crainte de louper une minute à filmer pour le petit écran ou à enregistrer pour la radio, si bien que les box étaient presque tous libres. Chan en choisit un dans le fond, avec une table en formica beige, et rapporta deux tasses de café.

Tess le remercia. Elle s'assit le dos tourné au comptoir, pour dissimuler son visage. Chan, en revanche, s'installa face à la porte afin de garder un œil sur le commissariat, au cas où quelqu'un apparaîtrait pour faire une déclaration. Il se débarrassa de sa veste molletonnée vert olive. Dessous, il portait une chemise rayée en popeline, aux manches retroussées.

— J'espère que nous saurons bientôt ce qui se trame. On boucle dans pas longtemps et, s'il y a une arrestation, j'aimerais bien que ça fasse la une.

Il souffla sur son café.

— Vous avez une idée de l'identité du suspect ?

Tess continua à remuer son café, les yeux rivés sur la cuillère en plastique. La vapeur qui s'élevait de leurs breuvages brûlants les enveloppait comme un voile complice.

— Non..., répondit-elle.

Les yeux gris pâle de Chan s'étrécirent.

— Selon certaines rumeurs, il s'agirait de... Nelson Abbott.

— Nelson Abbott ? s'exclama-t-elle, simulant tant bien que mal la surprise.

Il hocha la tête.

— Oui, je sais. Ça fout les boules.

247

— Il ne travaille pas pour votre famille ?

— Si, depuis des années. Mon grand-père l'a embauché à l'époque où ils se sont installés au domaine, dès le début. Et ensuite, après sa mort, même pendant cette histoire avec Lazarus, ma grand-mère a gardé Nelson. Elle n'aurait pas pu se débrouiller sans lui. Elle était trop occupée à diriger le journal. Ma mère disait toujours que le *Record* était le seul véritable enfant de Nana.

Chan se pencha et, sur le ton de la confidence :

— Entre nous, vous n'avez pas paru très étonnée lorsque j'ai mentionné Nelson Abbott comme suspect potentiel.

— Ah ? bredouilla Tess.

— Vous étiez au courant, n'est-ce pas ?

— Non, je vous assure.

Chan la considéra d'un air sceptique.

— Il n'empêche que je m'interroge, poursuivit-il. Quel genre de preuve les aurait conduits à Nelson Abbott, après tant d'années ?

Tess écarquilla des yeux incrédules :

— Allons donc... vous plaisantez ? Vous vous posez vraiment la question ? Pensez plutôt aux raisons pour lesquelles on a, au départ, rouvert ce dossier.

— Mais... c'est Ramsey qui l'a fait rouvrir.

Tess se demanda si Chan jouait délibérément l'imbécile. Les analyses ADN constituaient le cœur, le nœud de cette affaire. Elle se souvint de son frère dénigrant Chan Morris, disant que ce n'était pas un journaliste mais un type insignifiant qui s'était contenté de recevoir le *Stone Hill*

248

Record en héritage. Jake n'avait peut-être pas tort.

— Je suis sûre que tout sera bientôt rendu public.

— Vous savez de quelle preuve il s'agit, n'est-ce pas ?

Elle esquissa un petit sourire.

— Je crains de ne pas pouvoir vous aider.

Soudain, on s'agita en tous sens devant le magasin. Chan se démancha le cou pour regarder dans la rue.

— Oh-oh... Il se passe quelque chose.

Tess pivota sur son siège. Elle vit plusieurs personnes qui se regroupaient dans le hall du commissariat.

Chan bondit sur ses pieds et enfila sa veste.

— Allons-y.

Tess le suivit au pas de gymnastique. Tous les journalistes convergeaient vers un podium installé devant le poste de police. Chan réussit à se faufiler au milieu de la foule et laissa Tess se glisser devant lui.

Rusty Bosworth monta sur l'estrade. Tess eut beau se hisser sur la pointe des pieds, elle ne parvint pas à voir qui se tenait dans l'ombre du commissaire aux cheveux flamboyants.

Celui-ci tapota le micro, un sifflement strident déchira l'air limpide et froid.

— Votre attention, s'il vous plaît ! Je sais qu'on a raconté tout et n'importe quoi, aussi je veux juste mettre quelques points sur les *i*. Il est exact que nous avons interrogé une certaine personne sur le meurtre de Phoebe DeGraff. Mais son avocat a soulevé plusieurs problèmes et, pour le moment, nous n'avons procédé à aucune arrestation. Nous ne donnerons donc pas de nom ni de détails...

Un murmure de désappointement et de frustration courut parmi les journalistes, lesquels réalisaient que leur scoop était aussi peu consistant qu'une bulle de savon.

— Dès que nous aurons plus d'informations, nous vous les communiquerons..., dit Rusty Bosworth d'un air sévère.

Les techniciens de la télé commençaient à remballer leur matériel lorsque, subitement, une voix de stentor vociféra :

— Des conneries, tout ça !

Tess se retourna, comme tout le monde, et aperçut son frère Jake, le col remonté jusqu'aux oreilles pour se protéger du froid, ses cheveux châtain doré ébouriffés, son visage rude déformé par la colère.

Rusty Bosworth qui, entouré de policiers, s'apprêtait à réintégrer le commissariat, feignit de ne pas l'entendre, mais Jake n'était pas d'humeur à essuyer une rebuffade.

— C'est des conneries, Bosworth ! L'ADN de Nelson Abbott correspond à celui de l'assassin. Alors, pourquoi vous l'avez pas arrêté ?

— Quoi ? s'exclama Chan. De quoi parle-t-il ?

Comment Jake est-il au courant ? s'étonna Tess. Et puis elle se souvint. Julie était là quand le commissaire Fuller avait téléphoné. Elle avait couru prévenir son mari.

— Il a tué Phoebe ! brailla Jake. Vous avez les résultats de l'analyse ADN pour le prouver et vous vous posez encore des questions ? Mais quelles questions ? Pendant toutes ces années, on a foutu une paix royale à l'assassin de ma sœur, et maintenant on lui permet de rentrer chez lui ? Ce salopard n'a pas à payer pour ce qu'il a fait ?

Les gens autour de Jake essayaient de le calmer, en vain. Il rejeta rageusement leurs paroles apaisantes, leurs bons sentiments.

— Alors, Bosworth ? C'est comme ça que vous traitez un pédophile et un meurtrier ? C'est pas grave de le relâcher, je suppose, puisque c'est votre oncle !

Rusty Bosworth braqua sur la foule un regard noir.

— Je vais laisser répondre l'avocat du suspect.

Il se retourna.

— Maître Ramsey ?

Tess eut l'impression de recevoir un coup au plexus.

— Ben Ramsey ? balbutia-t-elle.

Celui-ci monta sur le podium. Le soleil étincela sur ses cheveux argentés. Il inclina la tête vers le micro.

— Dans l'immédiat, aucune charge n'est retenue contre mon client, aussi je conseille vivement à tous les journalistes ici présents de ne pas diffuser ou publier des commentaires susceptibles d'être considérés comme diffamatoires. Vous voilà prévenus.

Ben Ramsey recula, Rusty Bosworth reprit le micro.

— Bon, le spectacle est terminé ! déclara-t-il d'un ton sec.

Il chuchota quelques mots à l'oreille de deux policiers qui se frayèrent un chemin parmi les journalistes et, se campant de chaque côté de Jake, lui intimèrent de quitter les lieux.

— Encore un mot, déclara Bosworth. Je n'ai jamais prétendu qu'on relâchait notre suspect. L'interrogatoire n'est pas terminé. Quand on aura quelque chose à vous dire, on vous le dira.

Près de lui, impassible, Ben Ramsey fouillait la foule des yeux. Quand il croisa le regard de Tess – blessée, ivre de colère –, elle crut le voir tressaillir.

Traître, pensa-t-elle. Comment avez-vous pu ?

Jake, qui protestait tant et plus, fut chassé, poussé à l'écart du cirque médiatique. Tess s'apprêtait à le rejoindre, quand Chan la retint par la manche.

— Une minute... De quoi parlait votre frère ? Que sait-il sur cette analyse ADN ?

Tess leva les mains, comme pour esquiver ses questions.

— Je n'ai pas de réponse. Franchement. Je ne suis au courant de rien. Il faut que j'y aille.

Chan balaya d'un geste ses dénégations.

— Donc les flics affirment que l'ADN de Nelson Abbott correspondrait aux... anciens prélèvements.

— Encore une fois, je l'ignore.

Chan secoua la tête.

— Je ne comprends pas.

— Qu'est-ce que vous ne comprenez pas ? rétorqua-t-elle, irritée. S'il a violé et tué ma sœur, son ADN est naturellement identique à celui prélevé autrefois sur le cadavre de Phoebe.

Chan pressa une main sur son front, comme si réfléchir était pour lui un effort douloureux.

— Mais Nelson a toujours affirmé que Lazarus était coupable. Il le disait à qui voulait l'entendre...

— Laisser exécuter Lazarus était sans doute beaucoup plus facile pour lui que d'affronter sa propre exécution.

— Pourtant vous juriez que Lazarus était le kidnappeur de votre sœur. Comment avez-vous pu commettre une erreur pareille ? Ces deux-là ne se ressemblent pas du tout.

— Je n'ai pas commis d'erreur, s'énerva-t-elle. Vous ne saisissez pas ? Ils ont fait le coup ensemble.

Chan tressaillit.

— Ensemble ?

Tess se mordit les lèvres – elle en avait trop dit. Il la regardait comme si elle s'était brusquement mise à parler chinois.

— Enfin... je n'en sais rien, répéta-t-elle. Je n'en sais pas plus que vous.

Avant de se détourner, elle vit, à l'expression triomphante de Chan, que ses protestations manquaient de conviction, et venaient trop tard.

19

Depuis que sa mère habitait la région, Tess connaissait un chemin qui partait de la route, à huit cents mètres environ de l'auberge, et qui, après moult méandres, débouchait dans le champ derrière la bâtisse. Elle savait aussi que les journalistes, frustrés de n'avoir rien à se mettre sous la dent et titillés par l'esclandre de Jake, ne tarderaient pas à fondre de nouveau sur la famille DeGraff.

Elle décida donc de passer par ce chemin qui la mena jusqu'au cellier de l'auberge et à la cuisine attenante. Un sifflement perçant écorchait les tympans, et un homme au visage émacié, en parka grise, était immobile près de l'évier. Il se retourna quand Tess entra.

Elle poussa un cri. C'était lui qu'elle avait vu dans le champ, le premier matin, l'inconnu qui l'épiait. Le fumeur de cigarette, dans la voiture, la veille.

Il agita des doigts très blancs.

— Calmez-vous, Tess...

Dawn arriva de la buanderie, chargée d'une pile de torchons.

— Qu'est-ce qui ne va pas, Tess ? Tu n'entends pas la bouilloire ?

Tess comprit immédiatement que sa mère n'était pas surprise de trouver cet individu dans sa cuisine.

— Qui est-ce, maman ? Que fait-il ici ?

Dawn parut embarrassée par la réaction de sa fille.

— Tu ne te souviens pas de M. Phalen ? Kenneth Phalen ?

Tess étudia les yeux caves de l'homme, ses courts cheveux poivre et sel, son teint cendreux qui s'accordait avec la couleur de sa parka. Elle pensa à la coupure de presse, la photo sur laquelle elle avait dessiné des lunettes. Kenneth Phalen.

— Monsieur Phalen ?

— Appelez-moi Ken, répondit-il avec un petit sourire. Nous sommes tous des adultes, à présent.

— Je vous ai aperçu ces temps-ci, dit-elle, circonspecte. Vous étiez... dans les parages.

Dawn se débarrassa des torchons et éteignit le gaz sous la bouilloire.

— Nous allions prendre une tasse de thé. Tu te joins à nous ? proposa-t-elle, versant l'eau bouillante dans deux mugs.

Tess fit non de la tête.

Phalen ôta sa parka qu'il disposa soigneusement sur le dossier d'un des tabourets du comptoir. Dawn lui montra la table du petit déjeuner.

— Asseyez-vous, Ken.

— Excusez-moi, dit-il en passant devant Tess pour s'installer sur l'un des bancs.

Dawn se glissa en face de lui, se poussa contre la fenêtre pour laisser de la place à sa fille.

— Viens t'asseoir et raconte-moi ce qui s'est passé. À propos de Nelson, précisa-t-elle, comme la jeune femme la considérait d'un air déconcerté.

— Rien, rétorqua Tess qui resta debout. Il n'y a rien de neuf. Les policiers interrogent encore... leur suspect. Jake est venu et... il a un peu perdu les pédales.

— Oh, non..., soupira Dawn.

— On ne peut pas en vouloir à ce gamin, intervint Ken Phalen.

— Jake, un gamin ? s'étonna Tess.

— C'est sans doute le souvenir que m'a laissé votre frère.

Tess le dévisagea.

— Au fait, vous n'avez toujours pas répondu à ma question. Qu'est-ce que vous fabriquez ici ?

— Tess..., dit Dawn d'un ton réprobateur.

Phalen remua son café, reposa la petite cuillère sur une serviette en papier.

— Eh bien, le hasard m'a fait rencontrer votre mère, hier soir, à la réunion des CF...

— Je dois avouer que, sur le coup, je ne l'ai pas reconnu.

— J'ai pris de la patine, mais sur moi, ce n'est pas très seyant.

Les Compassionate Friends. Évidemment. Tess eut une bouffée de remords en songeant que sa mère et Ken avaient en commun l'expérience d'un insupportable deuil.

Sa culpabilité, cependant, se dissipa très vite.

– Je vous demandais pourquoi vous étiez en ville. Ça me paraît une drôle de coïncidence... pile au moment où on reparle du meurtre de Phoebe.

— Oh, ce n'est pas une coïncidence. Figurez-vous que j'ai déjeuné avec l'un de mes rédacteurs en chef, qui s'efforce de me donner du travail chaque fois qu'il peut. Nous cherchions des idées, et il a cité cette affaire l'ADN et la question de la peine de mort. Je lui ai dit que j'étais personnellement impliqué dans cette histoire, ce qui l'a beaucoup excité. Il m'a conseillé de venir ici et d'essayer de pondre un article de fond.

— M. Phalen est un auteur, expliqua Dawn.

— Je n'ai jamais terminé ce roman auquel je me consacrais quand j'ai fait votre connaissance, objecta-t-il. Mais j'écris énormément pour les magazines. Mon rédacteur en chef pense que je pourrais avoir un point de vue original sur cette affaire. Après tout, nous étions là quand Phoebe... enfin... à l'époque du crime. Votre famille a logé dans cette auberge durant le procès.

— Quelle chance pour vous d'avoir été, en quelque sorte, aux premières loges, rétorqua Tess, glaciale.

— Je ne sais pas jusqu'à quel point c'est une chance, soupira-t-il. Au début, je ne voulais pas venir. Je n'avais pas remis les pieds ici depuis des années. Depuis la mort de ma fille Lisa. Vous comprenez, je n'étais pas certain d'être... prêt à entreprendre ce voyage.

257

Dawn fixa un regard sévère sur Tess.

— Ken n'est pas ici pour exploiter qui que ce soit.

— Pourquoi étiez-vous sur notre parking, hier soir ?

— Tess, parle sur un autre ton, s'il te plaît.

— J'ai reconnu votre mère, bien sûr, et je souhaitais lui parler, mais je... je ne voulais pas m'imposer.

C'est pourtant exactement ce que vous faites, songea Tess.

— Vous n'auriez pas dû hésiter, lui dit Dawn. J'avais l'impression que vous ne m'étiez pas inconnu, mais je ne vous situais plus. Je suis si contente de vous revoir.

— Je tentais de rassembler mon courage. La perspective de franchir de nouveau cette porte...

Dawn posa sa main sur celle de Ken Phalen.

— Je me réjouis que vous l'ayez finalement franchie. Dans cette maison, vous avez aussi vécu des moments heureux, Ken. Tout n'a pas été mauvais. Vous ne devez pas l'oublier.

Il hocha la tête d'un air pensif.

— Et comment va Mme Phalen ? demanda Tess.

Dawn lui décocha un regard qui était un avertissement.

— Nous sommes divorcés. Elle... elle a passé une période abominable après la mort de Lisa. Elle a sombré dans l'alcool, et elle refusait de se soigner.

— Quel dommage...

— Je la comprenais mais, pour moi, ce n'était plus supportable.

Il but une gorgée de thé, reposa précautionneusement son mug devant lui.

— Alors, d'après votre mère, il paraîtrait qu'on a épinglé le véritable assassin ?

— Grâce à Tess, dit Dawn avec fierté.

— Vraiment ? Comment cela s'est-il produit ?

— Je ne suis franchement pas d'humeur à donner des interviews. Erny est rentré, maman ?

— Oui, il est dans votre chambre.

Tess tourna les talons et quitta la cuisine, pestant contre Ken Phalen et sa curiosité déplacée.

Encore un opportuniste, se dit-elle. Allons-y, n'y pensons plus.

Elle respira à fond, toqua à la porte de la chambre et pénétra dans la pièce. Étalé sur son lit, Erny était plongé dans son album de grilles de sudoku. Tess s'assit près de lui.

— Salut... Alors, cette promenade avec Leo ?

— Bien, répondit-il en haussant les épaules.

— Et ta tête ?

— Ça va. Je peux aller pêcher avec oncle Jake, demain ?

— Non, dit-elle d'un ton trop brusque. Mais peut-être que demain, ajouta-t-elle en caressant les boucles emmêlées de son fils, on pourrait faire une sortie, s'amuser tous les deux.

— Ouais, peut-être, marmonna-t-il.

Les sourcils froncés, il s'écarta de Tess et se laissa glisser à bas du lit.

259

— J'ai faim, je vais à la cuisine.

— Ne te coupe pas l'appétit, ce sera bientôt l'heure du dîner.

Elle le suivit dans le couloir et referma la porte. Dawn, qui passait, ébouriffa les cheveux d'Erny.

— Il veut grignoter un petit quelque chose, dit Tess.

— Il sait où sont rangées les provisions.

— Où est Phalen ?

— Il est parti. Certainement parce qu'il ne s'est pas senti le bienvenu. Pourquoi t'es-tu comportée de cette façon ? Kenneth était mon invité.

— Ton soi-disant invité est un journaliste, maman. Tu lui offres le billet d'entrée dont rêve chacun des charognards qui font le guet à l'extérieur de l'auberge.

— Nous avons discuté, Tess. Kenneth et Annette nous ont aidés autrefois, dans des moments atroces. Je leur en serai éternellement reconnaissante.

— Ne t'inquiète pas. Tu es en train de t'acquitter de ta dette.

— Tes réactions m'échappent. Tu t'es montrée impolie à son égard dès la seconde où tu as posé les yeux sur lui.

— Je le vois rôder autour de cette maison depuis des jours ! s'indigna Tess.

— Il s'efforçait de trouver le courage d'affronter le passé. Tu as donc tant de mal à imaginer ça ?

— Ça ne me plaît pas, s'obstina Tess, croisant les bras. Et subitement il a le courage de revenir

260

ici ? Maintenant qu'il y a une histoire à écrire, qui lui rapportera probablement un bon paquet d'argent ?

— Oh, Tess... Ce n'est pas aussi simple. Il a énormément souffert. Il sait que je suis mieux placée que quiconque pour le comprendre.

— En d'autres termes, maman, tu es une proie facile.

Dawn secoua la tête.

— Tess... il faut que tu fasses un peu confiance aux gens.

Tess pensa à Ben Ramsey. Il avait feint de cogiter avec elle sur l'assassin de Phoebe, comme si la question lui tenait à cœur. Il avait téléphoné pour prendre des nouvelles d'Erny. C'était lui qui était venu la débusquer. Lui qui flirtait avec elle, à sa manière si prudente. Et maintenant, voilà que le séduisant avocat, qui commençait à envahir les rêves éveillés de Tess, s'affairait à chercher une échappatoire pour Nelson Abbott, un moyen de le disculper.

Sa trahison fit monter les larmes aux yeux de la jeune femme. Elle les ravala aussitôt. Comment parler de trahison, alors qu'il ne lui avait promis aucune espèce de fidélité ? Seigneur, il ne l'avait même pas invitée à dîner. Elle avait imputé ce manque d'empressement à son veuvage, non au fait qu'elle ne l'intéressait pas. À présent, elle s'en voulait de s'être figuré que l'attirance qu'elle éprouvait pour lui était réciproque. Tout cela n'était qu'une illusion.

261

Il lui en coûtait de l'admettre, mais le fait est qu'elle n'avait pas vraiment vu cet homme tel qu'il était.

— Tout le monde souffre, maman, dit-elle. Cela ne signifie pas que les gens méritent tous ta confiance.

20

Le lendemain matin, le ciel était clair, bleu-gris, et il faisait froid. Lorsque Tess se réveilla, Erny avait déjà quitté la chambre. La première chose que vit Tess dans le couloir, sur la console près de la salle à manger, fut la pile de journaux, bien nette, et la manchette du *Stone Hill Record* : « Nelson et Lazarus Abbott : "Ils ont fait le coup ensemble", déclare la sœur de la victime. »

Tess rougit. Chan Morris, qui finalement n'était pas si bête que ça, avait bien profité de sa bévue. Elle parcourut rapidement l'article, sous le gros titre, qui reprenait l'accusation qu'elle avait lancée de façon si irréfléchie. Puis elle replia le quotidien, hésita, faillit un instant cacher toute la pile de journaux. Elle soupira – ça ne servirait à rien. Elle avait prononcé ces mots et, maintenant, elle devrait en assumer les conséquences.

Elle trouva sa mère avec Erny, en train de terminer le petit déjeuner. Dawn leva vers elle un regard las.

— Bonjour, ma chérie.

— Tu as lu le *Record* ?

Dawn acquiesça.

— J'aurais dû fermer mon clapet, marmonna Tess en se servant une tasse de café.

— Il y a eu beaucoup d'appels. J'ai envoyé tous ces gens sur les roses.

— Des journalistes ?

— Oui, et un des garçons de ton équipe. Wade... j'ai oublié son nom. Il espérait que ce n'était pas trop tard pour débarquer et commencer à filmer.

— Wade Maitland, compléta Erny d'une petite voix.

— Becca devait avoir le dos tourné. Eh bien, la réponse est toujours négative. Jamais de la vie, décréta Tess.

— C'est ce que je lui ai dit, rétorqua Dawn.

— Merci, maman.

Ni l'une ni l'autre n'évoqua leur différend à propos de Ken Phalen. Tess s'assit à côté de son fils.

— Comment va ?

Il haussa les épaules.

— Bien...

Dawn se leva et prit son assiette vide pour l'emporter dans la cuisine et la mettre au lave-vaisselle. Erny s'apprêtait à la suivre, mais Tess lui demanda de rester encore un instant. Erny obéit à contrecœur.

— Qu'est-ce qu'il y a ? ronchonna-t-il.

Tess le contempla un instant. Aux petites heures du jour, après une autre nuit sans sommeil, elle s'était remémoré le conseil de son amie Becca : pratiquer une activité divertissante avec son fils tant qu'ils étaient dans le New

Hampshire. Elle pensa au désir d'Erny d'aller à la pêche avec son oncle, même si, par la négligence de Jake, il était tombé d'un arbre.

Aussi, ce matin, Tess voulait s'éclipser, oublier Nelson Abbott et laisser la justice suivre son cours. Malgré les efforts acharnés de Ben Ramsey pour la contrecarrer, cette justice, il n'y avait plus qu'à patienter – c'était donc une occasion idéale de se consacrer à Erny, pour changer. Car Tess avait l'impression d'avoir traîné son petit garçon comme une sorte de valise supplémentaire, vu le peu de temps qu'elle avait passé avec lui depuis leur arrivée.

— Erny, je sais que ce séjour n'a pas été rigolo pour toi. J'ai été préoccupée par cette histoire d'ADN, et toi, tu as dégringolé d'un arbre alors que tu étais censé t'amuser avec oncle Jake.

— Bof, c'est pas grave.

Tess lui donna une petite claque sur le bras.

— Si... si, c'est grave. Je ne parlais pas à la légère, quand j'ai dit qu'aujourd'hui, je voulais qu'on fasse un truc chouette. Rien que toi et moi.

Erny la considéra d'un air suspicieux.

— Quoi ?

— Qu'est-ce que tu aimerais faire ? On pourrait aller au cinéma à North Conway. Ils passent sans doute les derniers films sortis.

Tess adressa un signe à sa mère qui revenait dans la salle à manger, portant une corbeille de muffins pour le buffet du petit déjeuner.

— Qu'est-ce que vous complotez, tous les deux ? questionna-t-elle en s'arrêtant près de leur table.

— Aujourd'hui, on va s'amuser, lui répondit Tess.

— Une balade en canoë ! s'exclama soudain Erny. Comme la fois avec oncle Jake !

Naguère, en été, Jake leur avait effectivement organisé une mini-expédition en canoë. Ils avaient franchi plusieurs rapides de la rivière et failli chavirer deux fois. À un moment, leur embarcation s'était coincée sous une branche d'arbre tombée, et il avait fallu vingt minutes à Jake pour les dégager. Erny avait adoré.

— Oh, je ne crois pas, Erny... Je ne suis pas une championne de canoë. Tous les deux seuls, je ne serais pas très à l'aise.

— On n'a qu'à dire à oncle Jake de nous accompagner.

Tess se sentit brusquement piégée par son initiative. Il n'était pas question de demander à son frère de les emmener, pas après leur dispute à l'hôpital.

— Chéri, il y a eu un gros orage l'autre jour. Les rapides seront trop dangereux.

— Tu as dit qu'aujourd'hui, on ferait ce que je veux, protesta Erny.

— Et le lac ? suggéra Dawn. Au ponton Mayer, on loue des canoës. C'est une belle journée, il n'y aura pas la moindre vaguelette. Vous pourriez pagayer jusqu'à la plage et y pique-niquer.

L'un des clients de l'auberge, vêtu d'une veste à coudières de cuir et qui se dandinait devant le buffet, se tourna vers eux.

— Excusez-moi de vous interrompre, dit-il à Dawn. Auriez-vous encore du muesli ?

— Bien sûr. Un instant.

Dawn posa la corbeille de muffins sur le buffet, et emporta le compotier vide.

Tess observait sa mère, songeant que son idée était sans doute la meilleure solution. Mais elle bloquait. Elle qui autrefois attendait chaque année avec tant d'impatience de camper en famille dans la région fuyait maintenant le lac et les bois environnants. La perspective d'aller là-bas lui donnait la sensation d'être vulnérable, exposée à un effroyable péril. La mort de Phoebe avait bien sûr enraciné cette angoisse dans son cœur. Jamais elle ne s'en délivrerait, il fallait l'accepter. C'était comme un handicap avec lequel elle avait appris à vivre.

« Tu en feras une chochotte », lui avait dit Jake à propos d'Erny. Certes, elle n'avait aucune intention de prendre exemple sur son frère en matière d'éducation. Néanmoins, elle reconnaissait qu'il était malsain d'inoculer ses peurs à son fils.

— D'accord... Qu'est-ce que tu penses de ça ? On fait du canoë sur le lac. Juste toi et moi, pour cette fois.

— Super. On emporte un pique-nique ?

— Évidemment, répondit Tess, soulagée de voir qu'Erny retrouvait son enthousiasme.

— Génial !

— Va chercher tes affaires.

Il bondit de sa chaise et se rua hors de la salle à manger. Tess le regarda filer, s'efforçant de calmer l'appréhension qui lui serrait la gorge. *Tu peux y arriver. Pour Erny, tu peux le faire.*

Elle suivit le panneau indiquant le ponton Mayer, qui la conduisit au bout d'un chemin de terre cahoteux. Cependant, lorsqu'ils atteignirent enfin la clairière au bord du lac, l'endroit était désert. Les canoës empilés sur une structure métallique étaient recouverts d'une bâche et, sur la cabane où on louait les embarcations, était cloué l'écriteau « Fermé ».

— Oh, non..., gémit Erny.

— La saison est finie, évidemment. Pourquoi n'y ai-je pas pensé ?

— On peut pas y aller ?

Tess, désemparée, balaya la clairière des yeux. Secrètement, elle n'était pourtant pas mécontente de tomber sur un os. Pour elle, ces bois seraient à tout jamais le lieu où un maniaque pouvait aisément se tapir. Déjà, être entourée de ces pins sombres et sinistres déclenchait en elle un profond malaise. *Tu as essayé,* se dit-elle. *Tu as fait de ton mieux.*

Mais la déception qu'elle lisait dans le regard d'Erny l'aiguillonna. *Non, tu n'as pas fait le maximum.*

— Une petite minute...

Une maisonnette était nichée au milieu des arbres. Elle semblait inoccupée, mais Tess

268

remarqua de la fumée qui s'échappait de la cheminée et un vieux pick-up garé tout près. Elle monta les marches branlantes du porche et frappa à la porte.

Un vieil homme voûté apparut sur le seuil, en chemise de flanelle, la mine revêche.

— Ouais...

— Ce sont bien vos canoës ?

— On est fermé.

— Je sais, et je suis désolée de vous déranger. Mon fils et moi, nous sommes en vacances chez ma mère, qui habite ici, et nous espérions...

Tess nota la lueur qui s'alluma dans l'œil de son interlocuteur quand elle mentionna que sa mère était du coin. Dans une ville touristique, c'est toujours un bon point.

— C'est que j'ai pas beaucoup de clients à cette époque de l'année, expliqua-t-il d'un ton bourru.

— Bien sûr, j'aurais d'ailleurs dû y penser. Mais je... ce ne serait pas possible, par hasard, de louer un canoë pour deux ou trois heures ?

Le vieil homme hésita, le front plissé, lança un regard de regret à sa télé dont l'écran papillotait. Puis il grogna, mais coiffa un chapeau cabossé et sortit. Gêné par une légère claudication, il se dirigea péniblement vers la flottille de canoës, souleva la bâche et entreprit de dégager une des embarcations.

— Youpi ! s'écria Erny, gambadant dans la clairière.

— Vous avez besoin d'un coup de main ? demanda Tess.

269

— Non... Attendez en bas.

— Bravo, maman, chuchota Erny, tandis qu'ils gagnaient le bord de l'eau.

— Merci...

Elle regarda, de l'autre côté du lac, la plage du terrain de camping, que surplombait la montagne. A priori, ce n'était pas à des kilomètres de distance, et l'eau semblait effectivement calme. Pourtant Tess était nerveuse.

Le vieil homme descendit le canoë, retourna chercher les pagaies et – à la demande de Tess – des gilets de sauvetage.

— Ce n'est pas dangereux de ramer jusqu'à cette petite plage, là-bas ? le questionna-t-elle.

— Non, ça ne risque rien. Évitez seulement les rochers de ce côté.

Tess observa avec angoisse les roches où elle avait autrefois vu son frère se balancer au bout d'une corde, à la manière de Tarzan, iodlant et clamant son invicibilité pour épater ses jeunes spectatrices.

— Vous savez manœuvrer cet engin, tous les deux ?

— Oui, on sait ! répondit Erny.

Tess n'était pas si affirmative.

— On donne un coup de pagaie et, à la fin, on redresse la pelle pour ne pas dévier de la trajectoire, n'est-ce pas ? dit-elle, se remémorant leur excursion avec Jake.

— Ou vous donnez un coup et vous appuyez le manche contre la coque.

— Allez, on y va, s'écria Erny, impatient.

Il saisit le sac en plastique qui contenait leur déjeuner, et sauta à l'arrière du canoë.

— Non, mets-toi à l'avant, fiston. Laisse ta mère s'installer à l'arrière.

Erny s'exécuta.

— Bon, dit le vieil homme à Tess. Montez, je vous ferai passer les pagaies.

Le loueur voulut donner à Erny une petite rame, mais l'enfant décréta qu'il était capable de se débrouiller avec une grande. Le vieux haussa les épaules et lui en tendit donc une autre. Tess préféra ne pas décourager son fils, même s'il lui paraissait présumer de ses forces. Malgré les protestations d'Erny, elle insista pour qu'ils enfilent leur gilet de sauvetage – en l'occurrence une veste orange tachée et effilochée, qui semblait devoir couler à pic au contact de l'eau.

— Qu'est-ce qu'il y a dans ce sac ? demanda le bonhomme.

— Notre déjeuner, répondit fièrement Erny.

— Ça risque d'être tout mouillé.

Il avait hélas raison. Dawn avait tenté de convaincre sa fille d'emporter une glacière, mais Tess était pressée et avait refusé de s'encombrer.

— On s'en fiche, déclara Erny. Allez, maman, on y va.

Tess empoigna fermement sa pagaie, tandis que le vieux monsieur poussait le canoë qui glissa sur l'eau. Le périmètre du lac était bordé de résineux et d'arbres à l'écorce grise, aux branches presque nues. Les montagnes se découpaient sur le ciel, festonnées de pins. Le lac était argenté, le silence régnait alentour, à

271

peine troublé par des cris d'oiseaux et parfois un éclaboussement d'eau, lorsqu'un poisson jaillissait à la surface pour disparaître aussitôt.

Erny contemplait le spectacle de la nature avec une telle expression de ravissement candide que, l'espace d'un instant, Tess fut vraiment heureuse d'avoir surmonté son angoisse.

Elle laissa le canoë glisser encore, jusqu'à ce qu'ils se soient éloignés du rivage, après quoi elle plongea sa pagaie dans l'eau.

Cependant, elle avait beau abaisser et soulever la rame du mieux possible, en exécutant le mouvement dans les règles de l'art, le canoë s'obstinait à tournoyer.

— Erny, tu devrais m'aider...

— Oui, oui...

Il se retourna, leur petit bateau gîta; Erny saisit sa rame, sous le siège derrière lui. Il la dégagea, la planta dans l'eau et bientôt... la lâcha. La pagaie se mit à voguer sur le lac.

— Maman, oh non... regarde, gémit-il en se penchant par-dessus bord pour tenter de la rattraper.

— Erny, assieds-toi ! cria-t-elle. Tu vas nous faire chavirer !

— Ma rame !

— Tiens-toi tranquille. Je vais essayer de la récupérer.

Le cœur de Tess cognait dans sa poitrine. C'était exactement le genre de mésaventure qu'elle avait redoutée. Chaque fois qu'elle soulevait sa pagaie et la ramenait contre elle, leur déjeuner prenait une douche. L'embarcation répondait à ses frénétiques coups de rame par des soubresauts. Erny surveillait anxieusement sa propre pagaie qui semblait résolue à naviguer en solitaire.

— Dépêche, maman. Il faut la rattraper.

— Je sais, dit-elle, les avant-bras déjà douloureux. Je fais le maximum.

— Allez, tu y es presque.

Dans un ultime effort, Tess réussit à s'approcher de la rame. Se servant de la sienne comme d'une gaffe, elle parvint à stopper la fugueuse puis à la guider vers le canoë. Ce fut alors qu'Erny se pencha de nouveau.

— Erny, non...

Mais avant qu'elle puisse lui ordonner de se rasseoir, il agrippa le manche de la rame et le tira brutalement vers lui, par-dessus le bord de l'embarcation. La pagaie dégoulinante chancela un instant et tomba dans le petit bateau.

— Très bien, susurra Erny.

Tess souleva sa rame hors de l'eau et souffla. Elle laissa le canoë dériver un moment. La plage, qui tout à l'heure avait l'air si proche, lui paraissait maintenant à une distance effarante. Et puis il ne fallait pas oublier les rochers. Qu'arriverait-il si des écueils se dissimulaient sous la surface et que leur embarcation les heurtait accidentellement ?

— Écoute, Erny. Je ne suis pas sûre que ce soit bien raisonnable d'aller jusqu'à la plage.

— Ce n'est pas loin.

— Quand on ne sait pas trop ce qu'on fait, ça l'est.

— Mais tu avais promis qu'on pouvait...

Tess avait la sensation que toute sa confiance – si fragile – s'était enfuie avec la pagaie vagabonde.

— S'il te plaît, Ernie, arrête. Je sais ce que j'ai dit, mais...

— Oh, maman, regarde !

Les yeux ronds, Erny pointait le doigt vers le rivage. Tess scruta les arbres et s'apprêtait à l'interroger – qu'y avait-il donc à regarder ? – quand elle vit, immobile au bord de l'eau et qui les observait, un grand élan aux yeux doux et aux bois aplatis en éventail.

— Tu le vois, maman ?

— Oui. C'est incroyable.

— Coucou, monsieur Wapiti ! appela Erny.

— Chut, tu vas l'effrayer.

Mais Tess souriait, attendrie par le spectacle inattendu de l'élan et par la joie de son fils qui avait repéré l'animal dans son environnement protecteur.

— Ouah, quand je raconterai ça à Jonah !

Tess réalisa que, même en cet instant exaltant, Erny pensait à la maison. Et il n'était pas le seul.

— On peut s'approcher davantage ?

— Je ne veux pas que le bruit de l'eau l'effarouche.

Tenant compte de sa mise en garde, Erny se figea, telle une statue, et contempla, émerveillé, le magnifique cervidé. Impassible, l'élan les étudia également quelques minutes, puis il baissa la tête, fit demi-tour pour se retirer dans les bois, et s'en fut d'un pas traînant dans la direction opposée à la plage.

— Il est parti, se désola Erny.

— Il est sauvage, dit Tess. Il n'a pas envie qu'on s'approche trop de lui.

Étrangement, la vue de cet élan semblait lui avoir rendu sa confiance. Comme si son apparition était un signe.

Cette excursion, aujourd'hui, était décidément une excellente idée. Ce serait pour Erny une aventure mémorable. Et, pour Tess, l'occasion de se guérir une fois pour toutes de la peur névrotique qui la paralysait depuis si longtemps.

Après tout, en ce moment même, Nelson Abbott devait être sous les verrous. Grâce à la détermination de Tess. Il n'y avait désormais plus rien à craindre.

— Bon, maintenant tu prends ta pagaie, commanda-t-elle gentiment à son fils. Prochain arrêt, la plage.

21

— Regarde, il y a une table pour pique-niquer ! s'exclama Erny, alors que leur canoë arrivait en vue du rivage.

Tess observa la colline tapissée de végétation persistante qui descendait jusqu'à l'étroite bande de sable. Le lac clapotait sagement sur les galets de son lit.

— Oui, je sais...

Erny se tourna vers elle, les yeux écarquillés.

— Tu es déjà venue te baigner ici ?

— Oui... Il y a longtemps.

Il se pencha sur la proue de l'embarcation, impatient, scrutant la berge.

— Attention à ta rame, Erny. Enfonce la pelle dans les galets. Ça servira de frein.

Erny planta la pagaie dans le fond, le canoë fit une embardée, stoppa, puis, telle une toupie, vira bord pour bord.

— Doucement, mon chéri. Soulève la rame et garde-la hors de l'eau. Voilà, comme ça. On va monter sur le sable. Regarde-moi et fais comme moi.

Docile, Erny analysa puis imita les gestes de sa mère. L'embarcation prit le courant, crissant sur le fond inégal, et enfin sur le sable.

— Super, s'extasia Erny. On a réussi. On y est.

— On y est, acquiesça Tess, alors que son fils sautait déjà sur la plage.

Comme lui, Tess débarqua également par l'avant du canoë qu'ils tirèrent ensemble sur l'herbe roussie, assez loin pour qu'une vague provoquée par un bateau à moteur ne risque pas de l'atteindre et de l'aspirer loin de la berge. Certes, ils ne seraient pas complètement coincés ici. Des routes conduisaient aux terrains de camping du parc national, et des sentiers les ramèneraient à travers bois jusqu'à Stone Hill. L'un d'eux débouchait même derrière l'auberge. Cependant Tess ne se voyait pas nager dans l'eau glacée à la poursuite d'un canoë en cavale, ni rentrer en ville à pied.

Pas dans ces bois.

Erny galopait sur la plage, s'accroupissait pour admirer quelque trésor grossi par l'eau comme par une loupe, ou jetait un bout de bois sur le miroir du lac, tandis que Tess retirait leur déjeuner de l'embarcation.

— Dommage que j'aie pas pris ma canne à pêche, dit Erny. J'en ai fabriqué une. Je te l'ai raconté ?

— Oui, tu me l'as raconté.

— J'espère qu'oncle Jake s'est rappelé d'aller me la chercher.

— Ne compte pas trop sur ton oncle, marmotta Tess.

— Quoi ?

Tess réprima un soupir.

— Si on s'installait à cette table pour manger ? proposa-t-elle.

— Tu crois qu'on devrait allumer un feu ?

— Nous n'avons rien à faire cuire.

— On pourrait en allumer un juste pour se chauffer les mains.

— Bon, alors un tout petit, accepta Tess, tout en se demandant si le règlement du parc n'interdisait pas les feux sur la plage. Quand on aura fini de déjeuner, peut-être.

— Wouah, super ! s'écria Erny qui virevolta, les bras largement écartés.

Tess, qui s'était culpabilisée de lui avoir fait louper une partie de pêche, se réjouit. Erny était enchanté. Elle avait eu mille fois raison de venir ici. Ses peurs la quittaient, s'envolaient dans l'air pur comme des ballons. Il était grand temps de s'emparer de ce somptueux paysage, de se l'approprier pour le bien-être de son fils. Il était temps de se dépouiller des atroces souvenirs du passé.

— La prochaine fois, dit-elle, peut-être qu'on la prendra, ta canne à pêche. Et cet été, on pourrait venir nager ici.

Erny s'était attablé, assis sur le banc face à Tess, et dévorait déjà son sandwich.

Elle poussa vers lui une brique de jus de fruits.

— Bois un peu.

Il mangea et but en silence quelques minutes, observant les environs avec satisfaction.

— Ça me plaît, cet endroit, décréta-t-il. C'est comme une cachette secrète.

278

Elle hocha la tête, jeta un regard circulaire tout en mastiquant une bouchée de sandwich.

— Oui, n'est-ce pas ?

Soudain il s'interrompit et leva un doigt, l'air théâtral.

— Attends...

— Quoi donc ?

— J'entends quelque chose. Écoute..., chuchota-t-il.

Elle tendit l'oreille. En effet, elle perçut le bruit d'un moteur dans les bois.

— Il y a quelqu'un dans le coin, constata-t-elle.

— Des extraterrestres, murmura-t-il, les yeux exorbités.

Son imagination fertile la fit sourire.

— Des campeurs, plus vraisemblablement. Il y a des terrains de camping, par là-bas. À moins que ce soient des pêcheurs. C'est un parc national, mon poussin. Nous ne sommes pas les seuls à nous y promener.

Erny secoua la tête.

— Des extraterrestres, répéta-t-il, solennel.

— Hmm, va savoir... Tu veux une orange ?

— Non, des biscuits.

Tess fouilla dans le sac.

— Tu as de la veine, dit-elle, brandissant un sachet en plastique plein de mini-barquettes. Elle en donna quelques-unes à Erny qui les engouffra goulûment.

— Je peux jouer à l'explorateur ? demanda-t-il – il regardait avec curiosité du côté de la forêt qui frangeait la colline et l'étroite plage.

— On pourrait faire une petite balade. Il nous faut ramasser des brindilles et des bûchettes pour notre feu.

— Ah oui... Dans quoi on va les transporter ?

Le sourcil froncé, il chercha autour de lui. Puis, tout à coup, sa figure s'éclaira.

— J'ai une idée !

Il baissa le zip de son sweat-shirt qu'il enleva. Dessous, il n'avait qu'un T-shirt.

— On les mettra là-dedans.

— Tu vas avoir froid, mon chou.

— Je suis mieux sans ce truc, insista-t-il.

À l'instar de tous ses camarades, même en hiver, Erny partait chaque jour à l'école avec un simple sweat-shirt en guise de manteau. Il prétendait invariablement que ça lui suffisait et, elle devait bien l'admettre, il ne semblait pas en mauvaise santé. Elle se rappelait souvent les paroles de sa grand-mère, la mère de Dawn, affirmant que le froid était revigorant pour un enfant. Peut-être n'avait-elle pas tort.

— Si tu as chaud, à quoi bon faire du feu ? le taquina-t-elle.

— Maman..., se plaignit-il, accablé par une logique aussi terre à terre.

— D'accord, d'accord. Elle est très futée, ton idée. Mets quand même ton sweat sur l'envers, qu'il ne soit pas truffé d'échardes quand tu le renfileras.

Toujours docile, Erny retourna le vêtement, y compris les manches. À cet instant, le portable de Tess sonna. Elle le prit dans la poche de sa veste et vérifia le numéro de son correspondant.

L'Auberge de Stone Hill. Une bouffée d'angoisse lui serra la gorge. Sa mère n'était pas du style à téléphoner pour un oui pour un non.

— Excuse-moi, poussin, il vaut mieux que je réponde... Maman ? Que se passe-t-il ?

— Tess, tu ne vas pas le croire...

Erny s'était levé de table et commençait à remplir sa capuche de brindilles qu'il glanait entre les feuilles.

— Reste à un endroit où je peux te voir, lui dit Tess.

Erny opina et poursuivit sa cueillette. Tess l'observa un instant puis reporta son attention sur Dawn.

— Qu'est-ce qu'il y a, maman ?

— Nelson Abbott...

— Eh bien ?

— Ils l'ont... relâché.

Tess se figea.

— Quand ?

— Cette nuit, apparemment. Un journaliste qui a téléphoné ici vient juste de me l'apprendre. L'avocat, ce Ben Ramsey qu'a engagé Edith, a persuadé le juge qu'il n'y avait rien de probant contre Nelson. On ne l'inculpera pas, il est libre.

— Je ne comprends pas. Ils ont l'ADN. Qu'est-ce qu'il leur faut de plus ?

— C'est tout ce que je sais, chérie. L'avocat de Nelson les a convaincus.

Le diable l'emporte... Ben Ramsey, le fin renard aux yeux bleu faïence, avait trouvé la faille.

— J'ai dû violer les droits civils de Nelson, je suppose. Mais qu'est-ce qui est le plus important ? La manière dont on s'est procuré son ADN, ou le fait qu'il a tué ma sœur ?

— Je l'ignore, répondit Dawn d'un ton las. Je ne suis pas avocate.

Le cerveau de Tess était en ébullition. Il existait des procédures légales à respecter, certes, mais à présent qu'on savait Nelson Abbott coupable, pourquoi la police ne le retenait-elle pas jusqu'à ce qu'on obtienne une preuve par des moyens plus... orthodoxes ? En outre, Tess était à peu près sûre que les simples citoyens étaient autorisés à entreprendre des actions interdites aux policiers. Par exemple, ils pouvaient enregistrer des communications sans être accusés d'écoute téléphonique ou de traquenard. Sans doute était-on dans le même cas de figure, non ?

— Tess ?

— Oui, je suis là. Bon... on va rentrer. Erny ne sera pas content, mais...

Il n'était plus sur la plage. Pas assez de brindilles et de bûchettes sur le sable, se dit-elle. Il devait être monté jusqu'à la lisière des bois.

Tout à coup, venant des bois justement, elle perçut l'ébauche d'un cri. Ses sens, ses entrailles lui soufflèrent que c'était son fils qui l'appelait. Elle scruta les alentours, se raisonna : non, son imagination lui jouait des tours. Et puis, clairement, elle entendit un gémissement, et le claquement d'une portière ou d'un coffre de voiture.

— Erny !

— Qu'est-ce qu'il y a ? demanda Dawn, à l'autre bout du fil, alarmée par le ton paniqué de sa fille.

— Je te rappelle.

Elle coupa la communication et s'élança.

— Erny ! Où es-tu ? Réponds !

Il y eut un bruit de moteur qui s'emballait, un hurlement strident de pneus.

— Erny ?

Non... non. Surgis de derrière un arbre en criant : coucou ! Fais-moi une peur bleue.

— Erny !

Elle grimpa en courant la colline, trébuchant, lançant le nom de son petit garçon à tous les échos, fouillant le paysage des yeux. Elle s'enfonça dans les bois et se dirigea vers le sentier qui menait aux terrains de camping. Pas de voiture, mais de la poussière qui restait en suspens dans l'air. Des aiguilles de pin et des fragments de feuilles retombaient paresseusement sur le sol, là où un véhicule avait démarré.

— Erny, où es-tu ?

Pas de réponse. Elle regarda autour d'elle, ne remarqua rien de spécial. Encore et toujours des aiguilles de pin, des feuilles mortes parmi des buissons et des arbres dont certains demeuraient étrangement verts malgré l'approche de l'hiver.

— Erny...

Elle flanquait des coups de pied dans le tapis de feuilles, se précipitait d'un côté puis de l'autre, scrutait le sentier, réduite à l'impuissance, en quête d'une trace de son enfant.

— Oh, mon Dieu..., gémit-elle.

Non, non. Ce n'est pas possible. Il se cache. Il est là.

Elle retourna vers la plage, s'engagea sur un autre sentier. Son cœur battait à se rompre, elle trébucha, se cogna à un rocher, tandis que le bout de sa botte butait contre quelque chose de mou, de pesant. Quelque chose qui céda, bougea.

Une main aux doigts repliés.

Tess se mordit les lèvres pour étouffer un cri. Son premier réflexe fut de reculer d'un bond, mais elle se contraignit à s'approcher pour voir.

Un homme était étendu par terre, les yeux grands ouverts. On ne pouvait plus rien pour lui, Tess le comprit immédiatement. Sous sa tête, du sang rougissait les feuilles, dégoulinait dans son cou et collait ses courts cheveux grisonnants. Nelson Abbott, bouche bée, semblait stupéfait par la soudaineté de sa mort.

Près de lui, un trou. Une tombe, abandonnée à peine commencée – de toute évidence, le fossoyeur avait été dérangé dans sa besogne.

— Oh, mon Dieu, balbutia Tess. Oh, Seigneur...

Se détournant de l'homme assassiné, elle observa les arbres qui bruissaient dans la brise légère.

— Erny ?

Alors, avant même qu'elle puisse formuler mentalement la question qui s'imposait à présent, son regard se posa sur un pitoyable petit paquet, juste au-delà du rocher. Cette vision fut pour elle plus horrible que le spectacle d'un crâne ensanglanté, fracassé. Car jeté sur le sol par quelqu'un qui ne savait pas ce qu'il jetait ainsi ou s'en fichait pas mal, gisait un sweat-shirt à capuche, bien attaché afin de former un baluchon, à moitié rempli de petit bois.

22

De ses mains gantées, le policier en uniforme pressait un sweat-shirt ouatiné sur la truffe du chien en laisse. Rejetant sa tête noire en arrière, l'animal replongea le museau dans l'étoffe, puis s'écarta nerveusement du vêtement qu'on lui présentait.

— OK, Diablo, dit son maître. Cherche.

Le chien s'éloigna avec son maître, reniflant le sol et les troncs d'arbres.

— On perd du temps, répéta Tess. Erny n'est pas dans ces bois. Il m'aurait entendue l'appeler. Il serait revenu. Vous ne comprenez donc pas ?

Rusty Bosworth croisa les bras sur sa large poitrine, plissant les yeux pour scruter les taillis.

— Il y a des gamins qui se perdent là-dedans sans arrêt. S'il est dans les parages, on le trouvera.

Les voitures de patrouille et les véhicules des volontaires embouteillaient les chemins qui sillonnaient le terrain de camping. On avait organisé une battue pour rechercher Erny. Les photographes et autres cameramen étaient contenus derrière un cordon de police, cependant on entendait en permanence le sourd brouhaha de leurs conversations.

— Je vous ai dit ce qui s'est passé. Erny a dû être témoin de... de quelque chose ! s'énerva Tess, incapable de se dominer. L'assassin de Nelson Abbott l'a kidnappé. La vie de mon fils est menacée !

Le commissaire Bosworth la jaugea froidement.

— Vous pensez que les événements se sont déroulés de cette façon, mais vous savez par expérience que votre version des faits est susceptible de se révéler... inexacte.

— Comment osez-vous ? explosa-t-elle. Mon petit garçon a disparu et vous...

Rusty leva une main.

— On se calme. Je suis d'accord avec vous. Jusqu'à un certain point. Il se peut que votre gamin ait vu quelque chose, qu'il ait paniqué, qu'il se soit enfui dans ces bois, et qu'il ait laissé tomber son sweat-shirt.

À force de tension, Tess était livide.

— Je l'ai entendu hurler, protesta-t-elle, hurlant presque elle aussi. J'ai entendu la voiture démarrer sur les chapeaux de roues.

— Là-dessus, mademoiselle DeGraff, nous n'avons que votre parole. Vous prétendez qu'au moment où vous avez découvert Nelson Abbott, il était déjà mort. Mais moi, je dois envisager toutes les possibilités. Ensuite, vous affirmez qu'il y avait une voiture. Et si ce n'était pas vrai ? Si vous aviez donné rendez-vous à Nelson Abbott ici et que ça ait tourné au vinaigre ? Après tout, vous aviez la certitude qu'il était impliqué dans le meurtre de votre sœur.

Ma sœur, songea Tess, observant avec désespoir les bois, le terrain de camping, le sentier menant à la plage. Le même cauchemar, au même endroit. Mais cette fois, c'était son fils qu'on avait enlevé. Cette fois, c'était Erny.

— Excusez-moi, commissaire, puis-je vous dire un mot ? intervint un homme à lunettes, grisonnant, revêtu d'une combinaison protectrice.

Rusty s'écarta pour s'entretenir avec l'expert en scènes de crime. À cet instant, son portable sonna; Rusty vérifia le nom de son correspondant et prit la communication, en ayant soin de dissimuler son visage à Tess. Quand il eut raccroché, il reporta son attention sur l'expert. À mesure que ce dernier lui parlait, Bosworth s'assombrissait. Finalement, il toussota, opina et revint se camper auprès de Tess.

— Bon... je vais être franc avec vous. Le chef de mon équipe de techniciens me dit que Nelson Abbott n'a pas été tué sur les lieux. Il était déjà mort quand on l'a déposé ici.

— Évidemment ! On avait commencé à lui creuser une tombe. Vous êtes aveugle ou quoi ?

— Cela semblerait corroborer votre histoire de voiture, rétorqua-t-il, indifférent à la colère de Tess. On aurait donc amené et abandonné le cadavre ici. Nous avons également déterminé que l'heure approximative du décès paraît coïncider avec le moment où vous étiez en train de louer le canoë de l'autre côté du lac. Un de mes hommes a vérifié votre version des faits. C'est lui qui vient de me téléphoner. Le type des canoës a confirmé vos déclarations. On peut donc en conclure sans trop de risques que vous n'êtes pas suspecte.

— Suspecte ? répéta-t-elle, incrédule.

— Ne faites pas semblant de tomber des nues, mademoiselle DeGraff. Vous étiez furieuse contre Nelson Abbott...

Tess le dévisagea fixement, en silence.

— Mais vous n'étiez pas la seule, poursuivit-il. Votre frère Jake a publiquement accusé le défunt d'être l'assassin de votre sœur. On a dû l'évacuer manu militari de la conférence de presse, tellement il mettait la pagaille.

— Jake était bouleversé.

— Il était plus que bouleversé. Il avait l'air fou de rage, assez pour tuer. Bref, j'ai envoyé deux policiers chercher votre frère pour le soumettre à un interrogatoire. Comme ça, on en saura davantage.

— Vous accusez Jake d'avoir kidnappé son neveu ? Mais c'est grotesque !

— Vraiment ? riposta le commissaire, les yeux flamboyant de fureur.

Le rugissement d'un moteur les interrompit. Un jeune policier se gara dans la clairière et ouvrit la portière à Edith Abbott qui s'extirpa avec difficulté de son siège. L'officier la prit par le bras pour la guider jusqu'au corps de Nelson Abbott, recouvert d'une toile goudronnée grise. Rusty s'avança vers la vieille dame.

— Tante Edith... Il vaudrait sans doute mieux attendre qu'on l'ait un peu arrangé. Oncle Nelson n'est pas... beau à voir pour l'instant.

— Je veux quand même le voir, dit Edith, butée.

Rusty adressa un signe à l'expert, qui s'accroupit et écarta un coin de la toile. Edith Abbott, impassible, observa la tête meurtrie de son époux. Puis, clignant les paupières derrière ses lunettes, elle dévisagea Rusty.

— Qui l'a tué ?

— Je ne sais pas encore, tante Edith. On le découvrira.

Edith lança un coup d'œil à Tess.

— C'est elle ?

Rusty sourcilla.

— Je le répète, on ne sait pas encore. Après que son avocat l'a fait libérer, qu'est-ce qu'oncle Nelson t'a dit ? Et aujourd'hui, il a mentionné où il allait ?

Edith contempla le cadavre qu'on avait recouvert. Elle semblait tout étourdie. Elle secoua longuement la tête. Puis elle promena son regard autour de la clairière et sur les gens des médias, dans le secteur qu'on leur avait délimité à l'aide de cordes.

— Il allait au journal, chevrota-t-elle. Pour lui parler, à lui, ajouta-t-elle, fixant Chan Morris qui, grâce à ses relations locales, se tenait au premier rang de la troupe des journalistes.

Rusty Bosworth interpella l'un de ses subordonnés :

— Amenez-moi Channing Morris.

Le policier s'éloigna et fit signe à Chan Morris de s'approcher. Le patron du *Record* se désigna, étonné, puis se courba pour se faufiler sous la corde, et rejoignit Bosworth et Edith Abbott.

— Commissaire...

Celui-ci ne le salua pas.

— Mme Abbott que voici nous dit que Nelson Abbott se rendait au journal pour vous rencontrer, lorsqu'elle l'a vu pour la dernière fois.

Les yeux gris de Chan reflétaient de la tristesse.

— Eh bien, oui, il est effectivement venu me voir.

— À quel propos ?

— Il voulait m'informer, grimaça Chan, qu'il était disculpé de toutes les accusations dirigées contre lui. Il a menacé de me traîner en justice à cause de l'article paru dans l'édition du matin. Celui où il était écrit que Mlle DeGraff le jugeait coupable du meurtre de sa sœur.

Edith Abbott laissa échapper un sourd gémissement.

— Comment vous avez pu ? murmura-t-elle. Comment vous avez osé, Channing Morris, alors que Nelson a travaillé pour votre famille pendant tant d'années ? Vous devriez avoir honte de vous.

— Je suis navré, madame Abbott. C'était un sujet sensationnel. Il me fallait faire mon job. De toute évidence, j'ai commis une erreur.

Rusty se tourna vers Tess qui soutint son regard d'un air de défi.

— Quoi qu'il en soit, continua Chan, il voulait que je publie des excuses. D'autant plus que son avocat avait prouvé qu'il n'était pas le meurtrier.

— Il n'a rien prouvé de tel ! s'insurgea Tess. Nelson a été libéré grâce à un vice de forme quelconque.

— Ne parlez pas de ce que vous ignorez, la rabroua Bosworth. Qu'avez-vous dit à Nelson ? demanda-t-il à Chan.

— Eh bien, que je le ferais. Que je publierais des excuses.

— Et c'est tout ?

— Il a prétendu savoir qui a tué Phoebe DeGraff.

Un muscle tressauta sur la mâchoire de Rusty Bosworth.

— Qui ?

— Il ne me l'a pas révélé.

— Vous ne l'avez pas interrogé ?

— Si...

— Et il ne vous l'a pas dit ? insista le commissaire. Non, enchaîna-t-il, répondant à sa propre question avec un implacable scepticisme. Il ne vous aurait rien dit à vous.

Chan pointa un menton provocant.

— Ne vous fichez pas de moi, Morris. Si vous avez des renseignements, je vous conseille de parler. Et ne me servez pas ces conneries sur l'intégrité journalistique, ou je vous expédie en taule.

— Vous savez qui a enlevé mon fils ? s'écria Tess qui se jeta sur Chan. Hein ? Si vous...

Bosworth et un policier la tirèrent en arrière.

Chan considéra tour à tour le commissaire et la jeune femme, gravement.

— Croyez-moi, Tess, si j'étais en mesure de vous aider, je le ferais.

— Il n'est au courant de rien, cracha Rusty avec dégoût. Il veut juste se donner de l'importance. Retournez là-bas, derrière cette corde, ajouta-t-il, enfonçant un index dans la poitrine de Chan. Arrêtez de vous prendre pour un journaliste.

Tandis qu'on reconduisait, sans ménagement, le patron du *Record* auprès de ses collègues, Rusty se tourna vers sa tante qui coulait vers le corps de son mari des coups d'œil furtifs, comme si elle jugeait incorrect de le regarder carrément.

— Tante Edith, est-ce que tu sais quelque chose là-dessus ? Oncle Nelson t'a dit qui, selon lui, était le coupable ?

Les épaules d'Edith Abbott se voûtèrent.

— Il a toujours cru que c'était Lazarus. Maintenant, j'apprends qu'il avait une autre idée. Il ne m'en a rien dit. Mais il ne me parlait jamais beaucoup. C'était un homme secret.

Rusty fit signe à un policier.

— Trouvez où est allé mon oncle après avoir quitté les bureaux du journal. Quelqu'un l'aura vu, obligatoirement. Et prévenez-moi dès que vous avez du nouveau pour Jake DeGraff.

Tess avait la sensation qu'un étau lui comprimait les tempes, de plus en plus fort. On avait kidnappé son fils, et ces gens restaient là, à palabrer.

— Mais qu'est-ce que vous foutez ? hurla-t-elle soudain. Pourquoi vous ne m'écoutez pas ?

Mon fils n'est pas avec mon frère. Il a été enlevé par la personne qui conduisait la voiture. Regardez... Il y a des traces de pneus sur le chemin. Pourquoi ne pas les suivre ? Quelqu'un aura forcément aperçu le véhicule.

— Tess ! appela une voix familière.

Dawn, qui venait d'arriver, agitait frénétiquement la main. Elle était bloquée derrière le barrage policier.

Au même instant, Rusty Bosworth agrippa rudement Tess par le bras.

— Reculez, vous risquez de détruire des indices. Et ne restez pas dans nos pattes, laissez-nous faire notre boulot.

Tess se dégagea, se frictionna le bras.

— Votre boulot, c'est de retrouver mon petit garçon. Vous avez envoyé la moitié de vos effectifs dans ces bois, or mon fils ne s'est pas enfui. Vous perdez un temps précieux à poser des questions sur la mort de Nelson Abbott. Je sais bien qu'il était votre oncle, mais depuis quand un cadavre est plus urgent qu'un enfant disparu ? Vous devriez laisser le commandement des opérations à un policier qui ait le sens des priorités.

Rusty Bosworth, rouge brique, la foudroya du regard.

— Si j'ai besoin de votre avis sur la manière de gérer la situation, je vous le demanderai. Votre mère est là. Rentrez chez vous avec elle. Quand on aura quelque chose à vous dire, je vous tiendrai au courant.

23

— Arrête-toi, maman ! s'exclama Tess, apercevant un randonneur sur un sentier tout
proche. Peut-être que ce type sait quelque chose.

Dawn regarda dans son rétroviseur. Son
visage était impassible, d'un blanc crayeux.

— Très bien.

Tess jaillit de la voiture et s'élança tant bien
que mal dans les ronces pour héler le jeune
homme chargé d'un sac à dos et affublé d'un
bonnet tricoté, agrémenté de rabats pour protéger ses oreilles.

Il s'immobilisa, observa la femme hystérique
qui s'avançait vers lui dans un grand bruit de
branches brisées.

— Aidez-moi ! J'ai besoin de vous. Auriez-
vous vu un petit garçon, dans un véhicule qui
aurait emprunté ce sentier il y a peut-être... je ne
sais pas, mettons... une heure ? Qui roulait sans
doute très vite ?

Le randonneur, à la barbe touffue et aux yeux
doux, secoua la tête; les rabats de son bonnet
valsèrent.

— Les flics m'ont déjà posé la question. Il y a
quarante minutes de ça, j'étais de l'autre côté du
lac. Et là-bas, je n'ai vu personne.

Ces mots furent, pour le fragile espoir de Tess, un éteignoir.

— Vous en êtes sûr ?

— Oui. Mais qu'est-ce qui se passe ?

— Oh, je... rien.

— Désolé de ne pas pouvoir vous aider.

— Merci.

Tess rejoignit péniblement la voiture dont sa mère n'avait pas coupé le moteur, et se glissa sur son siège.

— Rien ? interrogea Dawn.

Tess fit non d'un geste et appuya son front contre la vitre, tentant de transpercer du regard la muraille de branches et d'arbres encore verts, denses et noueux qui s'étiraient à l'infini.

— Comment est-ce que je vais le retrouver ? Nelson Abbott est mort.

— Je sais, murmura Dawn.

— Je croyais que c'était Nelson, mais non. Il y a un autre assassin.

— Sans doute.

Tess pivota et scruta sa mère.

— Maman, où est Kenneth Phalen aujourd'hui ?

Dawn laissa échapper une exclamation qui trahissait son désarroi.

— Ken ?

— Oui, lui ! Pourquoi serait-il au-dessus de tout soupçon ? Il habitait Stone Hill à l'époque du crime. Sa propre fille s'est suicidée à l'âge qu'avait Phoebe quand elle est morte. Et brusquement, après toutes ces années, il débarque sans...

— Assez. Ça suffit, Tess.

Celle-ci se tut.

— Tu es désespérée, mon petit cœur. Je sais exactement ce que tu éprouves. Mais faire de ce pauvre homme un bouc émissaire ne te mènera nulle part.

Tess étudia le profil de sa mère, auquel le temps avait ôté sa fermeté. Le profil de Dawn qui avait déjà subi cette abominable épreuve.

— Comment peux-tu supporter tout ça, maman ? Encore une fois ?

— Tu ne dois pas raisonner ainsi. Ce n'est pas pareil. De nos jours, les choses sont différentes. Quand un enfant disparaît, le FBI intervient tout de suite... ça ne se finira pas de la même façon. C'est impossible, articula Dawn, les yeux rivés sur l'étroit sentier.

Tess reprit sa surveillance, le front contre la vitre, tandis que la voiture bringuebalait à une allure d'escargot sur le chemin.

Erny... Elle aurait voulu l'appeler, mais il ne l'entendrait pas. L'assassin de Nelson Abbott, venu dans la forêt enterrer sa victime, l'avait kidnappé. Cet enlèvement n'était pas prémédité, l'inconnu avait agi de manière impulsive. Elle pouvait seulement prier pour que ce ne soit pas un barbare capable de torturer un enfant.

— L'ADN prouvait la culpabilité de Nelson, dit-elle. Pourtant quelqu'un l'a tué. Quelqu'un qui était aux abois.

Dawn opina, l'air absent.

Tess soupira, baissa sa vitre. C'était absurde, elle en avait conscience, mais elle ressentait l'impérieux besoin de faire quelque chose, n'importe quoi, pour alléger la douleur qui lui lacérait la poitrine. Elle se mit à crier le nom d'Erny, à pleins poumons.

Quand elles atteignirent l'auberge, deux hommes qui n'étaient manifestement pas des clients émergeaient d'un véhicule. L'un d'eux extirpa de son coupe-vent un talkie-walkie.

— Les flics, commenta Tess.

Elle demanda à Dawn de l'arrêter près du perron, grimpa les marches sans même lever le nez quand les reporters l'apostrophèrent. Elle se dirigea droit vers la cuisine. Il fallait absolument qu'on lui explique pourquoi on avait relâché Nelson Abbott. Or pas question, bien sûr, de contacter Ben Ramsey.

Elle composa donc le numéro du commissaire Fuller, griffonné sur un bloc-notes à côté du combiné. Sa belle-fille, Mary Anne, décrocha à la deuxième sonnerie. Tess se présenta et demanda à son interlocutrice de lui passer l'ex-policier.

— Ah non, ce n'est pas possible.

— Pourrait-il me rappeler ?

— Ah non, il ne téléphonera plus à personne. Il ne peut pas parler. Il a eu une nuit épouvantable. Il est... hmm... depuis ce matin, il est en soins palliatifs.

— En soins palliatifs !

— Vous saviez qu'il était malade, rétorqua Mary Anne d'un ton accusateur.

— Oui, mais je n'avais pas réalisé que c'était si grave.

— Eh bien, si, figurez-vous que c'est très grave.

— Il est là ? Avec vous, à la maison ?

— Évidemment qu'il est à la maison, s'indigna Mary Anne. Mais il est au bout du rouleau. Je vous répète qu'il ne peut pas parler. Alors, maintenant, vous le laissez tranquille !

Sur quoi, elle raccrocha.

Ébranlée par ces mauvaises nouvelles, Tess en oublia, une fraction de seconde, pourquoi elle avait appelé Aldous Fuller.

Et puis aussitôt, ce coup de poignard en plein cœur – Erny...

Elle sortit de la cuisine et avisa sa mère dans le vestibule, flanquée des deux policiers en civil. L'un était court sur pattes, brun et moustachu, l'autre grand, avec de petits yeux porcins et un paquet de kilos superflus.

— Mademoiselle DeGraff, dit le moustachu. Je suis Chuck Virgilio, et voici mon coéquipier, Mac Swain. Nous venons de la part du commissaire Bosworth. Nous avons envoyé paître les chacals de la presse, comme votre mère nous l'a demandé. Je ne sais pas trop combien de temps ils resteront au large, mais... pour le moment...

Tess hocha la tête.

— Merci.

— Nous allons mettre votre ligne téléphonique sur écoute, au cas où on vous contacterait pour... la rançon.

Tess eut la sensation que ses genoux se liquéfiaient.

— La rançon...

— Comprenez-moi bien. Nous sommes toujours persuadés que votre fils s'est perdu dans les bois. On va continuer à le chercher. Mais en attendant, on ne néglige rien. Croyez-moi, j'imagine à quel point vous êtes stressée. J'ai des enfants. Nous ferons le maximum pour vous aider.

— Merci...

— Comptez également sur moi pour vous aider, si je le peux.

Tess se retourna d'un bond. Ben Ramsey était immobile sur le seuil de la bibliothèque. Elle le dévisagea, trop choquée pour prononcer un mot.

— J'ai appris la disparition d'Erny. Il fallait que je sois à vos côtés.

— Vous avez un sacré culot.

— Si nous sortions un instant ? Un peu d'air frais vous détendra.

Il prit la veste de la jeune femme suspendue à la patère du vestibule, la lui tendit.

Tess la lui arracha des mains.

— Allez-vous-en, s'il vous plaît.

— Venez dehors une minute, insista-t-il à voix basse. Je dois vraiment vous parler.

— Vous avez entendu la dame. Il vaudrait mieux débarrasser le plancher, maître, dit l'officier Virgilio.

— D'accord, messieurs, je m'en vais. Tess, deux minutes. Je vous en prie. J'ai peut-être les moyens de vous être utile.

— Si vous savez quelque chose concernant cette affaire, monsieur Ramsey, tonna le plus costaud, l'officier Swain, vous auriez intérêt à cracher le morceau. Illico presto.

— Effectivement, renchérit-elle. Si vous avez une idée de l'endroit où se trouve Erny...

Ben Ramsey roula des yeux exaspérés.

— Je vous le dirais, bien sûr. Tess... je désire simplement vous parler. Sortons, s'il vous plaît.

Mais je n'en ai aucune envie. Il fait froid et, de toute façon, je dois être là si Erny appelle ou si...

— Je te préviendrai, l'interrompit Dawn. Va avec lui. Ne t'éloigne pas, voilà tout.

Tess vit dans le regard de sa mère une expression si intense qu'elle ne put s'y tromper : Dawn ne suggérait pas, elle ordonnait. Soupirant, elle jeta sa veste sur ses épaules.

— Deux minutes, pas plus, marmonna-t-elle.

Elle sortit, s'immobilisa sur les dalles de granit. Ben referma doucement la porte. Elle contempla, au-delà de l'allée gravillonnée circulaire, la haie d'arbres et d'arbustes, le muret de pierre. L'image de la paix et de la sérénité, maintenant que les journalistes avaient levé l'ancre. Le type même de paysage pittoresque qui attirait les touristes en Nouvelle-Angleterre. Chargé d'histoire, immuable. Un décor de conte de fées. Un mirage.

— Bon... qu'est-ce qu'il y a ? ronchonna-t-elle.

— Asseyons-nous.

Il désignait les deux bancs de bois, pareils à des bancs d'église, du même vert que les volets, qui encadraient la porte. Chacun s'appuyait contre un treillage blanc qui touchait l'auvent. En été, des roses y fleurissaient. À présent, en cette fin octobre, il ne restait plus que des tiges brunes. Tess hésita, mais elle ne put résister. Ses jambes flageolaient. Elle s'assit, et Ben prit place à son côté. Elle ne le regardait toujours pas. On se gelait, sur ce banc. Elle frissonna, enfonça ses mains dans ses poches.

— Écoutez, je sais que vous êtes furieuse contre moi...

Là, elle le dévisagea. Ses cheveux argentés luisaient, même dans la pénombre, et ses yeux semblaient réfléchir la lumière comme un prisme.

— Ah bon, vous croyez ?

— J'aimerais vous expliquer ce qui s'est passé.

— Non, moi je vais vous dire ce qui s'est passé. Vous avez fait libérer Nelson Abbott pour un vice de forme à la noix, quelqu'un l'a tué, a voulu se débarrasser de son cadavre, et par la même occasion a kidnappé mon fils. En ce moment, mon petit garçon est avec un assassin et...

Sa voix se brisa. Rageusement, elle essuya ses larmes et se détourna.

Ben feignit de ne pas remarquer qu'elle pleurait.

— Je comprends que vous ayez besoin d'un fautif, déclara-t-il d'un ton calme, neutre. Mais je n'avais aucun moyen de prévoir ce qui est arrivé. Et j'en suis profondément navré. Pour vous comme pour Nelson.

— Nelson Abbott ? s'insurgea-t-elle. Vous êtes navré pour lui ?

— Contrairement à ce que vous vous plaisez à croire, ce n'est pas un vice de forme qui l'a disculpé.

— Oh, pardon... Je voulais dire : « les droits que lui garantit la constitution », raïlla-t-elle. Les droits de l'accusé. Vous avez découvert que je m'étais procuré ce couvre-chef sur lequel on a prélevé l'ADN de Nelson sans en informer son propriétaire. Je suis entrée chez lui et j'en suis repartie avec sa casquette crasseuse. J'imagine votre indignation, vous qui êtes tellement à cheval sur les principes. Je m'étonne que vous n'ayez pas obligé les flics à me jeter en prison.

Ramsey ne répondit pas. Tess pointa un doigt tremblant vers lui.

— La police ne faisait rien ! Il fallait bien que quelqu'un coince Nelson Abbott, lui mette le nez dans ses mensonges. Quand j'ai apporté la casquette au commissaire Fuller, il a dit que ça irait. Et ça allait, jusqu'à ce que Nelson vous engage – vous, le crack du barreau. On vous paie pour trouver des failles et, à ce jeu-là, vous êtes manifestement champion. Vous trouvez une porte de sortie à tous ceux qui s'acharnent à détruire ma famille.

Elle avait les joues en feu, elle se rendait compte que l'attaquer sous prétexte qu'il faisait son travail était irrationnel, cependant une irrépressible fureur la dressait contre lui.

L'avocat demeurait impassible.

— Arrêtez, Tess, dit-il d'un ton ferme. Je vais vous expliquer ce qui s'est vraiment passé, si vous acceptez de me laisser parler. Je vous conjure de m'écouter. C'est important.

Elle le défia du regard, mais garda le silence.

— Pendant qu'on interrogeait Nelson, reprit-il d'une voix sourde, pressante, j'ai demandé à consulter – ce qu'on m'a accordé – l'analyse ADN qui, prétendument, le compromettait. Bosworth pensait, je présume, que ce ne serait pour moi qu'un fatras de chiffres. Or j'ai une solide expérience dans ce domaine. Et, immédiatement, un signal d'alarme s'est déclenché dans mon esprit. J'ai chargé un autre laboratoire – qui jouit d'une excellente réputation – de vérifier les résultats de cette analyse pour moi. Ce labo a conclu qu'ils ne correspondaient pas à l'ADN de Nelson.

Tess haussa les épaules.

— N'importe quoi. L'ami du commissaire Fuller a dit, lui, qu'ils correspondaient. Pourquoi aurait-il menti ?

— Le commissaire Fuller voulait vous aider, soupira Ben, sans doute trop. Son ami lui a remis un rapport ni fait ni à faire, dont les conclusions allaient dans le sens que souhaitait Aldous Fuller.

— Mais c'est scientifique. Il a affirmé que l'ADN du meurtrier de ma sœur et celui de Nelson étaient identiques !

304

— En réalité, seuls quelques marqueurs génétiques correspondaient. La similitude n'était pas totale.

— Vous cherchez du poil sur les œufs. Bon Dieu ! Tout le monde sait que les prélèvements datant du meurtre de Phoebe étaient détériorés. On les a stockés durant des années dans des conditions loin d'être optimales... ça ne pouvait pas être parfait. Mais ça suffisait. Ça a suffi pour disculper Lazarus. Je constate que, là, ça ne vous a pas posé de problème.

— C'est différent. Dans ce cas, il n'y avait aucun marqueur génétique de Lazarus. L'ADN l'a complètement innocenté.

— Innocenté, disculpé... Et alors ? L'ami du commissaire Fuller a prouvé que cet ADN et celui de Nelson coïncidaient.

— Écoutez-moi, dit patiemment Ben. Nelson était le beau-père de Lazarus. Génétiquement, ils n'avaient rien en commun. Mais dans le prélèvement effectué sur votre sœur, il y avait bel et bien des marqueurs correspondant à l'ADN de Nelson. Et d'autres qui ne correspondaient pas.

Tess le regarda fixement.

— Qu'est-ce que ça signifie ?

— Que deux échantillons d'ADN d'une seule et même personne sont toujours rigoureusement identiques. Pas de marqueurs supplémentaires. Aucune différence. Une similitude parfaite. Or le labo auquel je me suis adressé a trouvé d'autres marqueurs.

— Des cellules de Phoebe, certainement.

305

— Non. Le technicien a vérifié. Le complice de Lazarus n'était pas Nelson. Le meurtrier de Phoebe n'était pas Nelson. Ce n'était pas lui. Il ne s'agit pas d'une conjecture, mais d'une réalité.

— NON, protesta faiblement Tess. Comment aurait-on fait une confusion pareille ? Ce genre d'incident est quasiment impossible. Vous prétendez que le type du labo d'État a délibérément menti ? Pour quel motif ? Ça n'a pas de sens.

— Je ne prétends pas qu'il a menti. Il y avait *effectivement* des marqueurs similaires.

— Je nage... Qu'est-ce que vous voulez dire ? Que certains marqueurs étaient identiques... par hasard ?

— Pas du tout. Le hasard n'y est pour rien. Nelson n'a pas assassiné Phoebe. Cependant le meurtrier et Nelson étaient du même sang.

Tess étudia le visage grave de Ben et, soudain, sentit son cœur basculer dans sa poitrine, comme un voltigeur sur son trapèze. Elle n'était pas vraiment sûre de mesurer tout ce que cela impliquait, mais elle saisissait l'essentiel.

— Du même sang ? balbutia-t-elle.

Il hocha la tête.

— J'étais avec Nelson lorsque le rapport du labo est arrivé. Quand je lui ai eu expliqué le pourquoi et le comment, il a eu une illumination. Je l'ai lu sur sa figure. Il a soudain compris quelque chose qu'il n'avait jamais compris auparavant. J'ai tenté de le pousser à se confier à moi, mais il a catégoriquement refusé. La vérité lui était pourtant apparue. Et j'ai la certitude que c'est à cause de ça qu'on l'a tué.

Un frisson parcourut Tess qui réfléchissait. Elle plongea son regard dans celui – clair, intelligent – de Ben.

— Mais... Nelson n'avait pas d'enfants.

Ben jeta un coup d'œil à la porte close de l'auberge. Puis il fixa intensément Tess.

— Il avait un neveu.

24

— Le commissaire Bosworth ? chuchota-t-elle.
– Rusty Bosworth est le fils de la sœur de Nelson.

— Mais c'est le chef de la police.

Ben acquiesça, la mine sombre.

— Voilà pourquoi je voulais vous parler ici, dehors, où on ne risquait pas de nous entendre.

Elle l'agrippa par la manche, comme si elle craignait de perdre l'équilibre.

— Vous pensez qu'il aurait fait ces... ces choses ? bredouilla-t-elle.

— Je ne sais pas, Tess. En revanche, je sais qu'il n'est pas question pour nous de confier nos soupçons à notre police locale.

— À qui, alors ?

— À la police d'État ou au FBI. Mais je dois marcher sur la pointe des pieds. Il nous faut des preuves. Pas des hypothèses.

Tess secouait la tête comme si son cerveau ne parvenait pas à assimiler ces révélations sidérantes.

— Il n'y a pas d'autres proches parents ? Des cousins ?

— Nous devons le découvrir avant d'accuser le commissaire, répondit-il.

Tess fixa sur lui des yeux pénétrants, troublés.

— Je ne comprends pas. Pourquoi, maintenant, m'offrez-vous votre aide ? Pourquoi me
racontez-vous tout ça ?

Une vive rougeur colora le cou de Ben, se
répandit jusqu'à ses joues.

— Parce que c'est vous. C'est votre fils. Parce
que, ces jours-ci, il semble que vous occupiez
toutes mes pensées.

Avant qu'elle soit remise de sa stupéfaction et
puisse réagir, une camionnette blanche au
moteur rugissant longea l'allée gravillonnée et
stoppa devant l'auberge.

Jake sauta à bas de son siège, ouvrit les portières et sortit du van un long bout de bois. Il
s'avança vers sa sœur et Ben.

— Salut, Tess ! lança-t-il avec une jovialité
qui sonnait faux. Tu m'adresses quand même la
parole ? Dis à Erny que je suis là. Je lui rapporte
sa canne à pêche.

Il examina celle-ci d'un air attendri et qui
n'était pas dénué de fierté.

— Il a fait du bon boulot. Il est futé, ce môme.
Regardez-moi comment il a bricolé ça. Un tuteur
de potager, un morceau de ficelle, et même un
leurre, ajouta-t-il, donnant une pichenette au
bout de métal attaché à l'extrémité de la ligne.

Tess se leva. À la vue du visage si familier de
son frère, toute sa colère s'envola.

— Où étais-tu ? Tu n'es pas au courant ?

Jake posa précautionneusement la canne à
pêche contre le treillage, derrière le banc, et
considéra sa sœur avec circonspection.

— Non... J'ai récupéré ce machin, et après j'ai dû aller chercher du matériel à North Conway. Pourquoi ? Qu'est-ce qu'il y a ?

Ben Ramsey se redressa à son tour et posa une main protectrice sur l'épaule de Tess.

— Erny a... disparu, annonça-t-il. Nous pensons qu'il a été enlevé par le meurtrier de Nelson Abbott.

— Quoi ? Le meurtrier de... ? Une minute. Nelson a été tué ? Par qui ? Et comment on a... kidnappé Erny ? bredouilla Jake, abasourdi.

— Ce matin, expliqua-t-elle, on a fait une balade en canoë jusqu'à la plage du terrain de camping, Erny et moi. Quelqu'un y avait amené le cadavre de Nelson et s'apprêtait à l'enterrer là-bas, selon nous. Bref, Erny est allé dans les bois, il cherchait des bûchettes... et il a dû surprendre...

Tess fondit en larmes, incapable de continuer.

— Oh, Tess...

Jake se précipita vers sa sœur et la serra dans ses bras. Elle nicha sa tête contre les larges épaules de son frère, s'imprégnant de la compassion, du soutien inconditionnel qu'il lui exprimait par son étreinte. Il voulait simplement la réconforter. Il ne lui reprochait pas son manque de vigilance. La veille, sous prétexte qu'il n'avait pas suffisamment surveillé Erny, elle l'avait voué aux gémonies. Lui n'aurait pas l'idée d'énoncer la moindre critique, réalisa-t-elle dans un sanglot.

Avant qu'elle ait pu se ressaisir et lui demander pardon, le mugissement d'une sirène de police les fit sursauter. Une voiture pie, dont le gyrophare jetait des éclairs, amorça à toute allure le virage de l'allée et pila derrière la camionnette de Jake, le gravillon giclant sous les pneus.

La porte de l'auberge s'ouvrit, les officiers en civil apparurent, talonnés par Dawn. Deux policiers en uniforme se ruèrent hors du véhicule, l'arme au poing, et s'approchèrent prudemment.

— Jake DeGraff ? lança le premier

— Oui... Je suis Jake DeGraff, répondit-il en lâchant Tess.

Une deuxième voiture pie arriva à fond de train et pila près de sa jumelle. Deux autres policiers en émergèrent et s'immobilisèrent.

— C'est quoi, ce bordel ? grommela Jake.

— Votre camionnette a été repérée à l'entrée de la ville. Vous rouliez dans cette direction. Est-ce que vous avez le garçon ?

— Quel garçon ? demanda Jake, de plus en plus éberlué.

— Votre neveu. Erny.

— Bien sûr que non. Je viens juste d'apprendre qu'il a été kidnappé.

— Monsieur, nous avons l'ordre de vous emmener au commissariat pour y être interrogé dans l'affaire du meurtre de Nelson Abbott.

— Mais je ne l'ai pas tué, ce salopard !

— Vous devez les suivre, monsieur DeGraff, dit Chuck Virgilio, le moustachu.

— Tess, explique-leur. Je ne savais même pas qu'Abbott était mort...

311

— Mon frère n'aurait pas pu faire une chose pareille. Il n'aurait pas enlevé Erny. C'est mon fils qu'il faut chercher. Chaque minute qui passe met la vie de mon petit garçon en danger.

— Désolé, madame, déclara le policier qui braquait discrètement sur Jake son arme de service. Nous avons pour mission de conduire votre frère au poste. Il a menacé la victime, beaucoup de gens l'ont entendu. Vous venez avec nous de votre plein gré, monsieur DeGraff, ou est-ce qu'on doit vous menotter ?

Dawn, qui n'avait pas soufflé mot jusque-là, observant la scène de ses yeux écarquillés, hagards, s'avança soudain, les poings levés.

— Arrêtez ! cria-t-elle. Immédiatement ! Ne touchez pas à mon fils. Vous vous acharnez contre nous. Pourquoi ?

Le policier se tourna vers elle.

— Je vous conseille de vous calmer ou, vous aussi, je vous embarque.

— Attention, toi, tu ne parles pas à ma mère sur ce ton ! tonna Jake.

— Non, Jake. Non... Ça va, balbutia Dawn.

Ben s'approcha de Jake.

— Suivez ces policiers, lui dit-il à voix basse. Ne faites pas de vagues. Je vous accompagne.

— Qui vous êtes, vous ?

— Ben Ramsey. Je suis avocat.

Une étincelle flamba dans le regard de Jake.

— Ramsey... Vous êtes celui qui travaillait pour... grâce à qui Lazarus..., cracha-t-il. Et celui qui a défendu Nelson.

Tess prit son frère par le bras, scruta son visage empreint de méfiance.

— Laisse-le t'aider, Jake.

— Mais tu dérailles ? Il est dans le camp de nos ennemis.

— Non, écoute-moi. Il sait contre quelle... force nous nous battons. Quelqu'un... pourrait bien chercher un bouc émissaire.

Elle échangea un regard avec Ben.

— Je compte sur vous pour qu'on ne se serve pas de mon frère.

Ben opina avec gravité. Il comprenait parfaitement à quoi et à qui elle faisait allusion.

— Je trouverai une solution, je vous le promets.

— Monsieur DeGraff, dit l'un des policiers. Vous venez gentiment ou on vous met les bracelets. À vous de choisir.

— Jake, allons avec eux, et je suis sûr que nous réglerons très vite ce malentendu, chuchota Ben. À North Conway, il y a forcément quelqu'un qui se rappellera vous avoir vu. Ou une caméra de vidéosurveillance qui vous aura filmé. Ne vous tracassez pas, nous aurons de quoi confirmer votre alibi.

— Un alibi ? Pourquoi j'aurais besoin d'un alibi ?

— Monsieur DeGraff ! aboya le policier.

— Jake, Ben te sortira de là, murmura Tess. Il est le meilleur dans son domaine. Qui est mieux placé que nous pour le savoir ?

— D'accord, OK, s'énerva Jake. Mais tout ça, c'est des conneries.

— Je voudrais venir aussi, mais... Erny... Si quelqu'un téléphonait...

— Moi, je vais avec lui, décréta Dawn. J'accompagne mon fils.

— Non, maman, reste avec Tess. Je m'en tirerai, je n'ai rien à me reprocher. Appelle Julie, elle est à son boulot. Explique-lui. Allez, maman, s'il te plaît. Moi, ça ira.

Tandis que les policiers en uniforme entraînaient Jake, l'officier Virgilio ouvrit la porte de l'auberge et s'effaça pour laisser passer Dawn. Elle ne daigna même pas lui adresser un mot, un regard de remerciement.

— Tess, dit Ben. Je vous ramènerai votre frère dès que possible. Ne bougez pas et ne vous rongez pas d'inquiétude. Nous retrouverons Erny.

Engourdie, elle acquiesça. On poussa Jake sur la banquette arrière du véhicule de patrouille. Ben rejoignit en hâte sa propre voiture et démarra.

Tess regarda le cortège s'éloigner, en route pour le commissariat. Seule dans l'allée, elle fut soudain prise de tremblements convulsifs. Elle avait l'impression de se disloquer, de se briser en mille morceaux.

Non, se tança-t-elle. NON... Maîtrise-toi. Si la théorie de Ben était exacte, la police risquait de travailler contre les DeGraff afin de couvrir le commissaire.

Une chose était sûre. Tess ne resterait pas les bras croisés, en espérant que les flics sauvent son fils. Même s'ils n'étaient pas de mèche avec

314

Bosworth, jamais ils ne compteraient ce dernier au nombre des suspects.

Tu dois agir. Tu dois faire quelque chose, se dit-elle.

Son cœur cognait, son estomac tanguait. Contrôle-toi, bon sang. Mais elle n'avait qu'une envie : se rouler en boule sur le gravier et se cacher la tête sous l'aile.

Assez. Concentre-toi.

Rusty Bosworth, l'analyse ADN...

Était-il possible que le commissaire séquestre Erny quelque part ? Dans ce cas, songea-t-elle, en quête d'une lueur d'espoir, cela lui donnait un peu de temps. Erny ne risquait peut-être rien pour l'instant. Toute la journée, à cause du meurtre hypermédiatisé de Nelson Abbott, le commissaire serait le point de mire du public. Si elle localisait son domicile, elle avait une chance d'y trouver Erny... pourquoi pas ? Extirpant son portable de la poche de sa veste, elle composa le numéro des renseignements et demanda les coordonnées du commissaire Bosworth.

— Il habite... Maple Road, dit-elle, inventant une adresse afin d'inciter l'opératrice à rectifier.

En attendant la réponse, Tess réfléchit à toute allure. Rusty Bosworth avait-il été, autrefois, le complice de Lazarus Abbott ? Ils étaient cousins, presque du même âge. L'été, ils travaillaient ensemble, donnaient un coup de main à Nelson.

Oui, ce n'était pas invraisemblable.

— Désolée, il est sur liste rouge, annonça l'opératrice.

— Sur liste rouge ? Oh non... vous comprenez, c'est extrêmement important et...

Sa correspondante lui raccrocha au nez. Pas de panique. Il y aura bien quelqu'un qui pourra te renseigner, songea-t-elle. Julie... Mais oui. Elle fit le numéro de sa belle-sœur. La voix affolée de cette dernière résonna aussitôt à son oreille.

— Mais c'est quoi, cette histoire ? Je suis en train de parler avec ta mère sur l'autre ligne. Elle me dit que Jake a été arrêté ! Pour avoir enlevé Erny ? C'est dingue. Comment ils peuvent penser que Jake aurait fait ça ? À son neveu ?

Tess n'avait pas le temps de discuter.

— Jake s'en sortira. Il a un avocat auprès de lui. Écoute, j'ai besoin de ton aide.

— Je dois aller au commissariat, Tess.

— Écoute-moi, Julie. Il faut absolument que tu me dises où habite le commissaire Bosworth.

— Rusty Bosworth ? Qu'est-ce qu'il vient fiche là-dedans ?

— Tu connais tout le monde dans cette ville. Où est-ce qu'il habite ?

— Je ne sais pas. Charmaine et lui avaient une maison, mais ils se sont séparés et il a déménagé. Maintenant... je ne sais pas. Regarde dans l'annuaire.

— Il est sur liste rouge.

— Tess, qu'est-ce que tu cherches au juste ?

— Tu peux me renseigner, oui ou non ?

— Je... tu n'as qu'à demander à Charmaine. Elle a une boutique dans Main Street. Un salon de massage.

Ce prénom, « Charmaine », rappela quelque chose à Tess. Ah oui... Jake lui avait montré le salon de massage et il avait même plaisanté à propos de l'épouse du commissaire.

— Hmm... Ils sont divorcés, n'est-ce pas ?

— Séparés, répéta Julie. Il faut que je raccroche, Tess.

— D'accord, merci.

Charmaine aurait forcément l'adresse de celui qui ne vivait plus sous son toit. Elle serait aussi en mesure de préciser à Tess si Rusty avait des frères, cousins, ou autres susceptibles d'être porteurs d'un ADN identique à celui de l'assassin de Phoebe.

— Quel est le nom du salon de massage ?

— Stressless. Ça s'appelle Stressless.

25

Une clochette flûtée tintinnabula lorsque Tess poussa la porte de Stressless. De l'eau courait avec un doux murmure sur les galets luisants de la fontaine ronde qui occupait la vitrine; les murs de la petite boutique, d'un céladon apaisant, étaient ornés de kôans[1] zen encadrés, de photos de fleurs d'arbres fruitiers emperlées de rosée sur fond joliment flou, ainsi que d'estampes – représentant des grues au long cou, des montagnes encapuchonnées de neige, des vagues déferlantes – agrémentées de chaque côté de colonnes d'idéogrammes japonais calligraphiés à l'encre rouge. Un CD jouait en sourdine de la musique atonale produite par un instrument à cordes. Une corbeille tressée – remplie de brochures sur les cours de yoga, le sida et les problèmes de santé typiquement féminins – trônait sur le comptoir de bois blond, pour l'instant désert. Un lustre et un ventilateur à hélices pendaient d'un plafond taché et qui faisait ventre, seule fausse note dans le décor soigné et reposant.

---

1. Question paradoxale dont l'impossibilité logique oblige la pensée à rompre ses entraves.

Pour l'instant, il n'y avait aucun client sur les sièges ergonomiques disposés autour d'une natte, dans la salle d'attente, cependant Tess distinguait des ombres derrière un paravent en bois et papier parchemin au fond de la pièce.

— Il y a quelqu'un ? demanda-t-elle.

Une femme coquette, on ne peut plus occidentale, surgit de derrière le paravent. Elle avait la peau marquée de fines ridules, des cheveux teints en blond sévèrement tirés en arrière et maintenus par une baguette de restaurant japonais en guise d'épingle à chignon. Elle s'inclina et adressa un sourire bienveillant à Tess. Elle était pieds nus, vêtue d'une veste de style kimono et d'un pantacourt noir.

— Asseyez-vous donc et détendez-vous. Je suis à vous dans un instant.

Avant que Tess ait pu réagir, elle disparut.

— Excusez-moi... Vous êtes bien Charmaine Bosworth ?

— Mais oui ! trilla celle-ci, aimable et réprobatrice à la fois.

Tess comprit que son intrusion perturbait fâcheusement l'harmonie ambiante.

— Je suis désolée, mais il faut que je vous parle... tout de suite.

La dénommée Charmaine replia un pan du paravent. Tess distingua une silhouette allongée à plat ventre sur la table de massage, enveloppée dans un drap de bain. Elle crut d'abord que c'était un adolescent aux membres meurtris, flasques, dépourvus de tonus musculaire. Puis elle réalisa que ce devait être une jeune fille. Un garçon n'aurait été couvert que jusqu'à la taille.

— Dans l'immédiat, je ne suis pas disponible.

— C'est très important, sinon je ne me permettrais pas de vous déranger.

— Je suis en pleine séance de soins, objecta la patronne des lieux, montrant du menton le fauteuil roulant plié et rangé contre le mur. Il vous est sans doute possible de patienter ?

— Faites donc, Charmaine, intervint alors une voix faible, rauque. Quelques minutes, ça ira.

La cliente tourna la tête. Cette si frêle créature n'était autre que Sally Morris, l'épouse du directeur du *Stone Hill Record*. Heureusement, de sa place, elle ne pouvait apercevoir Tess, qu'elle n'aurait d'ailleurs pas nécessairement reconnue – elles ne s'étaient parlé qu'un instant à l'aéroport.

Tess tressaillit à la vue de ce corps féminin ravagé, constellé d'hématomes, certains récents, d'autres qui s'étaient estompés pour devenir jaunâtres. Sans doute le résultat de chutes comme celle qui les avait amenées à lier connaissance dans les toilettes de l'aéroport.

Le pitoyable état physique de Sally Morris inspira à Tess une profonde compassion, l'envie de lui dire quelques mots – impulsion qu'elle s'empressa de refouler. Pour la réussite de son plan, l'incognito était crucial. Aussi fut-elle soulagée de voir Charmaine Bosworth, en soupirant, disposer le paravent de façon à dissimuler sa cliente sur la table de massage.

— Alors, quel est le problème ?

En chemin, Tess avait inventé divers scénarios susceptibles de justifier sa visite. Elle lisait dans le regard plutôt froid de Charmaine que son visage ne lui évoquait absolument rien, et se félicitait d'avoir fui reporters et photographes comme la peste. Malgré le battage médiatique, Charmaine ignorait qu'elle était face à Tess DeGraff. D'ailleurs, elle ne s'intéressait probablement pas à l'actualité afin de préserver son aura de sérénité.

Tant mieux, cela simplifiait la tâche de Tess. Car demander à son interlocutrice l'adresse d'un mari dont elle était séparée éveillerait sa méfiance. En outre, il n'existait aucune manière normale, naturelle, de l'interroger sur les relations familiales de Rusty Bosworth.

Tess avait longuement réfléchi et mis au point sa tactique. Il était temps de passer à l'action. Elle commença par se répandre en excuses, ce qui parut calmer l'irritation de Charmaine.

— Ce n'est pas grave... Que puis-je pour vous ?

— Vous êtes madame Russel Bosworth ?

— Eh bien... juridiquement, oui.

— Je m'appelle... hmm... Terkel. June Terkel. Je travaille pour une société de courtage, à Boston. Nous essayons de localiser Russel Bosworth.

— Pour quelle raison ?

— Un parent éloigné, qui n'a jamais connu la famille, a légué, par l'intermédiaire de ma société, un portefeuille de valeurs à votre mari ainsi qu'à ses éventuels frères, sœurs ou cousins.

— Un portefeuille de valeurs ? C'est-à-dire... comme des actions et des obligations, par exemple ?

— Exactement. Nous avons tenté de le joindre, et constaté qu'il ne résidait plus à votre adresse.

— Nous sommes séparés. Mais Rusty est commissaire. Vous le trouverez sans difficulté au poste de police.

— J'y ai laissé plusieurs messages à son subordonné, or votre mari a oublié de me rappeler.

— Il est débordé, ces temps-ci.

— Je crois plutôt qu'il ne me contacte pas de crainte que je cherche à le convaincre d'investir de l'argent, ou quelque chose dans ce genre. Voilà pourquoi j'ai décidé de passer par vous. Je préférerais ne pas discuter avec lui sur son lieu de travail. C'est une affaire privée, voyez-vous. Il me faudrait également une adresse où lui envoyer du courrier.

Charmaine hésitait.

— Il ne tient pas à ce qu'on sache où il habite.

— Je comprends, rétorqua Tess d'un ton neutre, malgré sa nervosité – il fallait à présent franchir l'obstacle majeur. Si cela vous convient mieux, vous pourriez lui téléphoner et l'informer de notre entretien.

— Non, répondit Charmaine après réflexion. J'aimerais plutôt qu'il pense que je ne suis pas au courant. Ça représente beaucoup d'argent ?

Tess réprima un soupir de soulagement. Son plan allait marcher. Dans les yeux de son interlocutrice, la machine à calculer fonctionnait à plein régime. Rusty Bosworth et sa conjointe n'étaient pas encore divorcés, leurs biens communs pas encore légalement partagés. Charmaine voulait donner à son futur ex-mari suffisamment de corde pour se pendre. Si, en dressant la liste de ses possessions, il omettait de mentionner ce portefeuille de valeurs, elle serait en mesure, devant les avocats ou le juge, de le prendre en flagrant délit de mensonge.

De toute évidence, Charmaine s'évertuait à évoluer dans les hautes sphères de la spiritualité, cependant, quand il s'agissait de Rusty, elle était aussi vacharde que n'importe quelle femme bafouée.

— C'est une somme considérable, dit Tess. À répartir éventuellement, bien sûr, entre plusieurs personnes.

— Oh non, Rusty n'a aucun parent. Juste un cousin qui... qui est décédé.

— Je vois. M. Bosworth serait par conséquent l'unique héritier.

— Oui, acquiesça Charmaine avec empressement.

Tess sortit un stylo et un bloc-notes de son sac, s'efforçant de dissimuler l'espoir et le désarroi mêlés que lui inspirait cette information. Pas de frères ni de sœurs, pas de cousins. Rusty Bosworth avait été, fatalement, le complice de Lazarus. Et c'était donc le commissaire qui avait

323

kidnappé Erny. Tess se raidit pour empêcher ses mains de trembler.

— Eh bien, si vous pouviez m'indiquer son adresse...

— Il loue un appartement du côté des pistes de ski de Stone Hill Mountain. 253 B Millwood.

— Et son numéro de téléphone ?

— Il refuse de me le donner.

— Oh...

— Eh oui. Vous vous demandez pourquoi nous sommes séparés ?

— Charmaine, intervint Sally, de sa voix si douce, derrière le paravent.

— J'arrive, ma belle. Ça va ?

— Ça va, mais j'ai besoin de me retourner.

— Je vais vous aider. Une petite minute.

— Je ne vous retarde pas plus longtemps, dit Tess. Merci infiniment pour votre aide.

— Ne vous embêtez pas à aller chez lui maintenant, lui conseilla Charmaine. Il a une grosse affaire sur les bras, il ne rentrera pas avant des heures.

— Parfait, merci encore.

Tess se força à sourire et sortir tranquillement, malgré son envie de piquer un sprint. Elle referma la porte du salon de massage, dans un tintement de clochette. Elle s'éloignait, lorsqu'une Mercedes noire, luisante, se gara devant la boutique de Charmaine sur un emplacement réservé aux handicapés.

Chan Morris venait chercher son épouse après sa séance de soins. Dès qu'il ouvrit sa portière, le vent ébouriffa sa noire chevelure soyeuse qu'il rejeta en arrière d'un mouvement machinal.

Avant que Morris ne la repère, Tess détourna les yeux et remonta le col de sa veste, accélérant l'allure pour regagner la voiture de Kelli. Si jamais le journaliste l'apercevait, il se précipiterait pour tenter de l'interroger.

Or elle ne pouvait pas prendre ce risque. Si jamais Charmaine jetait un coup d'œil par la vitrine, elle les verrait parler ensemble. Ensuite elle demanderait peut-être à Chan comment il connaissait June Terkel.

Non, pas question de laisser qui que ce soit lui mettre des bâtons dans les roues. Elle détenait l'information qui lui manquait, à présent il lui fallait rejoindre son fils.

Tiens bon, Erny. J'arrive.

26

Les dernières feuilles de l'automne embrasaient encore les arbres qui bordaient Millwood Road, naguère un chemin pittoresque menant au sommet de Stone Hill Mountain. Désormais, des deux côtés de la chaussée, la végétation était parsemée de résidences de vacances édifiées par des promoteurs de New York et Boston. Entre Thanksgiving et le mois de mars, quand tout était blanc de neige, Millwood grouillait de luxueuses voitures équipées de galeries pour transporter les skis, et de riches sportifs du dimanche parés de tenues aux couleurs vives, venus d'au-delà les frontières de l'État.

Aujourd'hui – fin octobre, en pleine semaine – quelques signes indiquaient que le secteur commençait à émerger de sa léthargie. Des boutiques étaient ouvertes et des voitures se croisaient par-ci par-là, cependant l'atmosphère restait des plus paisibles.

Tess roulait lentement sur la route en lacets. Certaines constructions, surtout les plus récentes, étaient conçues dans le respect – du moins superficiel – de l'environnement, avec façades à colombages censées évoquer les chalets alpins. Les ensembles flambant neufs étaient plus fonctionnels – murs en faux stuc, garages en sous-sol, et magasin de produits de première nécessité au rez-de-chaussée.

Manifestement, le 253 était l'un des immeubles les plus anciens, fonctionnel lui aussi mais pas très chic. Il n'avait ni l'impeccable netteté du moderne, ni le charme des bâtisses désuètes. Ce n'était qu'une sorte de cube qui commençait à avoir l'air assez miteux.

Tess se gara sur un emplacement réservé aux visiteurs à côté du bâtiment, et resta, frissonnante, dans la voiture dont le moteur tournait au ralenti. Maintenant, elle ne devait pas commettre d'imprudence.

Il semblait peu vraisemblable que le secteur soit, à l'instar d'un tout nouveau quartier de Washington, DC, par exemple, sous la protection de caméras de vidéosurveillance ou de rondes policières. La plupart des gens n'occupaient ces appartements qu'une partie de l'année et y gardaient rarement des objets de valeur, hormis leur équipement de ski. À ce propos, Tess se demandait comment Rusty pouvait y louer en permanence un logement. Mais, bien sûr, il était commissaire. Ce statut lui conférait assez d'influence sur les promoteurs de ces clapiers, pour qu'ils en mettent un à sa disposition.

Elle contempla le bâtiment beige clair au toit de bardeaux de cèdre, avec vue sur le flanc de la montagne.

Erny, tu es là ? songea-t-elle. *Comment t'a-t-il fait entrer sans que personne ne le remarque ?*

À moins qu'il t'ait emmené ailleurs ? Dans un endroit plus tranquille, où planquer un enfant kidnappé serait plus facile.

Non... ne pense pas à ça. Procédons par ordre.

Si son fils n'était pas ici, alors elle devrait affronter cet angoissant problème : où avait-on pu cacher Erny dans cette vaste région ? Mais, pour l'instant, il lui fallait s'introduire dans le 253 B. Elle coupa le moteur et sortit de la voiture.

Vérifiant que nul ne l'observait, elle se faufila dans le modeste hall. Il n'y avait que quatre boîtes aux lettres, donc quatre logements dans ce cube. Son cœur se serra. Et si elle ne trouvait personne, si elle sonnait chez les quatre résidents et que personne ne lui ouvrait par l'interphone ?

Elle appuya sur les quatre sonnettes, en vain. Pas de bourdonnement électrique précédant l'entrebâillement de la porte intérieure. Erny... est-ce que tu es là ? Tu entends la sonnette, tu sais qu'il y a quelqu'un, tout près, qui te cherche ?

Elle eut alors l'idée d'aller voir derrière le bâtiment. Si elle parvenait à déterminer quelles fenêtres étaient celles du logement B, elle pourrait y jeter un œil et peut-être repérer une trace de son fils.

Elle s'apprêtait à quitter le hall lorsqu'une petite voiture, sale et cabossée, se gara dans le parking. Une quadragénaire squelettique, en jean et sweat-shirt, s'en extirpa, prit ses emplettes sur la banquette arrière et se dirigea vers l'immeuble. Aussitôt, Tess se mit à farfouiller dans son sac, feignant d'avoir perdu ses clés. La femme lui adressa un sourire qui lui ravina tout le visage.

— Difficile d'imaginer un temps plus lugubre, n'est-ce pas ? dit-elle aimablement.

Tess lui sourit à son tour.

— En effet.

Son interlocutrice déverrouilla la porte donnant accès aux appartements.

— Vous ne trouvez plus vos clés ?

— Oh, je vais bien finir par les dénicher.

L'autre pénétra dans le couloir sans avoir laissé entrer Tess qui de justesse, du bout de sa chaussure, réussit à coincer la porte avant qu'elle ne se referme.

Elle attendit sans bouger que la quadragénaire soit claquemurée chez elle. Par chance, nul ne passa pour s'étonner de la voir plantée là. Après un moment, estimant qu'il n'y avait plus de danger, elle s'aventura dans le couloir. Deux logements de chaque côté. A et D étaient les plus proches, B et C les plus éloignés.

Tess marcha droit vers le B et essaya de tourner le bouton extérieur. Sans résultat, bien sûr. Dans l'appartement voisin, elle entendit un sourd ronflement – semblable à celui d'un ventilateur ou d'un climatiseur. En tout cas, ce ronronnement suffisait pour couvrir sa voix.

Collant sa bouche au battant, elle dit, aussi fort qu'elle l'osa :

— Erny... Erny, tu es là ? C'est maman, mon poussin. Tu m'entends ? Tu peux répondre, faire du bruit ?

Silence. Dieu merci, il n'y eut pas non plus de réaction dans le couloir. Frustrée, Tess examina la serrure tubulaire. Comment ça se crochetait, ce machin-là ? Les personnages de films utilisaient des épingles à cheveux ou des cartes de crédit.

Elle devait tenter l'expérience. Dans son sac, elle chercha son portefeuille où elle prit sa carte de crédit qu'elle glissa, de ses doigts tremblants, entre le chambranle et le battant, et tira vers le haut. Rien. Elle recommença, récupéra la carte, puis tourna le bouton de la porte, le secoua. Toujours rien.

— Erny, dit-elle avec insistance, penchée vers la serrure.

Tout à coup, le ronflement s'interrompit. Tess se redressa. À sa stupeur, la porte du logement de Rusty Bosworth s'ouvrit sur la quadragénaire maigre et ridée, qui sursauta et pressa une main décharnée sur sa poitrine.

— Oh là là, vous m'avez fichu la trouille. Il me semblait bien avoir entendu quelque chose, mais avec l'aspirateur...

Médusée, Tess resta un instant bouche bée.

— Excusez-moi. Je pensais que... enfin que... Rusty Bosworth...

— Oh, pardon, je ne me suis pas présentée. Je suis Vivian, la femme de ménage du commissaire Bosworth.

Soudain, elle fronça le nez.

— Mais dites donc, ce n'est pas vous que j'ai vue tout à l'heure dans le hall ?

— Si, absolument. Je... je le cherchais... le commissaire.

— Il n'est pas là. À propos, enchaîna Vivian, suspicieuse, comment vous êtes entrée ? Moi, j'avais cru comprendre que vous habitiez ici.

Tess réfléchissait à toute vitesse. Si Erny était dans l'appartement, Vivian aurait remarqué quelque chose d'inhabituel. Manifestement, elle avait sa propre clé, était libre de ses mouvements. Rusty Bosworth n'aurait quand même pas eu l'audace de cacher Erny dans un lieu où sa femme de ménage entrait comme dans un moulin.

— Hou ! hou ! fit Vivian, agitant les doigts devant les yeux de Tess. Alors, comment vous êtes arrivée jusqu'ici ?

— Euh..., bredouilla Tess. Excusez-moi, je... je vis effectivement dans cet immeuble... de l'autre côté du couloir.

Vivian croisa les bras, les sourcils en accent circonflexe.

— Vous voulez lui emprunter du sucre en poudre, au commissaire ?

— J'étais... avec Rusty... cette nuit. Il se pourrait que j'aie oublié... mes lunettes.

La femme de ménage pinça les lèvres, deux ronds rouges se peignirent sur ses joues parcheminées.

— Oh...

— Ça ne vous dérange pas que je vérifie si je les ai laissées chez lui ?

331

— Je m'en occupe. Où est-ce que vous étiez ?

Tess s'avança d'un pas, franchit le seuil.

— Eh bien... sur le canapé. Et... dans la chambre.

Vivian toussota.

— Je vais voir là-bas, annonça-t-elle d'un ton brusque, désignant le couloir qui menait à la chambre. Vous n'avez qu'à regarder sur le divan.

— Merci.

Tess attendit que Vivian se soit éloignée et entreprit de fouiller fébrilement le salon, la cuisine américaine et le coin-repas, ouvrant meubles et placards.

— Elles sont dans un étui ? lança Vivian.

— Non, elles ont une monture bleue. Elles sont peut-être dans la salle de bains.

— Je cherche...

Tess s'immobilisa, le cœur terriblement lourd. Erny n'était pas dans l'appartement. Bien sûr... Jamais le commissaire ne l'aurait enfermé ici, s'il savait que Vivian venait aujourd'hui. La plupart des femmes de ménage ont un planning hebdomadaire.

Désemparée, Tess observa les quelques rares objets personnels qui tentaient d'égayer le décor froid et banal. Deux photos d'enfants encadrées – pas une de plus – sur la table basse. Un poisson, qui avait l'air d'une imitation, monté sur une grande plaque de bois – appuyée contre le système de jeux vidéo, comme en attendant qu'on l'accroche au mur. Tess la souleva. Dans un angle, sous un verre protecteur, était glissée une photo fanée d'un jeune rouquin qui brandissait un énorme poisson. Le même, constata Tess, étonnée, que celui disposé sur la plaque. Qui donc n'était pas artificiel mais naturalisé. Elle s'émerveilla devant le talent du taxidermiste et ne put s'empêcher d'imaginer combien Erny aurait convoité un pareil trophée.

En étudiant de plus près le cliché, elle s'aperçut que le gamin aux cheveux roux qui exhibait orgueilleusement sa prise n'était autre que Rusty Bosworth. À son côté était accroupi un garçon qui semblait un peu plus âgé que lui. Il avait des lunettes, un visage ingrat et un air de chien battu, comme dépité ou peut-être honteux de n'être pas le pêcheur à qui la chance avait souri.

Avec un tressaillement de dégoût, Tess comprit soudain de qui il s'agissait : Lazarus Abbott, en compagnie de Rusty, au temps de leur prime jeunesse. Son apparence ne laissait nullement deviner le monstre qu'il deviendrait. Il ressemblait à n'importe quel adolescent empêtré de lui-même. Elle scruta la photo, essayant de voir ce que dissimulait l'expression de Lazarus. Mais il n'y avait rien à voir. Juste un garçon au bord d'un lac, en été.

Un homme roux, à la figure ronde – le père de l'heureux pêcheur, selon toute vraisemblance – se tenait derrière Rusty, une main fièrement posée sur l'épaule de celui-ci. Peut-être projetait-il déjà de faire naturaliser le poisson pour son fils. Derrière Lazarus, un type en T-shirt, grand et maigre, le poil noir, dardait des yeux jaloux, quasi hargneux, sur Rusty et sa pêche miraculeuse. Tess reconnut instantanément ce regard brûlant de colère. Nelson Abbott. En plus jeune et plus mince, sans une ride. Mais Nelson Abbott, indubitablement.

Elle reposa le trophée – souvenir d'une partie de pêche qui, pour l'un des cousins, s'était achevée dans la gloire, et pour l'autre dans la honte. Mais bizarrement, cela lui donna le sentiment déroutant d'avoir oublié quelque chose.

— Pas de lunettes nulle part, dit Vivian en la rejoignant. J'ai pourtant tout passé au peigne fin. Et vous ?

— J'ai fait chou blanc, moi aussi. Je demanderai à Rusty de chercher encore.

— D'accord. Désolée...

— Je vous laisse reprendre votre travail. Merci.

— De rien.

Vivian la raccompagna jusqu'à la porte qu'elle referma. Tess eut la sensation qu'ainsi s'effondrait son dernier espoir. Où est mon fils, espèce de salopard ? hurla-t-elle mentalement à Rusty Bosworth. Où est-ce que tu le séquestres ?

Elle entendit l'aspirateur se remettre à ronfler. Vivian nettoierait le moindre centimètre carré de cet appartement. Où que puisse être Erny, Tess ne trouverait rien de lui ici.

27

Malgré les instructions de la police, les journalistes s'étaient regroupés devant l'Auberge de Stone Hill et mitraillèrent Tess de questions :

— Vous savez qui a kidnappé votre fils ?

— Il y a du nouveau, Tess ?

— Vous avez l'impression qu'on se venge de vous à cause de Lazarus Abbott ?

Elle tremblait quand elle pénétra dans le vestibule. L'officier Virgilio, adossé au chambranle du salon, son portable sur l'oreille, était en pleine conversation. L'autre, le plus costaud, feuilletait le journal dans la bibliothèque, en tapant doucement du pied sur le sol. Il tourna les yeux vers Tess.

— Vous avez des nouvelles, officier Swain ?

— Non, madame, je suis navré, répondit-il, et il semblait sincère.

Elle poussa un soupir.

— Ces maudits journalistes sont de retour. J'ai les nerfs à vif, je ne supporte plus ce harcèlement.

Mac Swain posa le journal sur la table.

— Je vais vous débarrasser d'eux, madame, déclara-t-il avec une tranquille détermination.

Et il s'en fut sommer les reporters d'évacuer

les lieux. Tess secoua la tête. Autant vouloir chasser une nuée de moustiques. Ils se disperseraient un moment, puis rappliqueraient daredare. Néanmoins les entendre rouscailler et battre en retraite lui fit du bien.

— Merci, officier, dit-elle à Swain lorsqu'il la rejoignit.

— Tout le plaisir est pour moi.

— Vous avez vu ma mère ?

— Non, désolé.

Tess se dirigea vers la cuisine puis vers la suite de Dawn, et frappa à la porte-fenêtre masquée par un rideau.

— Maman ?

Ce fut Julie qui lui ouvrit, chiffonnant un mouchoir dans sa main. Vêtue d'une chemise-veste constituée de carrés de tissu bigarrés, elle avait les yeux rougis, furibonds.

— Oh, c'est toi, dit-elle d'un ton accusateur.

— Je cherche maman...

— Elle est sortie. Avec M. Phalen.

— Avec Phalen ? s'exclama Tess. Mais à quoi pense-t-elle ? Tu n'as pas essayé de l'en empêcher ?

— Non mais, franchement, elle est adulte ! D'ailleurs, j'ai mes propres problèmes !

— Comment ça s'est passé, au commissariat ? Jake y est encore ?

— Oui, il y est encore, répondit Julie qui referma la porte. Évidemment qu'il y est encore ! Pourquoi diable tu as demandé à cet avocat de l'accompagner au poste ?

— Parce que j'ai eu peur qu'on l'arrête. Je te signale que Jake a publiquement menacé Nelson Abbott. Il avait besoin d'un avocat.

— Peut-être, mais pas de ce Ramsey. Au commissariat, tout le monde le déteste. Sa présence fait plus de mal que de bien.

Julie se laissa tomber, tel un ballot en patchwork, sur le canapé de Dawn.

— Jake se serait mieux débrouillé seul. Il connaît la plupart de ces flics depuis des années. Ils auraient sans doute été sympas, s'il n'avait pas débarqué avec cet avocat de malheur. Celui-là, ils lui reprochent tout ce qui est arrivé.

Tess se planta les ongles dans les paumes, compta jusqu'à dix.

— Je regrette que tu le prennes de cette façon. Je voulais simplement essayer d'aider Jake.

— Tu parles d'une aide, renifla Julie.

Tess agita les mains.

— Je ne... hmm... comment te dire ? Dans l'immédiat, j'ai moi-même des petits soucis. Mon fils a disparu. Il est quelque part dans la nature, en tête-à-tête avec un assassin...

Julie eut aussitôt les larmes aux yeux, l'air contrit. Elle tamponna son nez écarlate avec le mouchoir tout froissé.

— Je n'ai pas oublié Erny. Jamais de la vie je n'oublierais Erny.

C'était vrai, Tess en avait conscience, cependant elle se sentait blessée. Elle s'assura que la porte-fenêtre était bien fermée, avant de chuchoter d'une voix vibrante de colère :

— Je vais te dire autre chose. Dans toute cette affaire, il y a un coupable, et je sais de qui il s'agit : le commissaire Bosworth. Alors si tu tiens à attaquer quelqu'un, ne te trompe pas de cible.

Julie ravala ses pleurs et fixa sa belle-sœur avec des yeux ronds.

— Mais qu'est-ce que tu racontes ? Tu es cinglée ?

— Non, je ne suis pas cinglée.

— D'où tu sors une idée pareille ? Oh..., murmura Julie, réprobatrice, c'est pour ça qu'il te fallait l'adresse de Rusty Bosworth.

— Oui, et je l'ai obtenue par Charmaine. Je suis allée à l'appartement, mais Erny n'y était pas. Ç'aurait été trop simple. Il l'a caché ailleurs.

— Caché... ? Qu'est-ce que c'est, cette histoire ? Maintenant tu crois que Rusty Bosworth a tué Nelson et kidnappé Erny ? Tu en as parlé à la police ?

Tess lui décocha un regard lugubre.

— Pour leur annoncer que je soupçonne leur commissaire ?

— Je ne sais plus, moi. Je n'imagine pas Rusty Bosworth en train de faire des choses pareilles.

— Oui, tu ne m'étonnes pas, rétorqua Tess, ébauchant un geste qui coupait court à la discussion.

— Je veux dire... la dernière fois, c'était Nelson Abbott que tu condamnais.

Tess pivota brutalement vers sa belle-sœur.

— Je ne le *condamnais* pas. J'avais des informations.

— Qui n'étaient probablement pas très solides.

— Elles étaient incomplètes, rectifia sèchement Tess.

— Fausses, autrement dit. Comme en ce qui concernait Lazarus.

Tess eut l'impression d'avoir reçu une gifle.

— Merci, Julie. Merci beaucoup pour ton soutien.

Tournant les talons, elle quitta la suite de Dawn, claqua violemment la porte-fenêtre. Elle se sentait piégée, dans une impasse. Les policiers montaient la garde dans le vestibule et, dehors, les journalistes étaient encore aux aguets, probablement.

Tess alla dans sa chambre, contempla les deux lits. Le sien, bien bordé, et celui d'Erny avec sa courtepointe fripée et son oreiller de travers.

Elle s'assit sur le lit de son fils, prit son oreiller qu'elle serra contre sa poitrine, y enfouit son visage et se balança d'avant en arrière, laissant enfin couler les larmes qu'elle s'était évertuée à contenir toute la journée. Elle ne pouvait plus respirer, lui semblait-il, elle ne pouvait plus reprendre son souffle. Elle répétait en silence le nom de son enfant : Erny. Où es-tu, Erny ? Est-ce que tu es toujours vivant, Erny ?

Petite fille, elle s'était bornée à dire la vérité telle qu'elle la connaissait. Les adultes qui l'entouraient avaient fait le reste. Mais peut-être l'ordre pervers de l'univers avait-il décidé qu'elle n'avait pas encore assez souffert pour son rôle involontaire dans l'injustice infligée à Lazarus Abbott.

Que me faudra-t-il encore perdre avant d'avoir payé ma dette ? songea-t-elle, amère. Où est mon garçon ?

Elle avait le sentiment que Julie l'avait attaquée au moment où elle était le plus vulnérable, où lui remémorer ses défaillances, ses échecs était pour elle la pire des choses. Car jamais elle n'avait oublié, pas une seconde, que c'était sa parole qui avait scellé le destin de Lazarus Abbott. Certes elle avait feint de ne pas voir les journalistes, mais elle avait entendu leurs insinuations.

Ces gens n'avaient pas la moindre idée de ce qu'elle éprouvait au fond de son cœur. Ils ignoraient ce que c'était – grandir dans l'ombre d'un tel crime. Tess se rappelait le jour de l'exécution avec une absolue précision. On avait prévenu les membres de la famille qu'ils pouvaient y assister, à la prison, mais tous avaient refusé. Même Jake. Au moment où Lazarus était mis à mort, Tess se trouvait à l'université, elle se terrait dans une bibliothèque et faisait semblant de bûcher, en attendant l'annonce qui « mettrait fin » à la souffrance des siens.

Mais quand ce fut terminé, longtemps avant de découvrir que Lazarus n'était peut-être pas le meurtrier, Tess apprit la triste vérité sur la vengeance et la peine capitale. Après l'exécution, elle s'aperçut qu'elle ne se sentait pas mieux pour autant. Pas moins coupable d'avoir gardé le silence pendant qu'on enlevait sa sœur dans la nuit. Pas moins intimement fâchée contre Jake qui les avait laissées seules sous la tente ce soir-là pour aller au bal.

La vengeance ne ramènerait pas son adorable et innocente Phoebe, ni n'épargnerait à son père l'angoisse qui s'était soldée pour lui par une crise cardiaque fatale. La vengeance ne soignerait pas sa famille. Tess avait compris, trop tard, que la mise à mort de Lazarus Abbott, même à l'époque où elle était persuadée de sa culpabilité, n'avait rien apporté de bon. Rien du tout.

Soudain, la porte de la chambre s'ouvrit. Dawn parut sur le seuil, vêtue de son paletot dont elle avait relevé le col.

— Tess, ça va ?

Celle-ci essuya furtivement ses larmes, se redressa.

— Où étais-tu ?

— Ken et moi, nous avons roulé dans les environs, à la recherche d'Erny. Je viens juste de rentrer pour changer de chaussures et mettre des bottes en caoutchouc. Nous voulons longer la piste cavalière jusqu'au terrain de camping. En tout cas aussi loin qu'on nous le permettra. Je remarquerai peut-être un détail qui leur aura échappé. Ça vaut le coup d'essayer. Je ne peux pas rester là à me tourner les pouces. Et toi, tu as trouvé quelque chose ?

Tess fit non de la tête et suivit sa mère dans le couloir.

341

— Bon, voyons voir où j'ai rangé ces bottes, dit Dawn en se dirigeant vers le cellier. Enfile un pull. Tu as l'air transie.

Elle n'avait pas la force de discuter. Docile, elle enfila un pull et se rendit au salon. Kenneth Phalen y était installé près de la cheminée dans le fauteuil Windsor. Il parut sentir les yeux de la jeune femme sur lui et tourna son regard vers elle.

— Je suis tellement navré pour votre fils... J'ai voulu être au côté de votre mère. Dans des moments pareils, il faut participer aux recherches. Ne serait-ce que pour ne pas devenir fou.

— Oui...

— Je sais ce qu'on éprouve quand son enfant a disparu. Je n'oublierai jamais le sentiment d'impuissance qui nous torturait quand nous ne trouvions Lisa nulle part... Elle a fugué une dizaine de fois avant... la dernière.

— Erny n'a pas fugué. C'est ce que la police veut nous faire croire, mais ce n'est pas vrai. On l'a kidnappé.

— Oh, je sais. Bien sûr, je sais. Cela ne change malheureusement rien à ce que ressent un père ou une mère : la peur insupportable qu'il leur arrive quelque chose d'atroce. Je ne compte plus les nuits passées à chercher Lisa, à marchander avec Dieu – si je la retrouve et qu'elle va bien... Enfin bref, quand ils tombent dans la drogue, c'est un cauchemar.

Tess croisa les bras sur sa poitrine.

— Les jeunes ne... tombent pas dans la drogue comme ça, n'est-ce pas ? N'y a-t-il pas des signes avant-coureurs, ne devine-t-on pas qu'ils sont très perturbés ?

Une pointe de rancune brilla dans les yeux de Phalen, pour s'effacer aussitôt.

— Quel âge a votre fils ?

— Dix ans.

— Lorsqu'ils ont cet âge-là, c'est en effet l'illusion qu'ont les parents. On pense qu'on fera tout pour son gamin, que par conséquent il aura une vie heureuse et échappera à cette horreur.

— Il n'y a pas un peu de vérité, là-dedans ?

— Si... quand on a de la chance.

Dawn reparut, chaussée de ses bottes en caoutchouc.

— Vous êtes prêt, Ken ?

— Absolument.

Il s'empressa de la rejoindre dans le vestibule, prit sa parka grise suspendue près de la porte, ainsi qu'une canne dans le porte-parapluies.

— On pourrait en avoir besoin, expliqua-t-il.

— Je vous..., bredouilla Tess, guindée. J'apprécie votre aide.

Il lui étreignit brièvement l'épaule.

— Courage.

Tess se détourna, ravalant ses larmes.

— Sortons par-devant, dit Dawn. Nous ferons le tour de l'auberge.

— D'accord, répondit Ken qui ouvrit la porte.

— Tess, ma chérie, viens dehors avec nous respirer un peu.

Tess les accompagna, glissant son bras sous celui de sa mère. Elle balaya le parking des yeux.

343

— Tiens... on dirait que les vautours se sont dispersés.

— Hélas, ils n'abandonneront pas, rétorqua amèrement Dawn. Ken a son portable. Nous t'appellerons dans un moment.

Tess opina, inhala l'air humide, gris.

— Merci...

— N'aie pas peur, murmura Dawn.

Ce fut à contrecœur que Tess lâcha sa mère. Celle-ci descendit les marches du perron, s'avança sur le sentier où Ken l'avait précédée et, à l'aide de la canne, écartait les herbes. Dawn se retourna pour regarder sa fille.

— Je ne m'absenterai pas longtemps. Mais... qu'est-ce que ça fait là ? s'étonna-t-elle soudain, agacée, remarquant un objet qui gâtait l'aspect si impeccable et pimpant de la façade.

Trois pas dans l'allée gravillonnée, et elle saisit la canne à pêche, appuyée contre le treillage derrière le banc.

— Oh, c'est la canne à pêche qu'Erny a fabriquée, balbutia Tess. Jake l'avait rapportée.

Dawn se radoucit; elle examina la ligne bricolée par son petit-fils.

— Quelle merveille. Notre petit Erny...

— Mon Dieu... maman ! gémit Tess.

Dawn, secouant la tête, tendit la canne à sa fille.

— Non, Tess, ne t'écroule pas. Va la ranger dans le cellier. Il s'en resservira bientôt, dit-elle d'un ton ferme.

— D'accord.

344

— Nous serons vite de retour, promit Dawn qui s'éloigna.

Tess serra la ligne contre son cœur, fit au revoir de la main à sa mère qu'elle n'apercevait pourtant déjà plus. Ensuite elle se laissa tomber sur le banc, planta la gaule toute droite sur la marche en pierre, devant elle, et la contempla.

Elle imaginait son fils affairé à trouver les divers éléments dont il aurait besoin pour son chef-d'œuvre. Le long tuteur pour les pieds de tomates. La ficelle, utilisée sans doute pour attacher les plants à la perche. Où avait-il déniché ces machins-là ? songea-t-elle, souriant à travers ses larmes. Chez son oncle ? Non... Ni Jake ni Julie n'étaient des as du jardinage.

Puis elle se rappela. Le domaine Whitman. Erny y était ce jour-là avec Jake. Sans doute ses trouvailles provenaient-elles de la terre que Nelson Abbott avait entretenue avec tant de zèle au cours des années. Heureusement, Nelson ne saurait jamais qu'Erny, dans le potager, lui avait chipé de quoi fabriquer une canne à pêche.

Tess serra de nouveau sur son cœur l'enfantine invention grâce à laquelle son fils espérait attraper un énorme poisson. Et au lieu de ça...

Elle fit glisser entre ses doigts la ficelle jusqu'au petit leurre métallique, rectangulaire, qu'Erny avait maladroitement fixé à l'extrémité de cette mince ficelle passée dans l'œil ménagé sur un côté du rectangle et retenue par un nœud. Elle saisit le bout de métal, le retourna...

Elle eut un haut-le-corps.

Le leurre qu'avait choisi Erny était une médaille en argent, usée par le temps et la saleté. Un seul mot y était gravé : « Espérance. » Tess fut d'abord décontenancée puis, soudain, effarée comme si elle avait franchi le seuil d'une porte ouvrant sur un précipice.

La mienne ? se dit-elle. Forcément. La tête bourdonnante, à tâtons, elle extirpa de son col roulé sa propre chaîne. Sa médaille y était suspendue, comme à l'accoutumée.

Les mains tremblantes, elle compara les deux médailles – identiques, bien que celle attachée à la ficelle soit éraflée et bossuée. Elle examina de nouveau cette dernière, plus minutieusement. Au dos, à peine visibles, étaient tracés des nombres.

Le cœur de Tess battait à se rompre, il lui semblait entendre une sorte de grondement dans l'air.

Les trois nombres formaient une date. Il lui fallut un moment pour comprendre. Son cerveau était cotonneux, elle eut du mal à établir un rapport entre ces chiffres et un jour, un mois, une année. Une date.

La date de naissance de Phoebe.

28

— Phoebe ? souffla-t-elle, serrant dans sa main la médaille abîméc.

Et si, en murmurant ce nom, en tenant cette médaille comme s'il s'agissait d'une amulette, elle pouvait ramener sa sœur depuis si longtemps disparue ?

— Phoebe...

Un instant, elle resta en suspens dans le temps. Avec la sensation que, d'une certaine manière, parce qu'elle avait dans les doigts ce talisman égaré, il lui suffirait de se retourner et tout serait changé. Sa sœur de treize ans aux cheveux d'or, avec son pantalon de survêtement et ses bagues dentaires, serait juste derrière elle, à quelques centimètres. Souriante... Le visage de Phoebe, perdu durant des années, maintenant presque oublié, était subitement tout à fait clair dans l'esprit de Tess. Elle tenta de s'y cramponner, de le garder auprès d'elle, mais les contours se brouillèrent et l'image s'effaça. La jeune femme en eut le cœur déchiré, le sentiment qu'un charme avait été rompu.

Elle considéra la ficelle enroulée autour de ses doigts. Il fallait détacher la médaille, défaire le nœud par lequel Erny l'avait fixée à sa ligne.

Elle avait les mains insensibles, livides et engourdies. Malgré tout, elle réussit à venir rapidement à bout des boucles exécutées par son fils. La ficelle s'échappa, preste et fine.

Tess baisa longuement la médaille. Phoebe... Tu la portais ce jour-là, le dernier...

Le désagréable goût du métal sur ses lèvres la ramena brutalement au présent. Elle ne pensa plus à sa sœur mais à Erny qui avait retrouvé la chaîne de Phoebe. À l'endroit, manifestement, où il avait déniché le tuteur et la ficelle pour sa canne à pêche. Là où l'assassin de Phoebe avait autrefois caché sa victime. Au domaine Whitman. Où Nelson Abbott, son fils Lazarus et son neveu avaient tous travaillé.

Tess se redressa et, chancelante, courut vers l'angle de l'auberge où Dawn et Ken Phalen, quelques minutes auparavant, s'étaient éloignés sur le sentier. Elle ne les aperçut pas.

— Maman ! cria-t-elle.

Elle était tout étourdie, tant elle avait hâte de montrer à sa mère cette relique de la vie et de la mort de Phoebe. Oh, mon Dieu, maman... Quand tu verras ce que j'ai trouvé. Ce qu'Erny a trouvé...

Dawn et Ken ne répondirent pas à ses appels. À l'évidence, ils avaient déjà parcouru trop de chemin pour l'entendre. Elle s'efforça de réfléchir. Elle pourrait contacter Dawn sur son portable. Non, inutile. Sa mère était d'une autre génération, jamais elle ne prenait son téléphone pour aller marcher dans les environs de

348

l'auberge. Phalen avait le sien, en revanche, mais Tess ne connaissait pas son numéro.

La médaille au creux de sa paume, Tess respira à fond. Essayer de les rejoindre ? Non... Je pourrais sans doute les rattraper, mais je perdrais un temps précieux. Or il n'y avait pas une minute à perdre.

Elle avait la certitude qu'Erny était enfermé là où le meurtrier avait jadis séquestré Phoebe. Le domaine Whitman. La résidence de Chan Morris. C'était parfaitement logique, en réalité. Elle n'avait jamais visité le domaine, mais était passée à proximité. Il y avait des dépendances, une grange – l'idéal pour dissimuler un enfant kidnappé. Des cachettes que Lazarus Abbott, qui travaillait là, connaissait forcément. Des cachettes que son cousin Rusty, qui lui aussi travaillait là en été, connaissait également.

Ça ne pouvait pas être si difficile à localiser. L'esprit de Tess bouillonnait, partait dans toutes les directions. Concentre-toi... Le domaine Whitman. Situé à l'écart d'une petite route à Stone Hill. Elle se rappelait avoir vu le panneau en emmenant Erny se balader, lors de précédents séjours, pour admirer les montagnes, les feuillages qui changeaient de couleur.

Elle plissa le front. Harrison Road ? Non, ce n'était pas ça. Elle ferma les yeux, s'astreignit à visualiser le paysage. Harriman Road. Oui, voilà. Harriman Road. Maintenant, il ne lui restait plus qu'à se rendre là-bas.

Elle rentra dans l'auberge. Elle avait besoin d'un vêtement chaud, de son mobile, ses clés de voiture. Elle se força à avoir des gestes assurés, sans précipitation. L'officier Virgilio l'observait, son collègue Swain la salua gentiment, mais pour Tess ils étaient soudain pareils aux soldats d'une armée d'occupation. Se contraignant au calme, à la retenue, elle mit sa veste, enroula une écharpe en laine autour de son cou et saisit son sac.

— Je dois sortir un petit moment, annonça-t-elle.

— Vous avez reçu un coup de fil ou quelque chose de ce genre ? demanda Virgilio, soupçonneux. Ne jouez pas les héroïnes, mademoiselle DeGraff. Si on vous a contactée pour vous donner des informations, vous avez intérêt à nous le dire immédiatement.

— On ne m'a pas contactée, répondit-elle, sincère.

— Il faut que je sois en mesure de vous joindre si on téléphone pour exiger une rançon, insista Virgilio. En ce qui concerne votre fils, votre autorisation peut m'être nécessaire. Il serait sans doute préférable que vous ne bougiez pas d'ici. Au cas où.

Elle hésita, écartelée.

— J'ai mon portable sur moi, murmura-t-elle.

— Et moi je serai là, intervint Julie qui referma la porte des appartements de Dawn et s'avança dans le couloir, telle une couverture en patchwork ambulante.

Elle lança un coup d'œil à Tess qui étudia sa belle-sœur – sa figure empreinte d'honnêteté, ses lunettes, sa coiffure peu seyante, son corps grassouillet, sa façon de se tenir très droite, digne. Julie ne demanda pas où allait Tess ni pourquoi.

Leur prise de bec était oubliée. Fidèle Julie... Disposée à faire tout ce que Tess voudrait qu'elle fasse. Présente, fiable et rassurante, ainsi qu'elle l'avait toujours été.

— La tante d'Erny peut parler pour moi pendant mon absence, dit Tess. Je lui confie la vie de mon fils. Tu connais mon numéro de portable, n'est-ce pas ?

La petite bouille de Julie devint aussi sévère que le visage d'une guerrière.

— Par cœur.

Tess descendit de la voiture et observa la vieille et immense demeure coloniale entourée d'arbres toujours verts, avec son toit pentu et ses rangées de fenêtres aux volets clos. Les montagnes se dressaient en arrière-fond comme un décor de théâtre.

Elle avait tenté, en roulant vers le domaine Whitman, de joindre Chan Morris au *Record*, mais la secrétaire du directeur lui avait déclaré qu'il était en réunion et qu'on ne pouvait pas le déranger.

En montant l'escalier du perron, elle remarqua qu'il n'y avait pas de plan incliné permettant à un fauteuil roulant de franchir l'obstacle que représentait cette volée de marches. Comment l'épouse de Chan se débrouillait-elle pour sortir, quand il n'était pas là ?

Tess sonna à la porte et attendit.

Peut-être avaient-ils des domestiques. Une gouvernante, par exemple. Une femme aussi fragile et handicapée que Sally n'était évidemment pas en état de s'occuper d'une maison aussi gigantesque. Tess appuya de nouveau sur la sonnette.

Bon, si personne ne répond, je vais explorer la propriété, et si ces gens me reprochent d'être sur leurs terres, je trouverai bien quelque chose à raconter.

Elle allait se détourner, quand lui parvint de l'intérieur de la demeure une voix ténue mais distincte :

— Entrez...

Tess réalisa qu'elle avait presque espéré ne pas obtenir de réponse afin de pouvoir entreprendre ses recherches sans avoir à se justifier. À présent que cette voix douce l'appelait, elle était obligée d'obéir et d'expliquer les raisons de sa visite.

La porte s'ouvrit sans difficulté. Elle donnait sur un hall chichement éclairé, imprégné d'une odeur de moisi, qui faisait face à un long couloir et un escalier à la rampe incurvée, en noyer.

— Madame Morris ?

— Qui est là ?

— Tess DeGraff. Puis-je vous parler un instant ? Où êtes-vous ?

— Ici. Suivez le couloir..., dit la voix qui faiblissait.

Un fauteuil roulant était plié et posé contre l'escalier. Tess longea le couloir, jetant un coup d'œil dans les pièces, à droite et à gauche. Le bruit de ses pas se répercutait sur le parquet. Le décor était étonnamment austère. Malgré les élégantes moulures et les hauts plafonds de l'immense maison, son mobilier paraissait être un hommage à la discrétion caractéristique de la Nouvelle-Angleterre, et la résidence semblait avoir connu des jours meilleurs.

Elle s'arrêta sur le seuil d'un salon tapissé d'un papier à rayures grises, meublé de fauteuils, d'un canapé et d'une causeuse assortis, au capitonnage usé jusqu'à la trame. Au-dessus de la cheminée, trônait une huile imposante représentant la grand-mère de Chan. Tess reconnut la dame des photos exposées dans les bureaux du *Record*, ses traits sévères, ses yeux noirs et perçants. Sur un autre mur, au-dessus de la causeuse, était accroché le portrait – beaucoup moins impressionnant – d'une jolie jeune femme en robe blanche. La mère de Chan ?

Elle s'avança pour regarder le tableau de plus près.

— Ici...

Tess sursauta violemment, pivota et avisa une canne appuyée contre l'une des bergères à oreilles. La frêle Sally Morris était blottie dans le fauteuil, ses grosses chaussures gisant près d'un pied du siège.

– Excusez-moi, je ne vous avais pas vue. J'admirais..., bredouilla Tess, montrant la peinture.

— La mère de Chan, soupira Sally.

Elle tourna la tête et fixa un regard vide sur les maigres flammes qui brûlaient dans la cheminée – et que, depuis le seuil de la pièce, Tess n'avait pas non plus remarquées.

— Elle était ravissante, commenta celle-ci.

Sally opina, repoussa sa chevelure en arrière. Sur le côté droit de sa figure, on distinguait, à la naissance des cheveux, une longue coupure en voie de guérison. Tess n'y avait pas prêté attention, chez Charmaine. Sally, aujourd'hui, était emmitouflée dans un ample pantalon, un épais pull-over et des chaussettes – pour dissimuler tous les hématomes qui marquaient ce corps si fragile, étendu l'autre jour sur la table de massage ?

L'épouse de Chan leva vers elle des yeux qui semblaient envahis par la pénombre ambiante.

— Je suis désolée de vous avoir fait venir pour rien, dit-elle. Dès que j'ai eu raccroché, j'ai réalisé que c'était une erreur. J'ai essayé de vous rappeler, mais vous ne répondiez pas.

Tess la dévisagea sans comprendre.

— Vous n'êtes pas la femme de SHARE[1] ?

— Share ?

Affolée, Sally se plaqua contre le dossier de son fauteuil.

— Mais qui êtes-vous ? Pourquoi êtes-vous ici ?

---

1. Sexual Harassment/Assault Advising, Resources and Education – Centre de prévention, d'assistance et de documentation pour les victimes de harcèlement et de violences sexuels.

— Je suis Tess DeGraff. Vous ne vous souvenez pas ? Nous nous sommes rencontrées à l'aéroport.

Sally parut d'abord déconcertée, puis déçue.

— Oh... Qu'est-ce que vous voulez ?

— Je, euh... je cherche quelque chose. Euh..., bégaya Tess, subitement consciente qu'elle n'avait pas préparé d'explication vraiment plausible. Mon fils... était ici récemment, et je crois qu'il a oublié...

— Sa canne à pêche, acheva Sally d'un ton morne. Votre frère est déjà passé la reprendre.

Tess se mordit les lèvres.

— Il a aussi laissé une veste. Mon frère était censé s'occuper de lui, mais vous connaissez les hommes...

Sally ne répondit pas, concentrant son attention sur le pauvre feu qui dépérissait dans la cheminée.

— Enfin bref, cela ne vous ennuierait pas trop que je fouine dans les parages ? Je sais qu'il s'est amusé du côté de votre étang et dans les champs.

— Ça m'est égal, rétorqua Sally de sa voix sourde et triste.

Tess sortit à reculons du salon.

— Merci. Je vous suis vraiment très reconnaissante.

Sally souleva à peine sa main, l'agita comme pour chasser sa visiteuse. Soudain, celle-ci entendit la porte d'entrée claquer. Chan, sans doute. Il comprendrait immédiatement que la présence de Tess avait un rapport avec la disparition d'Erny et, même si son aide pouvait être utile, il fallait se méfier – elle ne tenait pas à ce que ses propos s'étalent à la une du *Record*.

Mais avant qu'elle ait pu imaginer une manière de présenter les choses à Chan, une grosse femme aux épais cheveux noirs et au teint fleuri, vêtue d'un volumineux manteau de tweed gris, s'encadra dans la porte.

— Ah, vous voilà, madame Morris ! s'exclama-t-elle avec entrain. Je m'appelle Gwen. Je représente SHARE.

— Non, je n'ai pas besoin de vous. Allez-vous-en !

Sans se laisser démonter par la panique de son interlocutrice, Gwen donna une poignée de main à Tess.

— Vous êtes une amie de Sally ?

— Je... non. Je suis juste venue demander à Mme Morris la permission de chercher quelque chose... dans sa propriété.

Le sourire de Gwen s'évanouit. Elle tira un fauteuil à côté de celui de Sally, et darda sur Tess un regard direct.

— Voulez-vous nous excuser ? Je dois parler à Mme Morris en tête-à-tête.

Sally fondit en larmes et posa une main molle sur la manche en tweed de Gwen.

— Vraiment je... je vous remercie d'être venue, mais je n'aurais pas dû vous déranger. Je me sentais juste... un peu faible. Si j'arrive à prendre du repos, simplement du repos, je sais que ça ira mieux.

— Non, vous avez eu raison d'appeler, répliqua Gwen.

Sur la pointe des pieds, Tess quitta le salon et traversa le hall. Sally devait être en pleine crise; SHARE était peut-être une organisation destinée aux gens atteints de maladies musculaires.

Elle sortit de la demeure. Un van bordeaux orné du logo SHARE était garé devant le perron. À part ça, le domaine Whitman paraissait désert.

Où, dans cette immensité, Rusty Bosworth avait-il caché Erny ?

Tess se remit au volant et, roulant lentement, passa devant une grange, un enclos où des chevaux broutaient dans l'ombre des montagnes couronnées de neige.

La grange ? se dit-elle. Descendant de voiture, elle s'en approcha.

Contrairement à la maison, la structure d'un rouge fané semblait ne pas avoir été repeinte depuis des années et avait un air d'abandon. Tess y entra. Hormis un chat que son intrusion offusqua, il n'y avait là que du fourrage, un fourbi défraîchi, et c'était à peu près tout. En outre, les portes étaient ouvertes. Qui aurait l'idée de séquestrer quelqu'un dans un lieu qui n'était même pas fermé à clé ?

D'un côté de la grange se trouvait cependant une porte close sur laquelle était cloué un écriteau : « Bureau. » Tess secoua la poignée, en vain.

— Erny !

Elle pesa de tout son poids contre le battant qui n'était pas verrouillé, mais dont le bois gonflé par l'humidité était bloqué contre le chambranle – il céda brusquement, si bien que Tess manqua s'étaler au milieu de la pièce. Les murs disparaissaient sous des programmes d'affouragement du bétail, soigneusement écrits, un calendrier de pin-up juchées sur des tracteurs et autres machines agricoles, des listes de tâches à effectuer et des équipements à contrôler. Sur la table s'entassaient des piles de quittances et de mémentos.

Tout ça n'a aucun rapport avec Erny, songea-t-elle.

Elle s'apprêtait à sortir, quand elle eut le réflexe de vérifier dans le tiroir du bureau s'il n'y aurait pas des clés. Si elle pouvait éviter de forcer les portes de tous les bâtiments du domaine...

Pas de clés, malheureusement. Zut... Elle allait refermer le tiroir, quand son œil fut attiré par une espèce de dentelle rose dépassant de sous des modes d'emploi concernant du matériel. Une enveloppe rose, d'où Tess extirpa une carte de Saint-Valentin, bordée de dentelle, usée et froissée à force d'avoir été tripotée. La main qui avait, de son écriture nette et soignée, établi les programmes d'affouragement, avait noté « Saint-Valentin, 1961 ». En dessous du message d'amour traditionnel, on lisait : « À N. Pour toujours et à jamais, M. »

Un bruit fit soudain sursauter Tess. Pivotant, elle découvrit un chat qui l'épiait. Elle

358

s'empressa de ranger la carte dans son enveloppe et de replacer le tout sous les modes d'emploi. Puis elle quitta la grange et regagna son véhicule. Alors qu'elle s'engageait sur la route sinueuse qui traversait le domaine, elle vit le van bordeaux, avec Gwen au volant, dans son manteau de tweed, foncer vers les grilles.

Tess, quant à elle, mit le cap sur le réseau de chemins qui quadrillaient la propriété. Tel un petit bateau de pêche jetant à l'eau ses appâts pour attirer le poisson, elle dépassa à petite vitesse un verger jonché de pommes pourrissantes qui avaient la couleur du sang séché, des prairies d'herbe brunie où l'on enfonçait jusqu'aux genoux, des jardins dont les multiples massifs étaient à présent enveloppés de fine toile pour l'hiver, et l'étang où Erny était tombé de la branche sur laquelle il était perché.

Elle scrutait les environs tout en conduisant, à la recherche d'un bâtiment, sans savoir exactement ce qu'elle pouvait s'attendre à trouver.

Et puis, alors qu'elle commençait à se demander si elle ne s'était pas une nouvelle fois trompée dans son raisonnement, elle amorça une descente et aperçut, à demi dissimulée par les arbres, une longue et basse bâtisse en bois – elle était flanquée d'un côté par un carré de terre à moitié défoncée et qui avait, manifestement, longtemps servi de parking pour une camionnette ou une voiture.

Tess sentit son cœur battre plus vite. Elle se gara sur le carré de terre et sortit de la voiture. À pas lents, elle longea le bâtiment. Une tondeuse autotractée et un petit motoculteur s'abritaient des intempéries sous deux appentis ouverts. À l'autre extrémité, se dressait une cabane pourvue d'une large porte sans imposte, au loquet cadenassé. Un endroit où on pouvait stocker des fournitures, du matériel – des tuteurs pour les pieds de tomates et de la ficelle, par exemple.

Une cabane de jardinier. Le local, dans le domaine, que connaissait le mieux Lazarus Abbott. Celui où Nelson, Rusty et lui commençaient toujours leur journée de travail.

Tess humecta ses lèvres sèches et, flageolant sur ses jambes, se dirigea vers la porte cadenassée. Aucune lumière ne filtrait de la cabane. Elle s'en approcha sans bruit, en retenant sa respiration. Seigneur, je t'en prie, fais qu'il soit là-dedans. Je t'en supplie. Fais qu'il soit vivant.

De son poing serré, elle tambourina contre le battant.

— Erny... C'est moi, c'est maman. Tu es là ? Erny ?

Pas de réponse. Elle faillit s'effondrer. Elle avait été tellement sûre d'avoir mis dans le mille. Si sûre, une fois de plus. Et une fois de plus, elle s'était complètement gourée. Elle se dégoûtait. Quand cesserait-elle de faire de ses moindres petites intuitions des certitudes en béton ?

Son fils n'était pas là. Il avait disparu et elle ne le reverrait sans doute jamais.

Une douleur atroce, où le remords et la haine de soi se mêlaient, lui lacérait le cœur. Pourquoi t'ai-je emmené dans ces bois abandonnés de Dieu ? N'y avais-je pas déjà subi une indicible perte ? Pourquoi n'ai-je pas mieux veillé sur toi ? Comment ai-je pu laisser une chose pareille se produire ?

Elle se sentit sombrer, comme si l'eau l'engloutissait; elle lutta pour respirer, résister à ces ténèbres qui l'entraînaient vers le fond. La fin de son espérance.

Alors, tout à coup, elle entendit une petite voix chuchoter derrière la porte :

— Maman ?

29

Elle eut l'impression que son cœur explosait, se plaqua contre le battant.

— Erny ? s'écria-t-elle. C'est toi ? Tu vas bien ?

— M'man ! Ouvre-moi, grouille !

Les yeux noyés de larmes, Tess remercia le ciel en silence, avec ferveur.

— Juste une minute. La porte est verrouillée, je vais me débrouiller.

Elle secoua le cadenas, tira dessus de toutes ses forces, sans résultat. Tant pis. Aucune importance. Tu es capable de résoudre le problème, se dit-elle.

— Une petite minute, mon poussin. Je vais chercher un truc pour te délivrer. Ne... ne bouge pas.

Elle jeta un œil dans l'appentis qui abritait le motoculteur, mais il n'y avait rien qui puisse lui être utile. Elle scruta l'espace environnant, désolé, et son regard se posa sur la voiture de Kelli. Le cric. Elle s'en servirait pour faire sauter le loquet.

Elle s'élança vers la voiture, priant pour qu'il y ait bien un cric dans le coffre. Elle fourgonna dans le fatras de clubs de golf, de bottes de ski et de matériel d'escalade, ouvrit le logement pour la roue de secours en retenant son souffle... et poussa un cri de jubilation. Le cric était à la place idoine. Évidemment. Kelli était un soldat, elle avait donc l'équipement réglementaire. Tess s'en empara et retourna à la cabane au pas de course.

— Erny, écoute-moi. Recule, écarte-toi de la porte. Je vais l'écrabouiller.

— M'man, t'es supergéniale !

Tess éclata de rire, elle ne put s'en empêcher.

— Merci, mon chéri.

Elle souleva le cric. Il lui semblait que son cœur, de joie, prenait son envol. Erny n'avait rien. Selon toute probabilité, il n'avait rien. Sa voix était claire, forte. Jamais il n'aurait été aussi alerte si Rusty Bosworth lui avait fait du mal. Non, l'histoire ne se répéterait pas.

Sans doute vaudrait-il mieux rebrousser chemin jusqu'à la demeure et demander à Sally – ou téléphoner à Chan Morris pour lui poser la question – s'il existait un double de la clé du cadenas; ou encore avertir quelqu'un d'autre qu'elle avait besoin d'aide. Mais elle refusait de patienter. Elle ne s'éloignerait pas d'ici sans la main d'Erny dans la sienne. Elle allait libérer son petit garçon, quitte à fracasser cette porte.

Tel un titan, elle abattit le cric sur le cadenas qui tressauta, pivota, mais que le choc n'endommagea même pas. Autour du loquet, en revanche, le bois très sec craqua. Tess frappa violemment de son arme improvisée la vis qui assujettissait au battant le système de fermeture. Des écailles de peinture, de bois giclèrent. Elle cogna encore, à plusieurs reprises. Puis elle jeta le cric sur le sol et tenta de dévisser la clenche. Malheureusement, elle n'avait pas encore assez de prise pour réussir à la retirer.

— Dépêche, maman !

— C'est ce que je fais, mon chéri.

Il lui fallait un levier. Une pince ou même un marteau, dont elle coincerait la panne derrière le loquet afin d'arracher les vis. Elle courut de l'appentis abritant le motoculteur à celui préservant la tondeuse autoportée... rien. Puis elle passa mentalement en revue tout ce que contenait le véhicule de Kelli.

Soudain, elle eut une idée. Elle se rua vers le coffre de la voiture et, de nouveau, fureta dans l'équipement sportif de sa nièce, se saisit du sac de golf, petit et léger. Elle examina les quelques clubs que Kelli gardait à portée de main. Un putter. Un driver... Et puis elle trouva. Un fer n° 5. Voilà qui ferait l'affaire. Elle regagna au triple galop la cabane et, tenant le club bien droit, en glissa l'oblique tête métallique entre le loquet et la porte. Elle agrippa le manche du club. Maintenant, s'exhorta-t-elle. Explose-le, cet emmerdeur. D'une brusque secousse, elle abaissa le manche vers son épaule. Après deux tentatives infructueuses, un grand craquement retentit. Les vis fusèrent du bois et le loquet se décrocha, avec son cadenas désormais inutile.

Crispant les doigts sur le bord de la porte, bandant tous ses muscles, elle tira. Le battant bougea et, avec un cri, Erny se mit à pousser de l'autre côté.

Un instant après, il était libre, sautait dans les bras de Tess, la renversait. Ils roulèrent ensemble sur le sol, Erny cramponné à sa mère comme à une planche de salut.

— Tu vas bien ? Tu n'es pas blessé ?

Il était épouvantablement sale, les larmes avaient tracé des sillons sur ses joues crasseuses. Il fit non de la tête, sans lâcher Tess, tremblant, sa poitrine maigrelette gonflée de sanglots.

— Merci, Seigneur, souffla-t-elle en étreignant son enfant. Oh, mon petit bébé, je suis si heureuse que tu ailles bien.

Ils restèrent ainsi un moment, à se bercer, submergés par le soulagement et la gratitude. Tess finit par reprendre sa respiration et murmurer à l'oreille de son fils :

— Erny, écoute. Écoute-moi. Regarde-moi.

Elle réussit à le persuader de s'écarter un peu d'elle. Ses yeux hagards lui fendirent le cœur.

— Mon poussin, il faut nous en aller avant que l'homme qui t'a enfermé ici revienne. D'accord ?

Il hocha la tête, l'air sidéré. Son petit corps fluet tremblait toujours.

— Comment tu as su où j'étais ?

Elle lui sourit, au bord des larmes, se mordit les lèvres. Elle ne voulait pas pleurer. Pas maintenant. Quand ils seraient en sûreté, ils auraient le temps de s'abandonner à l'émotion.

— Tu m'as laissé un indice. Sur ta canne à pêche.

— Ma canne à pêche ? répéta-t-il, fronçant les sourcils. Ben non.

— La médaille avec laquelle tu as fait un leurre pour les poissons, tu sais ? En réalité, c'était une médaille qui appartenait à Phoebe. Elle la portait au cou, pendue à une chaîne. Apparemment, il y a longtemps de ça, ma sœur a été enfermée dans cette cabane, elle aussi.

— Ta sœur qui est morte ?

Tess éluda la question. Les implications étaient trop évidentes et atroces.

— Je me suis dit que si tu avais fabriqué ta ligne ici, c'était ici que tu avais découvert la médaille. Alors je suis venue te chercher.

— C'est grâce à Leo ! Moi, j'étais en train de bricoler avec le long bâton et la ficelle que j'avais chipés dans la cabane, expliqua-t-il d'un ton animé, montrant derrière lui la porte ouverte de son ancienne prison. Leo, lui, il jouait à creuser des trous dans la terre, et il a trouvé la médaille.

Tess repoussa les boucles poussiéreuses qui tombaient sur le front de son petit garçon.

— Wouah... Je dois un nonos à notre Leo.

— Un nonos gigantesque.

— Allons-y. Ça va, tu peux marcher ?

— Je tremble de partout. On se gelait là-dedans.

— La voiture est chauffée. Tiens, prends ma veste.

Elle ôta sa veste en laine et la drapa sur les étroites épaules de son garçon, tout en l'entraînant vers la voiture. Il grimpa sur le siège du passager, poussa le sac en cuir de sa mère sur le plancher, et s'enveloppa dans la veste.

— Grouille avec le chauffage, m'man.

Tess n'avait pas besoin qu'on l'aiguillonne. Elle referma vivement le coffre du véhicule, s'installa au volant et verrouilla les portières, mit le contact et poussa le chauffage au maximum. Elle dénoua l'écharpe qu'elle avait autour du cou.

— Tiens, mets ça aussi.

— J'en veux pas, s'offusqua-t-il. C'est rose. Tu la gardes.

— Ce n'est pas rose, objecta Tess, amusée. C'est groseille, mais d'accord. Tout va bien, ajouta-t-elle, autant pour Erny que pour elle-même. Tout ira bien, maintenant.

Elle recula pour rejoindre l'un des chemins qui traversaient le domaine.

— Nous allons appeler quelqu'un de confiance.

— Tu devrais avertir les flics, maman. Dis-leur.

— Je ne peux pas m'adresser à la police, rétorqua-t-elle, la mine sombre, tandis que la voiture cahotait déjà sur le chemin de terre. L'homme qui t'a enlevé est un flic. C'est même le commissaire.

Erny la dévisagea fixement.

— Non..., murmura-t-il.

— Si, malheureusement.

— Comment tu le sais ?

— C'est une longue histoire.

— Il a tué ce type ? Celui du terrain de camping ?

— Apparemment, oui.

Erny resta un instant silencieux.

— Pourquoi ?

— Ça, c'est une excellente question. Mais je ne connais pas la réponse.

— Wouah...

Elle coula un regard vers son garçon emmitouflé dans sa veste, blotti contre la portière. Ses yeux étaient pareils à des calots noirs.

— Erny, tu l'as vu tuer ce type ?

Il secoua gravement la tête.

— Non. Il creusait. Je cherchais du bois pour le feu et je l'ai vu qui creusait un trou.

— Et où était le... cadavre ?

— Dans la voiture, derrière. Je le savais pas, mais il était sur la banquette. Alors, moi, j'ai crié. C'est pour ça que celui qui creusait m'a couru après avec la pelle.

— Il t'a tapé avec la pelle ?

Erny haussa les épaules.

— J'ai fait semblant d'avoir très mal, mais c'était pas si terrible.

— Où ? insista Tess.

— Là-bas, dans les bois.

— Non... quelle partie de ton corps a-t-il frappée ?

Il montra vaguement son flanc d'un air faussement désinvolte.

— À peu près par là.

Tess décida aussitôt de le faire examiner par un médecin, des pieds à la tête, dès leur retour à l'auberge.

— Je suis tellement désolée, Erny. Pour tout. Que tu aies découvert ce cadavre. Que cet homme t'ait frappé, qu'il t'ait enfermé dans cette cabane.

Le petit garçon grimaça.

— Ben, j'aurais pas dû regarder. Dans la voiture, je veux dire. Si j'avais pas regardé, je l'aurais pas vu, le mort. Alors j'aurais pas crié, et le mec, il m'aurait pas couru après.

— Ce n'était pas ta faute, mon chéri, je t'assure.

— J'ai pas pu m'en empêcher, maman. C'était tellement cool. J'avais juste envie de me rincer l'œil. J'en avais jamais vu de si près.

Tess sourcilla.

— Quoi donc ? Un cadavre ?

Erny soupira, d'un air de dire qu'elle était vraiment bouchée.

— Mais non, pas un cadavre. Une Mercedes, maman. Une super-Mercedes.

30

Tess freina si brutalement que tous deux manquèrent heurter le pare-brise. Elle arrêta la voiture, pivota vers Erny.

— Une Mercedes ?

— Oui... noire.

Les mains de Tess, sur le volant, étaient moites.

— Comment était l'homme qui t'a enlevé ? Est-ce que c'était un grand costaud avec des cheveux roux et une moustache ?

Il grimaça, comme s'il avait du mal à croire que sa mère commette une aussi grossière erreur.

— Mais non, il avait les cheveux noirs et des yeux comme ceux de ces chiens esquimaux.

Pétrifiée, Tess regardait droit devant elle. Des cheveux noirs et les yeux gris pâles d'un husky. Chan Morris. Il conduisait une Mercedes – il était l'une des rares personnes de cette région qui avaient les moyens de s'offrir ce genre d'automobile. Et la cabane où Erny avait été enfermé était située sur ses terres.

Tout collait. C'était évident. Simplement, cela n'avait aucun sens. Pourquoi Chan Morris ? Tess avait la sensation que son esprit tournoyait

– une toupie. Elle devait cesser de se perdre en conjectures. Une fois de plus, elle s'était trompée de coupable. Ce n'était pas Rusty Bosworth. Et dans l'immédiat, elle n'avait pas le temps de résoudre ce casse-tête.

Dire que tout à l'heure, quand elle avait installé Erny dans la voiture, elle s'était sentie en sécurité. Ce n'était plus le cas. Elle était dans la propriété de Chan Morris. Il risquait d'arriver d'un instant à l'autre. Peut-être était-il déjà là, non loin de la cabane du jardinier. Résolu à se débarrasser du témoin capable de l'expédier en prison pour le meurtre de Nelson Abbott.

— Erny, écoute-moi. Passe derrière, et accroupis-toi entre la banquette et le siège de devant. Mets ma veste sur toi pour qu'on ne te voie pas, et ne bouge pas tant qu'on ne sera pas sortis du domaine. D'accord ?

— Pourquoi il faut que je fasse ça ?

— Parce que je te le dis. Dépêche-toi. Cet homme peut revenir d'une minute à l'autre. Vite, mon chéri.

Erny détacha sa ceinture de sécurité et sortit de la voiture pour se faufiler dans l'étroit espace derrière le siège du passager.

— J'arrive pas à refermer la portière, se plaignit-il.

— Je sais, je vais t'aider. Surtout... reste baissé.

Tess descendit à son tour du véhicule qu'elle contourna, se pencha sur la banquette et disposa sa veste sur son petit garçon afin de le dissimuler.

— Tu es sage, tu ne bouges pas un cil.

Elle se redressa, jeta un regard circulaire et claqua la portière. Puis elle regagna sa place au volant.

— Ce type, il a dit qu'il me tuerait, balbutia Erny de sa cachette d'une petite voix terrifiée.

— Non, il ne te touchera pas. Et maintenant, silence jusqu'à ce qu'on soit loin d'ici.

Elle démarra et, à faible allure, descendit le chemin menant à la longue allée qui divisait le domaine en deux. Je ne suis pas capable de protéger Erny toute seule, songea-t-elle. Si seulement je pouvais obtenir de l'aide. Mais Jake était en garde à vue. Elle n'avait pas la possibilité d'alerter la police.

Alors soudain, elle se souvint. Un intense soulagement la submergea. Mais si, elle *pouvait* prévenir la police. Finalement, ce n'était pas Rusty Bosworth qu'elle avait à redouter. Elle allait contacter les policiers, leur expliquer où et comment elle avait retrouvé Erny, et ils se précipiteraient à sa rescousse.

Elle jeta un coup d'œil à son sac, où était rangé son portable, et qu'Erny avait balancé sur le plancher en entrant dans la voiture. Elle tenta d'en saisir la bride tout en continuant à conduire. En vain.

— Maman, qu'est-ce que tu fabriques ? demanda Erny qui, grâce au vide séparant les deux sièges de devant, observait les gesticulations de sa mère.

— J'essaie de récupérer mon portable.

— Je vais te l'attraper.

— Non, tu restes tranquille.

Mais, elle en était consciente, elle ne réussirait pas à tenir le volant et atteindre son sac en même temps. Une fois les grilles franchies, au bout de l'allée, je m'arrêterai pour téléphoner... Attendre semblait cependant déraisonnable, dangereux même. J'ai besoin d'aide tout de suite, songea-t-elle. Il faut que j'explique à quelqu'un ce qui s'est passé. Il faut que les policiers débarquent ici dans leurs voitures de patrouille et nous escortent jusqu'à la maison. Cette image était si tentante que Tess n'y résista pas. La sécurité. La fin du cauchemar.

Je vais m'arrêter. Il ne faudra qu'une minute pour téléphoner, leur dire où nous sommes. Et ensuite nous ne risquerons plus rien.

Le chemin s'incurvait vers l'allée, autour de l'étang. Tess supposa que c'était par ici qu'Erny avait voulu pêcher et était tombé de l'arbre, néanmoins elle se garda bien de l'interroger. Elle ne tenait pas à ce qu'il envoie valser la veste qui le camouflait et surgisse comme un diable de sa boîte. Le chemin suivait le bord de l'étang et virait dans l'allée en direction de l'entrée du domaine.

Quand elle eut bifurqué, Tess gara la voiture sur le bas-côté, se pencha sur le siège du passager pour prendre son sac. Elle le fouilla à tâtons, fut à la fois ravie et soulagée de sentir sous ses doigts son portable, dont elle s'emparait quand on tambourina contre la vitre.

Elle sursauta, laissa échapper un cri. Les yeux gris, ourlés de noir, de Chan Morris la fixaient.

Dans son rétroviseur, elle vit également la Mercedes noire arrêtée quelques mètres derrière elle, et qui ronronnait discrètement.

Redémarre, se dit-elle. Il ne peut pas te retenir. Ou bien comporte-toi normalement. Qu'est-ce qui était préférable ? Avant qu'elle puisse se décider, il posa la main sur la poignée, côté conducteur, et ouvrit la portière. Tess réalisa trop tard que, contrairement à la sienne, la voiture de Kelli n'était pas équipée d'un système de verrouillage automatique.

Chan scruta l'habitacle. Tess n'avait plus guère de choix, sinon mentir et espérer qu'il ne s'en rende pas compte. Reste tranquille, Erny, pensa-t-elle. Pas un geste, pas un bruit. Par pitié.

— Bonjour, dit Chan. Que faites-vous ici ?

Elle lui adressa son sourire le plus radieux.

— Oh, bonjour, Chan. Vous m'avez fait peur.

— Vous auriez dû m'avertir de votre visite, rétorqua-t-il d'une voix où vibrait une note glaciale.

— J'ai demandé à votre épouse si ça ne posait pas de problème. Vous pouvez lui poser la question.

— C'est à vous que je la pose. Que faites-vous ici ?

— Brrr... j'ai un peu froid, cela ne vous ennuie pas que je ferme ?

Elle saisit la poignée intérieure, essaya de tirer la portière qui ne bougea pas d'un millimètre. Chan ne la lâchait pas.

374

— Il ne gèle quand même pas à pierre fendre. Alors, pourquoi êtes-vous ici ?

— Eh bien, quand Erny est venu l'autre jour, il a perdu son sweat-shirt, et j'ai pensé que, peut-être, je le récupérerais.

Chan inclina la tête.

— Un sweat-shirt perdu ? C'est la raison de votre présence ?

Alors même qu'elle acquiesçait, Tess mesura son erreur.

— Votre fils a été kidnappé ce matin. Et vous n'avez rien de mieux à faire que de venir ici chercher son sweat-shirt.

Honteuse du prétexte grotesque qu'elle lui avait servi, Tess fixa le pare-brise de sa voiture, les joues en feu. Chan extirpa d'une poche renflée de sa parka vert olive un objet qu'il agita devant les yeux de la jeune femme.

— Que savez-vous de ceci ?

Tess considéra le cadenas métallique qui pendait au loquet cassé. Chan remit le tout à sa place, plongea une main dans une poche intérieure de son vêtement d'où il sortit un pistolet qu'il braqua sur Tess.

— Je ne sais rien, murmura-t-elle.

— Descendez de cette voiture.

Elle le dévisagea, clouée à son siège. Il l'agrippa rudement par le bras, la souleva, lui cogna la tête contre le métal de la portière puis la menaça de son arme.

— Où est le gamin ? interrogea-t-il en évitant toutefois son regard. Ouvrez la portière arrière.

— Non, Chan. Non, ne faites pas ça, je vous en prie.

— Ouvrez-la ! s'exclama-t-il d'une voix éraillée. Ou vous voulez que j'appuie sur la détente ?

Tess fit non de la tête. Elle tremblait, de peur et de froid. Tout engourdie, elle s'exécuta. Chan se pencha par la portière ouverte et désigna la veste de la jeune femme, qui couvrait Erny à l'arrière de l'habitacle.

— Si vous avez froid, Tess, vous devriez porter votre veste. Prenez-la donc pour moi, voulez-vous ?

— Non, ça va...

— Obéissez ! glapit-il.

Piégée, impuissante, Tess se courba et retira la veste qui protégeait son enfant frissonnant caché derrière le siège. Erny leva vers elle des yeux écarquillés. Leurs deux visages n'étaient qu'à quelques centimètres l'un de l'autre.

Un instant, Tess eut le sentiment qu'ils étaient figés dans le temps et l'espace. Elle avait presque sauvé son fils. Elle avait presque réussi à l'emmener loin d'ici. À présent, parce qu'elle s'était arrêtée pour appeler à l'aide, au lieu d'appuyer à fond sur le champignon, tous deux étaient exposés à un danger mortel. Erny tremblait comme une feuille, scrutait le visage de sa mère, y cherchait une réponse à son angoisse. Tess le regarda droit dans les yeux.

— Écoute, lui chuchota-t-elle. Si je dis « cours », tu ouvres cette portière, tu t'enfuis et tu ne t'arrêtes pas. Tu as bien compris ?

— Qu'est-ce que vous lui racontez ? Sortez de là, gronda Chan.

Il tira Tess vers lui, par l'écharpe qui s'enroula autour du cou de la jeune femme et l'étrangla à moitié. Chancelante, malhabile, elle s'efforça de desserrer cet étau de laine qui lui comprimait la gorge.

Tandis qu'elle s'effondrait contre la portière, respirant des goulées d'air, Chan regarda Erny.

— Je t'avais dit de ne pas quitter la cabane. Et pourtant te voilà. Ta mère ne t'a pas appris à obéir ? cria-t-il, braquant le pistolet sur l'enfant effrayé.

Le spectacle de Chan menaçant Erny de son arme était effroyable. Tess aurait voulu hurler, protester, mais elle saisit vite à quel point ce serait périlleux. À l'évidence, Chan était dans un état de nervosité et d'agitation extrêmes. Il ne fallait surtout pas l'affoler. Efforce-toi de garder ton calme, s'exhorta-t-elle. Fais semblant de ne rien savoir, essaie de parlementer avec lui.

— Chan... je ne comprends pas ce qui se passe. Pourquoi Erny était-il dans cette cabane ?

Il secoua la tête avec lassitude.

— Ne jouez pas la comédie.

— Je ne vois pas de quoi vous parlez.

— Comment vous saviez qu'il était là-bas ? Quelqu'un d'autre est au courant ? À qui vous téléphoniez quand je vous suis tombé dessus ?

Tess tenta sa chance. Elle prit un air navré.

— À la police, autant vous l'avouer. Ils sont en route. Je leur ai tout expliqué, nous faire du mal ne vous avancera à rien.

Chan la dévisagea de ses yeux pâles.

— J'ai vu votre voiture s'arrêter, vous n'avez pas eu le temps d'appeler les flics.

— Ça ne prend pas des heures.

— De toute façon, ils ne vous croiraient pas. Vous êtes la nana qui crie sans cesse au loup.

Il n'avait pas tout à fait tort, hélas.

— J'ai averti plusieurs personnes que je venais ici. Vous ne pouvez pas vous en tirer, affirma-t-elle, catégorique, en espérant secrètement dire vrai.

— Non, non... Vous avez juste suivi une intuition, sinon vous auriez demandé aux flics de vous accompagner. Mais qu'est-ce qui vous a inspiré cette idée lumineuse ? Qu'est-ce qui vous a fait penser à moi ?

Elle aurait souhaité lui mettre sous le nez la faute qu'il avait commise autrefois – la médaille « Espérance » découverte dans sa cabane, une preuve tangible, que Tess avait en sa possession. Mais soudain, avant que les mots ne franchissent ses lèvres, elle réalisa que la médaille était toujours dans sa poche et qu'elle n'en avait pas parlé à qui que ce soit.

Chan n'avait qu'à se débarrasser de ce modeste bijou du passé, d'Erny et de sa mère, ensuite de quoi nul ne le suspecterait jamais.

— Je... j'avais une très bonne raison, bredouilla-t-elle.

— Laquelle ? articula-t-il.

Tess n'y croyait plus. Erny et elle étaient seuls dans ce vaste domaine, avec l'assassin de Phoebe qui pointait une arme sur eux. Et Sally, la seule à savoir qu'ils étaient ici, ne se soucierait pas du sort de Tess. Manifestement, elle avait ses propres problèmes.

— Je n'ai pas à vous répondre. Et des gens savent que je suis ici..., insista-t-elle, même si elle entendait une note de désespoir dans sa voix.

Chan la scrutait, sans détourner le canon de son arme.

— Vous n'avez rien fait, pas vrai ? Ce n'est pas trop tard.

— Si, déclara-t-elle, s'accrochant à ce doute impalpable qu'elle devinait chez lui. Il est beaucoup trop tard.

Il réfléchit un instant puis, de nouveau, secoua la tête.

— Non... Si vous aviez appelé les flics, ils seraient déjà là. Non, non... Si je me débarrasse de vous deux, je suis tranquille.

— Sally sait que je suis ici. Votre femme. Je lui ai parlé... Elle le dira aux policiers.

— Sally n'est plus dans les parages.

Tess songea à Gwen, la représentante de SHARE. Finalement, Sally avait dû la suivre, elle devait être dans le van bordeaux lorsque celui-ci avait quitté le domaine.

— Oui, mais quand elle reviendra...

Chan la regarda fixement et, brusquement, une idée épouvantable vint à l'esprit de Tess.

— Elle n'est plus dans les parages... Vous voulez dire qu'elle est... ?

— Elle a fait une autre chute. On s'est un peu disputés, et elle est tombée dans l'escalier.

— Laissez-nous partir, Chan, implora Tess, ravalant un sanglot. S'il vous plaît.

— Écoutez, vous l'avez cherché, dit-il, comme s'il s'excusait. Moi, je n'ai jamais voulu faire du mal à quelqu'un. Et maintenant, continua-t-il, réfléchissant à voix haute, il faut que j'efface vos traces. Tout ce qui peut permettre d'établir un lien entre vous et cet endroit. Bon, remontez dans la voiture. Votre voiture. Vous prenez le volant. On décampe, loin d'ici.

— Et après ? interrogea-t-elle, bien que redoutant de connaître la réponse.

— Je ne suis pas sûr.

— Vous ne nous relâcherez pas.

Il secoua la tête.

— Une chute pour vous aussi, éventuellement. Bon, installez-vous devant. Mon pistolet et moi, nous serons sur la banquette arrière avec Erny. Comme ça, vous ne ferez pas de bêtises au volant, je n'ai pas à m'inquiéter.

Il allait les abattre. Pourquoi s'en priverait-il ? Un bref instant, Tess pensa qu'il était peut-être plus sage d'obéir à ses directives. Lorsqu'ils seraient sur la route, à l'extérieur du domaine, elle pourrait alerter un automobiliste par des appels de phares.

Mais le découragement l'envahit. Chan épierait le moindre de ses mouvements. Si elle s'avisait d'émettre un signal de ce genre, ce serait pour lui un prétexte suffisant pour tuer Erny.

Erny, qui avait vu le cadavre de Nelson Abbott dans la voiture de Chan. Non... Elle ne prendrait pas le volant et ne laisserait pas

Chan menacer Erny de son arme. Non, il n'en était pas question.

En une seconde, Tess élabora un plan sommaire et se décida. D'un mouvement preste, elle s'approcha de Chan et, de la poche de sa parka, extirpa le cadenas brisé.

— Hé ! protesta-t-il, surpris.

Brutalement, elle frappa avec l'objet métallique la main de Chan qui tenait l'arme. Il poussa un cri, le pistolet tomba sur le sol. Priant pour bien viser, Tess l'envoya d'un coup de pied sous la voiture.

Chan tomba à genoux et, à tâtons, essaya de récupérer son arme sous le véhicule. Du bout de sa botte, Tess frappa encore de toutes ses forces. Ce coup-là aussi atteignit son but, mais fut amorti par l'épaisse veste molletonnée. Chan se redressa lentement, le regard fou, grognant comme un ours blessé. Elle ne serait pas de taille à le combattre, il aurait facilement le dessus. Et s'il voulait son pistolet, il lui suffisait de faire avancer la voiture de quelques mètres. Elle devait absolument empêcher ça.

Tess n'eut qu'une minute pour réfléchir, tandis que Chan pivotait et s'approchait. Elle saisit les clés de contact, leva le bras et les lança aussi loin que possible dans l'étang qui bordait la route.

— Erny, cours ! s'écria-t-elle.

Le petit garçon ouvrit la portière de son côté, sortit en trébuchant et s'élança.

Avec un rugissement, Chan empoigna Tess. Elle réussit à lui échapper mais s'étala sur le sol.

Il plongea pour la rattraper, elle se sauva à quatre pattes. Son instinct lui intimait de suivre son enfant, son pauvre petit garçon tremblant qui courait à toute allure vers la route, cependant sa raison lui rappela que Chan n'avait pas la faculté de traquer deux proies à la fois. Or, pour lui, elle était la plus menaçante des deux.

Alors Tess choisit la direction opposée et sprinta vers la Mercedes dont le moteur tournait au ralenti. Si elle parvenait à se glisser dans la berline et à fausser compagnie à Chan... La luxueuse voiture d'un noir luisant attendait, prête à la sauver. Le plus rapide décrocherait le pompon.

Tess allongea sa foulée, mais Chan était juste derrière elle.

Elle entendit ses jurons lui écorcher les tympans, sentit ses mains la tirer en arrière. Du coin de l'œil, elle vit son poing fermé qu'elle essaya vainement d'éviter quand il cogna sa tempe. Il lui sembla vaguement, alors qu'elle s'effondrait, que des coups pleuvaient sur ses bras repliés.

31

Chan lui ligota les mains avec du chatterton qu'il avait dans le coffre de la Mercedes. Puis il la poussa sur le siège avant de la voiture et claqua la portière, après quoi il s'assit au volant.

— Je le retrouverai. Il n'ira pas loin, marmonna-t-il.

Tess ne répliqua pas. Elle reprenait ses esprits, malgré la douleur qui lui taraudait tout le corps. Chan arrêta la Mercedes à côté de la voiture de Kelli et extirpa de sous son siège un grattoir à givre à long manche. Il coupa le moteur, sortit de sa luxueuse berline après y avoir enfermé sa prisonnière. Puis il se coucha à plat ventre le long de la Honda de Kelli et, à l'aide de son outil, réussit à repêcher le pistolet que Tess avait balancé d'un coup de pied sous le châssis. Il se redressa et brandit l'arme, afin que Tess la voie bien.

Elle tourna la tête, baissa les yeux pour ne pas lui faire ce plaisir. Maintenant il allait pister Erny, et ensuite... L'horreur de la situation l'accabla.

Réfléchis, se dit-elle. Ne renonce pas. Réfléchis. Elle regarda fébrilement autour d'elle, avisa une brochure chiffonnée et abandonnée dans le vide-poches entre les deux sièges. Le terme SHARE y était inscrit en lettres capitales rouges. Sous l'acronyme et le logo, on lisait : Stone Hill Abuse and Rape Emergency[1]. Soudain Tess comprit. Elle songea à la femme meurtrie, blottie dans le fauteuil près du feu mourant. Qui avait peur de rester, qui était incapable de partir toute seule. Les hématomes de Sally n'étaient pas tous dus à des accidents, des chutes provoqués par son état de santé. Elle avait été victime de la violence de son mari. Sally avait fini par lancer un appel au secours, mais, au dernier moment, elle avait paniqué et renvoyé celle qui venait l'aider. Et à présent elle gisait, morte, dans la vaste demeure. Tess sentit les larmes lui monter aux yeux, pour Sally, pour Erny, pour elle-même. Et puis elle se reprit – pour Erny, il n'était pas trop tard.

Chan déverrouilla les portières, se rassit au volant, fourra son pistolet dans la poche intérieure de sa veste et démarra.

— Parfait. Maintenant, je vais retrouver ce gosse.

— Ma voiture est juste là, au beau milieu de votre allée, dit Tess, assez satisfaite d'avoir laissé un indice aussi énorme, incontournable.

— Je peux la trafiquer. Une fois que je me serai débarrassé de vous deux. D'abord, il faut que je retrouve votre... imbécile de gamin.

---

1. Littéralement : Urgences viols et maltraitances de Stone Hill.

384

— C'est un gentil petit garçon, protesta Tess d'une voix rauque. Il n'est coupable de rien. Comment pouvez-vous envisager de faire du mal à un enfant ?

Quelle question stupide, songea-t-elle. Il était l'assassin de Phoebe. Forcément. Pourtant, même si la peur lui étreignait le cœur, elle éprouvait le besoin de le contraindre à avouer.

— Mais qu'est-ce que je raconte ? Vous avez tué ma sœur Phoebe, n'est-ce pas ?

Il ne répondit pas.

La fureur d'autrefois se remit à bouillonner dans les veines de Tess.

— Pourquoi, Chan, pourquoi ? Quel démon vous possédait cette nuit-là ?

Il roulait à une allure d'escargot, fouillant les parages des yeux, pareil à un chasseur attentif au moindre mouvement susceptible de trahir la présence d'Erny.

Tess s'évertuait à le distraire, à l'inciter à engager la conversation.

— Je ne parviens pas à imaginer comment vous et Lazarus Abbott êtes devenus dcs complices. Vous, le golden boy, l'héritier du domaine Whitman, faisant équipe avec un pervers dégueulasse dont tout le monde se moquait... Mais qu'est-ce que vous aviez dans le crâne ?

Chan continuait à scruter, les yeux étrécis, les deux côtés de la route.

— Ah oui... Votre fameuse théorie du complice de Lazarus.

— Vous n'allez pas prétendre que vous n'étiez pas impliqué dans cette affaire.

— Nous n'avons jamais agi ensemble.

— Mais vous avez assassiné ma sœur.

Chan freina, la Mercedes stoppa.

— Je n'y vois rien d'ici. Je vais le chercher à pied. Vous, vous restez dans la voiture.

— Non ! S'il vous plaît, Chan, répondez-moi. Vous ne pouvez pas me dire au moins ça ? Il faut que je sache.

Il la considéra un moment, sembla peser le pour et le contre.

— S'il vous plaît, insista-t-elle. Dites-moi ce qui s'est passé. Ça me torture depuis vingt ans.

— Je suis certain que toutes les deux vous serez bientôt réunies, dit-il avec un sourire inexpressif. Vous n'aurez qu'à lui poser la question.

Tess savait pertinemment de quoi il la menaçait. Elle s'en fichait. Elle voulait qu'Erny se sauve, loin d'ici. Et elle voulait une réponse.

— S'il vous plaît, murmura-t-elle.

Il fronça les sourcils, puis il soupira.

— Lazarus l'a effectivement kidnappée. Sur ce point, vous aviez raison. Il l'a enlevée et planquée dans cette cabane où vous avez déniché Erny. En rentrant du bal, cette nuit-là, je l'ai vu qui l'enfermait là-dedans.

Tess se représenta Phoebe, terrifiée et impuissante; elle eut la sensation que l'épouvantable tragédie datait d'hier.

— Je ne comprends pas. Vous avez vu Lazarus faire ça, et vous n'avez même pas tenté de la secourir...

— Qui a dit que je n'avais pas tenté de la secourir ? contra-t-il.

Médusée, elle le dévisagea.

— Au début, dit-il, je n'ai pas su ce qui se passait. Alors, après qu'il a été parti, j'y suis allé. Dès que je suis entré dans la cabane, la fille s'est mise à supplier. À pleurer et supplier. À m'implorer de ne pas lui faire de mal. De la libérer.

— Et vous l'avez tuée... ? s'écria Tess. C'est insensé. Vous vouliez l'aider et vous l'avez tuée ?

— J'avais mes raisons.

— Quelles raisons ? Une fille terrifiée qui vous suppliait de la secourir ? Ou qui était à votre merci et que vous pouviez violer ? C'était ça ? C'était le sexe ? Un fantasme SM qui a dérapé ?

Du plat de la main, il lui asséna une gifle retentissante. Elle eut l'impression que ses dents s'entrechoquaient.

— Ce n'est pas ça du tout. Je ne suis pas un pervers comme Lazarus.

— Comment Nelson a-t-il compris que c'était vous ? L'ADN prouvait qu'il s'agissait d'un parent de Nelson, or vous n'êtes pas...

Elle s'interrompit, considérant les traits à la fois séduisants et cruels de Chan, et fut de nouveau envahie par ce sentiment d'avoir oublié quelque chose, qui l'avait déjà tracassée dans la journée.

Alors, soudain, elle se rappela à quel moment elle avait éprouvé cette perturbante impression : quand elle s'était introduite dans l'appartement de Rusty Bosworth et avait vu le poisson naturalisé, la plaque – et la photo.

Tout à coup, la vérité lui apparut. Elle comprit, du moins, pourquoi Nelson Abbott avait été assassiné; ce qu'il avait dit à Chan en apprenant les résultats de l'analyse ADN, quand il lui avait rendu visite dans les bureaux du *Record*.

— Qu'est-ce que vous regardez ? Arrêtez de me fixer.

Tess hocha la tête. Elle devait avoir raison. Lorsqu'elle pensait à ça, l'irritant sentiment d'une omission, d'un lien enfoui au tréfonds de son esprit, se dissipait.

— Vous lui ressemblez, murmura-t-elle. Quand il était jeune.

Chan la foudroya des yeux.

— De quoi vous parlez ?

— De votre père.

— Richard Morris et moi n'avions absolument aucune ressemblance, marmonna-t-il entre ses dents. Maintenant, vous la bouclez. On perd du temps. Vous allez le regretter.

Malgré ses menaces, Tess, étrangement, n'avait pas peur. Elle connaissait son secret. Elle le lisait dans ses yeux, qui évitaient les siens.

— Vous saviez depuis longtemps que Nelson Abbott était votre père ?

Elle s'aperçut que sa question avait entamé la concentration de Chan, qu'elle l'empêchait de continuer à chercher Erny. Il le lui ferait payer, mais elle s'en fichait. Chaque seconde gagnée représentait pour Erny un espoir de prendre le large. Qu'au moins un des protagonistes de cette affaire survive.

— Fermez votre grande gueule, gronda Chan. Qui vous a raconté ça ?

— Personne. Aujourd'hui, j'ai vu une photo de Nelson quand il était jeune.

— Insinueriez-vous que ma mère couchait avec le jardinier ? railla-t-il, les mâchoires contractées. Vous faites erreur, ma chère.

Mais, dans l'esprit de Tess, les pièces du puzzle s'assemblaient. La ressemblance physique entre les deux hommes. La carte de la Saint-Valentin, « de M. à N. », pieusement conservée.

— Quel était le prénom de votre mère ? questionna-t-elle.

— Le prénom de ma mère ? En quoi ça vous concerne ?

— Quel était son prénom ?

— Meredith. Elle s'appelait Meredith. Ça va, vous êtes contente ?

— Dans la grange, j'ai trouvé une carte de la Saint-Valentin. Ancienne, que votre mère avait offerte à Nelson autrefois.

Le cœur de Tess cognait, mais cette fois elle ne se laisserait pas terrifier et réduire au silence. Elle ne pouvait pas se le permettre. Pour le salut d'Erny, elle devait pousser Chan à parler, encore et encore. C'était son unique moyen d'action, puisqu'elle était ligotée et, donc, impuissante. De toute façon, cet homme était l'assassin de Phoebe. Et Tess avait besoin de connaître toute l'histoire.

— C'est ce que Nelson est venu vous dire au journal, n'est-ce pas ? Qu'il avait réalisé que vous étiez le meurtrier de Phoebe, à cause de l'ADN. C'était vous, obligatoirement, parce qu'il savait que vous étiez son fils.

— La ferme ! hurla Chan qui lui décocha un regard haineux – il semblait capable de la tuer de ses mains nues. Fermez-la. Vous jacassez à tort et à travers.

— Nelson a toujours cru que Lazarus avait tué ma sœur, insista Tess, rassemblant tout son courage. L'idée que ce pouvait être vous ne l'a jamais effleuré. Jusqu'à l'annonce des résultats de l'analyse ADN. Par conséquent, durant toutes ces années, Nelson devait savoir que vous étiez son fils.

Il ricana.

— Non. Il prétendait s'en être toujours douté. Mais il n'avait pas de certitude.

Chan se tut; elle vit, à son expression, qu'il revivait mentalement son ultime discussion avec Nelson. Enfin, il soupira.

— Quand elle a découvert que ma mère était enceinte, ma grand-mère l'a flanquée dehors. Grand-mère n'a jamais imaginé que Nelson était le père, ajouta-t-il avec un rire méprisant. Elle l'aurait viré. Putain, elle l'aurait châtré. Elle n'était pas commode.

— Elle ne vous en a jamais parlé ?

— Qui, ma mère ?

Chan émit un nouveau ricanement, moqueur celui-là, et fixa un regard aveugle sur le pare-brise.

— Non... Elle ne m'a jamais rien dit à propos de Nelson. Elle ne l'a jamais dit à Nelson non plus. Mais il l'a toujours soupçonné. Moi, je ne me doutais de rien. Putain, j'ai cru que Richard Morris était mon père jusqu'au jour de ses obsèques.

— C'était à quelle époque ? demanda-t-elle avec douceur.

— J'avais quatorze ans. Ma mère était furieuse contre moi ce jour-là, parce que je refusais de porter une cravate. Elle s'est mise à hurler que je devais me montrer respectueux envers Richard, lui qui avait tant fait pour moi, lui qui m'avait traité comme son propre fils.

À ce souvenir, même après tant d'années, Chan secoua la tête d'un air abasourdi.

— J'étais sidéré. Je lui ai posé la question : « Qu'est-ce que tu veux dire, *comme* son propre fils ? » Elle m'a répondu : « Figure-toi que tu avais deux ans quand je l'ai épousé. J'étais seule au monde. Ta grand-mère m'avait jetée dehors et coupé les vivres, parce que j'étais enceinte, que je souhaitais abandonner l'université pour avoir mon bébé. J'ai été obligée de devenir vendeuse. Il n'y a pas beaucoup d'hommes avec une maison et un bon métier, comme Richard, qui auraient pris une femme avec un gosse de deux ans. »

Chan soupirait, secouait la tête, grimaçait – il semblait patauger dans un cloaque. Puis il se tourna vers Tess.

— Quand j'ai pensé à ce que ma vie avait été... pendant un moment, je n'ai pas pu parler. Et puis, je lui ai dit : « Et mon vrai père ? » Elle m'a répondu qu'il était marié. Qu'il n'était même pas au courant, pour moi. Là-dessus, elle a

391

ajouté... « Tu n'avais pas besoin de lui, tu avais Richard. » C'est à cet instant que je... que j'ai perdu les pédales. Toute ma vie, j'avais supporté ça... souffert. Et tout ça pour découvrir...

Surprise, Tess capta un reflet mouillé dans le regard de Chan. Il soupira encore, plusieurs fois, et s'ébroua comme pour chasser ces souvenirs.

— Alors je lui ai dit, à ma mère... « Tu savais que Richard était un pervers ? Que Richard, depuis que je suis tout petit, m'avait forcé à avoir des relations sexuelles avec lui ? »

Elle lut dans les yeux de Chan une telle révolte qu'elle eut sincèrement pitié de lui.

— C'est vrai ?

— Évidemment que c'est vrai ! cria-t-il. Et vous savez comment elle a réagi, ma mère ? Elle m'a regardé et elle a dit : « Ne parle pas comme ça de Richard. Il s'est toujours bien occupé de nous, et maintenant je ne sais pas ce que je vais devenir. » Voilà, je cite exactement ses paroles. « Il s'est bien occupé de nous. » Heureusement, enchaîna-t-il d'un ton vibrant de rage, elle a eu un cancer. Six mois plus tard, elle était crevée.

— Seigneur, murmura Tess, quelle épouvantable histoire.

— Ce n'est pas une histoire. C'est ma vie.

— Je ne voulais pas...

Chan redressa les épaules.

— Bon, ça suffit. Où est ce bordel de rouleau de chatterton ?

Il sortit de la voiture et se mit à fouiller l'arrière de l'habitacle.

392

— Je vais vous fermer votre grande gueule une bonne fois pour toutes.

Tess observa par la vitre de la portière les arbres et le brumeux ciel d'automne. Elle songea à toutes les souffrances qui les avaient amenés jusqu'à cet instant. Chan, autrefois victime, avait à son tour fait des victimes. Toute cette colère refoulée qui explosait et se déchaînait. C'était aussi triste qu'effroyable.

Alors qu'elle passait la tête par la vitre baissée, attendant que Chan revienne la bâillonner, elle distingua soudain un mouvement dans les bois, au-delà de l'étang. Son sang se figea. Elle s'efforça de comprendre ce qu'était cette chose qui bougeait imperceptiblement.

Et brusquement, elle le reconnut. Erny. Il était accroupi près d'un arbre au tronc noir et au feuillage feu. Il la fixait. Leurs regards s'accrochaient l'un à l'autre – celui du petit garçon empli de terreur. Ravalant une exclamation, Tess prit une expression si sévère qu'elle était presque dure. Du menton, elle montra la route et, en silence, articula les mots « cours – va-t'en ».

Erny, à croupetons dans l'herbe, les yeux écarquillés, lisait sur ses lèvres.

Il ne comprend pas, pensa-t-elle, accablée. Il se cache là, il attend que je m'enfuie. On va tous les deux se faire tuer.

Alors, du fin fond de son désespoir, elle vit son fils lever la main et désigner la route. Il pointa l'index deux fois vers les grilles du domaine, puis vers sa propre poitrine.

Le soulagement la submergea. Elle remercia le ciel, ferma un bref instant les paupières. Quand elle les rouvrit, elle chercha de nouveau le regard de son petit garçon qui hocha énergiquement la tête. Il eut une hésitation puis disparut derrière l'arbre.

À ce moment, Tess entendit un bruit de déchirure. La portière s'ouvrit, côté passager, Chan Morris se pencha et appliqua sur la bouche de la jeune femme un grand rectangle de chatterton argenté. Tess était désormais muette. Elle ferma les yeux et pria pour qu'Erny continue à courir.

32

Jake et Julie étaient enlacés, Dawn souriait.
– Tout va bien maintenant, ça va, dit Jake,
mais on ne savait trop s'il parlait à sa femme
ou à lui-même.

Julie déployait des efforts considérables pour
ne pas pleurer. Elle se cramponnait au dos musclé de son époux, le modeste diamant de sa
bague de fiançailles lançant des éclats timides
dans la lumière du vestibule de l'auberge. Kenneth Phalen et Ben Ramsey, légèrement en
retrait, assistaient à ces retrouvailles familiales.

— Comment avez-vous réussi votre coup ?
demanda Kenneth au jeune avocat. Dawn était
vraiment inquiète.

— J'avoue qu'il a fallu un moment pour localiser le type qui a préparé les peintures pour
Jake, dans ce magasin de North Conway. Mais
nous l'avons retrouvé.

— Jake a eu de la chance de vous avoir à ses
côtés. Au fait, je me présente : Kenneth Phalen.
Je... je suis un ami de Dawn. Je vivais ici, il y a
une éternité.

— Ben Ramsey.

Les deux hommes échangèrent une poignée
de main.

— Laisse-m'en un peu, dit Dawn à sa belle-fille.

À contrecœur, Julie s'écarta de son mari qui étreignit brièvement sa mère, de toutes ses forces. Quand il la lâcha, il se tourna vers Ben.

— Je vous dois une fière chandelle, mon vieux.

— Mais non, objecta Ben avec un sourire. J'ai pu vous aider, tant mieux. Nous devrions annoncer votre retour à Tess.

— Elle n'est pas là, dit Julie.

La déception se peignit sur le visage de Ben.

— Ah bon ? Il y a eu du nouveau, pour Erny ?

— Non, il n'y a rien et je suis malade d'inquiétude, répondit Dawn. On essaie de la contacter depuis une heure sur son portable, elle ne répond pas.

Ben fronça les sourcils.

— Ça n'a pas de sens. Il faut qu'elle ait ce téléphone dans sa main, pour être joignable à tout instant.

— Je sais, murmura Dawn. Croyez-moi, je sais.

— Et vous ignorez où elle est allée ? interrogea Ben. Vous n'en avez aucune idée ?

Dawn fit non de la tête.

— Je n'étais pas là quand elle est partie. Kenneth et moi, nous avons marché en direction du terrain de camping, à la recherche d'une trace quelconque d'Erny. Nous avons d'ailleurs perdu notre temps.

— Moi, j'étais là au moment de son départ, déclara Julie.

— Qu'a-t-elle dit exactement ? lui demanda Ben.

— Eh bien, les flics...

Agrippant la main de Jake, elle jeta un coup d'œil vers le couloir, mais les officiers étaient toujours dans la cuisine où ils buvaient un café.

— Il y en a un qui l'a provoquée, chuchota-t-elle. Il a dit qu'elle ne devait pas s'en aller, au cas où il faudrait prendre une décision pour Erny... vous voyez le genre ?

Ben acquiesça gravement.

— Tess n'en a pas démordu. Elle a dit qu'il lui fallait s'absenter et que si des décisions devaient être prises, ils pouvaient s'adresser à moi. Qu'elle me confiait...

La voix de Julie s'étrangla.

— ... qu'elle me confiait la vie d'Erny.

— Qu'est-ce qu'elle mijote ? marmonna Jake.

— J'ai eu l'impression..., bredouilla Julie. C'était juste une impression, notez bien...

— Quoi ? coupa Jake.

— Je ne sais pas. Elle ne se fiait pas à la police. Il m'a semblé qu'elle ne voulait pas qu'ils sachent où elle était.

Les yeux de Ben s'arrondirent.

— Oh, bon Dieu.

— Quoi ? fit Jake.

— Rien. Rien, répondit Ben.

— Eh ben, moi, je vais la chercher, décréta Jake. Je sais pas où chercher. Mais la bagnole de Kelli, je la connais. Alors c'est ça que je vais chercher.

— Oh non, le supplia Julie. C'est trop dangereux.

Jake se tourna vers elle avec une étonnante gentillesse.

— Ne te tracasse pas, tout ira bien. Et vous, monsieur Ramsey... Ben, qu'est-ce que vous faites ?

— Je pense... j'ai envie de parler à Edith Abbott. Des souvenirs lui sont peut-être revenus qui, éventuellement, nous seraient utiles. Ça vaut le coup d'essayer.

Dawn et Julie le considérèrent d'un air anxieux; elles doutaient manifestement qu'il soutire à Edith un renseignement susceptible de les aider.

— Jake, restons en contact permanent, ajouta Ben. Téléphonez-moi dès que vous apprenez quelque chose. Sur Erny ou sur Tess.

— OK. Pareil pour vous.

Les deux hommes se serrèrent la main.

— Quant à moi, je propose de patrouiller de nouveau dans les environs, dit Kenneth.

Jake le fixa d'un œil soupçonneux, mais Ben opina.

— D'accord, nous avons besoin de toutes les bonnes volontés.

— Appelez-nous, et soyez prudents, les exhorta Dawn tandis qu'ils sortaient dans l'allée pour regagner leur véhicule.

Jake démarra le premier, sur les chapeaux de roues, et Kenneth le suivit. En revanche, Ben resta un moment immobile au volant, contemplant le banc où, plus tôt dans la journée, Tess et lui s'étaient assis. Il se remémora leur conversation. Il lui avait quasiment dit que Rusty Bosworth était responsable de la mort de Nelson Abbott et du rapt d'Erny. Et pourtant il avait passé tout l'après-midi avec Bosworth, dans la même pièce, ou du moins dans le commissariat, où Rusty allait et venait, entouré d'une phalange de flics. Rusty n'avait littéralement pas eu une seconde pour tendre une embuscade à Tess. Où qu'elle soit, elle n'était pas avec le commissaire, qui préparait une conférence de presse lorsque Jake et son défenseur avaient quitté le poste de police.

Non, si quelqu'un retenait Tess prisonnière quelque part, Rusty Bosworth n'avait aucun rapport avec cet individu. Ben était forcé de l'admettre. Il allait se rendre chez les Abbott et demander à Edith si elle connaissait à Nelson un autre parent susceptible de partager une partie de son patrimoine génétique.

Cette personne devait fatalement exister. Et Ben pouvait forcément faire quelque chose pour retrouver Tess.

Il démarra à son tour et rejoignit la route dans la pénombre violacée du crépuscule, alluma ses phares et prit la direction du domicile des Abbott. Il pensait à Tess. Elle avait ranimé en lui une forme d'espoir qui, après le décès de Melanie, semblait l'avoir quitté à jamais. Il avait remarqué Tess pour la première fois lors de cette tumultueuse conférence de presse concernant Lazarus. Avec ses cheveux bruns et son teint crémeux, elle était trop belle pour passer inaperçue. Mais il était immunisé contre les belles femmes. Melanie, n'est-ce pas, avait un visage d'ange.

Le même jour pourtant, au terrain de camping, quand il avait croisé Tess qui promenait Leo, il avait senti crépiter entre eux la fameuse étincelle, reconnaissable entre mille. Il y avait chez cette jeune femme une intelligence, une sorte de noble solitude qui l'avaient touché. Il s'était aussi étonné qu'elle ait un fils qui paraissait trop âgé pour qu'elle en soit la mère. Depuis ce moment, chaque fois qu'il voyait Tess ou lui parlait, il était de plus en plus attiré par elle.

Il avait cru ne jamais guérir de Melanie. Ses cheveux étaient devenus tout gris. Il avait abandonné tout ce qui lui était familier. Trois ans après, la trahison de Melanie l'empoisonnait encore, distillait en lui amertume et stupeur. Elle lui avait dit qu'elle allait passer le week-end en Floride avec une amie de faculté. Il avait appris la vérité lorsque la police de Miami l'avait contacté. Il avait découvert qu'elle était dans une luxueuse suite d'hôtel à Coral Gables avec un jeune avocat du cabinet de l'époux cocufié. Melanie avait succombé à une rupture d'anévrisme, son amant était couché près d'elle dans le lit, évanoui.

Encore aujourd'hui, dès qu'il y songeait, le feu lui brûlait la figure, et son cœur n'était plus que cendres, consumé par la honte et la fureur. Il avait quitté son cabinet, il avait quitté la ville et tenté d'oublier, mais on n'oubliait jamais. Il avait eu la conviction de connaître son épouse.

Or il vivait avec une étrangère. Il lui semblait impossible de redonner un jour sa confiance à quelqu'un.

Pourtant, quand elle le regardait, il y avait dans les beaux yeux tristes de Tess quelque chose qui l'incitait à se dire que, peut-être, il avait envie d'essayer. Il voyait parfaitement qu'elle était prudente, qu'avec elle, il devrait aller très lentement. Mais il désirait avancer, beaucoup plus qu'il ne se l'avouait. À condition d'en avoir encore la possibilité.

— Où es-tu, Tess ? murmura-t-il tout en conduisant. Qu'est-ce qui t'est arrivé ?

Il avait atteint l'allée des Abbott et, à faible allure, roula vers la maison. Plusieurs voitures étaient garées près de la demeure brillamment éclairée – il ne l'avait jamais vue ainsi au cours de ses précédentes visites, et avait toujours eu l'impression que Nelson était un homme avare qui exigeait sans doute d'éteindre toutes les lampes dès qu'on sortait d'une pièce. Mais ce soir, chaque fenêtre déversait des flots de lumière. Ben s'arrêta derrière un vieux break Chevrolet, monta les marches du perron et frappa à la porte.

Une petite femme rondelette, aux cheveux gris et aux joues empourprées, ouvrit la porte et lui sourit.

— Bonsoir, dit-elle, visiblement conquise par son costume et sa cravate.

On entendait, provenant de la cuisine, un brouhaha de voix, des tintements de verres.

401

— Je souhaiterais voir Edith. Je suis son avocat, Ben Ramsey.

— Oh, bien sûr. Je vous l'appelle. Entrez donc.

— J'espère ne pas trop la déranger. Elle a traversé de telles épreuves.

— Vous ne la dérangez pas, elle va bien. On est juste en train de boire une petite bouteille de vin pour se détendre un peu. Au fait, je suis son amie, Jo.

— Enchanté de vous rencontrer, Jo.

Il pénétra dans la salle de séjour au décor spartiate et attendit que la dénommée Jo appelle Edith à tue-tête. Au bout d'un moment, Edith apparut. Son teint habituellement si terne était tout rose; en revanche, derrière ses lunettes, ses paupières n'étaient pas celles, rougies et gonflées, d'une veuve de fraîche date.

— Oh, monsieur Ramsey ! s'exclama-t-elle. Que c'est gentil de venir me voir !

S'avançant vers lui d'un pas quelque peu vacillant, elle se hissa sur la pointe des pieds et embrassa Ben sur la joue.

Il eut du mal à dissimuler sa surprise devant ce geste complètement incongru de la part de la femme sévère et taciturne qu'il connaissait.

— Comment allez-vous, Edith ?

Elle opina vigoureusement.

— Bien. J'ai quelques personnes ici avec moi. Vous avez rencontré Jo.

Il acquiesça.

— Venez boire un verre de vin avec nous. Mon amie Sara a apporté un gâteau succulent.

402

Elle arborait une expression sereine, presque... soulagée. Ce soir, la disparition de son époux ne semblait pas lui fendre le cœur. À en juger par les rires qui résonnaient dans la pièce voisine, l'atmosphère était celle d'une fête plutôt que d'une veillée funèbre.

— Je ne peux pas rester, Edith. Mais j'ai une question très importante à vous poser. Auriez-vous une minute à m'accorder ?

— Pour vous, bien sûr.

Elle lui indiqua l'un des fauteuils à dossier droit, s'installa dans l'autre, et attendit.

— C'est au sujet de Nelson, dit Ben. De sa mort.

— Qu'est-ce qu'il y a ?

— Nelson a peut-être été tué par quelqu'un qui avait avec lui des liens de parenté.

Cette information sembla laisser Edith de marbre.

— Je sais. Rusty me l'a expliqué. Je lui ai répondu que c'était pas moi, ajouta-t-elle en souriant, ravie de sa boutade.

— Par liens de parenté, j'entends liens du sang. À cause des analyses ADN. Il n'avait, pour toute famille, qu'une sœur et un neveu, n'est-ce pas ? Pas de frère ou de deuxième sœur, pas d'autres enfants... ? Pas de squelettes dans le placard familial, si vous voyez ce que je veux dire ?

Edith s'adossa à son fauteuil, les sourcils arqués, les lèvres plissées dans une drôle de moue.

— Edith ?

403

— La police m'a déjà demandé tous ces machins, bougonna-t-elle. Plus tôt dans la journée. Je leur ai dit tout ce que je savais.

Ben l'observa très attentivement. Le vin avait assoupli son habituel rigorisme. Il avait la nette impression qu'elle ravalait des mots qu'elle avait envie de prononcer.

— Edith, vous et moi, nous avons toujours été capables d'être très francs l'un envers l'autre. Il est essentiel pour moi que nous parlions franchement à présent. En réalité, c'est une question de vie ou de mort... pour une personne à laquelle je tiens profondément. Une éventuelle confidence, je le promets, resterait entre vous et moi. Elle serait préservée par le secret professionnel. Vous savez que vous pouvez avoir confiance en moi. Y a-t-il autre chose ? Que vous n'ayez pas dit à la police ?

À la stupéfaction de Ben, des larmes brillèrent soudain dans les yeux de la vieille femme. Jamais il n'avait vu de larmes dans ce regard inflexible, même quand elle avait appris que Lazarus était innocenté. Peut-être avait-il sous-estimé la profondeur de son affection pour Nelson.

— Je suis navré. Je ne voulais pas insinuer que Nelson... hmm, qu'il avait... des torts...

Elle secoua la tête.

— Non, ne vous excusez pas.

Elle dévisagea Ben d'un air presque tendre, avant de poursuivre :

404

— Vous avez été le seul. Il n'y a eu que vous pour m'aider. Vous avez été le seul à me croire pour Lazarus. Sans vous...

Il l'interrompit d'un geste comme pour refuser ces couronnes de laurier.

— C'est normal. Je vous assure.

Edith fronça les sourcils et parut réfléchir à l'attitude à adopter.

— Je ne sais rien de concret, dit-elle enfin. Je n'ai pas de preuve.

Ben la regarda droit dans les yeux.

— De simples hypothèses feront l'affaire. Tout ce que vous pouvez me raconter.

— Ce n'est qu'un... soupçon que j'ai eu autrefois.

Ben retint sa respiration.

Edith fit tourner autour de son annulaire son alliance usée, éraflée.

— Nous étions mariés depuis quelques années. Je suis à peu près sûre que Nelson, à cette époque, m'a trompée. Elle était jeune, jolie et... elle s'ennuyait, je suppose. Sinon, je ne sais vraiment, vraiment pas pourquoi elle se serait abaissée à ça. Il a pensé que je ne savais pas, mais je savais. Les femmes savent, c'est un instinct. Mais je n'ai rien dit. J'espérais que ça se calmerait, ce qui a été le cas. Elle a quitté la ville, et l'histoire a semblé s'arrêter là. Mais voilà que le fils de cette femme est revenu quand il était adolescent. À l'instant où je l'ai vu, ce gamin, j'ai compris. C'est le portrait de Nelson quand il était jeune. Je ne crois pas que Nelson s'en soit même rendu compte. On ne se voit

jamais comme on est vraiment. N'est-ce pas ?
Bref, je n'affirme pas que c'est lui qui a tué
Nelson. Pourquoi il aurait fait ça ? Mais si vous
voulez savoir...

Ben était bouche bée.

— Nelson avait un fils ? Qui ?

33

Chan Morris fouilla d'abord dans le coffre de la Mercedes. Puis il fourgonna sous le capot de la voiture de Kelli et vint s'asseoir sur le siège du conducteur. À l'aide d'un tournevis et d'une pince, il tripota les câbles sous la colonne de direction du volant jusqu'à ce que le moteur, subitement, vrombisse.

— Et voilà ! s'exclama-t-il, satisfait. Dites donc, je suis plutôt doué.

Il manœuvra la voiture de sorte qu'elle quitta la chaussée en cahotant et s'arrêta – le moteur ronflant toujours – tout au bord de l'étang.

Tess observait Chan. Il fixait un point de l'autre côté de l'eau. Elle suivit son regard tandis qu'il scrutait les environs où régnait un silence à peine troublé par les appels des oiseaux qui virevoltaient au-dessus du marais.

— Vous savez, c'est Nelson que j'aurais dû jeter à la baille. Rien de tout ça ne serait arrivé. Je veux dire, cette histoire avec vous et votre gamin. Mais j'ai paniqué. Il a débarqué au journal, il m'a affronté. Je lui ai dit que je ne pouvais pas parler au bureau et que je le rejoindrais ici où on serait plus tranquilles. Mais après que je l'ai tué, je ne voulais pas l'enterrer dans ma propriété. J'avais peur que quelqu'un trouve son cadavre. Alors... j'ai essayé de l'enterrer dans le terrain de camping. C'était idiot. Je n'avais pas les idées claires. Il n'y a pas d'excuse à ça, sauf qu'il m'a pris de court – m'annoncer tout à trac que j'étais son fils, qu'il savait que c'était moi l'assassin de votre sœur, et pas Lazarus. Il a dit que Lazarus avait toujours tenté de m'accuser, mais qu'il ne l'avait jamais cru. Il menaçait et brutalisait Lazarus pour avoir eu l'audace de murmurer une pareille infamie, mais que voulez-vous, c'était pourtant la réalité.

Chan émit un petit rire sans joie.

— Nelson a offert de me protéger. Ha ! fit-il, et cette exclamation résonna comme un jappement. Un autre père disposé à me protéger. C'est formidable. Je me demande ce que cette protection m'aurait coûté. Il aurait probablement exigé que je lui verse du fric en échange... pas que je lui taille des pipes. Mais allez savoir. Je n'avais pas envie de vérifier.

Chan soupira. Il se tourna vers Tess, et avec sincérité, avec dans ses yeux gris et froids une expression de regret, semblait-il :

— Je n'ai rien contre vous personnellement, soyez-en persuadée. Simplement, je n'ai pas beaucoup de solutions. Si votre fils n'avait pas vu Nelson dans ma voiture... si je n'avais pas paniqué... je ne sais pas. Le jour où j'ai trouvé votre sœur dans cette cabane de jardinier... j'aurais dû m'éloigner d'elle. J'aurais dû. Mais quand j'ai vu que c'était elle, le besoin de vengeance a été plus fort que moi.

Malgré sa répulsion, sa peur, Tess fut frappée par le mot qu'il avait prononcé. Pas désir, ni folie... *Vengeance*. Comme c'était étrange. Chan ne connaissait même pas Phoebe. Pourquoi se serait-il vengé d'elle ?

— J'ai pensé que Lazarus serait accusé, poursuivit Chan. Le pervers. C'était lui qui l'avait enlevée. Il avait sans doute l'intention de la tuer. De toute façon, jamais je n'aurais dû revenir dans cette ville. Et maintenant...

Il s'interrompit, dévisagea Tess.

— Il faut que je me débarrasse de vous et de cette voiture. Même si votre gosse s'en tire, on considérera qu'il ment. Cet étang me paraît la meilleure solution.

Il reporta son attention sur l'eau stagnante, et de nouveau Tess suivit son regard.

— On le qualifie d'étang, mais il est très profond, commenta-t-il.

La terreur dans les yeux de Tess était infiniment plus éloquente que des paroles. Son cœur se recroquevillait au tréfonds de sa poitrine. Elle essaya de supplier, de protester, mais le chatterton qui la bâillonnait ne laissa filtrer que des bredouillements étouffés.

— Inutile de faire traîner les choses en longueur. Je suis désolé. Vous ne le croyez sans doute pas, mais je le suis. Je suis vraiment désolé, dit-il sans la regarder.

Il abaissa le levier du frein à main puis tendit les mains vers le cou de Tess. Convaincue qu'il allait l'étrangler, elle se blottit contre la portière. Chan sourit, amusé par le malentendu. Il dénoua l'écharpe en laine de la jeune femme, s'en saisit puis l'enroula jusqu'à obtenir une espèce de bobine qu'il coinça sous la pédale de frein.

— Et voilà. Il ne faudrait pas que vous freiniez le déroulement des opérations.

Il remonta les vitres, vérifia qu'elles étaient hermétiquement closes, et ouvrit la portière côté conducteur.

— Ça ne prendra pas trop de temps pour couler à pic, dit-il en passant au point mort. Laissez-vous simplement emporter.

Puis il se glissa hors de la voiture et claqua la portière. Lentement, la Honda de Kelli commença à rouler sur la berge qui descendait en une pente très douce droit vers l'étang. Tess voulut hurler mais ne put émettre qu'un gémissement, un gargouillis. Elle frotta ses poignets l'un contre l'autre derrière son dos, frénétiquement, dans un effort désespéré pour se libérer. Bien que la voiture soit encore sur la terre ferme, elle avait l'impression qu'il ne restait plus une once d'oxygène dans l'habitacle. Elle s'adossa à son siège, calant ses pieds sous le tableau de bord, comme si elle pouvait ainsi stopper la Honda. Mais celle-ci roulait. Roulait vers l'eau, tandis que Chan la poussait par-derrière. Tess voyait le dessus du capot descendre vers la surface de l'étang. NON... Pitié, Seigneur, NON. À présent, pourtant, la voiture piquait du nez, et à l'intérieur il n'y avait aucun bruit hormis le lappement de l'eau sur la carrosserie de la Honda qui flottait à la surface de l'étang. Et puis qui, avec lenteur, commença à s'enfoncer.

Erny, tapi dans le creux que formait une énorme protubérance noire sur un tronc d'arbre, se faisait aussi petit que possible. Il aurait donné un empire pour que Leo soit avec lui. Car Leo, s'il était là, bondirait sur ce Chan et lui planterait ses crocs pointus dans la couenne jusqu'à ce que le type supplie Erny de rappeler son chien. Mais il pourrait supplier tant qu'il voudrait. Erny ne dérangerait pas Leo. Il le laisserait obliger ce type à libérer sa mère, et après il dirait à Leo de continuer à le mordre et à le déchiqueter jusqu'à l'arrivée des flics. Oh oui, si Leo était auprès de lui, tout irait bien, et sa maman ne serait pas en danger, et ils rentreraient tous à la maison. Mais Leo n'était pas là. Erny était seul.

Même s'il n'avait pas entendu sa voix, il avait compris les mots articulés par sa mère quand elle l'avait repéré, caché parmi les arbres. Cours. Va-t'en. Et il avait reconnu le regard qu'elle lui lançait. C'était le regard auquel il avait toujours droit quand elle était vraiment sérieuse à propos d'un truc ou d'un autre. Le regard qui voulait dire qu'elle ne rigolait pas. Et il n'était pas assez bête pour désobéir.

Courir, d'accord. Mais où ? Et puis, il ne voulait pas l'abandonner. Si ce type lui faisait du mal ou même... ça, il ne pouvait pas y penser. Il faut que tu coures, songea-t-il. Maman t'a dit de t'enfuir. L'estomac d'Erny chavira à

411

la perspective de s'enfoncer dans les bois à l'aveuglette. Le soir tombait, peut-être qu'il y avait des animaux sauvages ou des vampires ou... Il respira à fond et se rappela une chose importante. S'il réussissait à aller sur la route, il pourrait peut-être trouver de l'aide. Il y aurait peut-être là-bas quelqu'un susceptible de les aider, lui et sa maman. Cette idée apaisa un peu ses tremblements. Il devait le faire, il le savait. Il jeta un coup d'œil furtif de part et d'autre de l'imposant tronc d'arbre, malheureusement il ne voyait plus sa mère, ni Chan.

Erny ignorait totalement pourquoi ce type faisait tout ça, mais il savait que c'était lui, ce méchant bonhomme, qui l'avait enfermé dans cette cabane sombre et puante. Et maintenant, alors qu'il était libre grâce à sa mère, c'était elle qui était prisonnière de ce sale type. Il faut que tu partes d'ici, se dit Erny. Tout de suite. Il faut que tu t'en ailles.

Prenant son courage à deux mains, centimètre par centimètre, il s'écarta du creux où il s'abritait. Puis, dans une explosion d'énergie folle alimentée par la peur, il s'élança. Il n'avait pas la moindre idée de la direction qu'il suivait. Il percevait des bruits étranges tandis qu'il zigzaguait entre les arbres, foulant le tapis de feuilles mortes et s'enfonçant de plus en plus dans les bois. À plusieurs reprises, il trébucha sur des racines visqueuses, faillit tomber, mais continua à courir. Il ne savait toujours pas où il courait ainsi, ni quand il était censé s'arrêter, donc il courait. Il montait une côte rocailleuse et descendait une pente, montait et descendait, les arbres étaient comme une chaîne floue d'écorces grises et de branches qui le giflaient au passage. Erny courut à perdre haleine, jusqu'à ce que son cœur soit près d'éclater, et qu'il se sente complètement perdu.

Mais à ce moment, alors qu'il avait la certitude de devoir mourir au fin fond de ces bois, il entrevit une lumière en haut du talus, plus loin devant lui. Il pensa que c'était peut-être la lune... non, c'était plus brillant que la lune et, en plus, il lui sembla entendre une voiture. Il escalada le talus. À travers une rangée d'arbres, il s'aperçut que la lumière qu'il avait repérée et suivie comme sa bonne étoile était accrochée à un poteau au-dessus des grilles du domaine. La route ! Il avait réussi à faire tout ce chemin jusqu'à la route. Youpi ! Il brandit son poing dans les airs. Il s'était échappé.

Seulement... et maintenant ? Il rampa sur le bas-côté de la chaussée, regarda à droite et à gauche. Pas de maisons, pas d'autres lumières. De quel côté partir ? Quelque part dans le domaine Whitman, un moteur ronflait. C'est lui. Il me cherche ! Erny avait le tournis à force de regarder à droite et à gauche, pour essayer de se décider. Enfin, au hasard, il choisit de foncer vers la droite, sur le bord de la route, s'éloignant des grilles, à bout de souffle.

Brusquement, il vit une voiture qui arrivait vers lui. Avec quelqu'un qui conduisait, bien sûr. Quelqu'un qui pourrait l'aider. Erny ne distinguait rien, sauf les phares, mais ces phares lui suffisaient. Il se rua au milieu de la chaussée, agitant les bras.

— Au secours ! cria-t-il. Aidez-moi ! S'il vous plaît, aidez-moi !

Il réalisa trop tard qu'il avait surpris le conducteur, qu'il n'aurait pas dû se précipiter devant la voiture comme ça.

Il y eut un horrible hurlement de freins. Erny resta pétrifié dans l'éclat des phares, trop paralysé de frayeur pour s'écarter et se mettre à l'abri. Le véhicule fit une embardée vers le fossé et après quelques violentes secousses s'arrêta, manquant de justesse un arbre.

Erny s'approcha prudemment de la voiture fauve, craignant que le conducteur ne le gronde parce qu'il lui avait fait quitter la route. Il avait bien envie de déguerpir, mais il pensa à sa mère qui était toujours avec le sale type. Il lui fallait être courageux.

Un homme très mince ouvrit la portière, sortit, posa une main osseuse sur le toit de sa voiture et regarda autour de lui. Il finit par repérer Erny tout frissonnant, accroupi sur le bord de la route.

— Monsieur, j'ai besoin d'aide. C'est très pressé.

— Viens par ici que je te voie, dit l'inconnu.

34

Chan Morris, songeait Ben en quittant la maison des Abbott pour se diriger vers le domaine Whitman. Cela paraissait impossible. Au cours des deux dernières années, il avait discuté de nombreuses fois avec le directeur du *Record*. Chan était un homme agréable dans le style BCBG, froid, et il semblait... plutôt superficiel. Ben ne le considérait pas comme un esprit brillant, loin de là, cependant il le jugeait correct. Il avait cette jolie femme atteinte d'une maladie musculaire, et à laquelle il témoignait toujours beaucoup de sollicitude.

Chan Morris ? Ben ne mettait pas en question la parole d'Edith quand elle affirmait que Nelson avait eu une aventure avec la mère de Chan. Les femmes étaient bien plus douées pour deviner ce genre de choses que les hommes, songeait-il amèrement. Mais Edith pensait-elle vraiment que Chan était le fils de Nelson ? Ce lien faisait-il de Chan Morris un assassin ? Cela signifiait-il que Chan était le ravisseur d'Erny ?

Une idée le frappa soudain. Si c'était le cas, Ben pourrait être celui qui ramènerait Erny dans les bras de sa mère. Il voyait déjà le sourire à fossettes de Tess, l'allégresse qui illuminerait ses yeux tristes. Elle passerait sa vie entière à le remercier.

Stop, se dit-il. Arrête de fantasmer et réfléchis de façon rationnelle.

Il y avait la solution d'alerter la police, mais de quelle preuve tangible disposait-il pour coller ces abominables crimes sur le dos de Chan Morris ? D'ailleurs, depuis qu'il avait contribué à disculper Lazarus Abbott, il se savait tombé en totale disgrâce auprès de la police de Stone Hill. Par conséquent il y avait peu de chances que le commissaire l'écoute, et surtout le croie. Du reste, pourquoi le ferait-il ? Tout cela n'était que pures conjectures.

Non, la police ne lèverait pas le petit doigt pour l'aider. N'empêche qu'il se fiait à l'intuition d'Edith. C'était une femme pétrie de détermination, pas une imaginative. Il allait donc miser sur elle. Il allait se rendre au domaine Whitman et rentrer dans le lard de Chan Morris. Il regretta de n'avoir pas d'arme, mais il n'avait jamais aimé les armes. Il serait obligé de déplacer ses pions avec précaution, de garder sa lucidité et de dissimuler son objectif à Chan.

Tess bataillait contre le chatterton qui la ligotait comme un animal pris dans un piège. Mais plus elle tirait sur ses poignets, plus le ruban adhésif semblait se resserrer. La voiture oscillait, à la dérive. Tess se sentait tout étourdie, elle souhaitait presque s'évanouir pour ne pas être témoin de sa noyade. Mais ce qui en elle demeurait la mère d'Erny ne s'offrirait pas le luxe de l'inconscience durant ses derniers instants.

Son cœur ne résisterait pas à l'horreur de la situation. Noyée. Asphyxiée. Pas d'issue. La voiture commença à basculer, et Tess à se glisser, millimètre par millimètre, jusqu'à la console centrale entre les sièges, pour la chevaucher et tenter de maintenir la Honda en équilibre. D'instinct, elle savait que si le véhicule culbutait, tout espoir était perdu. Quel espoir ? Il n'y avait pas d'espoir. Elle se donna alors, mentalement, une gifle. Tant qu'elle serait vivante, il y aurait encore, peut-être, une solution. Mais elle devait se calmer. Arrête, s'admonesta-t-elle. Respire par le nez. Réfléchis. Elle regarda par le pare-brise et vit le bout du capot plonger. Non, non, ne regarde pas. Ne regarde pas. Alors, au beau milieu d'un accès de panique noire, une idée lui vint : sois James Bond.

C'était une stratégie imparable à laquelle elle avait recouru un jour à l'époque du collège, quand il lui avait fallu déverrouiller son vestiaire de la salle de gym en quatrième vitesse, devant une bande de filles plus vieilles – méchantes comme la gale – qui se payaient sa tête. Plus elle mettait de frénésie à tripatouiller la serrure, plus celle-ci refusait de s'ouvrir. Pour une mystérieuse raison, soudain, les films dont le suave et britannique espion était le héros lui avaient traversé l'esprit. Même face au tic-tac d'une bombe, James Bond se concentrait toujours, se mouvait tranquillement, et sans le moindre geste inutile. Elle avait essayé de l'imiter. Au temps du collège, ça avait marché. Sa serrure s'était ouverte en un clin d'œil. À présent, elle devait rejouer James Bond, cette fois pour un enjeu infiniment plus grave.

Tess se figea et s'obligea à se concentrer. Elle inspecta l'intérieur de la voiture. Sur le tableau de bord, côté conducteur, se trouvaient les pinces que Chan avait utilisées pour démarrer la Honda. Tess tourna le dos au pare-brise et leva ses mains ligotées, courbant la tête et les épaules pour ne pas heurter le plafond de l'habitacle. Elle tâtonna sur le tableau de bord jusqu'à sentir sous ses doigts le métal froid. Ouais...! Avec précaution, elle referma une main sur les branches de la pince. Elle pivota, toujours en équilibre sur la console centrale, et, après avoir fait passer la pince dans sa main gauche avec les doigts de sa main droite, tenta d'explorer le chatterton entortillé autour de ses poignets. Oublie que la voiture est en train de couler. Focalise-toi sur ce que tu fais. Ses doigts cherchaient l'extrémité du ruban adhésif. Elle se contraignit à ne pas avoir de gestes maladroits, et au bout d'un moment, elle trouva. Très bien, se dit-elle. Parfait.

Elle ne regardait pas le capot, maintenant de plus en plus bas dans l'eau. Une seule chose comptait : ce petit bout décollé de chatterton. Elle laissa son auriculaire sur ce triangle d'espoir, tout en manipulant la pince jusqu'à ce que les mâchoires de l'outil mordent l'extrémité du ruban adhésif. Elle éprouva une bouffée

418

d'exaltation, mais se tança – il n'y avait pas de quoi se réjouir. Elle était piégée dans une voiture qui coulait à pic. À cette idée, son cœur se mit aussitôt à cogner. Non, non. Stop. Reste calme. Pense à James Bond. Avec minutie, douloureusement, elle appuya sur les branches de la pince et commença à tirer. Après quelques tentatives infructueuses, les mâchoires métalliques agrippèrent le chatterton. Le bruit de l'adhésif qui se décollait résonna aux oreilles de Tess comme une symphonie. Quand elle eut dégagé plusieurs centimètres, elle put saisir le ruban et le dérouler avec les doigts d'une main, puis de l'autre. Le capot de la Honda était maintenant complètement sous l'eau qui montait jusqu'à mi-hauteur du pare-brise. Ne panique pas. Reste calme.

Le chatterton céda et, avec force, Tess écarta ses mains enfin libres. Elle plia et déplia les doigts avec jouissance puis arracha son bâillon. Elle eut l'impression que toute la peau autour de ses lèvres venait avec l'adhésif, mais ça n'avait pas d'importance. C'était merveilleux de respirer, et même de sourire. Désormais elle pouvait sortir de là. Elle se jeta sur le siège du passager, et la voiture qui coulait gîta dangereusement. Mais Tess n'avait pas le loisir de se tracasser pour ça. Elle devait ouvrir la portière. Elle pesa de tout son poids contre cette portière, tourna la poignée, tenta de la forcer. En vain. La carrosserie était sous l'eau, totalement. Frénétique, elle voulut baisser une vitre. Le seul résultat qu'elle obtint fut de casser la manivelle du lève-glace.

Les vitres restèrent closes, avec de l'eau jusqu'en haut. La voiture continuait sa descente. Dans quelques minutes, elle serait submergée.

— Non ! hurla Tess.

Elle avait réussi à se débarrasser de ses entraves, et maintenant elle n'allait pas pouvoir se sortir de là ? Saisissant la pince, elle frappa violemment le pare-brise. Peine perdue. Quelques écailles s'y dessinèrent, mais elle n'était pas de taille à contrer la pression de l'eau à l'extérieur de la Honda ni le vitrage incassable. L'eau commençait à pénétrer dans l'habitacle. Tess sentait un serpentin glacé s'enrouler autour de ses pieds et réalisa que l'eau s'infiltrait par les joints d'étanchéité, clapotant sur les tapis de sol. Elle regrimpa sur la console centrale. La voiture se balança de nouveau, puis, après une secousse terrible, s'immobilisa d'une manière étrange, surnaturelle. Il fallut à Tess un moment pour comprendre que le véhicule s'était posé sur le fond de l'étang. Autour d'elle, tout était noir. L'eau pénétrait maintenant dans la voiture de tous côtés, éclaboussait Tess de tous côtés. Elle se pelotonna, tremblante, dans les ténèbres.

Oh, Seigneur. Aide-moi. Sors-moi de là.

Mais nul ne répondit à sa supplique.

Ben s'engagea dans l'allée du domaine Whitman, signalé par un panneau lumineux, en roulant lentement et fouillant l'obscurité des yeux. Aucune trace de Tess ni de la voiture qu'elle conduisait. Pas de trace non plus d'Erny. Il se gara devant l'immense demeure, à côté de la Mercedes noire. Au clair de lune, une paix bucolique semblait imprégner les lieux. Ce serait ici qu'on retiendrait prisonnier un petit garçon ? Ben fut un instant envahi par l'incertitude, il se demanda comment il pouvait nourrir des idées aussi biscornues.

Non, ne doute pas de toi, se dit-il. Tu entres, et tu verras bien. Mal à l'aise, mais résolu, il frappa à la porte.

Chan Morris lui ouvrit, les yeux écarquillés.

— Mon Dieu, comme je suis content que vous soyez là, lui dit-il. Venez, dépêchez-vous, j'ai besoin de votre aide.

Ben le dévisagea, surpris.

— Ma femme a eu un accident, dit Chan, s'écartant et pointant le doigt.

Ben, regardant dans la direction que l'autre lui indiquait, aperçut une minuscule femme effondrée au pied de l'escalier.

— C'est Sally. Elle a dégringolé les marches.

Ben se précipita, s'agenouilla près de la jeune femme, saisit son frêle poignet et chercha le pouls. Puis il approcha son oreille de la bouche de Sally.

— J'ai l'impression qu'elle ne respire pas, dit Chan. Je n'ai pas senti son pouls.

Ben fut frappé par le teint cireux de Sally. Il avait le sentiment qu'elle était déjà morte, cependant ce n'était pas à lui de le décréter.

— Nous devons l'emmener à l'hôpital.

— J'ai entendu un grand bruit, et je l'ai trouvée comme ça..., gémit Chan, levant les mains dans un geste d'impuissance. Elle essayait de descendre toute seule, je suppose. Elle a une... maladie. Elle... elle ne marche pas très bien.

— Avez-vous appelé une ambulance ?

— J'allais le faire.

— Eh bien, faites-le.

Chan fourragea dans ses cheveux.

— Je n'arrive pas à y croire.

Il tomba à genoux près du corps de Sally et repoussa tendrement de son visage les mèches en désordre.

— J'aurais dû être avec elle. Seigneur, je crains qu'il soit trop tard. S'il vous plaît, aidez-moi à la soulever. Je veux l'allonger sur le sofa.

Ben le regarda, stupéfait.

— Qu'est-ce que vous attendez ? Décrochez votre téléphone. Chaque seconde qui passe est cruciale.

Chan contempla tristement son épouse.

— J'ai bien peur que ce soit inutile.

Écœuré, Ben extirpa de sa poche son portable.

— Qu'est-ce que vous fabriquez ? interrogea Chan.

— J'appelle les secours, évidemment.

— Rangez ce portable. On ne peut plus rien pour elle, à présent.

— Tout à coup, vous en êtes sûr ?

— Elle est morte, dit Chan qui, de l'index, ôta un cheveu du front de sa femme. N'importe qui s'en rendrait compte.

S'il s'agissait de Tess, songea Ben, je hurlerais, j'appellerais au secours, je me démènerais pour que l'ambulance arrive en quatrième vitesse.

— Je pensais, dit-il, que vous aviez désespérément besoin d'aide. Et maintenant vous ne voulez même plus tenter de la sauver ?

Chan se redressa.

— Il est impossible de sauver une morte. Simplement, je refuse qu'elle reste là, par terre. Si vous ne souhaitez pas me donner un coup de main pour la déplacer, je vous suggère de quitter ma maison et de me laisser pleurer ma femme à ma manière.

Chan se comportait comme si le cadavre de Sally était une porcelaine de Chine brisée dont il fallait ramasser les morceaux. Son attitude n'avait aucun rapport avec le chagrin, se dit Ben. Cet homme ne voulait pas d'intrus sous son toit qui posent des questions, même si cela impliquait de priver Sally d'une éventuelle ultime chance de survie.

— Vous préférez que la police ne débarque pas ici.

— Pardon ?

Ben se redressa à son tour.

— Vous m'avez très bien entendu. Ce qui compte le plus pour vous, ce n'est pas de secourir votre femme, mais d'empêcher la police de pénétrer dans votre propriété.

— On ne peut pas la sauver, elle est morte. Ce sont des policiers, pas des magiciens.

— Qu'y a-t-il, Chan ? insista Ben. Qu'avez-vous à cacher ?

— Oh, parfait. C'est de cette façon que vous traitez un homme qui vient de perdre sa femme ? Sortez de chez moi.

— Vous séquestrez Erny dans cette maison, n'est-ce pas ? Tess est là, elle aussi ?

— Mais qu'est-ce que vous racontez ? Vous avez perdu la tête ?

En un sens, oui, Ben avait perdu la tête. Toutes les fibres de son être lui soufflaient que les réactions de Chan étaient absolument anormales. Cela signifiait-il que Chan avait planqué Erny dans une pièce de ce manoir décrépit ou dans un endroit quelconque de la propriété ? Pas question d'accorder à ce type le bénéfice du doute. Ben avait effectivement perdu l'esprit, il était fou d'angoisse.

— Je sais qu'ils sont ici, quelque part. Dites-moi où.

— Je ne vois pas de quoi vous parlez.

Ben, d'une main, saisit Chan par le cou et commença à serrer.

— Ne jouez pas au con avec moi, Chan. Où est Erny ? Où est Tess ?

Le gris si pâle des yeux de Chan parut s'assombrir, son teint rougit. Il agrippa la main de Ben, tenta d'en desserrer l'étau.

— Lâchez-moi. Je ne sais rien sur Tess. Ni son petit Latino. Lâchez-moi ! glapit-il.

Chan se débattait en vain. Ben avait une poigne de fer.

— Vous avez une seconde pour me dire où ils sont, sinon je vous jure...

— D'accord, d'accord... Arrêtez.

Ben lâcha la pression de ses doigts afin de permettre à Chan de respirer. Celui-ci se massa

la gorge, évitant soigneusement le regard péné-
trant de l'avocat.

— Bordel, Ramsey, vous êtes dingue.

— Est-ce qu'ils sont dans cette maison ?
demanda Ben en s'avançant vers lui, l'air
menaçant.

— Non, mais rien ne vous empêche de faire le
tour. Où avez-vous pêché une idée pareille ? Je
n'ai rien contre Tess.

— Vous êtes le fils de Nelson Abbott. Elle l'a
découvert, n'est-ce pas ?

Chan se pétrifia. Puis ses yeux s'étrécirent.

— Où avez-vous appris ça ?

— Je sais tout. La femme de Nelson me l'a
dit.

— Ce n'est pas vrai.

— Ne trichez pas. Je sais tout. Et maintenant,
où est Tess ? Où est son fils ? Si vous leur avez
fait du mal...

Chan leva les bras, comme pour signifier qu'il
capitulait.

— OK, OK. Ils vont bien.

— Conduisez-moi à eux. Immédiatement !
vociféra Ben.

— D'accord, je vais vous montrer, répondit
Chan d'un ton irrité. C'est dehors.

— Quoi donc ?

— Là où je les ai mis.

— Dépêchez-vous, ordonna Ben, le poussant
vers la porte.

Chan trébucha, manqua s'affaler.

— Laissez-moi juste mettre ma veste.

Il tendit la main vers la patère à côté de la porte, mais au lieu de décrocher sa veste, il y prit, dans la poche, un pistolet qu'il braqua sur Ben. Il avait les yeux exorbités.

— Elle est au fond de l'étang, figurez-vous. Vous allez pouvoir la rejoindre.

— Au fond de l'étang ? Elle est morte ?

Chan consulta sa montre et opina.

— Oui, à moins qu'elle ait des branchies.

Durant cette fraction de seconde, Ben comprit que ce... monstre l'avait tuée. Un gémissement lui échappa. Était-ce possible ? Tess aurait disparu avant même qu'il l'ait tenue dans ses bras. Avant même qu'il ait pu lui avouer ses sentiments. Ils étaient à l'aube d'une histoire, et Chan avait détruit le dernier espoir que nourrissait Ben de n'être plus, en ce monde, un homme mutilé. Il avait le vertige, son cœur criait vengeance.

Il se rua sur Chan qui hésita et fit feu. Ben ressentit une douleur fulgurante dans la poitrine. Il chancela, se cramponna à une table pour ne pas tomber, mais la table bascula avec lui dans sa chute.

35

Ben était affalé sur le sol, les mains pressées sur sa poitrine ensanglantée. Il émit un faible grognement. De ses doigts tremblants, Chan pointa son pistolet vers l'avocat. À cet instant, il entendit la porte s'ouvrir derrière lui. Il pivota et fut aussitôt taclé par un individu qui déboulait dans le hall. Chan lâcha son arme et s'effondra sous le poids de deux policiers.

Rusty Bosworth entra au pas de course, avisa Ben Ramsey gisant par terre, sa chemise et sa cravate maculées de sang.

— Qu'est-ce qui s'est passé ? tonna-t-il. Vous lui avez tiré dessus ?

— Je l'ai trouvé ici avec ma femme. Elle est morte. Regardez du côté de l'escalier. Elle est morte ! s'écria Chan. Ce n'est pas moi. C'est lui. Il l'a tuée !

Rusty lança un coup d'œil vers l'escalier et aperçut le corps recroquevillé de Sally Morris. Il fit demi-tour et depuis le seuil, vociféra :

— Où sont les toubibs ? Qu'ils se grouillent !

Dans l'allée, une voiture fauve stoppa derrière l'ambulance. Kenneth Phalen, Dawn et Erny en jaillirent.

— Où est ma maman ? hurla le petit garçon.

— Reste là, lui dit Dawn. La police s'en occupe.

Kenneth avait récupéré Erny sur la route et ramené l'enfant hystérique à l'auberge. Les officiers Virgilio et Swain s'étaient efforcés de le calmer, et il leur avait expliqué que Tess était prisonnière de Chan. Les policiers réclamaient déjà des renforts par radio avant même qu'il ait pu achever de raconter en bredouillant tout ce qu'il savait.

— Grâce à toi, Erny, je suis sûre qu'ils sont arrivés ici à temps et qu'ils retrouveront ta maman, dit Dawn – pourtant, dans son cœur, elle criait : Seigneur, tu ne peux pas me faire ça une deuxième fois.

Erny leva les yeux vers elle.

— Jure, balbutia-t-il, jure qu'ils vont la trouver.

Dawn sentait sur elle le regard compatissant de Kenneth, mais elle l'évita. Elle avait la nausée. Elle observa la propriété qui grouillait à présent de voitures pie, auxquelles s'ajoutaient les véhicules des urgentistes et les vans de la télévision.

— Je jure, murmura-t-elle.

— Je veux aller là-bas, dit Erny.

— Tu ne peux pas. Il y a des gens armés.

— J'y vais quand même. Maman, elle a besoin que je l'aide.

Dawn s'accroupit et le prit par les bras. Elle le dévisagea sans ciller, mais Erny vit des larmes trembloter dans ses yeux.

— Erny, je veux autant que toi qu'elle revienne. Et je suis inquiète, autant que toi.

Mais en ce moment, la seule chose que je puisse faire pour ta maman, c'est te garder à l'abri. Et c'est ce que je vais faire.

Erny soupira, se mordilla la lèvre inférieure.

— Essaie d'être patient, dit Dawn.

L'eau glacée atteignait ses genoux, giclait de partout. Tess secouait frénétiquement la poignée de la portière qui s'obstinait à ne pas bouger. L'épouvante déferlait en elle en vagues successives. Quelle atroce façon de mourir, regarder l'eau monter, sentir ses poumons se vider. Elle recommençait à être en hyperventilation, mais dans un suprême effort de volonté, elle se maîtrisa. Dis tes prières, essaie d'avoir l'âme en paix.

D'abord elle songea à son fils : Il s'est peut-être enfui. Il a peut-être réussi à trouver de l'aide, et il dira aux gens ce qui s'est passé. Si Erny s'est sauvé, alors je ne serai pas morte pour rien.

L'eau, à présent, affluait dans la Honda, montait jusqu'au niveau de sa poitrine. Jamais, de toute sa vie, elle ne s'était sentie aussi seule. Elle pensa à Phoebe, aux derniers instants de sa sœur. Peut-être reverrai-je Phoebe dans l'au-delà, se dit-elle. Si la vie éternelle existe, elle sera là. Et Rob sera là aussi. Leur père. Si...

Elle n'était plus capable de penser à ceux qu'elle aimait ni à ses prières. La peur emplissait tout son être, comme l'eau emplissait la voiture, lui montait aux épaules, au cou. Jamais elle n'avait eu aussi froid. Elle claquait de dents, elle frissonnait de la tête aux pieds. Elle se mit à fredonner *Amazing Grace*[1] pour s'empêcher de hurler. Comment pouvait-elle mourir de cette façon ? Qui mourait de cette façon ? Dans une voiture, au fond d'une rivière ?

D'un étang, rectifia-t-elle. Alors une idée lui traversa l'esprit – une voiture dans une rivière. C'était un souvenir de son enfance. Elle devait avoir douze ou treize ans. Deux garçons, des étudiants de son père, un soir qu'ils étaient sous l'emprise de la drogue et de l'alcool, avaient eu un accident. Leur automobile était tombée du pont dans la Charles River. Tess se rappelait ses parents discutant de ce drame à voix basse, la détresse des familles de ces jeunes gens.

Pourquoi cela me revient-il soudain en mémoire ? se demanda-t-elle. Est-ce ainsi que les gens parleront de moi ? Ils chuchoteront : Vous vous rendez compte, quelle horrible façon de mourir. Et puis, tout à coup, comme un rayon de lumière dans la noirceur glacée qui l'encerclait, elle se remémora les paroles de son père, quand il avait raconté le terrible accident à Dawn.

« S'ils n'avaient pas été aussi défoncés, ils se seraient peut-être souvenus de leurs cours de physique. Ils auraient compris qu'une fois la voiture remplie d'eau, il devenait possible d'ouvrir la portière. »

Elle eut l'impression que son cœur cessait de battre. Avait-elle réellement entendu son père

---

1. Cantique composé par John Newton (1725-1807), extrêmement populaire.

prononcer ces mots, autrefois ? Était-ce une hallucination ? Pourquoi la portière s'ouvrirait-elle lorsqu'il n'y aurait même plus la place dans la Honda pour une gouttelette supplémentaire ? Son père était professeur de physique. Peut-être s'agissait-il d'une quelconque loi scientifique. Un quelconque principe que Tess ne s'était jamais souciée d'apprendre. À moins qu'il ne s'agisse d'une invention de son cerveau pour la protéger contre ce qu'il allait advenir d'elle. Son esprit la persuadait qu'elle serait en mesure d'ouvrir cette fichue portière. Qu'il y avait de l'espoir.

L'eau, à présent, éclaboussait tout son visage. Une part d'elle désirait simplement s'engloutir et accepter la suite. Mais elle avait toujours écouté son père. Et même si ce souvenir n'était que la création de son imagination terrifiée, elle devait s'y accrocher. Laisse la voiture se remplir. Retiens ta respiration. Ça marchera ou pas. Tu verras bien.

Elle renversa la tête en arrière, le nez et la bouche hors de l'eau, le plus longtemps possible. Son corps était tellement engourdi qu'il lui semblait s'être détaché de sa tête, pourtant elle avait la sensation d'être transpercée par des milliers de lames de glace. La panique qui l'habitait était presque incontrôlable, cependant elle se focalisait sur la voix de son père – que ce soit un souvenir ou une hallucination, ou sa manière à lui de l'accueillir dans l'au-delà.

À la dernière minute, quand elle n'eut plus que deux ou trois centimètres d'air au-dessus de la figure, elle inhala le maximum d'oxygène avant de s'immerger dans les ténèbres glaciales, sans cesser de retenir sa respiration et d'agripper la poignée de la portière. La Honda était pleine comme un œuf. C'est maintenant ou jamais, se dit-elle. Un instant, les visages de ceux qu'elle aimait défilèrent derrière ses paupières closes, son cœur se gonfla, et ses doigts appuyèrent sur la poignée.

Comme si elle avait découvert la formule magique, la portière qui avait refusé de bouger jusque-là s'ouvrit brusquement.

De stupeur, Tess faillit lâcher son souffle, s'en empêcha juste à temps. Tant bien que mal, elle se propulsa hors de la Honda, nageant malhabilement, les membres ankylosés, les poumons en feu. D'abord, elle ne distingua pas où elle allait et elle eut peur de ne pas retrouver l'air libre. Mais, au-dessus d'elle, elle aperçut un pâle ruban de lumière. Elle se redressa, se propulsant vers le haut à coups de pied, avec l'énergie du désespoir. Le poids de ses vêtements trempés l'entraînait vers le fond, mais pas question de s'arrêter pour s'en dépouiller. Sa tête creva la surface de l'étang obscur et le froid clair de lune la caressa comme les lèvres d'un amant.

Elle resta là un moment à flotter, exténuée, à remercier Dieu de l'avoir délivrée. Ensuite elle entendit le mugissement béni des sirènes de police, elle vit les flashes des gyrophares. Erny, se dit-elle. Il a réussi. Il est allé chercher du secours. Tremblante mais transportée par une joie triomphante, elle rassembla ses dernières forces et nagea vers la berge.

— Il se passe quelque chose, dit Kenneth Phalen. Dawn regarda la porte de la demeure que
franchissaient les urgentistes transportant une
civière, sur laquelle un homme était étendu, vers
l'ambulance.

— Qui est-ce ? demanda-t-elle.

Kenneth se démancha le cou.

— D'ici, je ne vois pas.

L'ambulance était garée près de la Mercedes
noire de Chan Morris et d'une autre automobile.

— Ce n'est pas la voiture de M. Ramsey ?
questionna Dawn.

— Je ne me souviens pas.

Un van bordeaux stoppa non loin d'eux, et
une femme corpulente, vêtue de tweed, en descendit. On lisait sur le côté du véhicule un acronyme – SHARE – que Dawn reconnut : le centre
pour les femmes maltraitées. La conductrice se
dirigea vers leur petit groupe.

— Excusez-moi... J'ai entendu sur notre scan-
ner du centre qu'on avait appelé la police au
domaine. Est-ce Mme Morris qu'on emmène ?

— Nous l'ignorons, répondit Dawn. Il y a eu des
coups de feu dans la maison juste au moment d

notre arrivée. Nous attendons des nouvelles. J'ai peur que ma fille soit à l'intérieur.

— Seigneur, soupira la femme. C'est vraiment affreux. Sally Morris nous a contactés aujourd'hui même. Elle voulait le quitter, malheureusement, quand je suis venue la chercher cet après-midi, elle a refusé de me suivre. Si seulement j'avais pu la convaincre.

— En voilà un autre, les interrompit Kenneth, désignant un deuxième brancard que transportaient les ambulanciers.

Le cœur lourd, Erny regardait les civières que l'on embarquait dans l'ambulance. Est-ce que c'était sa maman qu'on emmenait ? Il avait fait de son mieux pour essayer de la sauver. Il était même monté dans la voiture d'un inconnu – chose strictement interdite, il le savait bien – pour chercher du secours. Il avait eu peur d'y monter, dans cette voiture, mais il avait beaucoup plus peur encore pour sa maman. Alors il n'avait pas hésité. Il avait eu de la chance, parce que le monsieur, Ken, connaissait Dawn et l'avait tout de suite conduit à l'auberge. Il avait dit aux flics tout ce qu'il savait. Il était courageux, il ne pleurait pas, et tout le monde le félicitait pour son exploit. Seulement maintenant... maintenant, tout ça semblait être pour des prunes. Sa mère avait disparu. Parce que si elle était dans cette maison, si elle allait bien, elle descendrait ces marches en courant, elle crierait son nom. Il avait parlé aux flics de la cabane où le salaud l'avait enfermé, et les flics la cherchaient là-bas et aussi dans la grange, mais pour l'instant elle n'était nulle part.

Erny s'appuya contre Dawn, qui discutait avec la dame du van bordeaux. Zappant leur conversation, il contempla l'allée avec désespoir. Comme il regrettait que sa mère et lui aient fait ce voyage ! S'ils étaient restés à la maison, rien ne leur serait arrivé, sa maman serait auprès de lui, et tout irait bien. Il scrutait l'obscurité au-delà des gyrophares rouges des ambulances en direction de l'étang que n'éclairait qu'un mince ruban de lune argenté. Qu'est-ce qui allait lui arriver, maintenant ? Est-ce qu'il serait de nouveau tout seul ?

Brusquement, Erny perçut un mouvement. Le front plissé, il regarda plus attentivement. Il y avait quelque chose, là-bas. Peut-être un animal qui se faufilait entre les branches et les feuilles, se dit-il. Juste un animal, comme cet élan qu'on a vu, maman et moi, ce jour-là dans le canoë. Le moral d'Erny, déjà bien bas, dégringola encore, quand il se remémora cette expédition en canoë, l'excitation qu'il avait éprouvée. Avant que je trouve ce bonhomme mort dans les bois. Avant que ce Chan m'emporte dans sa voiture. Avec maman, on allait allumer un feu de camp. Ça allait être une journée épatante, et puis c'est devenu la pire journée de ma vie. Erny soupira et se blottit contre la hanche de Dawn. Il se demandait s'il pourrait de nouveau se sentir bien.

Alors, surgissant de l'ombre, il revit la chose. Une silhouette. D'abord il crut que c'était u

435

fantôme. Ça avait de longs cheveux gluants et des habits qui paraissaient fondre. Mais bientôt il réalisa que ce n'était pas un fantôme. C'était une personne qui marchait dans l'allée. Le cœur d'Erny se mit à battre follement. Il retint sa respiration et attendit, espérant contre tout espoir, tandis que la silhouette trempée trébuchait sur le macadam, tombait à moitié et lâchait un juron. En entendant cette voix familière, il sut.

— Maman, souffla-t-il.

Dawn leva la tête, regarda autour d'elle, confuse. Erny s'élançait déjà vers la femme chancelante. Il se jeta sur elle. Tess le vit venir, filant vers elle telle une comète dans la nuit. Elle le souleva dans ses bras, le serra contre ses vêtements dégoulinants, avec un sanglot de soulagement.

— Maman ! s'écria-t-il, pour s'écarter aussitôt d'elle. Tu es toute mouillée.

— Je sais, je sais, dit Tess avec un sourire rayonnant.

Dawn accourait, suivie de Kenneth.

— Grand-mère ! claironna Erny. Je l'ai retrouvée.

Dawn drapa son propre manteau sur les épaules de Tess, pendant qu'Erny racontait à qui voulait l'entendre comment il avait repéré sa maman et su que c'était bien elle. Tess, toujours secouée de tremblements convulsifs, expliqua par bribes ce qui lui était arrivé à sa mère et à un policier alerté par Kenneth. Erny

436

restait cramponné à Tess, refusant de lâcher sa main. Elle lui caressait les cheveux, le couvrait de baisers.

— Et pour toi, qu'est-ce qui s'est passé ? lui demanda-t-elle. Comment tu t'en es sorti ?

— C'est Ken qui m'a trouvé.

Tess regarda Kenneth Phalen, immobile tout près de Dawn.

— Ken ? répéta-t-elle.

— Il me cherchait, répondit Erny. Et il m'a emmené tout de suite à l'auberge, où il y avait Dawn et les messieurs de la police.

— Merci infiniment, dit timidement Tess à Ken. Jamais je ne pourrai vous exprimer toute ma gratitude. Je suis désolée d'avoir été aussi...

Ken l'interrompit d'un geste.

— Je suis profondément heureux que vous soyez saine et sauve. Si votre mère vous avait perdue, je ne l'aurais pas supporté.

Le policier qui avait pris la déposition de Tess reparut.

— Le commissaire Bosworth désire vous parler.

— Maintenant ? s'indigna Dawn. Elle est frigorifiée. Nous devons la ramener à la maison.

— Ce ne sera pas long, rétorqua l'officier.

— Bon, d'accord. Je reviens tout de suite, dit Tess à Erny. Ne t'inquiète pas.

S'enveloppant étroitement dans le manteau de sa mère, la jeune femme se dirigea vers la demeure, suivant son cicérone qui écartait la foule des journalistes et des badauds. Lorsqu'il

437

atteignirent la Mercedes de Chan, Tess s'arrêta net.

— Mais... là, à côté, c'est la voiture de Ben. Ben Ramsey.

— Oui, il était là. Il a pris une balle.

Tess vacilla.

— Oh non...

— On l'a conduit à l'hôpital. Permettez-moi de vous prendre le bras, vous m'avez l'air un peu flageolante.

— Je le suis, avoua-t-elle en acceptant son soutien.

Elle était terrifiée pour Ben, mais s'accrocha comme à une planche de salut aux paroles du policier – on avait emmené Ben à l'hôpital...

Ils rejoignirent le commissaire Bosworth.

— Voici Mlle DeGraff.

— Merci, répondit le commissaire d'un ton bourru en détaillant Tess d'un œil inquisiteur. Qu'est-ce qui vous est arrivé ? Vous étiez où ? J'ai lancé la moitié de mes hommes à votre recherche.

— Il a tenté de me tuer. Chan Morris... Il m'a ligotée et il a poussé dans l'étang la voiture où j'étais enfermée. Il a essayé de me noyer. Il a assassiné ma sœur. Il me l'a avoué.

— Eh bien, il ne nuiera plus à personne. En cet instant même, on lui lit ses droits.

— Comment va Ben Ramsey ? Cet officier m'a dit qu'on lui avait tiré dessus.

— Il s'en sortira. Mme Morris n'a pas eu cette chance.

— Je sais, votre subordonné me l'a dit.

Soudain une rumeur d'excitation monta de la foule, lorsque deux policiers s'encadrèrent dans la porte, flanquant Channing Morris, menotté. Les reporters l'apostrophèrent, réclamant quelques mots, un commentaire, mais Chan regardait droit devant lui, son séduisant visage pareil à un masque inexpressif.

Tess pivota vers Rusty Bosworth qui s'était avancé vers la voiture de patrouille.

— Commissaire...

— Nous aurons besoin de vous interroger encore, au poste, grommela-t-il. Je vous conseille d'enfiler d'abord des vêtements secs.

Il y eut une bousculade; Chan résistait, il refusait qu'on le pousse sur la banquette arrière du véhicule de police.

— Puis-je lui parler une minute avant que vous l'embarquiez ? dit Tess.

— Ça dépend de lui, répondit Rusty Bosworth.

Tess scruta Chan. À l'heure de la débâcle, son regard gris paraissait indifférent et distant. À la vue de Tess, cependant, ses paupières clignèrent imperceptiblement.

— Je suis vivante.

Il haussa les épaules.

— Dommage.

— Elle souhaite vous parler, annonça Rusty Bosworth.

— Je n'ai rien à lui dire.

— Je veux lui demander quelque chose, précisa Tess au commissaire.

— Je crois qu'il vous faudra lui rendre visite en prison.

Tess fixa Chan droit dans les yeux.

— S'il vous plaît.

Il la dévisagea, secoua la tête.

— Pourquoi ?

— S'il vous plaît. Accordez-moi une minute.

De nouveau, Chan haussa les épaules.

— Bon, d'accord.

Les policiers lancèrent un coup d'œil à Rusty Bosworth qui leva l'index.

— Une minute, grogna-t-il.

— Messieurs, je tiens à ce que vous vous écartiez, que vous n'entendiez pas, déclara Chan.

Rusty posa la main sur la crosse de son arme glissée dans son holster.

— Pas de conneries.

Les policiers reculèrent, et Chan, toujours menotté, pencha la tête pour écouter Tess.

Celle-ci s'humecta les lèvres. Elle ne voulait surtout pas le braquer, sinon elle n'aurait pas sa réponse. Elle savait déjà que lors de son procès, il plaiderait l'innocence et ne donnerait aucune explication. Or il fallait qu'elle sache.

— Vous avez dit que vous aviez tué ma sœur pour vous venger. Mais vous ne nous connaissiez même pas. Comment pouvait-il s'agir de vengeance ?

Chan eut un rire méprisant.

— Pourquoi devrais-je vous dire ça ? Pour ue, dans le prétoire, vous puissiez témoigner ntre moi ?

440

— Nous savons tous les deux que je témoignerai effectivement contre vous. Pourtant, rien de ce que je dirai ne comptera. L'ADN sera infiniment plus éloquent que moi.

Une fois de plus, il haussa les épaules.

— Vous êtes honnête. Ça me plaît.

— Alors dites-moi pourquoi. Je vous en prie.

Une fourgonnette blanche qui fonçait dans l'allée pila net au milieu de la foule des curieux. Jake et Julie étaient enfin là. Jake se précipita vers sa mère et son neveu. Il souleva Erny de terre, l'étreignit. Julie suivait son mari, sa figure ronde tout épanouie de bonheur. Le regard dédaigneux de Chan parut comme aimanté par les nouveaux venus.

— Je ne me rappelle pas avoir prononcé ces paroles, murmura-t-il.

— Si, insista-t-elle. Vous avez dit que vous étiez furieux quand vous avez vu ma sœur ligotée dans cette cabane. Que le besoin de vengeance avait été plus fort que vous.

Il observait Julie, trapue et coiffée sans coquetterie.

— C'est incroyable. Je ne l'ai même pas reconnue, quand je l'ai croisée l'autre jour.

— Croisé qui ? répondit Tess, déconcertée. De quoi parlez-vous ?

Il ricana, il avait l'air écœuré.

— Elle était jolie, à l'époque. Et elle avait ur corps magnifique. Et elle m'appartenait. Jusqu' ce que votre frère se pointe ce jour-là, au lac.

— Julie ?

441

Les yeux de Chan étaient vides, tournés vers un lointain passé.

— Quand j'ai aperçu Lazarus qui entrait et sortait de cette cabane de jardinier, et que j'y ai découvert votre sœur, j'ai envisagé de la laisser partir. Et puis je me suis dit : Non, pas question, c'est l'heure de la revanche.

— La revanche, souffla Tess.

— Je n'aurais sans doute pas dû me venger sur Phoebe. Maintenant, je le sais. Mais on est bête quand on est jeune. On a le cœur brisé, et on croit qu'on ne guérira jamais. Quel gâchis. Aujourd'hui, je n'en aurais rien à foutre, de cette grosse vache.

Chan planta son regard dans celui de Tess.

— Je vous préviens. Si vous dites ça à mon procès, je nierai en bloc.

Tess avait la sensation que toutes les fibres de sa chair se contractaient, tant ce récit était barbare. Elle se tourna vers sa famille. Dawn, qui se tenait tout près de Kenneth, téléphonait et annonçait à tous la bonne nouvelle – sa fille était sauvée. Jake contemplait avec affection son épouse, Julie, qui embrassait son neveu en pleurant.

Tess fixa de nouveau l'assassin de Phoebe.

— Non... Jamais je ne répéterai à personne ce que je viens d'entendre.

Tess tapa doucement au chambranle de la porte-moustiquaire de la véranda. Ben, qui était installé dans un fauteuil à bascule, les pieds sur la balustrade intérieure, lui sourit et lui fit signe d'entrer – avec son bras indemne, celui qu'il portait en écharpe étant plaqué contre sa poitrine.

Tess ouvrit la porte et frissonna ostensiblement.

— Comment tu peux rester là par ce temps ? Il fait un froid de canard.

— Tu as raison, admit-il en se levant. J'allais justement rentrer.

— Excuse-moi, je ne voulais pas te déranger.

Il se pencha et l'embrassa longuement.

— Toi, me déranger ? Jamais... Allez, viens.

— Merci.

Elle le suivit à l'intérieur et posa son sac de provisions sur la table de la salle de séjour.

— J'ai dévalisé le traiteur pour nous concocter un bon dîner. Et Dawn nous envoie une espèce de gâteau aux pommes.

— Entre les pâtisseries de ta mère et le docteur qui m'interdit de courir, je vais devenir un vrai patapouf.

Tess éclata de rire.

— Tu as de la chance de prendre des kilos. Dawn s'évertue à essayer d'engraisser Kenneth.

— Ah... comment émouvoir le cœur d'un homme, plaisanta-t-il. Alors, où est le jeune Erny, ce soir ?

— Au cinéma, avec son oncle. Ils vont voir un film d'action.

— Ils adoreront ça, l'un autant que l'autre, gloussa Ben.

— Tu as tout compris.

— Viens t'asseoir là.

Ben se laissa tomber dans l'angle du canapé, tapota le coussin à côté de lui. Tess s'y installa et pivota afin de pouvoir plonger son regard dans les yeux bleu faïence de son compagnon. Le besoin de le toucher était irrésistible. Et dès qu'elle le fit, le même mouvement les anima, ils furent joue contre joue, les paupières closes, puis ils s'embrassèrent et s'embrassèrent encore. Tess avait l'impression de flotter au soleil dans une mer chaude, le désir montait en elle, l'enserrait dans un cocon.

Non, pensa-t-elle. Il y a si peu de temps. Nous devons parler. À contrecœur, elle s'écarta de lui et, avec une extrême réticence, il la lâcha. Ils se contemplèrent un moment.

— Comment te sens-tu ? demanda-t-elle.

— Bien. Très bien. D'après le médecin, je serai en état de reprendre le travail la semaine prochaine.

— Tant mieux.

Elle garda un instant le silence, détourna la tête.

— Il faut que je reprenne le collier, moi aussi, et Erny l'école. De plus, mon équipe me téléphone sans arrêt. Ils se relaient, ils m'appellent à tour de rôle. Ils ont des subventions pour un nouveau film. Un documentaire sur cette grande bourgeoise de banlieue qui s'est installée dans les bas-fonds de la ville pour tenter de donner un sens à sa vie.

— C'est une histoire vraie ?

— Oh oui... Son mari l'a quittée, ils ont divorcé, tous les enfants sont restés avec lui, sauf le fils aîné. Lui est parti avec sa mère, et ils dirigent ensemble un foyer d'accueil. C'est très particulier. Je crois que ça fera un film intéressant.

— Ça m'en a l'air.

Tess lui lança un coup d'œil furtif.

— N'empêche, je n'ai aucune envie de m'en aller.

— Ah bon ? Pourquoi ?

Elle haussa les épaules.

— Pour des tas de raisons.

De sa main valide, il lui prit les doigts, les massa. Son contact était électrique, elle n'osait pas le regarder. Ils demeurèrent un long moment silencieux, avant de parler en même temps.

— Tu sais, je..., dit-il.

— Ce n'est pas que...

Ils se turent.

— Toi d'abord, murmura-t-elle.

— Euh... eh bien, ce matin j'ai reçu un coup de fil du procureur du comté. Apparemment, ils ont conclu un marché avec Chan Morris.

445

Tess acquiesça, déçue. Elle croyait qu'il allait aborder le sujet de leur avenir, s'ils en avaient un. Ils avaient passé beaucoup de temps ensemble depuis la nuit de la fusillade – à l'hôpital, avec Erny, et surtout en tête-à-tête, partageant leurs pensées et leurs sentiments complexes et passionnés. Elle reconnaissait ce qui grandissait entre eux, elle le voyait dans le regard que Ben posait sur elle, et le sentait dans son propre cœur. Cependant, ni l'un ni l'autre n'avaient évoqué ce qu'il adviendrait quand ils seraient obligés de se séparer. Certes ils avaient eu beaucoup de préoccupations. Comme l'éventuel procès de Chan Morris.

— Je sais, on nous a également prévenus. Je suis assez contente. Je ne voulais pas avoir à subir un autre procès. De toute façon, désormais, nous savons ce qui s'est passé.

— Chan devra reconnaître sa faute et le juge exigera des aveux complets. Mais tu sais ce que cela signifie.

— Quoi donc ?

— Il sera condamné à l'emprisonnement à vie. Il échappe définitivement à la peine de mort.

— Il me semblait que, dans cet État, le gouverneur Putnam envisageait un moratoire sur la peine de mort, dit calmement Tess.

— En effet, il l'a annoncé. Mais ce n'est pas encore officiellement entériné.

— Pourquoi mets-tu la question de la peine capitale sur le tapis ?

Ben baissa les yeux.

— Je n'avais pas la certitude que tu étais au courant, pour Chan.

— C'est un test ? demanda-t-elle d'un ton froid.

Ben réfléchit un instant, puis la regarda droit dans les yeux.

— Je vais te dire une chose, Tess. Chan Morris a été mon test personnel. Cette nuit-là, chez lui, j'ai failli tuer ce type. Quand il a refusé de me révéler où tu étais, quand il a sous-entendu que tu étais morte, l'envie de le tuer m'a traversé. Je mentirais si je prétendais le contraire.

— Je sais que tu cherches à me réconforter. La bonne vieille « solidarité ». Je partage ta douleur et cætera.

— Peut-être un peu, admit-il avec une pointe d'embarras. Mais il se trouve que je te parle honnêtement. Et sur le chapitre de la peine de mort, j'ai été implacable. Vertueux et hypocrite, dirons-nous, par conséquent il me semble juste de le reconnaître. J'ai véritablement failli le tuer. Juste pour qu'on soit quittes. Pour me venger.

— La revanche, murmura-t-elle, songeant aux raisons pour lesquelles Chan avait assassiné Phoebe. Où cela s'arrêtera-t-il ?

Ben la dévisagea.

— Que veux-tu dire ?

— J'espère que Chan Morris vivra une longue et misérable existence en prison, voilà ce que je veux dire. Et que plus jamais je ne le reverrai. Mais c'est la seule revanche qui m'intéresse. Rien d'autre n'a de sens. Assez de meurtres, suffit. Et, de mon point de vue, il n'y a eu de justice nulle part, à aucun moment.

De nouveau, ils s'abîmèrent dans le silence.

— Donc, pas de procès, reprit Ben. Cela signifie, je suppose, que tu peux partir n'importe quand.

— Oui...

Tess avait le sentiment que quelque chose d'infiniment précieux glissait entre ses doigts et qu'elle ignorait comment le retenir.

— Tu sais, dit-il, cette maison était notre résidence secondaire, pour les vacances. Quand Melanie était en vie. Et après sa mort, je me suis installé ici pour... m'éloigner de tout.

— Oui, tu me l'as raconté.

— Je ne suis pas certain que le rythme provincial me convienne absolument. Je ne sais pas. Au début, c'était parfait. Mais là... je songe à redémarrer peut-être dans une région plus... urbaine.

Elle hocha la tête.

— Tu retournes à Philadelphie ?

— Je ne sais pas. À ton avis, est-ce que Washington, DC me plairait ?

Tess le regarda et s'aperçut qu'il était tout rose. Il lui sembla que son cœur, si lourd, était soudain plus léger qu'un ballon.

— Tu penses t'installer là-bas ?

Ben se mordilla l'intérieur de la joue.

— Qu'est-ce que tu en dirais ?

Tess en resta bouche bée.

— Tu es sincère ?

448

Elle s'écarta, chercha sur son visage une ombre de taquinerie.

— Vraiment sincère ?

— Je ne veux pas t'encombrer, Tess. Tu as ton travail, et Erny.

Elle haussa les épaules. Puis elle noua ses bras autour de lui et l'étreignit de toutes ses forces jusqu'à ce qu'il laisse échapper un gémissement de douleur. Elle le lâcha aussitôt.

— Pardon, balbutia-t-elle. Ça va ?

Il posa la main sur sa poitrine bandée.

— C'est juste... ce truc. Attends que j'en sois débarrassé, ma belle.

Ils se sourirent, échangeant une promesse muette pour ce jour-là. En réalité, ils ne vivaient que pour ce jour-là. À cette perspective, Tess avait des picotements dans tout le corps.

— C'est incroyable, dit-elle enfin. J'étais si triste en venant ici, à la pensée de te quitter.

— Je ne peux pas te perdre, je ne peux me permettre une erreur pareille, rétorqua-t-il gravement.

Elle lui sourit, se blottit avec précaution sous son bras indemne, le visage au creux de son épaule.

— Moi non plus.

— Je crois que je garderai quand même cette maison. Pour nos séjours dans la région.

Bien à l'abri contre Ben, dans la chaleur de son amour, elle observa la vaste pièce.

— J'imagine que tu y as beaucoup de souvenirs heureux.

Il ne répondit pas.

Elle lança un coup d'œil vers la cheminée.

— Tu as enlevé le tableau de ta... de la femme dans les bois.

— Oui.

— Je tiens à ce que tu saches une chose : je ne serai pas jalouse de ton passé. Tu as perdu celle que tu aimais, et personne ne pourra vraiment la remplacer dans ton cœur.

— À ce propos...

Tess perçut l'hésitation dans la voix de Ben et chercha son regard. Il soupira.

— Il faut que je te parle de tout ça. Ce n'est pas exactement ce que tu imagines.

Dans ses yeux bleus, elle devina le combat qu'il menait contre un secret enfoui et douloureux qui remontait à la surface. Mais elle ne craignait plus rien.

— Raconte-moi, dit-elle en s'asseyant confortablement à son côté. Je veux tout savoir.

REMERCIEMENTS

Un auteur a besoin d'aide, de toute sorte. Un merci particulier à Anne McKenna pour m'avoir initiée à la langue de Molière. Merci à M.J. pour m'avoir trouvé cette robe. Merci, éternellement, à Art qui m'annonce les mauvaises nouvelles et me pardonne les conséquences.

DU MÊME AUTEUR

Aux Éditions Albin Michel

UN ÉTRANGER DANS LA MAISON, 1985.
PETITE SŒUR, 1987.
SANS RETOUR, 1989.
LA DOUBLE MORT DE LINDA, 1994.
UNE FEMME SOUS SURVEILLANCE, 1995.
EXPIATION, 1996.
PERSONNES DISPARUES, 1997.
DERNIER REFUGE, 2001.
UN COUPABLE TROP PARFAIT, 2002.
ORIGINE SUSPECTE, 2003.
LA FILLE SANS VISAGE, 2005.
J'AI ÉPOUSÉ UN INCONNU, 2006.

Achevé d'imprimer par GGP Media GmbH, Pößneck
en mars 2008

Dépôt légal : Janvier 2008
Imprimé en Allemagne